THE GRAY MAN: ONDER SCHOT

MARK GREANEY

THE GRAY MAN

ONDER SCHOT

Vertaling Erik de Vries

HarperCollins

MIX
Paper from responsible sources
FSC® C021394

Voor het papieren boek is papier gebruikt dat onafhankelijk is gecertificeerd door FSC®
om verantwoord bosbeheer te waarborgen.
Kijk voor meer informatie op www.harpercollins.co.uk/green.

HarperCollins is een imprint van Uitgeverij HarperCollins Holland, Amsterdam.

Oorspronkelijke titel: *The Gray Man*

Vertaling: Erik de Vries
Omslagontwerp: DPS
Omslagbeeld: © Mark Owen / Arcangel Images
Foto auteur: © Claudio Marineseco
Zetwerk: ZetSpiegel, Best
Druk: ScandBook UAB, Lithuania

ISBN 978 94 027 0831 8
ISBN 978 94 027 6217 4 (e-book)
NUR 305
Eerste druk augustus 2021

Originele uitgave verschenen bij Berkley, een imprint van Penguin Random House LLC, New York.

HarperCollins Holland is een divisie van Harlequin Enterprises ULC.

www.harpercollins.nl

Voor Edward F. Greaney Jr.
en Kathleen Cleghorn Greaney

Mama en Papa, ik mis jullie allebei

PROLOOG

De aandacht van de met bloed doordrenkte chauffeur van de landrover werd getrokken door een lichtflits ergens ver weg in de ochtendlucht. Zijn ogen werden door een gepolariseerde Oakley tegen de felle zonnestralen beschermd, maar toch moest hij zijn ogen dichtknijpen tegen het licht dat door de voorruit naar binnen viel, terwijl hij wanhopig probeerde het brandende toestel te identificeren dat nu in de rondte tolde en richting de aarde suisde, met een smeulende zwarte rookpluim achter zich aan.

Het was een helikopter, een grote leger-Chinook, en hoewel de situatie voor de aanwezigen aan boord afschuwelijk moest zijn, slaakte de bestuurder van de landrover een onderdrukte zucht van opluchting. Hij zou worden geëvacueerd in een KA-32T van Russische makelij, met een bemanning van Poolse huurlingen, die vanaf de Turkse grens naar hem onderweg was. De bestuurder vond de aanblik van de neerstortende Chinook spijtig, maar te verkiezen boven een neerstortende KA-32T.

Hij keek naar de willoos neerdwarrelende helikopter, die de blauwe lucht recht voor hem bezoedelde met brandende brandstof.

Hij stuurde de landrover een scherpe bocht naar rechts en reed vol gas naar het oosten. De bebloede chauffeur wilde hier zo snel mogelijk zo ver mogelijk vandaan. Hoe graag hij ook iets voor de Amerikanen aan boord van de Chinook wilde doen, hij wist dat hun lot bezegeld was.

En hij had zijn eigen problemen. Hij reed al vijf uur met hoge snelheid door de vlakten van westelijk Irak, om zijn werk dat het daglicht niet kon verdragen te ontvluchten, en was nog slechts twintig minuten verwijderd van het moment dat hij zou worden opgehaald. Een neergeschoten helikopter betekende dat het een kwestie van minuten was voordat het op deze plek zou wemelen van de gewapende strijders, die lichamen onteerden, met hun wapens in de lucht schoten en als achterlijke idioten in de rondte sprongen.

Dat was een feestje dat de met bloed besmeurde chauffeur graag aan zich voorbij liet gaan en waar hij al helemaal geen deel van uit wilde maken.

De Chinook verdween links van hem achter een bruine heuvelrug in de verte uit zijn blikveld.

De chauffeur concentreerde zich op de weg voor hem. Niet mijn probleem, zei hij tegen zichzelf. Hij was niet opgeleid tot reddingswerker, hij was niet opgeleid tot hulpverlener, en hij was zeker niet getraind om te onderhandelen over gijzelaars.

Hij was getraind om te doden. Dat had hij over de grens gedaan, in Syrië, en nu was het tijd de *kill zone* te verlaten.

Terwijl hij in de Rover met een snelheid van meer dan honderd kilometer per uur door de nevel en het stof scheurde, ging hij het gesprek aan met zichzelf. Een stem in zijn binnenste riep hem op om te keren, terug te gaan naar de plek waar de Chinook was neergestort om naar overlevenden te zoeken. Maar hardop klonk een stem die pragmatischer was.

'Doorrijden, Gentry, gewoon doorrijden. Die gasten zijn de lul. Niets meer aan te doen.'

Hoe verstandig de opmerking van Gentry ook was, het lukte hem niet zijn innerlijke stem het zwijgen op te leggen.

1

De eerste gewapende mannen die op de plek des onheils arriveerden waren niet van Al Qaeda en hadden niets met het neerhalen van de heli te maken. Het waren vier plaatselijke jongeren met oude houten Kalasjnikovs, die die ochtend halfslachtig een wegversperring bewaakten op een paar honderd meter van de plek waar de helikopter op de straat was neergekomen. De jongens hadden zich door de groeiende haag toeschouwers gewurmd, de winkeluitbaters en de straatkinderen die dekking hadden gezocht op het moment dat de helikopter was neergestort, en de taxichauffeurs die van de weg waren gereden om het Amerikaanse gevaarte te ontwijken. De vier jonge strijders naderden de rampplek zorgvuldig, maar zonder blijk te geven van enig tactisch benul. Ze verschansten zich allen vliegensvlug toen er een hard geluid uit de vuurzee opsteeg, van een uit een pistool afkomstige kogel die door de hitte tot ontlading kwam. Na een moment van aarzeling kwamen hun hoofden weer tevoorschijn. Ze richtten hun wapens en doorboorden het verwrongen metaal van de machine met een oorverdovend salvo uit hun terugslaande geweren.

Een man in een zwartgeblakerd Amerikaans legeruniform die uit het wrak klom, werd door tientallen door de jongens afgevuurde kogels doorzeefd. Aan de lijdensweg van de soldaat kwam abrupt een einde toen de eerste kogels via zijn rug zijn lichaam verlieten.

De jongens, die moed putten uit het feit dat ze ten overstaan van de meute schreeuwende burgers een man hadden vermoord, kwamen uit hun beschutte posities tevoorschijn en liepen op het wrak af. Ze herlaadden hun wapens en maakten aanstalten de brandende lichamen van de bemanning in de cockpit te doorzeven. Maar voordat ze het vuur konden openen, kwamen er achter hen drie voertuigen op hoge snelheid aanrijden: met gewapende Arabische buitenlanders volgeladen pick-uptrucks.

Al Qaeda.

De plaatselijke jongens namen wijselijk afstand van het toestel, gingen bij de burgers staan en scandeerden religieuze leuzen terwijl de gemaskerde mannen uitzwermden over de weg rond het wrak.

De gehavende lichamen van nog twee soldaten tuimelden aan de achterkant uit de Chinook, en dit waren de eerste beelden van de rampplek die de driekoppige cameraploeg van Al Jazeera maakte, die uit de derde pick-up was gesprongen.

Op ongeveer een kilometer daarvandaan verliet Gentry de weg, dook een drooggevallen rivierbedding in en reed met de landrover zo ver mogelijk het hoge bruine riviergras in. Hij stapte uit en haastte zich naar de achterklep, slingerde een rugzak op zijn rug en pakte een lange, zandkleurige koffer bij het daarvoor bestemde handvat.

Terwijl hij van de auto wegliep, zag hij voor het eerst het opgedroogde bloed op zijn ruimvallende, op de lokale bevolking afgestemde kledij. Het bloed was niet het zijne, maar hij was niet verbaasd de vlek te zien.

Hij wist wiens bloed het wel was.

Dertig seconden later beklom hij de kleine richel bij de rivierbedding en tijgerde zo snel mogelijk voorwaarts, zijn spullen voor zich uit duwend. Toen Gentry het gevoel had dat het zand en het hoge gras hem afdoende aan het zicht onttrokken, haalde hij een verrekijker uit de rugzak en bracht die naar zijn ogen, richtte hem op de zwarte rookpluim die opsteeg uit de verte.

Hij spande zijn gespannen kaakspieren verder aan.

De Chinook was neergestort in een straat in het plaatsje al Ba'aj, en het wrak had al een hoop bekijks getrokken. De verrekijker van Gentry was niet sterk genoeg om veel details te kunnen onderscheiden, dus rolde hij op zijn zij en klikte de zandkleurige koffer open.

Er zat een Barrett M107 in, een 0.50 kalibergeweer dat met een aanvangssnelheid van bijna negen voetbalvelden per seconde kogels afvuurde die half zo groot waren als een bierflesje.

Gentry laadde het wapen niet, maar richtte het slechts op de rampplek om die met behulp van het krachtige vizier beter te kunnen bekijken. Hij zag door het zestien keer vergrotende glas de brand, de pick-uptrucks, de ongewapende burgers, en de gewapende strijders.

Sommigen van hen droegen geen masker. Plaatselijk tuig.

Anderen droegen zwarte maskers of hadden hun keffiyeh om hun gezicht gewikkeld. Dat waren waarschijnlijk de Al Qaeda-leden. De buitenlandse klootzakken. Hier neergestreken om Amerikanen en hun bondgenoten af te maken en om te profiteren van de instabiliteit in de regio.

Een glimmende metalen strook ging omhoog en weer naar beneden. Een zwaard dat op een liggende persoon inhakte. Ondanks het krachtige vizier kon Gentry niet zien of de liggende man al dood was geweest of nog leefde op het moment dat het zwaard hem had geraakt.

Hij spande zijn kaak opnieuw aan. Gentry was geen Amerikaanse soldaat, had nooit in het leger gediend. Maar hij was wel een Amerikaan. En hoewel hij het Amerikaanse leger geen verantwoording schuldig was en er ook geen betrekkingen mee had, had hij al vele jaren op tv de beelden gezien van slachtingen zoals deze die zich nu voor hem voltrok en die hem met zoveel walging en woede vervulde dat zijn niet geringe zelfbeheersing danig op de proef werd gesteld.

De mannen die om het vliegtuig heen stonden, kwamen allen tegelijk in beweging. Vanwege de zinderende warme lucht tussen zijn schuilplaats en de rampplek duurde het even voordat hij besefte waar hij naar keek, maar al snel herkende hij de onvermijdelijke eruptie van vrolijkheid bij de slachters in de buurt van de neergestorte heli.

De klootzakken dansten op de lijken.

Gentry haalde zijn vinger van de trekkerbeschermer van de enorme Barrett en aaide met zijn vingertop langs de soepele trekker. Hij las de afstand af op zijn lasergestuurde afstandsmeter, en schatte de windrichting in aan de hand van een aantal katoenen tentdoeken dat tussen hem en het gezelschap in de wind wapperde.

Maar hij was zo verstandig de Barrett niet te gebruiken. Als hij het wapen zou laden en de trekker zou overhalen, zou hij een paar van die hufters kunnen neerleggen, zeker, maar het nieuws dat er een sluipschutter in de regio actief was zou zo snel de ronde doen dat iedere jongvolwassen kerel met een wapen en een mobiele telefoon nog voordat hij binnen vijf kilometer van zijn evacuatiezone was, achter hem aan zou zitten. Gentry's aftocht zou worden afgeblazen, waarna hij op eigen houtje de kill zone moest zien te verlaten.

Nee, zei Gentry tegen zichzelf. Hoe rechtvaardig een bescheiden vorm van wraak ook was, het zou een hoeveelheid ellende ontketenen waar hij niet mee wenste af te rekenen.

Gentry was geen gokker. Hij was een huurmoordenaar, een huurling, iemand die leverde op bestelling. Hij kon in de tijd die het hem kostte zijn veters te strikken een handvol van deze eikels koud maken, maar hij wist dat deze vergeldingsactie niet opwoog tegen de kosten.

Hij spuugde een mengsel van slijm en zand uit dat voor hem op de grond landde, en begon de enorme Barrett weer in de kist op te bergen.

De cameraploeg van Al Jazeera was een week geleden in het geheim de Syrische grens gepasseerd, met als enige doel het vastleggen van een overwinning van Al Qaeda in Noord-Irak. De cameraman, de geluidstechnicus en de verslaggever annex producer waren via een AQ-route gereisd, hadden overnacht in AQ-safehouses in het gezelschap van AQ-strijders, en hadden de lancering van de raket, het contact met de Chinook en de vuurbal die daarop in de lucht was ontstaan op film vastgelegd.

Wat ze nu filmden was de rituele onthoofding van een reeds overleden Amerikaanse soldaat. Een man van middelbare leeftijd met een stuk plakband op zijn scherfvest waar met de hand 'Phillips – Mississippi National Guard' op was geschreven. Hoewel niemand van de cameraploeg het Engels machtig was, waren ze het erover eens dat ze zojuist de vernietiging van een elite-eenheid van CIA-commando's hadden gefilmd.

De strijders begonnen te dansen en in de lucht te schieten waarna het traditionele aanroepen van Allah begon. Hoewel de AQ-cel slechts zestien leden telde, dansten er in totaal nu meer dan dertig gewapende mannen voor het smeulende metaal op straat. De cameraman richtte zijn lens op een *moqtar*, hoofd van een plaatselijke stam, die midden in het feestgedruis danste. Hij filmde hem terwijl hij precies voor het wrak stond, zijn wapperende witte *dishdasha* contrasteerde prachtig met de achter hem opstijgende zwarte rook.

De moqtar hinkte op één been naast de onthoofde Amerikaan en hield een bebloed kromzwaard in zijn rechterhand dat hij boven zijn hoofd zwaaide.

Dit was het shot waar het om ging. De cameraman glimlachte en probeerde uit alle macht professioneel te blijven en zich niet te laten meeslepen door het ritme en het gedans ter ere van Allah, waar hij met zijn camera inmiddels getuige van was.

De moqtar schreeuwde mee met de anderen. 'Allahoe akbar!' God is groot! Hij sprong euforisch op en neer met de gemaskerde buitenlanders en lachte zijn tanden achter zijn dikke baard bloot terwijl hij neerkeek op het verbrande en bloederige dode stuk Amerikaans vlees dat op straat aan zijn voeten lag.

De cameraploeg van Al Jazeera juichte mee. En de cameraman filmde alles met vaste hand.

Hij was een prof; hij hield zijn onderwerp keurig in het midden gevangen, de camera schokte of kantelde niet.

Totdat het hoofd van de moqtar aan de zijkant openbarstte, als een geplette druif, en hersenen, bloed en bot krachtig in het rond werden geslingerd.

Toen schokte de camera wel.

Gentry had zich gewoon niet kunnen inhouden.

Hij vuurde de ene na de andere kogel af op de gewapende mannen in de menigte, en vervloekte ondertussen hardop zijn gebrek aan zelfdiscipline, omdat hij wist dat hij zijn schema, zijn eigen missie overboord had gekieperd. Niet dat hij zijn eigen gevloek kon horen. Ook al had hij zijn oordoppen in, de Barrett produceerde elke keer dat hij een enorm projectiel uit het wapen liet ontsnappen een oorverdovende knal, de windcirculatie rond de vuurmond stuwde zand en rommel van de grond op zijn armen en gezicht.

Terwijl hij even ophield om het wapen te laden met een vers, zwaar magazijn, nam hij kort de tijd om zijn situatie in te schatten. Vanuit professioneel perspectief beschouwd, had hij de domst mogelijke beslissing genomen, door de rebellen bij wijze van spreken toe te schreeuwen dat er zich een gewapende vijand in hun midden bevond.

Maar hij voelde dat hij het juiste deed, verdomme. Hij plantte het grote wapen weer in de kom van zijn schouder die al klopte van de terugslag, richtte het weer op de plek waar de heli was verongelukt, en hervatte zijn vergeldingsactie. Toen de zoveelste enorme kogel een gemaskerde strijder in de buik trof, zag hij door het vizier de lichaamsdelen in de lucht vliegen.

Dit was een elementaire wraakoefening, niets meer. Gentry wist dat deze actie waarmee hij een paar klootzakken van vast in vloeibaar veranderde, de loop der dingen verder nauwelijks zou beïnvloeden. Zijn lichaam bleef kogels afvuren op de inmiddels vluchtende moordenaars, maar in gedachten was hij al bezig zich zorgen te maken over zijn directe toekomst. Hij zou nu niet eens meer proberen de evacuatieplek te bereiken. Een tweede heli in de buurt zou voor de woedende overlevers van AQ een onmogelijk te negeren doelwit vormen. Nee, besloot Gentry, hij zou zich ingraven: een rioolbuis of een kleine wadi zoeken, zichzelf bedekken met zand en stenen en de honger, de insectenbeten en zijn behoefte te pissen negeren.

Het zou afzien worden.

Maar, bedacht hij terwijl hij het derde magazijn met geweld in het rokende wapen ramde, zijn onzinnige besluit had ook zo zijn voordelen. Een handvol dode klootzakken was tenslotte toch maar mooi een handvol dode klootzakken.

2

Vier minuten na het laatste salvo van de sluipschutter stak een van de overlevende Al Qaeda-leden voorzichtig zijn hoofd door de deurpost van de bandenwinkel waar hij dekking had gezocht. Nadat hij even had gewacht en er per seconde sterker van overtuigd raakte dat zijn hoofd niet van zijn romp zou worden gescheiden, stapte de zesendertigjarige Jemeniet de straat op. Toen anderen zijn voorbeeld hadden gevolgd, bekeek hij met zijn landgenoten het bloedbad. Hij telde zeven doden, een getal dat hij vaststelde door het aantal benen te tellen dat verwrongen in de bloederige massa lag en de uitkomst door twee te delen; geen van de lijken beschikte over als zodanig te identificeren hoofden en rompen.

Vijf van zijn AQ-broeders hadden de dood gevonden, onder wie het oudste lid van de cel en de hoogste baas. Twee andere slachtoffers waren mannen uit de streek.

De Chinook links van hem smeulde nog steeds. Hij liep erlangs, passeerde mannen die met grote ogen van de schrik dekking achter auto's en vuilnisbakken hadden gezocht. Een van de plaatselijke mannen had uit angst alles laten lopen; hij lag in zijn eigen uitwerpselen als een bezetene op de grond te kronkelen.

'Sta op, idioot!' riep de gemaskerde Jemeniet. Hij gaf de man een trap in zijn zij en liep door naar de helikopter. Vier van zijn collega's stonden achter een van de pick-uptrucks, samen met de cameraploeg van Al Jazeera. De cameraman rookte een sigaret die hij vasthield met een hand die trilde alsof hij vergevorderde parkinson had. De camera bungelde tegen zijn zij.

'Zorg dat alle overlevenden in een auto stappen. We gaan de sluipschutter zoeken.' Hij tuurde over de uitgestrekte akkers, de droge heuvels en wegen die naar het zuiden liepen. Boven een heuvel op een kilometer afstand hing een stofwolk.

'Daar!' wees de Jemeniet.

'Gaan... Gaan we daarnaartoe?' vroeg de geluidsman van Al Jazeera.

'Insjallah.' Als Allah het wil.

Op dat moment werden de AQ-strijders geroepen door een jongen, die hun vroeg ergens naar te komen kijken. De jongen had zich verschanst in een theehuis, op nog geen vijftien meter afstand van de verschrompelde neus van de heli. De Jemeniet en twee van zijn handlangers stapten over een bloederig lichaam dat enkel door een gescheurd zwart gewaad bij elkaar gehouden werd. Dit was de Jordaniër geweest, hun leider. Er was een bloedspoor te zien op de plek waar hij tegen de buitenmuur was gevallen en op het raam van het theehuis zat een grote bloedvlek die het etablissement in een rode waas hulde.

'Wat is er?' riep de Jemeniet op boze toon.

De jongen hijgde tijdens het praten en hyperventileerde. Maar hij zei: 'Ik heb iets gevonden.'

De Jemeniet en zijn twee mannen stapten door het bloed, liepen achter de jongen aan het café in, keken achter een omgevallen tafel en achter de toonbank. Daar zat een jonge Amerikaanse soldaat met zijn rug tegen de muur. Hij knipperde snel met zijn wijd opengesperde ogen. In zijn armen hield hij een tweede ongelovige. Deze man was zwart en was ogenschijnlijk buiten bewustzijn of misschien wel dood. Er waren geen wapens te zien.

De Jemeniet glimlachte en gaf de jongen een schouderklop. Hij draaide zich om en riep naar zijn handlangers die buiten stonden: 'Haal de auto!'

Zo'n tien minuten later splitsten de drie AQ-pick-ups zich op bij een kruising. Negen mannen in twee voertuigen reden naar het zuiden. Per mobiele telefoon mobiliseerden ze hun plaatselijke handlangers om het landschap af te struinen naar de eenzame sluipschutter. De Jemeniet en twee andere AQ-leden brachten de twee gewonde Amerikaanse soldaten naar een safehouse in het nabijgelegen Hatra. Daar zou de Jemeniet contact opnemen met zijn superieuren om te vragen wat hij het beste met zijn kersverse verovering kon doen.

De Jemeniet zat achter het stuur, naast hem zat een jonge Syriër, en de zowat catatonische soldaat en zijn op sterven liggende partner in de bak van de pick-up werden bewaakt door een Egyptenaar.

De twintigjarige Ricky Bayliss was enigszins bekomen van de schrik na de crash. Hij wist dit omdat het kloppende gevoel in zijn scheenbeen had plaatsgemaakt voor verzengend hete pijnscheuten. Als hij naar beneden keek, naar zijn been, zag hij enkel zijn gescheurde en geblakerde gevechtsbroek en een schoen die onmogelijk ver naar rechts stond. Voorbij zijn voet lag de andere soldaat. Ricky kende de zwarte soldaat niet, maar volgens de naam op zijn uniform heette hij Cleveland. Cleveland was buiten bewustzijn. Als zijn borstkas onder zijn scherfvest niet heel lichtjes op en neer was gegaan, zou Ricky gezworen hebben dat hij dood was. In een door instinct en adrenaline ingegeven moment had Ricky de man uit het wrak en naar een winkel gesleurd, waar hij een minuut later door een stomverbaasd Irakees jongetje was gevonden.

Hij dacht even aan zijn vrienden die in de Chinook het leven hadden gelaten, en voelde een door ongeloof getemperde droefenis. De droefenis ebde snel weg toen hij opkeek naar de man die boven hem in de laadbak zat. Ricky's dode vrienden hadden geluk gehad. Hij was de pechvogel. Hij en Cleveland, als die ooit nog bij kennis zou komen, zouden verdomme op tv worden onthoofd.

De terrorist keek op Ricky neer en plantte zijn gymschoen op het gehavende been van de jongeman. Met een verwilderde grijns, waarbij hij een gehavend gebit ontblootte dat wel uit slagtanden leek te bestaan, voerde hij de druk langzaam op.

Ricky gilde.

De pick-up reed met hoge snelheid over de weg, rondde net buiten Ba'aj een heuvel en remde aan de rand van het dorp voor een wegversperring, een van de gebruikelijke, door de plaatselijke opstandelingen opgeworpen blokkades. Een zware, aan twee palen bevestigde ketting hing laag boven het stoffige asfalt. Er waren twee milities te zien. Eentje zat lusteloos op een plastic stoel met zijn hoofd tegen de muur van een lagere school geleund. De andere stond naast zijn zittende partner, aan één kant van de ketting. Er hing een kalasjnikov op zijn rug, met de loop naar beneden, hij had een bord met hummus en plat brood in zijn handen en er hing eten in zijn baard. Een oude geitenhoeder leidde aan de andere kant van de versperring zijn armetierige kudde over de weg.

De Al Qaeda-man vervloekte de halfslachtige manier waarop de opstand hier in Noord-Irak werd gevoerd. Een checkpoint, bemand door slechts twee luie soldaten? Dankzij dit soort idiote praktijken konden de Soennieten de macht rechtstreeks overdragen aan de Koerden en de Yezidi's.

De Jemeniet remde af, liet zijn raampje zakken en schreeuwde tegen de staande Irakees: 'Maak open, idioot! Er zit verder naar het zuiden een sluipschutter!'

De strijder zette zijn bord neer. Hij liep langzaam naar de pick-up die midden op de weg stond. Hij bracht een hand naar zijn oor alsof hij de schreeuwende Jemeniet niet had verstaan.

'Maak open, anders...'

Het hoofd van de Jemeniet zwenkte van de naderende bewaker naar de man die tegen de muur geleund zat. Zijn hoofd was één kant opgevallen, en hing af. Een fractie later kiepte het lichaam voorover en viel uit de stoel op de grond. Het was duidelijk dat de opstandeling dood was, zijn nek was ter hoogte van een van de lagere halswervels gebroken.

De soldaat achter in de truck zag het ook. Hij ging vlug rechtop in de laadbak staan, zich bewust van dreigend gevaar maar ook in verwarring door de ontstane situatie. Hij keek net als zijn kersverse leider achter het stuur over zijn schouder naar de plaatselijke strijder die nu op de weg lag.

De bebaarde strijder die op de pick-up af kwam lopen, stak zijn rechterarm voor zich uit. Uit de mouw van zijn wapperende gewaad toverde hij een zwart pistool tevoorschijn.

Met twee schoten, die zonder de minste aarzeling werden afgevuurd, velde hij de Egyptenaar in de laadbak.

Ricky lag op zijn rug en keek tegen de verschroeiende middagzon in. Hij voelde het voertuig afremmen en stoppen, hoorde de bestuurder schreeuwen en daarna de onmogelijk snelle pistoolschoten, en zag de gemaskerde man boven hem als een zoutzak neervallen.

Hij hoorde een ander salvo pistoolschoten in zijn buurt, brekend glas, een korte uitroep in het Arabisch, en daarna stilte.

Ricky rolde gillend weg en probeerde het bloederige lijk van zich af te duwen. Zijn worsteling kwam ten einde toen de dode terrorist uit de laadbak werd getild en op straat werd gegooid. Een man met een baard, gehuld in een grijze dishdasha, greep Ricky's scherfvest en hees hem overeind tot hij zat.

Ricky dacht dat zijn waarnemingen door de shock werden vervormd. De man had hem toegesproken in het Engels met een Amerikaans accent. De vreemdeling herhaalde zijn vraag op geagiteerde toon. 'Hé! Knul! Ben je wakker? Kun je lopen?'

Traag gaf Ricky de geestverschijning antwoord. 'Mijn... been is gebroken, en deze kerel is zwaargewond.'

De vreemdeling wierp een blik op Ricky's gewonde been en stelde zijn diagnose. 'Gebroken scheenbeen. Dat overleef je wel.' Daarna legde hij zijn hand op de nek van de bewusteloze man en kwam tot een grimmiger conclusie. 'Kansloos.'

Hij keek gehaast om zich heen. Nog altijd kon de jongen uit Mississippi het gezicht van de man niet zien.

De vreemdeling zei: 'Laat hem hier liggen. We doen wat we kunnen om hem te redden, maar jij moet op de bijrijdersstoel gaan zitten. Wikkel dit om je hoofd.'

De bebaarde man trok de keffiyeh van het gezicht van de dode terrorist en gaf hem aan Ricky.

'Ik kan niet lopen met dit been...'

'Verbijt de pijn. We moeten gaan. Ik pak mijn spullen. Opschieten!' De vreemdeling draaide zich om en rende een schemerig steegje in. Ricky liet zijn kevlar helm in de laadbak vallen, wikkelde de hoofddoek om zijn gezicht, klom uit de laadbak en ging op zijn goede been staan. Zijn rechterscheenbeen verstuurde een verzengende pijnscheut naar zijn hersenen. Op straat stroomden burgers toe van alle leeftijden, die op gepaste afstand bleven, als toeschouwers van een gewelddadig toneelstuk.

Toen hij naar het portier aan de bijrijderskant hinkte en het opentrok, tuimelde er een gemaskerde Arabier in een lang zwart gewaad naar buiten. Er prijkte een enkel kogelgat boven zijn linkeroog. Een tweede terrorist hing voorover over het stuurwiel. Bij elke zwakke ademhaling blies hij wat bloederig schuim van zijn lippen. Ricky had net zijn portier gesloten toen de onbekende Amerikaan het portier aan de bestuurderskant opende, de man eruit sleurde en hem op het asfalt liet vallen. Hij trok opnieuw zijn pistool en joeg zonder een spier te vertrekken een kogel in de op straat liggende man. Daarna richtte hij zijn aandacht op de pick-up, gooide er een bruine duffelzak in, een AK-47 en een M4-geweer. Hij ging achter het stuur zitten en stuurde de pick-up met hoge snelheid over de neergelaten ketting van de wegversperring.

Ricky, wiens hersenen de actie waar hij middenin zat nog aan het verwerken waren, sprak zachtjes. 'We moeten terug. Misschien zijn er nog meer overlevenden.'

'Dat is niet het geval. Jij bent de enige.'

'Hoe weet je dat?'

'Dat weet ik gewoon.'

Ricky aarzelde, en zei toen: 'Omdat je deel uitmaakte van het scherpschuttersteam dat die gasten bij de neergestorte heli heeft omgelegd?'

'Misschien.'

Ze reden een kleine minuut zwijgend verder. Ricky keek door de voorruit naar de bergen, en keek toen naar beneden naar zijn trillende handen. Het duurde niet lang voordat de jonge soldaat zich weer tot de bestuurder richtte.

De onbekende beet hem direct toe: 'Niet naar mijn gezicht kijken.'

Ricky gehoorzaamde en richtte zijn aandacht weer op de weg voor hen. Hij vroeg: 'Ben je Amerikaan?'

'Dat klopt.'

'Special Forces?'

'Nee.'

'Marinier? Zit je bij de SEALs?'

'Nee.'

'Force Recon?'

'Nope.'

'Ik snap het al. Dan zit je bij de CIA of zoiets.'

'Nee.'

Ricky stond op het punt de bebaarde man aan te kijken maar wist zich op tijd te beheersen. Hij vroeg: 'Wat dan?'

'Ik was toevallig in de buurt.'

'Toevallig in de buurt? Neem je me godverdomme in de zeik?'

'Geen vragen meer.'

Ze reden nog een volle kilometer voordat Ricky vroeg: 'Wat is het plan?'

'Geen.'

'Je hebt geen plan? Wat moeten we dan doen? Waar gaan we heen?'

'Ik hád een plan, maar daar kwam jij niet in voor, dus ga nou niet zeiken dat ik ineens alles ter plekke moet bedenken.'

Ricky zweeg even. Toen zei hij: 'Begrepen. Plannen zijn overschat.'

Toen hij na nog een minuut even op de kilometerteller gluurde, zag hij dat ze met bijna honderd kilometer per uur over de slecht begaanbare, onverharde weg raasden.

Hij vroeg: 'Heb je misschien wat morfine bij je? Mijn been doet onwijs veel pijn.'

'Sorry, jongen. Je moet helder blijven. Je zult straks moeten rijden.'

'Rijden?'

'Als we in de heuvels zijn, stoppen we. Dan stap ik uit en moeten jullie met z'n tweeën verder.'

'En jij dan? We hebben een basis in Tal Afar. Daar waren we naar op weg voordat we belaagd werden. Daar kunnen we naartoe.' De basis zou spartaans zijn en afgelegen, maar hij zou goed toegerust zijn om aanvallers af te weren en heel wat veiliger zijn dan een pick-uptruck op de openbare weg.

'Jíj kunt daarheen. Ik niet.'

'Waarom niet?'

'Lang verhaal. Geen vragen meer, soldaat. Weet je nog?'

'Gast, waar ben je bang voor? Je gaat hier een medaille voor krijgen of zoiets.'

'Het enige wat ik krijg is een hoop gezeik.'

Enkele minuten later hadden ze de voet van het Sinjar-gebergte bereikt. De onbekende verliet de weg en zette de pick-up tussen bestofte dadelpalmen. Hij klom uit de auto, pakte de M4 en zijn bepakking en hielp toen Ricky plaats te nemen achter het stuur. Ricky gromde en kreunde van de pijn.

Hierna inspecteerde de onbekende de soldaat in de laadbak. 'Dood.' Hij zei het zonder een spoor van emotie. In hoog tempo ontdeed hij Cleveland van zijn kogelwerende Interceptor-vest en zijn uniform en liet hem in zijn bruine onderbroek en T-shirt in de laadbak achter. Ricky's haren gingen overeind staan van de behandeling die de dode soldaat ten deel viel, maar hij zei niets. Deze man, deze... wat hij verdomme ook mocht zijn, had het in dat barbaarse land gered met opportunisme, niet met sentiment.

De vreemdeling gooide de uitrusting links van de truck naast de stam van een dadelpalm op de grond. Hij zei: 'Je zult met je linkervoet moeten remmen en gas geven.'

'*Hooah*, commandant.'

'De basis is pal naar het noorden, vijftien kilometer. Hou die AK op je schoot, en magazijnen binnen handbereik. Blijf zo veel mogelijk *low-pro*.'

'Wat betekent low-pro?'

'*Low profile*. Niet te hard rijden, niet opvallen, te allen tijde die keffiyeh ophouden.'

'Begrepen.'

'Maar als een confrontatie onvermijdelijk is, schiet dan op alles wat je niet aanstaat, oké? Prent je dat goed in, jongen. Als je het komende halfuur wilt overleven zul je bereid moeten zijn je handen vuil te maken.'

'Ja, commandant. En jij dan?'

'Mijn handen zijn al vies.'

Soldaat Bayliss kromp ineen op de maat van zijn pijnlijk kloppende been. Hij keek voor zich uit, niet naar de man die links van hem stond. 'Wie je ook bent... bedankt.'

'Je kunt me bedanken door als de sodemieter thuis te komen en mijn gezicht te vergeten.'

'Begrepen.' Hij schudde kreunend zijn hoofd. 'Toevallig in de buurt.'

Ricky reed onder de bomen vandaan de weg weer op. Hij keek in de achteruitkijkspiegel om een laatste glimp van de vreemdeling op te vangen, maar de van de hitte trillende lucht en het door de banden van de auto opgeworpen stof benamen hem het zicht.

3

Vanuit een zes verdiepingen tellend kantoorgebouw aan Bayswater Road in Londen keek je uit over de groene anomalie in het hart van de stad die wordt gevormd door Hyde Park en Kensington Gardens. In een grote suite op de bovenste verdieping van het witte gebouw zijn de burelen gehuisvest van Cheltenham Security Services, een private onderneming die voor Britse en andere Europese bedrijven de bescherming voor hooggeplaatste zakenlieden, bewakingspersoneel voor fabrieken, en inlichtingenmedewerkers verzorgde. CSS was bedacht en opgericht door de achtenzestigjarige Engelsman Sir Donald Fitzroy, die ook belast was met de dagelijkse leiding.

Fitzroy had het begin van de woensdag hard gewerkt, maar dwong zichzelf nu zijn taak uit zijn gedachten te bannen. Hij gunde zichzelf even de tijd om zijn gedachten leeg te maken, trommelde met zijn worstenvingers op het barokke bureau van zijn partner. Hij had geen tijd voor de man die buiten in het gezelschap van zijn secretaresse geduldig zat te wachten – een dringende zaak slokte al zijn aandacht op – maar hij kon zijn bezoeker ook niet met goed fatsoen wegsturen. Fitzroys tijdelijke crisis moest even wachten.

De jongeman had een uur gelegen gebeld en de secretaresse van

Sir Donald Fitzroy meegedeeld dat hij hem zeer dringend moest spreken. Op het kantoor van CSS waren dergelijke bezoeken niets bijzonders. Wat echter ongebruikelijk was, en tevens de reden dat Fitzroy de jongeman niet zomaar kon verzoeken op een ander moment terug te komen, was het feit dat zijn bezoeker in dienst was bij de LaurentGroup, een kolossaal Frans conglomeraat dat zich bezighield met scheepvaart, wegtransport, techniek en havenfaciliteiten voor de olie-, gas- en mijnbouwindustrie in Europa, Azië, Afrika en Zuid-Amerika. Het bedrijf was Fitzroys grootste klant, en alleen al om die reden kon hij de man niet met welgemeende excuses wegsturen, wat de reden van zijn komst ook mocht zijn.

Fitzroys bedrijf droeg zorg voor de beveiliging van de vestigingen van de LaurentGroup in België, Nederland en het Verenigd Koninkrijk, maar hoe belangrijk Fitzroys contract met Laurent in vergelijking met de andere klanten van CSS ook mocht zijn, hij wist dat zijn aandeel afgezet tegen het totale jaarlijkse beveiligingsbudget van het megabedrijf heel weinig voorstelde. Het was binnen beveiligingskringen algemeen bekend dat de LaurentGroup haar eigen beveiligingsafdelingen decentraal aanstuurde en voor het zware werk in de pakweg tachtig landen waar het vastgoed bezat meestal plaatselijke krachten inhuurde. Dat varieerde van iets onschuldigs zoals het werven van secretaresses voor de vestiging in Kuala Lumpur, tot veel smeriger praktijken, zoals het breken van de benen van een opstandige havenmedewerker in Bombay, of het beëindigen van een spontaan opgelaaid vakbondsprotest in Gdansk.

En het kwam ook wel voor dat de bestuurders op het Parijse hoofdkantoor van Laurent besloten dat een probleem wat permanenter opgelost diende te worden, en Fitzroy wist dat het bedrijf ook voor dat soort klussen zijn mannetjes had klaarstaan.

De meeste multinationals die actief waren in delen van de wereld met meer boeven dan agenten en met meer hongerlijdende mensen die wilden werken dan hoogopgeleide mensen die pleitten voor organisatie en hervormingen, hadden wel een donker randje. Ja, de meeste multinationals bedienden zich van methoden die nooit terug te vinden zouden zijn op de takenlijst van hun topmannen of zouden worden verantwoord in het financieel jaarverslag, maar op het gebied van inzet van huurlingen en andere contactpersonen in de derde wereld gold de LaurentGroup als een zwaargewicht.

En dat zonder dat de aandelenkoers daaronder te lijden had.

Sir Donald Fitzroy bande zijn zorgen over de andere kwestie uit zijn hoofd, drukte op het knopje van de intercom en verzocht zijn secretaresse de bezoeker binnen te laten.

Fitzroy keek als eerste naar het pak van de knappe jongeman. Dat was een goed gebruik in Londen. Als je de kleermaker kent, ken je de man. Hij droeg een Huntsman, herkende Fitzroy, afkomstig uit de gelijknamige winkel aan Savile Row, waardoor hij in één klap het nodige over zijn gast wist. Sir Donald Fitzroy was zelf een Norton & Sons-type, stoer en een tikje minder zakelijk. Maar hij kon de stijl van de jongeman wel waarderen. Na een korte blik schatte de Engelsman zijn bezoeker in als een goed opgeleide jurist uit Amerika, die echter vertrouwd was met en respect had voor de cultuur en gewoontes binnen het Verenigd Koninkrijk.

'Niets verklappen, meneer Lloyd. Sta me toe een gokje te wagen,' riep Fitzroy toen hij met een brede glimlach op de man afliep. 'Rechtenstudie hier ergens in de buurt? King's College, vermoed ik. Misschien na een universitaire studie in de Verenigde Staten. Ik zou willen inzetten op Yale, maar dan moet ik je eerst horen praten.'

De jongeman grijnsde en gaf hem met zijn zorgvuldig gemanicuurde hand een stevige handdruk. 'King's College klopt, meneer, maar daarvoor ben ik afgestudeerd aan Princeton.'

Ze schudden elkaar de hand, en Fitzroy dirigeerde zijn bezoeker naar een zithoek voor in zijn kantoor. 'Ja, nu hoor ik het. Princeton.'

Terwijl Fitzroy in een stoel aan de andere kant van de salontafel plaatsnam, zei Lloyd: 'Ik ben onder de indruk, Sir Donald. U hebt het vermogen mensen in één oogopslag in te schatten waarschijnlijk aan uw vorige beroep te danken.'

Fitzroy trok zijn witte borstelige wenkbrauwen op terwijl hij voor hen beiden koffie inschonk uit het zilveren servies dat op tafel stond. 'Er is een jaar of twee geleden een artikel over mij verschenen in *The Economist*. Wellicht heb je daar het een en ander over mijn carrière aan het hof uit opgepikt.'

Lloyd knikte, nipte aan zijn koffie. 'Schuldig. De dertig jaar die u bij MI5 hebt gezeten. Grotendeels in Ulster ten tijde van de Troubles. Gevolgd door de overstap naar de beveiligingswereld. Ik ben ervan overtuigd dat dat flatteuze artikel goed voor de zaken is geweest.'

'Dat kun je wel stellen,' zei Fitzroy met een routineuze glimlach.

'En ik moet ook bekennen dat ik nog nooit een echte ridder heb ontmoet.'

Hier moest Fitzroy hardop om lachen. 'Mijn ex-vrouw maakt me in onze vriendenkring nog altijd belachelijk met die titel. Ze wijst er altijd op dat die geste wordt verleend uit beleefdheid, niet uit edelmoedigheid, en aangezien ik overduidelijk over geen van beide beschik, vindt ze die titel schromelijk overdreven.' Fitzroy zei dit zonder enige bitterheid, enkel met luchtige zelfspot.

Lloyd grinnikte beleefd.

'Ik heb normaal gesproken te maken met meneer Stanley van jullie vestiging in Londen. Wat is je functie binnen de LaurentGroup, Lloyd?'

Lloyd zette zijn kopje op het schoteltje. 'Ik hoop dat u me de korte termijn waarop ik om dit gesprek heb verzocht niet kwalijk neemt, en ook niet dat ik nu zo snel ter zake kom.'

'Geen enkel probleem, jongeman. In tegenstelling tot de meeste Engelsen, met name die van mijn generatie, heb ik respect voor de scherpte van de Amerikaanse zakenman. Het lijdt geen twijfel dat de eindeloze thee-met-taartsessies de Britse productiviteit geen goed hebben gedaan. Dus schiet maar, zoals jullie Yanks het zo bondig formuleren.' Fitzroy nam een slokje van zijn koffie.

De jonge Amerikaan boog zich voorover. 'Mijn haast heeft weinig te maken met het feit dat ik Amerikaan ben, maar alles met de urgente kwestie van mijn werkgever.'

'Ik hoop dat ik jullie van dienst kan zijn.'

'Dat weet ik wel zeker. Ik ben hier om te praten over een incident dat zich twintig uur geleden in Al Hasakah heeft voorgedaan.'

Fitzroy boog zijn dikke hoofd en glimlachte. 'Daar heb je me, kerel. Ik moet bekennen dat die naam me niets zegt.'

'Dat ligt in Oost-Syrië, meneer Fitzroy.'

Sir Donald Fitzroys geforceerde glimlach verdween, en hij zweeg. Langzaam zette hij zijn kopje op het schoteltje en zette dat op de tafel voor hem.

Lloyd zei: 'Nogmaals mijn excuses voor de voortvarendheid waarmee ik dit aanpak, maar tijd is niet zomaar cruciaal in deze zaak, maar feitelijk non-existent.'

'Ik luister.' De warme glimlach die tien seconden geleden nog op het gelaat van de Engelsman prijkte, was inmiddels dood en begraven.

'Gisteravond rond acht uur plaatselijke tijd is Dr. Isaac Abubaker door een huurmoordenaar om het leven gebracht. Hij was, zoals u wellicht weet, de minister van Energie van Nigeria.'

Fitzroys toon was inmiddels aanzienlijk minder vriendelijk geworden. 'Merkwaardig. Enig idee wat de Nigeriaanse minister van Energie in Oost-Syrië te zoeken had? De enige energie die daar te vinden is, komt van de fanatieke jihadisten die zich daar verzamelen voordat ze in het geheim de grens met Irak oversteken om meer stennis te schoppen.'

Lloyd glimlachte. 'De gewaardeerde doctor was een moslim met radicale opvattingen. Wellicht was hij in Syrië om hun financiële steun toe te zeggen. Ik ben hier niet om de daden van de man goed te praten. Ik maak me enkel zorgen over de aanslag op zijn leven. Het toeval wil dat de dader nog leeft en naar Irak is gevlucht.'

'Wat een pech.'

'Niet wat de moordenaar betreft. Hij was goed. Hij was beter dan goed. Hij was de beste. Het is de man die bekendstaat als The Gray Man.'

Fitzroy sloeg zijn benen over elkaar en ging achteroverzitten. 'Een mythe.'

'Geen mythe. Een man. Een uitzonderlijk capabele man, maar uiteindelijk een man van vlees en bloed.'

'Waarom ben je hier?' vroeg Fitzroy met een stem waaruit alle vaderlijke charme die er in het eerste deel van hun gesprek in had doorgeklonken was verdwenen.

'Ik ben hier omdat u zijn contactpersoon bent.'

'Zijn wat?'

'Zijn contactpersoon. U licht zijn contracten door, voorziet hem van logistieke steun, speelt hem informatie door, int zijn betalingen, die u doorsluist naar zijn bankrekeningen.'

'Waar heb je al die onzin vandaan?'

'Sir Donald, als ik de tijd zou hebben, zou ik u alle beleefdheden toestaan waar u recht op heeft en aansturen op een verbaal steekspel, waarbij ik een schijnbeweging zou maken en u zou afweren en we net zo lang door de kamer zouden dansen tot een van ons met zijn spreekwoordelijke zwaard de ander de genadeklap toebrengt. Helaas, meneer, sta ik onder zeer grote druk, waardoor ik genoodzaakt ben deze gebruikelijke formaliteiten over te slaan.' Hij nam weer een slokje van zijn koffie en trok even een vies gezicht vanwege de bitterheid van het goedje. 'Ik weet dat de moordenaar de man was die The Gray Man wordt genoemd, en ik weet ook dat u hem aanstuurt. U kunt me vragen hoe ik dit weet, en dan verzin ik gewoon een leugen, maar de komende paar uur is onze relatie afhankelijk van ons vermogen vrijuit te spreken.'

'Ga door.'

'Zoals ik al zei heeft The Gray Man Irak weten te bereiken maar heeft hij zijn exfiltratie gemist, omdat hij zo dom is geweest het vuur te openen op een sterkere, vijandelijke troepenmacht. Hij heeft minstens tien man gedood dan wel verwond. Heeft een Amerikaans soldaat van de National Guard gered en het lichaam van een tweede veiliggesteld. En nu is hij op de vlucht.'

'Hoe weet je zeker dat The Gray Man Dr. Abubaker heeft gedood?'

'Niemand anders op de wereld zou die opdracht krijgen, omdat niemand anders dit soort shit voor elkaar kan krijgen.'

'En toch, zeg je, heeft hij een domme fout gemaakt.'

'Nog meer bewijs dat ik gelijk heb. The Gray Man werkte ooit voor de Amerikaanse overheid. Er is iets misgelopen, waardoor hij een doelwit werd van de CIA en hij voor zijn voormalige broodheren moest onderduiken. The Gray Man is ondanks zijn verslechterde relatie met Langley nog altijd een vaderlandslievende Amerikaan. Hij zal het neerstorten van een helikopter met elf Amerikaanse doden tot gevolg niet zomaar ongestraft aan zich voorbij laten gaan.'

'Dat is je bewijs?'

Lloyd herschikte zijn colbert. 'We waren al enige tijd op de hoogte van het feit dat The Gray Man met de aanslag op Abubaker had ingestemd. Toen de gewaardeerde doctor als gevolg van een valstrik het leven liet, konden we de identiteit van zijn moordenaar wel raden.'

'Het spijt me, Lloyd. Ik begin oud te worden; je zult de puntjes voor me moeten verbinden. Wat doe je in mijn kantoor?'

'Mijn bedrijf is bereid het aantal contracten te verdrievoudigen als u ons wilt helpen om The Gray Man uit te schakelen. Zonder in te gaan op overbodige details, kan ik u wel zeggen dat de president van Nigeria ons gevraagd heeft hem te helpen het recht te laten gelden voor de moordenaar van zijn broer.'

'Waarom de LaurentGroup?'

'Dat is een voorbeeld van zo'n overbodig detail.'

'Als je wilt dat we dit gesprek voortzetten, zul je het als allesbehalve overbodig bestempelen.'

4

Lloyd aarzelde. Knikte langzaam. ‘Goed dan. Twee redenen. Ten eerste beschikt mijn bedrijf over een machtig en omvangrijk beveiligingsnetwerk, en de president is van mening dat wij de middelen tot onze beschikking hebben om deze situatie voor hem op te lossen. We hebben de Nigerianen in het verleden wel vaker geholpen met niet-alledaagse klusjes, ziet u.’ Lloyd voegde hier met een handgebaar aan toe: ‘Een kwestie van je klanten tevreden houden.’

Fitzroy fronste zijn wenkbrauwen zo diep dat ze elkaar raakten.

‘En ten tweede denkt Julius Abubaker dat hij ons onder druk kan zetten. We hebben een waardevol contract dat nog getekend moet worden. Dat lag al op zijn bureau toen uw man zijn broer vermoordde. De president is nog een kleine week in functie. Hij heeft ons die tijd gegeven om de moord op zijn broer te wreken.’

‘Wat behelst het contract dat hij nog moet goedkeuren?’

‘Het is een contract dat we niet mogen mislopen. Wist u, Sir Donald, dat Nigeria niet alleen een grote olieproducent is, maar ook over zeer grote gasvelden beschikt? Dit gas wordt volledig verspild, bij hun olievelden borrelt er elk jaar zo’n dertig miljard ton van naar de oppervlakte dat meteen vervliegt. Een totale verspilling van energie en geld.’

'En LaurentGroup wil dat gas?'

'Absoluut niet. Het gas is een natuurlijke energiebron die eigendom is van de brave burgers van Nigeria. Maar alleen wij beschikken over de technologie om hun putten te dichten, het vloeibare gas via een pijplijn naar de haven van Lagos te vervoeren, het in onze dubbelwandige, temperatuurgeregelde tankers naar raffinaderijen te verschepen en het daar voor de Nigerianen te raffineren. We hebben vier jaar en meer dan driehonderd miljoen dollar aan onderzoekskosten in dit project zitten. We hebben schepen gebouwd, we hebben scheepswerven aangepast zodat we nog meer schepen kunnen bouwen, we hebben onderhandelingen gevoerd om die pijplijn te mogen aanleggen.'

'En dat allemaal zonder een contract waarin de export van het product geregeld is? Zo te horen heeft de LaurentGroup nieuwe advocaten nodig,' schertste Fitzroy.

Lloyd, de aan de LaurentGroup verbonden advocaat, schoot overeind. 'We hádden een contract met Abubaker. Zijn mensen hebben een uitweggetje gevonden. Nadat we die onfortuinlijke fout hadden hersteld, hoefde hij alleen nog maar zijn krabbel onder het document te zetten om de deal te bezegelen en de operatie te starten. En toen vermoordde uw man zijn broer.'

'Ik zie het verband nog steeds niet.'

'Het verband is, als u mij mijn taalgebruik wilt vergeven, dat president Abubaker een lul is.'

Er viel Fitzroy iets op aan de opwinding van de jonge raadsman. 'Ik denk dat ik het snap. Jouw afdeling was verantwoordelijk voor de maas in het contract. Jouw superieuren hebben je op pad gestuurd met de opdracht je fout te herstellen.'

Lloyd zette zijn dunne bril af en wreef langzaam over zijn neusbrug. 'Een uiterst kleine onvolkomenheid die in elke rechtbank in de beschaafde wereld voor hooguit vijf seconden onrust zou zorgen.'

'Maar helaas heb je te maken met de meest corrupte natie ter wereld.'

'Feitelijk de op twee na meest corrupte, maar de strekking van uw woorden klopt,' zei Lloyd.

Na weer een slokje koffie genomen te hebben, toverde hij een nieuwe glimlach rond zijn mond tevoorschijn. 'Abubaker dreigt de operatie aan onze concurrent te gunnen, een bedrijf dat aanvankelijk niet eens in beeld was voor deze klus. Het zou onze concurrent tien jaar kosten om qua infrastructuur en operationele kennis op ons niveau te komen, en Nigeria zou in die tussenliggende jaren miljarden dollars aan winst mislopen.'

'Net als de LaurentGroup.'

'Ik moet toegeven dat we geen sociale instelling binnen de Nigeriaanse regering vormen. We worden gedreven door eigenbelang; ik wijs u slechts op de wederzijdse voordelen die voor de arme Nigeriaanse stakkers zullen wegvallen als ik er niet in slaag The Gray Man te vinden en te doden.'

'Als die arme stakkers ondanks de miljarden oliedollars die jaarlijks het land binnenkomen nog steeds arme stakkers blijven, kan ik me niet voorstellen dat een paar gasleidingen heel veel aan hun levensstandaard zullen bijdragen.'

Lloyd haalde zijn schouders op. 'Misschien zijn we iets te ver van het oorspronkelijke probleem afgedwaald.'

'En hoe zit het met de man die het contract heeft uitgezet? Waarom gaat de president niet achter hem aan? The Gray Man is, als jullie informatie klopt tenminste, slechts degene die de trekker heeft overgehaald.'

Lloyd glimlachte vreugdeloos. 'U weet heel goed dat de man die het contract heeft uitgezet maanden geleden al bij een vliegtuigongeluk om het leven is gekomen. The Gray Man had het geld dat al op zijn rekening stond, kunnen en moeten incasseren en de klus verder moeten laten zitten. Maar uw huurmoordenaar is doorgegaan met zijn missie. Het heeft er alle schijn van dat hij meende iets nobels te doen.'

'En ik dan? Als je vermoedt dat ik betrokken ben geweest bij het plan om Abubaker te vermoorden, waarom schakel je mij dan niet ook uit?'

'We weten dat de man die het contract heeft uitgezet werkte met een vertrouwenspersoon. Die had op zijn beurt ook een vertrouwenspersoon, die weer een vertrouwenspersoon had die met u heeft onderhandeld. President Julius Abubaker heeft niet de aandachtsspanne voor een dergelijke intrige. Hij wil het hoofd van de moordenaar van zijn broer. Meer niet.'

'Als je het hebt over een hoofd... dan neem ik toch aan dat je dat figuurlijk bedoelt.'

'Was het maar zo, Sir Donald. Nee, de president heeft een man uit zijn persoonlijke entourage naar mijn afdeling gestuurd om erop toe te zien dat ik mijn missie tot een goed einde breng. Deze man heeft me laten weten dat hij het hoofd van The Gray Man in een koelbox moet stoppen en die per diplomatieke post bij zijn leider moet afgeven. Godverdomde wilden.' Dat laatste leek Lloyd vooral tegen zichzelf te zeggen.

'Is president Abubaker niet op een of andere manier om te kopen?' vroeg Fitzroy. Hij wist wel hoe de hazen liepen in de publieke sector van de derde wereld.

Lloyd keek naar een punt op de muur. Zijn ogen, plots ouder dan zijn gelaatstrekken, blikten in het niets. 'O, we hebben alles al geprobeerd, meneer Fitzroy. Geld, hoeren, drugs, huizen, boten. Hij is een inhalige klootzak. We hebben hem de maan en de sterren gegeven in ruil voor het Lagos-contract. En toch onderhandelt hij nu met onze concurrent. Hem het hoofd van de moordenaar van zijn broer bezorgen is het enige wat we voor hem kunnen doen wat niemand anders kan en is daarom het enige waarmee hij ons nog aan het lijntje houdt.'

'Als Abubaker zo'n despoot is, waarom doet hij dan vrijwillig afstand van de macht?'

Lloyd maakte een handgebaar alsof het antwoord voor de hand lag. 'Hij is al puissant rijk. Hij heeft zijn land verkracht. Het is nu tijd om na te genieten van zijn act.'

'En daarom ben je hier.'

'Zo simpel is het, meneer Fitzroy. Ik verontschuldig me nogmaals voor de vrijpostigheid waarmee ik u heb bejegend, maar ik ben ervan overtuigd dat de hoeveelheid werk die we Cheltenham Security kunnen bieden ruimschoots opweegt tegen het verlies van een huurmoordenaar, hoe goed hij ook mag zijn.'

Fitzroy zei: 'Lloyd, ik heb mannen in dienst die erg… nuchter zijn. Ze hechten zeer aan zaken zoals loyaliteit en vertrouwen en eergevoel. Hoe misplaatst dat vaak ook is, het is ook een belangrijke drijfveer. Als ik een man opoffer, de beste die ik heb, in ruil voor een paar lucratieve opdrachten, zou ik mezelf geen goede dienst bewijzen.'

'Integendeel. Deze huurmoordenaar van u is een product als alle andere. Dit type product heeft een korte levensduur. Zes maanden, een jaar, zeker niet meer dan drie. En dan is hij dood of arbeidsongeschikt. Hij zal voor u hoe dan ook geen geld meer in het laatje brengen. Van het aanbod dat ik u doe kan uw bedrijf het uitzingen zolang als u dat wilt.'

'Ik offer geen mannen op in ruil voor zaken.'

Er volgde een korte stilte. 'Ik begrijp het. Ik zal met Parijs overleggen. Misschien kan ik de pil wat minder bitter maken.'

'De smaak van de pil doet er niet toe. Ik weiger hem gewoon te slikken.'

Lloyd boog zich naar hem toe. Hij klonk ietwat vilein. 'Als ik niks aan de smaak van die pil kan doen, zie ik me gedwongen drastischer maatregelen te nemen. Uw man móét afgemaakt worden. Het liefst gebruik ik een wortel. Maar als het moet wordt het een stok.'

'Ik zou je willen aanraden voorzichtig te zijn, kerel. De richting waarin dit gesprek zich ontwikkelt staat me niet aan.'

De mannen bleven elkaar een paar seconden aankijken.

'Ik weet dat u een team op pad hebt gestuurd dat The Gray Man vanavond zal oppikken. Ik wil dat u uw manschappen de opdracht geeft hem te elimineren. Een enkel telefoontje en een financiële stimulans zou genoeg moeten zijn om dit probleem snel en stilletjes op te lossen.'

Fitzroy kneep zijn ogen samen. 'Van wie heb je dat in godsnaam gehoord?'

'Ik ben niet in de positie mijn bronnen prijs te geven.'

'Je bluft. Je weet niets.'

Lloyd glimlachte. 'Ik zal een tipje van de sluier oplichten over wat ik weet, en dan mag u beslissen of ik al dan niet bluf. Ik vermoed dat ik meer weet over uw man dan u. De echte naam van uw huurmoordenaar is Courtland Gentry, roepnaam Court. Hij is zestendertig jaar oud. Zijn Amerikaanse vader bestierde een SWAT-opleiding in de buurt van Tallahassee, Florida, de plek waar hij is opgegroeid. De jongen trainde elke dag met gevechtsofficieren. Op zijn zestiende gaf hij SWAT-teams les in man-tegen-mangevechten. Op zijn achttiende kwam hij in Miami in contact met de verkeerde mensen, werkte een tijdje voor een Colombiaanse bende, werd in Key West gearresteerd voor het doodschieten van drie Cubaanse drugsdealers in Fort Lauderdale.

Een hoge omes bij de CIA die bij Courts vader had getraind haalde de jongen uit de gevangenis en zette hem aan het werk bij een geheime afdeling binnen de Operations Directorate. Hij heeft een aantal jaar geheime missies over de hele wereld uitgevoerd, voornamelijk clandestiene inbraken, tot aan 9/11, toen hij deel ging uitmaken van de Special Activities Division, een voor de dienst ongebruikelijke afdeling. Die stond officieel te boek als Special Detachment Golf Sierra, maar werd in de volksmond, door het handjevol mensen dat ervan wist, het idiotenpeloton genoemd.'

'Ik weet zeker dat je dit allemaal uit je duim zuigt.'

Lloyd negeerde die opmerking en ging verder. 'Dat was een ad-hocteam voor speciale gevechtshandelingen, waarvan de leden *high-speed, low-drag*-werknemers waren, zoals wij dat noemen. De beste van de besten. Geen James Bond-types. Nee, bij deze jongens lag de nadruk duidelijk meer op geweld en minder op geheimhouding. Ze zijn een aantal jaren de meest succesvolle groep binnen de CIA geweest. Ze vermoordden degenen die we niet konden binnenhalen, ze vermoordden degenen die vermoedelijk weinig bruikbare informatie konden prijsgeven, en ze vermoordden degenen wier dood de terroristen de meeste angst zou inboezemen.

Maar vier jaar geleden ging het mis. Sommigen beweren dat het politiek was; anderen zijn ervan overtuigd dat Gentry een missie heeft verkloot en zichzelf overbodig heeft gemaakt. Weer anderen denken dat hij is overgelopen. Er werd hoe dan ook een opsporingsbevel tegen hem uitgevaardigd, met de instructie hem neer te schieten zodra hij ergens gesignaleerd werd. Hij werd een doelwit van zijn voormalige collega's van de Special Activities Division. Gentry verdween niet stilletjes van het toneel; hij vermoordde een paar teamgenoten van Golf Sierra die het op hem gemunt hadden en dook toen onder, verdween van de radar. Heeft onder andere in Peru gezeten, Bangladesh, Rusland, wie weet waar nog meer. Hij was binnen zes maanden door zijn financiële reserves heen. Ging aan de slag in de private sector, voor u, en pakte zijn oude stiel weer op. Kogels door het hoofd, doorgesneden kelen. Sluipschuttersgeweren en knipmessen.'

Er werd zachtjes op de kantoordeur geklopt. Fitzroys secretaresse stak haar hoofd door de deur. 'Het spijt me, meneer. U hebt een telefoontje.' Ze deed de deur weer achter zich dicht.

Fitzroy stond op, en Lloyd volgde zijn voorbeeld. De jonge Amerikaan zei: 'Ik kan wel even buiten wachten.'

'Dat hoeft niet. We zijn klaar.'

'U begaat een ernstige vergissing door me weg te sturen. U moet ervoor zorgen dat uw extractieteam The Gray Man het zwijgen oplegt. Als u van mening bent dat het aanbod dat ik u heb gedaan niet volstaat, zal ik een paar telefoontjes plegen om te zien wat ik daaraan kan doen. Wat ik zeker níét kan doen, meneer Fitzroy, is terugkeren naar mijn werkgever zonder dat deze kwestie is opgelost.'

Fitzroy had er genoeg van. 'Je bedrijf heeft deze zaak verkeerd ingeschat. Ik laat me niet als de eerste de beste Afrikaanse dictator omkopen.'

Er sloop iets strengs in de oogopslag van de jonge Amerikaan. 'Dan bied ik u mijn verontschuldigingen aan.' Ze schudden elkaar de hand, hoewel dit vriendschappelijke gebaar niet paste bij de kille blik die ze uitwisselden. Terwijl Lloyd naar de deur liep, boog hij af naar links en liep naar een ingelijst artikel uit *The Economist* dat aan de muur hing. De kop luidde: VOORMALIG MEESTERSPION WORDT GROTE SPELER IN DE BEVEILIGINGSSECTOR. Lloyd wees ernaar en draaide zich om naar de oudere Engelsman. 'Zeer gedegen stuk. Heel veel informatie.'

Toen keek hij naar een foto aan de muur van een jongere Fitzroy met zijn vrouw en tienerzoon. 'Uw zoon heeft inmiddels twee dochters, toch? Woont hier in Londen, in een herenhuis in Sussex Gardens, als ik de informatie uit het *Economist*-artikel goed heb onthouden.'

'Dat stond niet in het *Economist*-stuk.'

'Niet?' Lloyd haalde zijn schouders op. 'Goh, dat moet ik dan ergens anders opgepikt hebben. Prettige dag nog, Sir Donald. We hebben nog contact. U kunt binnen een uur een pakketje verwachten.'

Hij draaide zich om en liep de deur uit.

Fitzroy bleef eventjes in zijn eentje in zijn kantoor staan.

Hoewel hij niet bang was aangelegd, was de koude rilling die hij voelde er onmiskenbaar een van angst.

5

Twee uur voor zonsopkomst was het al verzengend heet op het verlaten vliegveld. De kolossale Lockheed L-100 stond met draaiende motoren aan het einde van de startbaan, met gedoofde lichten zodat hij van veraf niet zichtbaar zou zijn, maar de bemanning zat met de handen op de gashendels paraat. De propellers bliezen droog stof en scherp zand in de door de wind gegroefde gezichten van de vijf mannen die op de startbaan onderaan de neergelaten trap van het vliegtuig stonden. Alle ogen waren gericht op het zuiden, en tuurden voorbij het kleine gebouw dat dienstdeed als terminal, voorbij het hekwerk, in de oneindige duisternis waarin West-Irak gehuld was.

De vijf mannen stonden dicht bij elkaar, maar een normaal gesprek was niet mogelijk. Zelfs stationair draaiend vulden de vierbladige Allison-motoren van het vliegtuig de lucht met een bestendig, oorverdovend gezoem. Zonder hun Harris Falcon-korteafstandszenders en hun keelmicrofoons zouden hun woorden verloren gaan zoals het landschap dat buiten het bereik van hun nachtkijkers lag.

Markham betastte met zijn linkerhand het Heckler & Koch-machinepistool dat voor zijn borst hing en drukte met zijn rechter op de zendknop aan zijn volgeladen vest. ‘Hij is laat.’

Perini beet op het uiteinde van de slang die over zijn schouder hing, zoog wat lauw water op uit het halflege reservoir in zijn rugzak. Het merendeel spuugde hij voor zijn voeten op de met zand bestrooide startbaan weer uit. Hij hield zijn loshangende Mossberg-shotgun in zijn rechterhand. 'Als deze mofo zo goed is als ze zeggen, hoe kan hij dan te laat zijn voor zijn eigen exfil?'

'Hij is echt zo goed als ze zeggen. Als The Gray Man te laat is, heeft hij daar een goede reden voor,' zei Dulin, met zijn handen op zijn heupen en zijn machinepistool met verkorte loop horizontaal voor zijn borst. 'Scherp blijven; het is maar een korte missie. We pikken hem op, brengen hem de grens over en vergeten dan dat we die eikel ooit hebben gezien.'

'The Gray Man,' zei McVee met enige bewondering. 'Hij is de man die Milosevic heeft vermoord. Is de VN-gevangenis binnengeglipt en heeft die klootzak vergiftigd.' Zijn MP5-machinepistool bungelde aan zijn draagriem, de dikke geluiddemper wees naar het asfalt.

Perini zei: 'Neuh gast, het was andersom. Hij heeft de man vermoord die Milosevic heeft vermoord. Milosevic stond op het punt namen prijs te geven. VN-functionarissen die hem hadden geholpen bij de genocide in Bosnië en Kosovo. De VN hebben een huurmoordenaar geregeld die de oude Slobo heeft vergiftigd, en toen dat geregeld was heeft The Gray Man met de huurmoordenaar afgerekend.' Hij lurkte aan de slang en spoog weer een mondvol warm water uit. 'The Gray Man is een echte klootzak. Het boeit hem niks, en hij is nergens bang voor.'

Markham bleef bij zijn eerste vaststelling. 'Hij is godverdomme te laat, dat is-ie.'

Dulin keek op zijn horloge. 'Fitzroy zei al dat we misschien zouden moeten wachten, en dat we misschien zouden moeten vechten. Iedere hadji in een straal van vijftig kilometer zit achter hem aan.'

Toen sprak Barnes, die tot nu toe had gezwegen. 'Ik heb gehoord dat hij achter die klus in Kiev zat.' Hij slenterde een eindje bij de ladder van het vliegtuig vandaan en tuurde door zijn drie keer vergrotende nachtkijker die op zijn M4 was gemonteerd de duisternis in.

'Gelul,' zei Dulin, wat door twee anderen direct werd beaamd.

McVee koos echter Barnes' kant. 'Zoiets heb ik ook gehoord. Die Gray-gast heeft die shit in zijn eentje gedaan.'

Markham zei: 'Echt niet. Kiev was geen solo-operatie. Een topteam van minstens twaalf man.'

Barnes schudde in het donker zijn hoofd. 'Heb gehoord dat het één schutter was. Dat het The Gray Man was.'

Markham antwoordde: 'Ik geloof niet in toverij.'

Op dat moment klonk er in alle vijf de oortjes van de mannen gekraak. Dulin stak een hand op om zijn team tot zwijgen te brengen, drukte op de knop op zijn vest om te kunnen praten. 'Herhaal de laatste boodschap.'

Opnieuw gekraak. En opnieuw. Uiteindelijk drongen er woordflarden door de ruis heen. 'Dertig seconden... vooruit... achtervolging!' De stem was onherkenbaar, maar de boodschap was duidelijk urgent.

'Is hij dat?' vroeg Barnes.

Niemand die het wist.

De communicatieapparatuur braakte opnieuw een hoop leven uit, beter te verstaan dit keer. Ze keken naar het openstaande hek aan de voorkant van het kleine vliegveld. 'Ik kom snel! Niet schieten!'

Dulin reageerde in de microfoon. 'Het signaal hapert. Wat is je locatie?'

Geruis. '...noordwest.'

Op dat moment hoorden ze noordwaarts van hen een klap en een claxon. Iedereen had naar het zuiden staan kijken. Toen ze hun hoofden en geweerlopen noordwaarts zwenkten, in de richting van het geluid, zagen ze een pick-uptruck met een kapotte koplamp door het hek heen breken en vanuit het zand de startbaan op stuiteren. Het voertuig reed met onwaarschijnlijk hoge snelheid op de L-100 af.

De stem dreunde weer in de oortjes. 'Ik ben niet alleen!'

Toen zagen ze koplampen in een brede baan achter het wild stuiterende voertuig. Eerst twee paar, toen vier, toen meer.

Dulin gunde zichzelf een seconde om de situatie in te schatten. Daarna schreeuwde hij boven de herrie van de motoren uit tegen zijn mannen: 'Het vliegtuig in!'

Ze klommen alle vijf aan boord, en de L-100 was al over de startbaan aan het rijden toen een gewapende man met besmeurde kleding en bepantsering naar de achterste laadklep rende. McVee greep de gehandschoende hand van 'het pakket' en trok hem de steile laadklep op, en Markham ramde met zijn hand op de hydraulische bediening om de klep op te halen. Nadat Dulin de piloten in de cockpit daartoe opdracht had gegeven, schroefden die het toerental van de vier turbopropmotoren op om te kunnen opstijgen.

Toen de laadklep eenmaal dicht was, liet het pakket zich midden in de lege cabine op zijn kniebeschermers vallen. Zijn M4 hing over een standaard harnas waaraan de meeste munitie ontbrak, en zijn bruine Nomex-overall was op diverse plekken gescheurd. Het gezicht van de man werd bedekt door een beschermende bril, uitgesmeerde camouflageverf en zweet. Hij zette zijn helm af, liet hem op de vanwege de in gang gezette opstijgmanoeuvre hellende vloer van de cabine vallen. De stoom steeg op uit een drijfnatte laag dik bruin haar, en het zweet droop als een lekkende kraan van zijn baard.

Dulin raapte The Gray Man op van de vloer en zette hem op de met rode kussens beklede bank die in lengterichting langs de romp van het vliegtuig liep. Hij deed hem een veiligheidsgordel om en ging naast hem zitten.

'Ben je gewond?' vroeg hij.

De man schudde zijn hoofd.

'Laat me je uit je tenue helpen,' schreeuwde Dulin boven het kabaal van de motoren uit.

'Ik hou het liever aan.'

'Wat je wilt. Het is maar veertig minuten vliegen. Als we eenmaal in Turkije zijn, gaan we naar een safehouse, en Fitzroy zal morgenavond wel nieuwe instructies voor je hebben. We zullen je zolang rugdekking geven.'

'Dat waardeer ik,' zei de smerige man tussen zijn hijgende ademhalingen door. Hij bleef terwijl hij sprak naar de grond kijken. Zijn armen rustten op het zwarte geweer dat aan zijn nek hing.

De overige vier mannen hadden zichzelf op dezelfde bank langs de romp vastgesnoerd. Ze keken allemaal naar het pakket, probeerden tevergeefs het alledaagse uiterlijk van de huurling naast hen te rijmen met zijn bovenmenselijke reputatie.

The Gray Man en Dulin zaten vlak bij een pallet met spullen die met een net aan de vloer was verankerd.

Dulin zei: 'Ik zal Fitzroy bellen om te zeggen dat we onderweg zijn. Ik haal even wat water voor je en ben zo weer terug.' Toen draaide hij zich om en klom door het steil stijgende toestel naar voren. Tijdens het lopen haalde hij zijn satelliettelefoon tevoorschijn.

Iets na drieën in de ochtend trommelde een oudere man in een gekreukt krijtstreeppak op de zesde verdieping van een wit kantoorgebouw aan Bayswater Road in Londen met zijn vingers op zijn bureau. Zijn gezicht was wit weggetrokken, zweet druppelde langs zijn mollige nek en bevlekte zijn overhemd van Egyptische katoen. Sir Donald Fitzroy probeerde te ontspannen, probeerde de duidelijk aanwezige bezorgdheid uit zijn stem te bannen.

De satelliettelefoon ging opnieuw over.

Weer keek hij, voor de twintigste keer, naar de ingelijste foto op zijn bureau. Zijn inmiddels veertigjarige zoon in een hangmat op het strand, met naast hem zijn beeldschone vrouw. De tweeling, twee meisjes, ieder bij een van hun ouders op schoot. Ze glimlachten allemaal.

Fitzroy maakte zijn blik los van de ingelijste foto en keek naar een verzameling losse foto's in zijn vlezige handen. Ook deze kiekjes had hij wel twintig keer bekeken. Ze waren van hetzelfde viertal, hetzelfde gezin, de tweeling weliswaar iets ouder inmiddels.

Het waren typische spionagefoto's: het gezin in het park, de tweeling op school in de buurt van Grosvenor Square, zijn schoondochter met een winkelwagen in de supermarkt. Op basis van de hoeken en de afstand waarop de foto's waren genomen, concludeerde Fitzroy dat de fotograaf duidelijk wilde maken dat hij heel eenvoudig op alle vier af had kunnen lopen en hen stuk voor stuk had kunnen vermoorden.

Lloyds impliciete boodschap was duidelijk: Fitzroys familie kon elk moment worden aangepakt.

De satelliettelefoon stootte voor de derde keer een geluidje uit.

Fitzroy liet alle lucht uit zijn longen ontsnappen, gooide de foto's op de grond, en pakte het irritant piepende apparaat.

'Standstill. Hoor je me, Fullcourt?'

'Glashelder, Standstill,' zei Dulin. Hij drukte zijn oor stevig tegen de luidspreker van de telefoon om het geluid van de motoren uit te bannen. 'Hoor je me?'

'Luid en duidelijk. Wat is de situatie?'

'Standstill, Fullcourt hier. We hebben het pakketje en hebben de doelwitzone verlaten.'

'Begrepen. Wat is de status van het pakketje?'

'Ziet er niet uit, meneer, maar hij zegt dat het goed met hem gaat.'

'Begrepen. Wacht even,' zei Fitzroy.

Dulin haalde een gehandschoende hand over zijn gezicht en keek naar zijn vier kompanen die achter in de laadruimte van het vliegtuig zaten. Daarna richtte hij zijn blik op The Gray Man, die op het uiteinde van de bank zat. Zijn gezicht ging schuil onder een bril, een baard en camouflageverf. Toch kon Dulin zien dat de man uitgeput was. Hij zat met zijn rug tegen de romp geleund, beide armen over zijn M4 gedrapeerd. Hij staarde in het niets. Dulins manschappen zaten rechts van The Gray Man op de bank, in vrijwel identieke uitrusting maar op een klein afstandje van het pakket.

Dertig seconden later was Fitzroy weer terug. 'Fullcourt, Standstill hier. De operatie is gewijzigd. Jij en je manschappen zullen hiervoor uiteraard passend worden beloond.'

Dulin ging rechter op zitten. Hij fronste zijn wenkbrauwen. 'Begrepen, Standstill. Klaar om de nieuwe opdracht te horen.'

'De bezorging van het pakket moet worden afgeblazen.'

Dulin liet het hoofd hangen. 'Onmogelijk, Standstill. We kunnen niet terug naar het vliegveld. Het wemelt er van de vijandelijke troepen en…'

'Dat bedoel ik niet, Fullcourt. Jullie moeten het pakket… vernietigen.'

Het bleef even stil. 'Standstill, Fullcourt. Het laatste herhalen graag.'

De toon van het gesprek door de satelliettelefoon veranderde. Minder afstandelijk. Menselijker. 'Ik zit hier met een… probleem, Fullcourt.'

Dulin zei met een stem waaruit de kordate cadans van het radioverkeer was verdwenen: 'Ja, zo te horen wel.'

'Ik wil dat hij geëlimineerd wordt.'

Dulin ondersteunde zijn hoofd met zijn gehandschoende hand. Hij begon met zijn vingers op de zijkant van zijn gezicht te trommelen. 'Weet je het zeker? Hij is een van je manschappen.'

'Dat weet ik.'

'Ik ben een van je manschappen.'

'Het is ingewikkeld, kerel. Een allesbehalve normale gang van zaken.'

'Dit is niet goed.'

'Zoals ik al zei zullen jullie voor deze wijziging van de missie allemaal gecompenseerd worden.'

Dulin keek naar het pakket en vroeg: 'Hoeveel?'

Vijf minuten later keek Dulin naar zijn manschappen terwijl hij tastte naar de draaiknop van zijn radio op zijn borst. Hij draaide de knop een aantal standen.

'Niets zeggen, gewoon knikken als jullie me hebben gehoord.' Barnes, McVee, Perini en Markham keken allen op en om zich heen. Hun ogen vonden Dulin die tegen de scheidingswand zat en ze knikten allen tegelijk. The Gray Man, zich nergens van bewust, keek uitgeblust naar de pallet met spullen voor zijn neus.

'Luister. Standstill heeft ons opgedragen het pakket af te danken.' Dulin zag de verbazing op de gezichten van de mannen die in de felverlichte ruimte tien meter van hem af zaten. Hij haalde zijn schouders op. 'Vraag me niet waarom, jongens. Ik doe alleen mijn werk.'

De vier mannen die naast het pakket op de bank zaten keken naar hem, zagen hem zitten bij de laadklep, ingesnoerd, met zijn M4 op zijn borst en zijn bebaarde gelaat dat naar de grond was gericht.

Toen ze daarna hun teamleider weer aankeken, knikten ze.

6

Court Gentry zat in zijn eentje bij de afgesloten laadklep van het vliegtuig, luisterde naar de jankende motoren en probeerde zich te herpakken, zijn emoties onder controle te krijgen. Hij zat met zijn reet op een van spanbanden gevlochten klapbank achterin een L-100-30, maar zijn gedachten waren nog beneden, in het donker, in het zand.

In de shit.

De man die het dichtst rechts van hem zat stond op, liep om de pallet heen en ging op de bank tegenover hem zitten. Court keek lusteloos naar rechts, en zag dat de teamleider zijn uitrusting in orde bracht. Hij begon naar de andere mannen te kijken, maar zijn hoofd zwenkte weer terug naar de man bij de scheidswand.

Er klopte iets niet.

De rug van de teamleider was kaarsrecht, en hoewel hij nergens in het bijzonder naar keek, was de spanning van zijn gezicht af te lezen. Zijn MP5 hing over zijn borst; hij herschikte de handschoen aan zijn rechterhand.

En zijn mond bewoog. Hij gaf zijn manschappen via zijn korteafstandszender instructies.

Court keek naar zijn eigen Harris Falcon-zender. Hij had op hetzelfde kanaal gezeten als de rest van het team, maar kon het gesprek nu niet meer volgen.

Vreemd.

Court wendde zich tot de drie mannen die naast hem op de bank zaten. Aan hun houding en hun gelaatsuitdrukking kon hij zien dat ze, net als hun leider, niet ontspanden nadat ze net door het oog van de naald gekropen waren. Nee, ze bewogen en gedroegen zich alsof de actie nog kómen moest. Hij had zestien jaar ervaring met geheime missies, het bestuderen van gezichten en het inschatten van gevaren was zijn werk. Hij wist hoe een huurling eruitzag wiens gevecht erop zat, en hij wist hoe een huurling eruitzag die er nog aan moest beginnen.

Hij maakte stiekem de riem los waarmee hij aan de bank vastzat en wendde zich al zittend naar de mannen om hem heen.

Dulin zat tegen de scheidingswand; hij sprak niet meer. Hij keek naar Court.

'Alles oké?' schreeuwde Court boven het lawaai van de motoren uit.

Dulin stond langzaam op.

Court riep door de lawaaiige ruimte: 'Wat je ook denkt te moeten doen, je moet gewoon...'

Markham draaide zich vliegensvlug op de bank om en stoof met zijn pistool in de aanslag op The Gray Man af. Court zette zich met zijn zanderige schoenen af tegen het stuk romp onder de bank en lanceerde zichzelf door de cabine, probeerde zijn lichaam te verschuilen achter de met spullen volgeladen pallet die aan de vloer was vastgezet.

Het gevecht was begonnen. Het feit dat Court geen idee had waarom zijn redders zich nu verdomme tegen hem keerden deed niet ter zake. Hij verspilde niet één hersencel aan gedachten over een mogelijke verklaring.

Court Gentry vermoordde mannen.

Dit waren mannen.

Dat was alles.

Markham loste een schot met zijn Sig Sauer maar mikte te hoog. Voordat Court achter de lading verdween, zag hij dat Markham en Barnes de harnassen waarmee ze op de bank werden gehouden snel los klikten.

Terwijl The Gray Man achter de pallet kroop en naar de deur van de cockpit keek, zo'n tien meter verderop, zag hij dat McVee als enige links van hem stond. Dulin stond bij de scheidingswand ter hoogte van de deuren, en de andere drie mannen stonden voor dan wel rechts van hem. Court wist dat als hij de man links van hem zou uitschakelen, hij een van hun vuurrichtingen zou elimineren, dus rolde hij over zijn linkerschouder, kwam met geheven M4 achter de pallet vandaan en loste een lang salvo op de huursoldaat. Het bebrilde gezicht van de man knalde achterover tegen de muur, en de HK viel uit zijn handen.

McVee viel achterwaarts op de bank neer, dood.

Court had hem gedood, al had hij geen idee waarom.

Meteen daarop begonnen alle mannen in de laadruimte van de L-100 te schieten; vier wapens ontlaadden hun loden patronen op de plek waar Court zat.

Hij verschanste zich achter de krat met spullen toen de vliegtuigromp achter hem begon te gillen en te fluiten omdat de samengeperste lucht door een tiental kogelgaten uit het vliegtuig ontsnapte. De piloten voorin het vrachtvliegtuig konden het gehuil uit de gehavende romp niet horen, maar het geweervuur achter hen duidelijk wel, want ze maakten om te voorkomen dat het vliegtuig uit elkaar zou vallen een duikvlucht met de L-100 om af te zakken naar regionen waar de lucht minder ijl was, om het drukverschil te verminderen.

De duikvlucht deed Court en zijn vier overgebleven belagers in een ogenschijnlijk gewichtloze situatie belanden. Court werd uit zijn relatief veilige positie achter de pallet vandaan getild en smakte na een paar achterwaartse salto's uiteindelijk tegen het dak van de laadruimte. Hij gleed op zijn rug terug naar de laadklep, nu het hoogste punt van het vrachtruim.

Twee schutters die ook werden opgetild, namen hun doelwit met hun wapens boven hun hoofden onder vuur.

Court voelde een paar uit een MP5 afkomstige 9 millimeterkogels afketsen tegen de plaat in zijn kogelwerende vest. De kracht van de inslagen bracht hem even uit zijn balans, maar terwijl hij volledig ondersteboven hing, zag hij dat een van de huursoldaten die zichzelf niet los van de bank had weten te krijgen, rechts van Court gevangenzat tegen de muur en als een bezetene in het luchtledige schopte.

De man was een gedoodverfd doelwit.

Court schoot Perini met zijn M4 door het hoofd. Zijn lichaam hield ermee op, zijn armen en benen dansten op de gewichtloosheid van het in hoog tempo dalende vliegtuig.

De daaropvolgende tien seconden tuimelden de vier nog levende mannen door de cabine als sokken in een droogtrommel. Dulin, de teamleider, bevond zich onder de anderen. Hij was erin geslaagd een stuk van het net vast te grijpen dat aan de voorste scheidingswand bevestigd was, had zijn arm er stevig in vastgehaakt en probeerde nu Court die tien meter boven hem hing met zijn machinepistool onder schot te nemen. Maar Markham en Barnes botsten in hun volstrekt ongecontroleerde vlucht tegen Court aan. Elke keer dat een doelwit te dichtbij langskwam om onder vuur te nemen, werd er uitgehaald met geweerkolven, schoenen en vuisten.

Hoewel de mannen een gevoel van gewichtloosheid ervoeren, snelden ze in werkelijkheid op de aarde af en zeilden met terminale snelheid door de lucht. Doordat ze werden omgeven door een in vrije val verkerend vliegtuig, hadden ze geen visuele referentiepunten die hen erop wezen dat ze als een baksteen naar beneden vielen.

In de chaos, het geschreeuw en de ontstane verwarring omdat ze geen vaste grond meer onder hun voeten hadden, tuimelde Court weer naar achteren, waarbij zijn hand de grip op zijn wapen verloor, waarvan de draagband over zijn hoofd gleed. Het wapen viel buiten zijn bereik. Hij trok zijn Glock-19-pistool, maakte aanstalten om te vuren zonder te mikken, maar voelde toen de brandende sensatie van een kogel die in zijn rechterdij drong. De inslag gooide zijn been naar achteren alsof iemand er met een hamer op sloeg. Hij negeerde zijn verwonding, en vond met zijn voeten weer houvast op de achterste laadklep. Hij keek omhoog, wat in feite recht naar beneden was, en kreeg Dulin in het vizier. De teamleider had zijn ene arm in het net aan de scheidingswand gehaakt en hield met de ander zijn machinepistool boven zijn hoofd en richtte het omhoog op The Gray Man. Court vuurde snel zes schoten af en zag het lichaam van de man reageren toen de kogels Dulins kruis en onderlijf binnendrongen.

Court draaide zich daarna om om Barnes en Markham in het vizier te krijgen, zijn laatste twee doelwitten, maar McVee's lichaam zeilde door zijn schootsveld. Op dat moment besloot de piloot dat hij door de voorruiten genoeg zand had gezien en trok de neus van het toestel snel omhoog. Alle passagiers achterin, zowel dood als levend, vielen door de lucht en smakten hard op de stalen vloer van het transporttoestel en rolden als bowlingballen richting de voorste scheidingswand van het vliegtuig. Toen Court op de grond viel werd zijn pistool uit zijn hand gelanceerd, en hij stuiterde naar voren, waarbij hij de schotwond in zijn dij bij elke schok voelde branden.

Toen het vliegtuig weer horizontaal vloog, rolde Court richting het net aan de voorste scheidingswand en had het bijna te pakken toen de piloot de L-100 weer liet stijgen. Court bewoog als gevolg van zijn momentum nog even naar voren, maar toen de vloer van het vliegtuig weer steil omhoogliep, meer dan vijfenveertig graden inmiddels, verloor hij zijn laatste restje traagheid en wist nog net zijn vingertoppen in het nylon naast Dulins roerloze lichaam te haken.

Toen viel The Gray Man naar achteren. Hij wankelde eerst achterwaarts op zijn hakken en viel naar beneden, gleed door, begon te rollen en vloog uiteindelijk een halve cabinelengte door de lucht. De pijn in zijn dij vlamde op toen hij achter in het vliegtuig op zijn heup landde, maar deze pijn was niets vergeleken met de verwoestende knal waarmee Markhams lichaam tegen Courts borst belandde. Markham keek de andere kant op en werd door de harde botsing nog meer verrast dan Court, waardoor deze weinig moeite had zijn armen om het hoofd van de huursoldaat te slaan. Markhams nekwervels werden met een genadeloze draai verbrijzeld, wat zijn acute dood bewerkstelligde.

Het wapen van de dode huurling hing met een eenpuntsriem aan zijn nek, als een ketting met een automatisch geweer als hangertje. Court probeerde het los te krijgen, maar de draagriem bleef haken achter zijn met allerhande uitrusting volgehangen vest. Court trok het wapen tot aan de schouder van de dode man, probeerde haastig het laatste overgebleven teamlid in het vizier te krijgen, die de poten van de lange bank gebruikte als ladder waarlangs hij door de cabine naar het hokje van de laadmeester achter de scheidingswand klom.

Court haalde de trekker over, maar de klik verried dat er geen munitie meer in het wapen zat. Hij betastte Markhams vest tot hij een nieuw magazijn had gevonden en ramde het in de patroonhouder van de MP5. Net toen hij het vuur weer wilde openen glipte de man het hokje achter de scheidingswand binnen. Het vliegtuig vloog weer horizontaal, waardoor Court de zwaartekracht als vanouds ervoer. Hij verschanste zich achter de pallet bij de achterste laadklep, en wachtte totdat Barnes zijn hoofd om de hoek van de deur zou steken.

Uit het niets hoorde Court een hard geluid en voelde de achterste laadklep achter hem in beweging komen. Hij hoorde de wind suizen.

Barnes bediende de laadklep vanuit de voorkant van de cabine. Een seconde later begon het vliegtuig opnieuw sterk te stijgen.

Terwijl Court met veel moeite het net vastgreep dat om de pallet voor hem was gespannen, verscheen Barnes naast de scheidingswand. De in donkere kledij gehulde huursoldaat droeg een parachute op zijn rug. Hij dacht waarschijnlijk dat dit vliegtuig niet nog meer schade aankon, of misschien was hij bang dat de piloten door verdwaalde kogels waren gedood. Barnes hield het net van de scheidingswand met alle macht vast en terwijl de laadklep achter The Gray Man inmiddels volledig openstond, vuurde hij met zijn M4 die hij met één hand vasthield het ene na het andere salvo op hem af.

Court stak zijn vrije hand naar achteren en rukte net op tijd het geweer van Markhams nek voordat de dode man uit het vliegtuig de duisternis tegemoet rolde. Omdat de piloot omhoog bleef vliegen, duurde het niet lang voordat McVee's lichaam langs Court de nacht in zeilde. Perini's lichaam zat vastgesnoerd op zijn zitplaats, en Dulins lijk zat nog klem in het net van de scheidingswand.

Court en Barnes waren de enige twee overlevenden.

Court hield met zijn rechterhand het machinepistool vast, en zijn linker kneep het net rond de pallet samen. Toen zijn vingers uit zijn handschoen begonnen te glijden wist hij dat hij dit niet lang meer kon volhouden. Terwijl het vliegtuig steiler en steiler klom, probeerde hij zich uit alle macht met zijn voeten schrap te zetten tegen de vloer van het vliegtuig.

Over luttele seconden zou hij achterwaarts uit de laadklep vallen.

Maar Court had nog een laatste kans. Hij hief Markhams geweer en loste een lang salvo over de pallet richting Barnes, waarmee hij hem frontaal op de borstplaat trof en waardoor zijn hoofd zo hard tegen de scheidingswand knalde dat hij buiten westen was. Het vliegtuig klom inmiddels met een hoek van vijfenveertig graden, en de gewonde Barnes moest het net loslaten, viel op zijn knieën en tuimelde door het vliegtuig naar de achterste laadklep.

Dit was Courts kans om het gehavende vliegtuig te verlaten en die wilde hij niet missen. Terwijl de uitgeschakelde huursoldaat langs hem vloog, liet Court de pallet los en zette zich met zijn schoenen en kniebeschermers af tegen de vloer. Hij sprong naar rechts en greep de parachute van de bewusteloze man, en met z'n tweeën schoten ze door de geopende laadklep de donkere nacht in.

Court sloeg zijn armen om Barnes en haakte zijn benen achter diens rug. De L-100 verdween boven hun hoofden uit het zicht, en al snel was het motorgeronk vervangen door het huilen van de wind.

Kreunend en schreeuwend probeerde Court zich zo stevig mogelijk vast te grijpen. Hij durfde zijn hand niet naar het parachutekoord uit te steken. Als hij zijn krachteloze metgezel zou kwijtraken, zou hij hem in de zwarte nacht nooit meer terugvinden. Hij wist vrij zeker dat deze parachute was uitgerust met een automatisch CYPRES-activatiesysteem dat ervoor moest zorgen dat de reserve openging als ze op 250 meter boven de grond nog steeds in vrije val waren.

Court en zijn beoogde moordenaar tuimelden rond in de kille duisternis.

Court greep met een van zijn handen de schouderband van de

parachute stevig vast en maakte zijn andere hand los om eenzelfde houvast te kunnen zoeken. Op het moment dat hij had losgelaten, hoorde hij een eentonige piep van nog geen seconde.

Toen floepte de reserveparachute open.

Court hield zich met één hand vast. Omdat deze parachute niet was bedoeld voor twee mensen, van wie er bovendien eentje spartelde en sjorde in een wanhopige poging zijn greep te verstevigen, vielen de mannen te snel en tollend naar beneden.

Al na enkele seconden moest Court van duizeligheid overgeven. Hoewel hun val maar kort duurde, was hij al tot kotsens toe misselijk geworden voordat ze beiden op de grond smakten.

Courts val werd gebroken omdat hij pontificaal op de man met de parachute terechtkwam. Hij inspecteerde de huursoldaat. Die was met zijn gezicht naar beneden en met hem op zijn rug neergekomen. Court voelde geen hartslag.

Toen hij weer vaste grond onder de voeten had, wist Court zijn opspelende maag tot rust te brengen. Hij greep zijn dij en kronkelde even van de pijn, en wist zich voldoende te herpakken om overeind te krabbelen. Links van hem gloorde de eerste ochtendstralen, waardoor hij wist waar het oosten lag.

Nu hij zich had kunnen oriënteren, nam hij de omgeving in zich op. Hij was in een vlakte neergekomen, onder aan een licht glooiende vallei. Er was een beekje in de buurt dat hij kon horen, en in de verte hoorde hij blatende geiten. De reserveparachute aan het geruïneerde lichaam van de dode huursoldaat flapperde in de koele ochtendbries. Court doorzocht de spullen van de man en vond op diens heup een foedraal met eerstehulpbenodigdheden.

Hij ging op het gras zitten en verzorgde zo goed en zo kwaad als het ging in het donker zijn wond. Hij ging ervan uit dat hij een flink eind zou moeten lopen naar de grens, en wilde zijn been een beetje oplappen om die lange wandeling aan te kunnen. Het was een nette wond, erin en eruit, zonder ernstige vasculaire of orthopedische schade, niets om je over op te winden als je hem op tijd goed verzorgde en geen bezwaar had dagen of weken met een pijnlijk kloppend been rond te lopen. Court gaf nog een laatste keer gal op, zijn lichaam en geest waren nog bezig de chaos van de afgelopen vijf minuten te verwerken.

Toen stond hij op en begon in noordelijke richting naar Turkije te lopen.

7

Fitzroy zat op de bank in zijn kantoor tegenover Lloyd. Ook terwijl de oudere man luisterde naar wat er aan de andere kant van de satellietverbinding werd gezegd, wendde hij zijn boze blik niet van de jonge raadsman af.

'Ik begrijp het,' zei Fitzroy in het toestel. 'Bedankt.' Hij verbrak de verbinding en legde het toestel behoedzaam op de tafel voor hem.

Lloyd keek hem verwachtingsvol aan.

Fitzroy verbrak het staarspelletje en keek naar de grond. 'Zo te horen zijn ze allemaal dood.'

'Wie is er dood?' vroeg Lloyd, met groeiend optimisme in zijn stem.

'Iedereen behalve de piloten van het vliegtuig. Ik heb me laten vertellen dat er enige commotie aan boord is geweest. Courtland heeft zich niet zonder slag of stoot overgegeven; daar hadden we wel op gerekend. De piloot heeft twee lichamen van mijn mannen achterin gevonden, van de andere vier ontbreekt elk spoor. Bloed op de vloer, muren en het plafond, meer dan vijftig kogelgaten in de romp.'

'Mijn werkgever zal de schade vergoeden,' zei Lloyd op zakelijke toon. Hij schraapte zijn keel. 'Maar het lichaam van Gentry is dus niet gevonden? Kan hij het overleefd hebben?'

'Daar lijkt het niet op. Er zijn een hoop spullen verloren gegaan, het vliegtuig heeft kilometers lang gevlogen met de laadklep open, en een van de zaken die ontbreken is een parachute, maar we hebben geen reden aan te nemen dat...'

Lloyd onderbrak hem. 'Als ons doelwit samen met een parachute verdwijnt uit de laadruimte van een vliegtuig, zal ik tegenover de Nigerianen toch moeilijk kunnen volhouden dat de klus geklaard is.'

'Hij stond in zijn eentje tegenover een eersteklas team van vijf man, allemaal oud-Special Forces van het Canadese leger. Ik heb me duidelijk aan mijn afspraak gehouden. Ik verzoek je nu vriendelijk jullie belofte na te komen. Stop met het bedreigen van mijn familie.'

Lloyd maakte een wegwerpgebaar. 'Abubaker wil bewijs zien. Hij wil Gentry's hoofd in een vrieskist.'

'Verdomme, man!' zei Fitzroy. 'Ik heb gedaan wat me is opgedragen!' Hij was boos, maar niet langer bezorgd over het lot van zijn familie. Vlak voor Lloyds komst had hij zijn zoon gebeld en hem opgedragen zich met zijn vrouw en kinderen naar St. Pancras te haasten om op tijd te zijn voor de tweede Eurostar die die ochtend naar Frankrijk vertrok. Op dit moment maakten ze het zich waarschijnlijk gemakkelijk in de vakantievilla ten zuiden van het Normandische strand. Fitzroy was ervan overtuigd dat Lloyds mannen hen daar niet zouden vinden.

'Ja, je hebt gedaan wat je is opgedragen. En dat zul je blijven doen. Ik heb op mijn afdeling een zeer stille maar onheilspellend ogende Nigeriaan rondlopen die zich niet door mijn geruststellende woorden zal laten afschepen. Je zult het vluchtplan van de piloten moeten natrekken, en ik zal er een team op af moeten sturen voor nader onderzoek...'

De telefoon op Fitzroys bureau stootte kort na elkaar twee schelle geluidjes uit. Fitzroy keek even naar het toestel en richtte zijn blik toen weer op Lloyd.

'Dat is hem,' zei Lloyd, als antwoord op de duidelijk geschrokken Fitzroy.

'Dat is zijn ringtone.'

'Neem op, en zet hem op de speaker.'

Fitzroy liep naar de andere kant van zijn kantoor en drukte op een knopje van het toestel op zijn bureau. 'Cheltenham Security.'

De stem aan de andere kant van de lijn kwam uit de verte. De woorden werden hijgend uitgesproken. 'Noem je dat een reddingspoging?'

'Goed om je stem te horen. Wat is er gebeurd?'

Lloyd haalde vlug een opschrijfboekje uit zijn koffer.

'Ik wilde jou precies hetzelfde vragen.'

'Ben je gewond?'

'Ik overleef het wel. Maar dat heb ik niet bepaald te danken aan het team dat je hebt gestuurd om me op te pikken.'

Fitzroy keek Lloyd aan. De jonge Amerikaan noteerde iets in het opschrijfboekje en hield het omhoog. *Nigeria*. 'Jongen. De bemanning van het vliegtuig heeft me over de confrontatie verteld. Dit waren geen standaard werknemers van mij. Gewoon een groep huursoldaten die een keer eerder voor me hebben gewerkt. Ik heb nadat de Polen zich hadden teruggetrokken in allerijl een ander team moeten samenstellen.'

'Vanwege de gebeurtenissen in Irak?'

'Ja. Die hele regio is na je kleine demonstratie van gisteren te gevaarlijk geworden. De Polen weigerden erheen te gaan. De mannen die ik in hun plaats heb gestuurd hebben me laten weten dat ze ondanks de risico's bereid waren alles te doen als ze er maar voor betaald kregen. Ze zijn duidelijk door iemand omgekocht.'

'Wie?'

‘Volgens mijn bronnen heeft Julius Abubaker, de Nigeriaanse president, het op je leven voorzien.’

‘Hoe kan hij weten dat ik zijn broer heb omgelegd?’

‘Dat zal ongetwijfeld komen door je reputatie. Je hebt inmiddels zo’n status dat alleen jij achter de klussen kunt zitten die heel erg moeilijk zijn of heel erg opvallen.’

‘Shit,’ zei de stem aan de andere kant.

Fitzroy vroeg: ‘Waar zit je? Ik stuur een ander team om je op te vissen.’

‘Ik dacht het niet.’

‘Luister, Court, ik kan je helpen. Abubaker is over een paar dagen president af. Hij mag dan bulken van het geld, maar als ambteloos burger zal zijn macht en invloed beperkt zijn. Het gevaar zal snel geweken zijn. Ik wil je binnenhalen en je tot die tijd beschermen.’

‘Ik kan wel in mijn eentje onderduiken. Bel me als je meer informatie hebt over de mannen die achter me aan zitten. Doe geen moeite me te zoeken. Je vindt me toch niet.’

En toen werd de verbinding verbroken.

Lloyd begon te applaudisseren. ‘Goed geacteerd, Sir Donald. Wat een optreden. Uw man heeft geen flauw benul dat u erachter zit.’

‘Hij vertrouwt me,’ zei Fitzroy bits. ‘Hij heeft vier jaar lang niets dan redenen gehad om mij als zijn vriend te beschouwen.’

De Amerikaanse jurist negeerde zijn boosheid en vroeg: ‘Waar gaat hij heen?’

Fitzroy ging weer op de bank zitten en wreef met zijn handen over zijn kale hoofd. Plots keek hij omhoog. ‘Een dubbelganger! Je wilt een hoofd in een vrieskist? Dan geef ik je verdomme een hoofd in een vrieskist! Hoe zou Abubaker daar ooit achter moeten komen?’

Lloyd schudde zijn hoofd. ‘Een paar weken geleden, nog voordat de president ons had gevraagd hem te doden, heeft hij bij ons alle informatie opgevraagd die we over The Gray Man hadden. Toevallig beschikte ik over foto's, gebitsgegevens, zijn complete geschiedenis, enzovoorts. Dat heb ik allemaal naar hem opgestuurd, met het idee dat de klootzak Gentry zelf zou vermoorden voordat de aanslag op zijn broer kon worden uitgevoerd. Abubaker weet hoe je man eruitziet. We kunnen dus geen dubbelganger inzetten.'

Fitzroy liet langzaam zijn hoofd hangen. 'Hoe ben je verdomme aan al die informatie gekomen?'

Lloyd dacht lang over die vraag na. Hij pulkte aan een plukje stof op de knie van zijn broek. 'Voordat ik naar Parijs vertrok om bij Laurent aan de slag te gaan, hebben The Gray Man en ik samengewerkt.'

'Ben je van de CIA?'

'Ex. Zeer zeker ex. Met patriottisme is geen geld te verdienen, ben ik bang.'

'En wel met het jagen op patriotten? Met het bedreigen van kinderen?'

'Goed geld, inderdaad. Het kan er in de wereld raar aan toegaan. Toen ik bij de CIA werkte, heb ik personeelsdossiers gekopieerd. Ik was van plan die in te zetten als ruilmiddel voor het geval ze ooit achter me aan zouden komen. Het is puur toeval dat deze documenten me in mijn huidige positie goed van pas komen.' Lloyd stond op en begon door Fitzroys kantoor te ijsberen. 'Ik wil weten waar Gentry nu is, waar hij naartoe gaat, wat hij normaal gesproken doet als hij op het punt staat onder te duiken.'

'Als hij onderduikt, verdwijnt hij gewoon. Zeg maar dag met je handje tegen dat aardgas. Het zal maanden duren voordat The Gray Man weer ergens opduikt.'

'Onacceptabel. Je moet me iets geven, iets over Gentry wat ik niet al weet. Hij was een machine toen hij voor ons werkte. Geen vrienden, geen familie waar hij ook maar iets om gaf. Geen geliefde op de achtergrond voor de lange nachten na een klus. Zijn dossier van zijn tijd bij de Special Activities Division is het saaist denkbare leesvoer. Geen misstappen, geen zwakheden. Hij is nu ouder; hij moet inmiddels toch wel persoonlijke contacten hebben opgebouwd, gewoonten hebben ontwikkeld die ons kunnen helpen zijn volgende stap te voorspellen. Ik weet zeker dat je me iets kunt vertellen, hoe klein ook, wat ik kan gebruiken om hem uit de tent te lokken.'

Fitzroy glimlachte flauwtjes. Hij bespeurde de wanhoop bij zijn jonge tegenstrever.

Hij zei: 'Niets. Helemaal niets. We communiceren via ontraceerbare satelliettelefoons en e-mail. Als hij ergens een huis of een meisje of een familie heeft verstopt, zou ik niet weten waar je moet beginnen met zoeken.'

Lloyd liep naar het raam achter Fitzroys bureau. De Engelsman bleef op de bank zitten en keek hoe de ongenode gast door het kantoor liep alsof Fitzroy te gast was en Lloyd de eigenaar was van Cheltenham Services.

Plots draaide de Amerikaan zich om. 'Je kunt hem een baan aanbieden! Iets simpels wat heel goed betaalt. Een goedbetaald luizenbaantje zal hij toch zeker niet afslaan. Je stuurt hem op een nieuwe missie en ik stuur een team om hem in een hinderlaag te lokken.'

'Jezus christus, denk je dat hij het zo lang heeft volgehouden omdat hij een sukkel is? Hij is op dit moment niet geïnteresseerd in geld verdienen. Hij is vooral bezig om niet op te vallen. Je hebt een kans gekregen om hem uit te schakelen en je hebt het verkloot. Ga terug naar je kantoor en lik je wonden; laat mij en mijn familie met rust!'

Fitzroy zag een zenuwtrek in Lloyds gezicht. Hij maakte langzaam plaats voor een glimlach.

'Nou, als u me niet helpt om Gentry met zijn eigen zwakte uit de tent te lokken, moet ik wel die van u gebruiken.' Hij viste zijn telefoon uit zijn zak en glimlachte Don Fitzroy tijdens het spreken toe. 'Pak Phillip Fitzroy en zijn gezin op. Ze zitten in hun zomerhuis in Normandië. Breng ze naar Château Laurent.'

Fitzroy ging staan: 'Jij slinkse hufter!'

'Ik geef het toe.' Lloyd sprak de Engelsman op spottende toon toe. 'Mijn compagnons brengen je zoon en zijn gezin naar een afgeschermd pand van de LaurentGroup in Normandië. Ze zullen goed behandeld worden totdat deze zaak is opgelost. Jij gaat contact opnemen met The Gray Man, speelt hun locatie door en zegt dat de Nigerianen je enige kind vasthouden, met zijn lieftallige echtgenote en hun twee bloedjes van kinderen. Zeg hem dat die zwarte wilden hebben beloofd de moeder te verkrachten en de rest van het gezin uit te moorden als je niet binnen drie dagen de verblijfplaats van je moordenaar doorgeeft.'

'Waar is dat goed voor?'

'Ik ken Gentry. Hij is zo trouw als een verdomde puppy. Ook als hij al een paar klappen heeft gehad, zal hij zijn baas tot aan zijn dood verdedigen.'

'Dat doet hij niet.'

'Dat doet hij wel. Hij zal het als zijn verantwoordelijkheid zien om de boel te redden. Hij zal begrijpen dat de politie niets voor hem kan doen en zal hemel en aarde bewegen om naar Frankrijk te kunnen afreizen.

'Want, Sir Donnie, het kompas van Court Gentry heeft nooit het ware noorden aangewezen. Hij is een huurling, godbetert. Maar al zijn missies, zowel die voor de CIA als voor zichzelf, waren gericht tegen degenen die het volgens hem verdienden standrechtelijk geëxecuteerd te worden. Terroristen, maffiabazen, drugsdealers, criminelen van allerlei slag. Court is een moordenaar, maar hij beschouwt zichzelf als iemand die het kromme recht maakt, als een instrument van gerechtigheid. Dat is zijn makke. En die zal hem te gronde richten.'

Fitzroy dacht hetzelfde over Gentry. De redenering van Lloyd sneed hout. Niettemin probeerde de oudere man een beroep te doen op de jonge jurist. 'Je had mijn familie erbuiten kunnen laten.

Ik zal doen wat je wilt. Dat heb ik al bewezen. Je hoeft ze niet gevangen te houden om mij zover te krijgen Gentry te vertellen dat ze gevangenzitten.'

Met een handgebaar wees Lloyd Fitzroys aanbod af. 'We zullen goed voor ze zorgen. Ik moet toch iets achter de hand houden voor het geval je me probeert te naaien, me op een of andere manier probeert te verraden, nietwaar?'

Fitzroy stond op en liep langzaam en dreigend op Lloyd af. Hoewel hij ruim dertig jaar ouder was dan de Amerikaanse advocaat, was de voormalige MI5-man forser gebouwd.

Lloyd zette een stap achteruit en riep: 'Leary en O'Neil! Willen jullie even binnenkomen alsjeblieft?'

Fitzroy had zijn secretaresse een vrije dag gegund; hij was alleen op kantoor. Maar Lloyd had versterking meegebracht. Twee atletisch gebouwde figuren stapten naar binnen en bleven bij de deur staan. Eentje was begin veertig en had rood haar en een lichte huid en was gekleed in een eenvoudig pak dat ter hoogte van de heup een kolfvormige uitstulping vertoonde. De tweede man was ouder, naderde de vijftig, droeg zijn peper-en-zoutkleurige haar in een militaire coup en had een ruimvallende jas aan waar een compleet arsenaal onder schuilging.

Fitzroy herkende dommekrachten van een kilometer afstand.

Lloyd zei: 'Ierse republikeinen. Jullie voormalige vijand, alhoewel ik vermoed dat we niet vaak een beroep op ze hoeven te doen. We zullen de komende dagen intensief met elkaar moeten optrekken. Er is geen enkele reden om niet op z'n minst vriendelijk tegen elkaar te blijven.'

Claire Fitzroy was afgelopen zomer acht geworden. Het was nu eind november, en zij had er net als haar tweelingzus Kate op gerekend de natte, grijze en gure herfst zonder onderbrekingen van hun vaste routine in Londen door te brengen. Op weekdagen vroeg uit de veren, te voet naar de basisschool aan North Audrey Street, drie keer per week na schooltijd pianoles voor Claire en zangles voor Kate. In het weekeinde winkelen met mama, of met papa thuis of naar het voetbalveld. Elke twee weken nodigden de meiden beurtelings vriendinnen uit voor een slaapfeestje, en naarmate de druilerige Londense herfstlucht langzaam veranderde in drogere maar saaiere winterlucht, droomde Claire enkel nog van Kerstmis.

Ze brachten elke kerst door in het vakantiehuis van hun vader in Bayeux, over het kanaal in Normandië. Claire was liever in Normandië dan in Londen en wilde later graag een boerderij. En dus was het een grote en onverwachte verrassing geweest toen de directeur van haar school donderdagochtend vlak na het appel de klas was binnengekomen en Claire en Kate had verzocht naar zijn kantoor te komen. 'Neem je boeken alsjeblieft mee, dames. Heel goed. Sorry dat ik stoor, juf Wheeling. Ga rustig verder.'

In het kantoor zat haar vader te wachten, die van ieder meisje een hand pakte en ze naar een gereedstaande taxi leidde. Papa had een Jaguar en mama een Saab, de meiden hadden geen idee waar de taxi hen naartoe bracht. Mama zat op de grote achterbank en gedroeg zich net als papa ernstig en afstandelijk.

'Meiden, we gaan er even tussenuit. Naar Normandië, met de Eurostar. Nee, natuurlijk is er niets aan de hand, doe niet zo gek.'

In de trein konden de meiden amper stil blijven zitten. Mama en papa zaten dicht bij elkaar te praten en lieten Claire en Kate door de treincoupé rennen. Claire hoorde haar vader een telefoongesprek voeren met opa Don. Hij sprak hem zacht maar boos toe, op een toon die ze hem nog nooit eerder tegen opa Don had horen aanslaan. Ze volgde haar zus niet langer, die probeerde op één been de gehele coupé door te hinkelen. Ze keek naar haar vader, zag zijn bezorgde gelaatsuitdrukking, hoorde de felheid in zijn stem waarmee hij woorden uitsprak die ze niet kon horen maar onmogelijk anders dan als boos konden worden geïnterpreteerd.

Papa klapte de telefoon dicht en begon tegen mama te praten.

De enige keer dat de jeugdige Claire overduidelijke boosheid bij haar vader had gezien was toen hij een bouwvakker die in hun vakantiehuis de gootsteen aan het repareren was iets had toegeschreeuwd nadat hij iets tegen mama had gezegd waardoor haar gezicht zo rood als een aardbei was geworden.

Claire begon te huilen, al liet ze dat niet merken.

Claire en haar gezin stapten in Lille uit de Eurostar en reisden in een andere trein naar het westen, naar Normandië. Rond het middaguur waren ze in het vakantiehuis. Kate hielp mama in de keuken met het wassen van de verse mais voor het avondeten. Claire zat boven op haar bed en keek naar beneden naar de oprit, waar haar vader al ijsberend telefoneerde. Af en toe legde hij zijn hand even op het houten tuinhek.

Door de woede en consternatie van haar vader voelde het alsof haar kleine ingewanden in de knoop zaten.

Haar nietsvermoedende zus zat zorgeloos beneden, maar Claire beschouwde Kate als de minst volwassen van hen beiden.

Eindelijk stopte haar vader de telefoon in zijn zak. Hij huiverde van de kou, draaide zich om en begon over de oprit terug te lopen. Hij had amper een paar passen gezet of er stopten twee bruine auto's achter hem. Terwijl er mannen uitstapten, draaide hij zich naar de auto's om. Claire telde zes mannen, allemaal forsgebouwd en in leren jassen van verschillende kleur en snit. De man die het dichtst bij papa stond, glimlachte en stak zijn hand uit, die door haar vader werd geschud.

De anderen liepen in een rij langs haar vader over de oprit naar het huis. Papa keek de mannen in het voorbijgaan aan, en heel even zag Claire zijn gezichtsuitdrukking. Eerst verwarring, daarna angst. De jeugdige Claire sprong in haar kamer overeind.

En toen de zes mannen tegelijk grote zwarte en zilveren wapens onder hun jassen vandaan haalden, begon de achtjarige Claire Fitzroy te gillen.

8

De tweeënvijftigjarige Kurt Riegel was net zo lang, blond en gespierd als zijn Duitse naam deed vermoeden. Hij had zeventien jaar bij de Duitse Bundeswehr gediend en was daarna rechtstreeks bij de LaurentGroup aan de slag gegaan, waar hij via een handvol banen in derdewereldlanden, de ene nog schimmiger en gevaarlijker dan de andere, was opgeklommen van mededirecteur veiligheid van de vestiging in Hamburg tot vicepresident Security Risk Management Operations, gestationeerd in het veilige hoofdkantoor in Parijs. Hij had een lange functietitel, een chique taakomschrijving die niet overeenkwam met de eenvoud van zijn werk.

Riegel was de man die je belde als er iets vervelends moest worden opgeknapt. Clandestiene projecten, zwarte magie, personeelsproblemen die met een bezoek van een zwaargewicht moesten worden opgelost. Inbrekers, bedrijfsspionageteams, experts op het gebied van mediamisleiding. Zelfs huurmoordenaars. Als je op kantoor bezoek kreeg van Riegels mannen, betekende dat dat ze je kwamen helpen om een ingewikkelde kwestie op te lossen, of dat je zelf de ingewikkelde kwestie was die iemand opgelost wilde hebben.

Als hoofd van de afdeling 'smerige zaakjes' wist Riegel vrij zeker dat hij binnen het bedrijf geen promotie meer kon maken. Niemand wilde dat de grote boeman op de voorgrond zou treden en aan het roer kwam te staan. Maar Riegel had geen bezwaar tegen het glazen plafond dat boven zijn hoofd hing. Integendeel, hij beschouwde zijn positie zowat als zijn eigendom, alsof hij zichzelf tot het middelpunt van een beveiligingsdynastie had gebombardeerd. In de vier jaar dat hij nu de vp van SRMO was, hadden zijn agenten drie politieke kandidaten in Afrika opgeruimd, drie vooraanstaande mensenrechtenactivisten in Azië, een Colombiaanse generaal, twee onderzoeksjournalisten en bijna twintig werknemers van de LaurentGroup die om uiteenlopende redenen niet aan de zware eisen van het bedrijf konden voldoen. Er was binnen de LaurentGroup slechts één man van al deze operaties op de hoogte; Riegel schermde zijn ondergeschikten goed af, en zijn superieuren binnen het bedrijf kenden zijn werkwijze goed genoeg om te beseffen dat ze echt geen nadere details wilden weten.

Als er zich een probleem aandiende, werd Riegel gebeld, waarna het probleem verdween en Riegel in stilte werd bedankt.

Dit maakte Kurt Riegel wel degelijk tot een zeer machtig man.

Het met teakhout afgewerkte kantoor waarover de forse Duitser beschikte in het Parijse hoofdkwartier paste goed bij hem. Het was als Riegel zelf, groot en blond en forsgebouwd en tegelijk onopvallend en discreet, ingeklemd tussen de afdelingen Competitive Intelligence en IT op de zuidvleugel van de campus van de LaurentGroup. Aan de muren van zijn kantoor hingen meer dan tien jachttrofeeën. Er was in Montmartre een taxidermist die bij wijze van spreken leefde van Riegels Afrikaanse safari's en Canadese expedities. Onder andere een neushoorn, een leeuw, een eland en een wapiti keken vanaf hun plek hoog aan de muur met hun doodse blik de kamer in.

Dit was ook de ruimte waar hij elke dag om vijf uur zijn gymnastiekoefeningen deed. Gutsend van het zweet naderde hij zijn honderdste kniebuiging toen hij zijn buitenlijn hoorde overgaan. Er waren diverse lijnen die hij totdat hij zijn oefeningen had afgerond gerust durfde te negeren, maar dit was het versleutelde nummer, de hotline; bovendien had hij het grootste deel van de dag op dit telefoontje gewacht.

Hij pakte een handdoek, liep naar zijn bureau en zette de speaker van zijn telefoon aan. 'Riegel.'

'Goedemiddag, meneer Riegel, u spreekt met Lloyd, van de juridische afdeling.'

Terwijl Riegel op de rand van zijn bureau ging zitten, nam hij een slok met vitaminen aangelengd water uit zijn fles. 'Lloyd van de juridische afdeling. Wat kan ik voor je betekenen?' Riegels stem was krachtig, als die van de artillerieofficier die hij eens was.

'Ik heb gehoord dat u mijn telefoontje verwachtte.'

'Niemand minder dan de allerhoogste baas heeft contact met me gezocht. Marc Laurent heeft me persoonlijk opgedragen alles uit mijn handen te laten vallen en me louter te concentreren op het project dat je voor me had. Hij heeft me ook verteld dat ik je aan een paar spierbundels en een communicatiespecialist moet helpen. Ik hoop dat de Techneut en het team Wit-Russische paramilitairen dat ik heb gestuurd je uit de brand hebben kunnen helpen.'

'Ja, mijn dank daarvoor. De Techneut is hier, de zware jongens zijn op dit moment in Frankrijk om te doen wat hun is opgedragen,' zei Lloyd.

'Prima. Dit is de eerste keer dat Marc Laurent me persoonlijk heeft gebeld en me heeft gevraagd een operatie extra aandachtig uit te voeren. Mijn nieuwsgierigheid is gewekt. Wat voor problemen hebben jij en je jongens van de juridische afdeling zich op de hals gehaald?'

'Ja, nou, het is een zaak die snel de kop moet worden ingedrukt, voordat het bedrijf eronder lijdt.'

'Dan kunnen we maar beter geen tijd verspillen. Wat kan ik nog meer voor je doen naast het team dat ik al gestuurd heb?'

Lloyd aarzelde even. Toen zei hij: 'Nou, het spijt me dat ik je laat schrikken, maar er is een man die ik dringend geëlimineerd wil hebben.'

Riegel zei niets.

'Ben je er nog?'

'Ik wacht tot je iets zegt waar ik van zal schrikken.'

'Ik ga ervan uit dat je eerder met dit bijltje hebt gehakt?'

'Hier bij Security Risk Management Ops zeggen we graag dat elk probleem op twee manieren kan worden opgelost. Een probleem kan worden genegeerd, of het kan worden aangepakt. Ik word nooit gebeld voor een probleem dat kan worden genegeerd, Lloyd.'

Lloyd vroeg: 'Weet je iets van het aardgascontract van Lagos?'

Riegel antwoordde prompt. 'Ik vermoed dat je hiermee verwijst naar het Nigeriaanse fiasco. Volgens de geruchten is een of andere stomme advocaat bij jullie op de afdeling vergeten een contract door te lezen, waardoor de Nigerianen uit een deal van tien miljard kunnen stappen waar wij al tweehonderd miljoen in geïnvesteerd hebben. Ik had al een voorgevoel dat ik over deze kwestie benaderd zou worden.'

'Ja, nou, het ligt iets gecompliceerder dan je het schetst.'

'Het klinkt niet ingewikkeld. Het enige wat ik nodig heb is het adres van de advocaat die geblunderd heeft. We zullen het op zelfmoord laten lijken. Die domme klootzak zou als hij echt een goede werknemer is zichzelf van kant moeten maken, maar zoveel loyaliteit is voor een advocaat kennelijk te veel gevraagd. Voel je niet beledigd, Lloyd van de juridische afdeling.'

'Nee! Nee, Riegel, je zit ernaast. Het gaat om iemand anders die uit de weg geruimd moet worden.'

Riegel schraapte zijn keel. 'Ga door.'

Lloyd praatte de vp van Security Risk Management Ops bij over de liquidatie van Isaac Abubaker en de president die het herziene contract pas wilde tekenen als hij bewijs had dat de moordenaar van zijn broer dood was.

Riegel haalde zijn neus op. 'We stappen met dit soort dictators in bed, en zijn dan verbaasd als ze ons bij de ballen grijpen.' Riegels Engels was vlekkeloos, hij sprak als een Amerikaan. Hij ging achter zijn bureau zitten, pakte een pen en trok een kladblok over het leren vloeiblad naar zich toe. 'Dus we moeten de identiteit van de dader achterhalen en hem lozen?' vroeg Riegel.

'We weten al wie het is.'

'Dus hij hoeft alleen nog maar uit de weg geruimd? Ik rekende er na het telefoontje van meneer Laurent op dat het ingewikkelder zou zijn.'

'Ja, nou, dit is niet zomaar een huurmoordenaar.'

'Het probleem met huurmoordenaars zit hem vooral in de identificatie. Als je weet wie het is, zorg ik dat hij binnen 24 uur wordt gevonden en vermoord.'

'Dat zou ideaal zijn.'

'Tenminste, tenzij we het over The Gray Man hebben, die steekt met kop en schouders boven de rest uit.'

Lloyd zei niets.

Na een lange aarzeling van de Amerikaan zei Riegel: '*Ach, so!* We hebben het dus echt over The Gray Man, of niet?'

'Gaat dat een probleem worden?'

Nu was het Riegels beurt om even te zwijgen. Uiteindelijk zei hij: 'Het is zeker een complicerende factor… maar geen probleem. Hij kan als geen ander opgaan in de massa, vandaar zijn bijnaam. Het zal moeilijk worden hem op te sporen, maar het goede nieuws is dat hij geen reden heeft te vermoeden dat we achter hem aan zitten.'

Weer hulde Lloyd zich in stilzwijgen.

'Toch?'

'Ik heb gisteravond een aanslag op zijn leven laten uitvoeren. Die is mislukt. Hij heeft het overleefd.'

'Hoeveel mannen heeft hij gedood?'

'Vijf.'

'Idioot.'

'Riegel, het moge duidelijk zijn dat The Gray Man geen idioot is. Op grond van zijn geschiedenis blijkt...'

'Ik bedoelde hem niet! Jij bent de idioot! Een verdomde advocaat die een aanslag op de beste huurmoordenaar ter wereld probeert te plegen. Ongetwijfeld een slecht geplande, bij elkaar geïmproviseerde, haastig uitgevoerde operationele ramp! Je had direct contact met me moeten opnemen. Nu is hij op zijn hoede, zal erop rekenen dat wie het ook op zijn leven heeft voorzien een nieuwe poging zal wagen.'

'Ik ben geen idioot, Riegel. Ik hou zijn handlanger gevangen. Ik heb hem overgehaald om ons te helpen Gentry te vinden.'

'Wie is Gentry?'

'Courtland Gentry is The Gray Man.'

Riegel ging rechtop zitten, maakte zich even breed en vierkant als het bureau waar hij aan zat. 'Hoe is het mogelijk dat je zijn identiteit kent?'

'Dat kan ik niet zeggen.'

'Wie is zijn handlanger?' Riegel vond het maar niks dat hij binnen de LaurentGroup niet als eerste van deze informatie op de hoogte was. Daar had hij zijn eigen inlichtingennetwerk voor. Dat een of andere Amerikaanse klotejurist met dit soort informatie strooide alsof het de normaalste zaak van de wereld was, deed hem zijn vuisten ballen van woede.

'De naam van zijn handlanger is Don Fitzroy. Hij is Brits, heeft hier in Londen een legitiem bedrijf waar we zelfs weleens zaken mee doen...'

Riegel kneep zijn gebalde vuisten nog krachtiger samen. 'Je gaat me toch niet vertellen, Lloyd van de juridische afdeling, dat je Sir Donald Fitzroy hebt ontvóérd?'

'Jazeker. En ik heb zijn zoon met zijn gezin overgebracht naar een locatie in Normandië die eigendom is van de LaurentGroup.'

Riegel liet zijn enorme schouders zakken en zijn hoofd in zijn handen vallen. Na een paar seconden keek hij weer naar de telefoonluidspreker. 'Mij is in niet mis te verstane bewoordingen duidelijk gemaakt dat jij de leiding hebt in deze operatie. Dat ik je moet bijstaan met manschappen, materiaal, inlichtingen en al het advies dat ik je kan geven.'

'Dat klopt.'

'Dus sta me toe met het advies te beginnen.'

'Uitstekend.'

'Mijn advies, Lloyd van de juridische afdeling, is Sir Donald je excuses aan te bieden voor dit vreselijke misverstand, hem en zijn familieleden weer vrij te laten, je in je eigen huis terug te trekken, een pistool in je mond te stoppen en de trekker over te halen, verdomme! Je hebt een enorme fout gemaakt door Fitzroy voor de voeten te lopen.'

'Laat je advies in dat geval maar achterwege en stuur me gewoon meer manschappen. Ik weet op dit moment niet waar The Gray Man is, maar ik weet wel waar hij heen gaat. Fitzroy zal hem naar Normandië sturen. Hij zal vanuit het oosten over land naar het westen gaan. Ik weet nog niet waarvandaan, maar als je me meer manschappen stuurt, kan ik ze door heel Europa uitsturen om jacht op hem te maken als hij dichterbij komt.'

'Waarom zou hij naar Normandië gaan? Om Fitzroys familie te redden?'

'Precies. Hij zal te horen krijgen dat ze zijn ontvoerd door Nigerianen en pas worden vrijgelaten als Fitzroy hem uitlevert. Hij zal het als zijn verantwoordelijkheid zien om het probleem op te lossen.'

Riegel trommelde op zijn bureau. 'Ik ben het eens met je inschatting. Hij heeft de reputatie een paladijn te zijn en zal de Franse autoriteiten niet vertrouwen.'

'Exact. Het enige wat ik van jou nodig heb is een surveillanceteam en een moordcommando. Je team uit Minsk bewaakt op dit moment het gezin in Frankrijk, maar ik wil Gentry graag uit de weg hebben geruimd voordat hij Normandië bereikt, omdat tijd hier een cruciale factor is.'

'We hebben het over The Gray Man. Je hebt wel wat meer nodig.'

'Wat stel je voor? Los van het advies mezelf van het leven te beroven, bedoel ik.'

Riegel keek naar de muur aan de overkant van zijn kantoor. Hij werd aangestaard door het hoofd en de schouderpartij van een wild zwijn. Riegel knikte langzaam, hoewel Lloyd het niet zag. 'Om dit binnen de beschikbare tijd op te lossen, heb je honderd paar ogen nodig.'

'Kun je me honderd surveillance-experts leveren?'

'Straatartiesten, noemen wij ze.'

'Wat jij wilt. Kun je daarvoor zorgen?'

'Uiteraard. En je hebt minimaal tien teams van jagers annex moordenaars nodig, verspreid over elke mogelijke route, aangestuurd door een centraal commandocentrum, die elk in de waan verkeren dat zij het doelwit kunnen vinden en ombrengen.'

Uit Lloyds stem sprak verbazing over de operationele schaal die Riegel voor ogen stond. 'Minimaal tien teams?'

'Geen werknemers van het bedrijf natuurlijk. Het risico dat het als een boemerang terugslaat op de LaurentGroup is te groot. Plaatselijke jongens staan waarschijnlijk bekend bij de plaatselijke politie, wat de jacht in het honderd zou sturen. Nee, we hebben buitenlandse werknemers nodig, uit onbekend gebied, zoals jullie Amerikanen dat noemen. Zware jongens, Lloyd van de juridische afdeling, als je begrijpt wat ik bedoel. Zware jongens die over lijken gaan als er geen andere oplossing voorhanden is.'

'Je bedoelt huurmoordenaars.'

'Absoluut niet. The Gray Man heeft tot nu toe elke groep ingehuurde moordenaars die jacht op hem maakte weten te ontwijken dan wel weten uit te schakelen. Nee, we moeten voor alle zekerheid door de wol geverfde veldtroepen inzetten. Door de overheid getrainde moordcommando's.'

'Ik begrijp het niet. Welke overheid?'

'We hebben filialen in tachtig landen. Ik heb nauwe banden met de binnenlandse veiligheidsdiensten van tientallen derdewereldlanden. Deze mannen sturen in hun land batterijen soldaten aan die hun burgers en hun land in het gareel houden.'

Riegel zweeg terwijl hij over zijn plan nadacht. 'Ja, ik zal mijn collega's binnen de overheden van derdewereldlanden benaderen, ruige plekken waar de kans groot is dat ik er ruige mannen zonder enige scrupules kan ronselen. Ik zal contact opnemen met deze mannen, en binnen een halve dag vanaf nu zullen er tientallen bedrijfsvliegtuigen vanuit die negorijen deze kant op vliegen. Stuk voor stuk volgestouwd met de ruigste kerels en de zwaarste wapens en met teams die allemaal dezelfde opdracht krijgen. Ze zullen elkaar allemaal de loef af proberen te steken om The Gray Man te liquideren.'

'Een soort wedstrijd, bedoel je?'

'Precies.'

'Ongelooflijk.'

'We hebben zoiets eerder gedaan. Niet op deze schaal, maar we hebben in het verleden al eens reden gehad om meerdere teams met elkaar om een doelwit te laten concurreren.'

'Maar ik begrijp het niet. Waarom zouden deze overheden ons helpen?'

'Niet de overheden zelf. De inlichtingendiensten. Kun je je voorstellen wat de gevolgen voor de veiligheid en stabiliteit van, noem eens wat, Albanië zijn als de geheime dienst van dat land een premie van twintig miljoen dollar kan opstrijken? Of het leger in Oeganda? Of de binnenlandse veiligheidsdienst van Indonesië?

Deze organisaties opereren geregeld achter de rug van hun staatshoofden om, in zaken waar de bewuste organisatie of hun leiders garen bij spinnen. Ik ken landen waarvan de binnenlandse veiligheidsdiensten hun manschappen toestaan te moorden in ruil voor geld; daar twijfel ik niet aan.'

Het duurde even voordat Lloyd reageerde. 'Ik snap het. Deze inlichtingendiensten zullen zich geen zorgen maken over vergelding vanuit Amerikaanse hoek. Ze weten dat de CIA geen klopjacht zal beginnen naar de moordenaars van The Gray Man.'

'Lloyd, het winnende team zal de CIA waarschijnlijk persoonlijk op de hoogte brengen en proberen er nog een premie van de Amerikanen uit te slepen. Langley zit al jaren achter The Gray Man aan. Hij heeft vier van hun mannen uitgeschakeld, zoals je wellicht weet.'

'Ja, dat weet ik. Je plan staat me wel aan. Maar kunnen we het stilhouden? Zonder dat het negatief afstraalt op de LaurentGroup, bedoel ik.'

'Mijn kantoor werkt met schaduwbedrijven zodat we altijd alles kunnen ontkennen. We zullen het luchtvaartpersoneel van de LaurentGroup inzetten in toestellen van de schaduwbedrijven die de zware jongens en hun wapens op het continent zullen afzetten. Het zal niet goedkoop zijn, maar Marc Laurent heeft me opgedragen dit koste wat het kost te regelen.'

Hoewel Riegel onmiskenbaar banden had met de hogere echelons binnen het bedrijf, fluisterde Lloyds politieke instinct hem in dat het geen kwaad kon zijn eigen positie nog eens te benadrukken. 'Ik blijf de leiding houden over deze operatie. Ik zal de bewegingen van de spionnen en de schutters coördineren. Jij hoeft enkel de manschappen te leveren.'

'Afgesproken. Ik zal onze kleine wedstrijd optuigen en iedereen binnenhalen maar de aansturing van de teams aan jou overlaten. Hou me van de voortgang op de hoogte, en aarzel niet mijn advies in te winnen. Ik ben een jager, Lloyd. De jacht op The Gray Man in de straten van Europa zal het grootste wapenfeit van mijn carrière worden.' Hij zweeg. 'Alleen had ik graag gezien dat je Fitzroy met rust had gelaten.'

'Laat hem maar aan mij over.'

'O, dat ben ik zeker van plan. Sir Donald en zijn familie zijn niet mijn probleem, maar het jouwe.'

'Totaal geen probleem.'

9

Het begon Court langzaam te dagen dat hij het geluk aan zijn zijde had. Nadat hij nog geen uur trekkebenend richting de Turkse grens had gelopen, was hij opgepikt door een patrouille van de plaatselijke Koerdische politie. De Koerden in Noord-Irak zijn dol op Amerikanen, en zeker op Amerikaanse soldaten, en op grond van zijn gescheurde uniform en verwondingen dachten ze dat hij deel uitmaakte van de Amerikaanse Special Forces. Court deed geen moeite ze op andere gedachten te brengen. Ze brachten hem naar Mosul en lapten hem op en verschoonden het verband om zijn wond in een door de Amerikaanse overheid gebouwde kliniek. Binnen zeven uur nadat hij zonder een parachute op zijn rug uit de kont van een vliegtuig was gesprongen, stapte de in een gesteven lange broek en een linnen overhemd geklede Amerikaanse huurmoordenaar in een lijnvliegtuig met bestemming Tbilisi, Georgië.

Hij had de verbetering in zijn situatie niet aan louter geluk te danken. In een van Courts reserveplannen had hij ingecalculeerd Irak op eigen houtje te moeten verlaten, en om zich hierop voor te bereiden had hij een vals paspoort, vervalste visa voor Georgië en Turkije, contant geld en andere nuttige documenten in zijn broekspijp genaaid.

Nee, Court mocht dan af en toe profiteren van een beetje geluk, maar hij vertrouwde er nooit op. Hij bereidde zich altijd tot in de puntjes voor.

Nadat hij met behulp van een Canadees paspoort op naam van de Canadese freelancejournalist Martin Baldwin de Georgische douane was gepasseerd, kocht hij een ticket naar Praag. Het vliegtuig was gedurende de vijf uur durende vlucht nagenoeg leeg, en Court landde iets na tien uur 's avonds op de luchthaven van Ruzyně.

Hij kende Praag als zijn broekzak. Hij had hier ooit een klus gedaan waarvoor hij vaak naar de aangrenzende buitenwijken had moeten uitwijken.

Na een taxirit en een stuk met de metro liep hij over de met kinderkopjes geplaveide straten van het Staré Město District en nam zijn intrek in een minuscule zolderkamer in een hotel op pakweg een halve kilometer van de rivier de Vltava. Na een lange douchebeurt was hij net gaan zitten om het verband om zijn dij te verschonen toen de satelliettelefoon in zijn nieuwe rugzak begon te piepen.

Toen Court naar het toestel keek en zag dat het Fitzroy was, ging hij door met het verzorgen van zijn wond. Hij zou morgenochtend wel met Don praten.

Court was logischerwijs boos over het extractieteam dat zich tegen hem had gekeerd.

Hij hield niet eens rekening met de mogelijkheid dat Fitzroy de mannen persoonlijk opdracht had gegeven hem te doden. Nee, hij was boos omdat Fitzroys bedrijf kennelijk zo corrupt was dat Nigerianen in staat waren geweest een missie te infiltreren en er bijna in waren geslaagd zijn redders in zijn moordenaars te veranderen. Fitzroy had zich na de dood van de opdrachtgever fel verzet tegen Courts aanslag op Abubaker, en inmiddels vroeg hij zich af of Fitzroy bewust een halfslachtige ondersteuning voor de operatie in elkaar had gedraaid om zijn afkeuring te laten blijken.

Fitzroy had zijn organisatiestructuur het Netwerk gedoopt, en het Netwerk was Courts enige reddingsboei in het veld. Het bestond uit gediplomeerde artsen die een gewonde man konden oplappen en daarbij geen vragen stelden; gediplomeerde piloten die een verstekeling aan boord duldden en geen bezwaar maakten tegen de spullen die hij op zijn rug meedroeg; gediplomeerde drukkers die documenten konden aanpassen. De lijst was eindeloos en werd elke dag langer. Court gebruikte het Netwerk zo min mogelijk, veel minder vaak dan de andere mannen uit Fitzroys stal. The Gray Man was tenslotte iemand die zeer snel werkte zonder sporen na te laten. Maar iedereen in een gevaarlijk vakgebied zoals Court kon af en toe wel een beetje hulp gebruiken, en hij was wat dat betrof geen uitzondering.

Court was een paar maanden na de avond waarop de CIA had aangegeven niet langer gebruik te willen maken van de diensten van hun meest ervaren en succesvolle huurmoordenaar voor Fitzroy gaan werken en deed dat nu vier jaar. Zijn gedachten keerden naar die avond terug. Ze hadden hun ontevredenheid ondubbelzinnig laten blijken via de bom in zijn auto, een team huurlingen in zijn appartement en het door het ministerie van Justitie uitgevaardigde internationaal opsporingsbevel dat via Interpol naar elk politiekorps op aarde was gestuurd.

Court zat op dat moment dringend om werk verlegen waarmee hij een leven buiten het bereik van de Amerikaanse overheid kon financieren en had toenadering tot Sir Donald Fitzroy gezocht. De Engelsman bestierde een ogenschijnlijk legitiem beveiligingsbedrijf, maar omdat Court al te maken had gehad met de duistere kant van Cheltenham Security Services toen hij aanslagen en vergeldingsacties uitvoerde voor de Special Activities Division van de CIA, was dat voor de sinds kort werkloze huurmoordenaar een logische plek om te solliciteren.

Vanaf dat moment was hij uitgegroeid tot de spreekwoordelijke ster in de wereld van de private huurlingen. Hoewel vrijwel niemand zijn echte naam kende of op de hoogte was van het feit dat hij voor Fitzroy werkte, was The Gray Man binnen het contingent geheim agenten dat in de westerse wereld actief was inmiddels een legende geworden.

En zoals dat gaat bij legendes, werden veel details uitvergroot, aangedikt of gewoon verzonnen. Een van de details rond de mythe van The Gray Man dat wel klopte, betrof zijn persoonlijke ethiek om enkel contracten te accepteren jegens doelwitten die naar zijn gevoel hun standrechtelijke executie verdienden. Dit was binnen de wereld van huurmoordenaars een volstrekt nieuw gegeven, en hoewel het goed was voor zijn reputatie, zorgde het er ook voor dat hij wat zijn werk betrof zeer kieskeurig kon zijn.

Court koos de moeilijkste van de moeilijke opdrachten, reisde in zijn eentje af naar vijandelijk grondgebied, nam het in zijn eentje op tegen een rits tegenstanders en verwierf een in zijn schemerige vakgebied ongeëvenaarde reputatie en bijbehorend banksaldo. In die vier jaar had hij twaalf succesvolle operaties uitgevoerd tegen terroristen en hun financiers, blanke profiteurs van slavernij, smokkelaars van drugs en illegale wapens, en kopstukken van de Russische maffia. Omdat hij volgens de geruchten al meer geld had verdiend dan hij ooit nodig zou hebben, nam men aan dat hij doorging met wat hij deed om het recht te laten zegevieren, de zwakken bij te staan, de wereld met behulp van de loop van zijn geweer beter te maken.

De mythe berustte op fantasie, niet op werkelijkheid, maar in tegenstelling tot de meeste fantasieverhalen bestond de man die er het middelpunt van vormde wel degelijk. Zijn drijfveren waren complex en niet van het stripboekgehalte dat men eraan toeschreef, maar diep vanbinnen beschouwde hij zichzelf als een van de goeieriken.

Nee, het geld had hij niet nodig, en levensmoe was hij evenmin.

Court Gentry was The Gray Man omdat hij er eenvoudigweg van overtuigd was dat er op deze wereld slechteriken rondliepen die uit de weg geruimd moesten worden.

Lloyd en zijn twee Noord-Ierse handlangers stopten Fitzroy in een limousine van de LaurentGroup en doorkruisten in de stromende regen de stad. Er werd niet gesproken. Fitzroy zat zwijgend met zijn hoed in zijn handen tussen zijn knieën en keek als een geslagen man door het raam de verregende nacht in. Lloyd zat continu aan de telefoon, belde en werd gebeld en overlegde voortdurend met Riegel, die tot in alle uithoeken van de planeet mannen ronselde om hun haastig bedachte plan uit te voeren.

Iets na één uur 's nachts stopte de limo bij de Engelse vestiging van de LaurentGroup. De plaatselijke vestiging van het Franse bedrijf was gehuisvest in een uit drie gebouwen bestaande campus in Fulham. Lloyd, zijn mannen en hun lading reden door het openstaande hek aan de voorkant langs twee gewapende wachtposten over een weg naar een laag gebouw van één verdieping met een helikopterplatform ernaast.

'Dit zal voorlopig even je thuis zijn, Sir Donald. Mijn excuses als het niet voldoet aan de standaard die je gewend bent, maar je zult in elk geval niet eenzaam zijn. Mijn mannen en ik zullen je gezelschap houden totdat alles is rechtgezet en we je kunnen terugbrengen naar Bayswater Road, waar we je een aai over je kale knikker geven en je daarna weer afleveren op de plek waar we je hebben opgepikt.'

Fitzroy zweeg. Hij liep achter het gezelschap aan door de regen naar het gebouw waar ze een lange gang doorstaken. Hij liep langs twee andere mannen in pakken die in een kleine keuken stonden en die hij direct herkende als beveiligers in burger. Heel even gloorde er hoop bij Fitzroy, wat tot uitdrukking kwam in zijn gelaatsuitdrukking.

Lloyd las zijn gedachten. 'Sorry, Sir Donald, dit zijn niet jouw mannen. Een paar zware jongens van ons kantoor in Edinburgh. Deze Schotten werken voor mij, niet voor jou.'

Fitzroy liep verder de gang door. Hij mompelde: 'Ik ken duizend van dat soort gasten. Die kerels werken voor iedereen. Ze doen het voor het geld en zullen zich net zo makkelijk tegen je keren als ze er maar voldoende mee kunnen verdienen.'

Toen Lloyd de laatste deur op de gang had bereikt, haalde hij een pasje langs een kaartlezer. 'Nou, dan bof ik maar dat ik ze zo goed betaal.'

Ze betraden een grote vergaderruimte waar een eikenhouten tafel stond en stoelen met hoge rugleuningen. Tegen de muren stonden computers opgesteld, en aan de muren hingen platte beeldschermen en een groot lcd-beeldscherm met een kaart van West-Europa.

Lloyd zei: 'Waarom ga je niet aan het hoofd van de tafel zitten? Het spijt me dat we niets ronds hebben kunnen regelen, wat gezien je ridderorde passend zou zijn geweest. We zijn helaas niet verder gekomen dan ovaal.' De Amerikaan grinnikte om zijn eigen grapje.

De twee Schotse beveiligers gingen naast de deur staan en de uit Noord-Ierland afkomstige mannen namen plaats in de hoeken van de kamer. Een ranke zwarte man in een kastanjebruin pak stapte de kamer binnen, nam plaats aan tafel en zette een flesje water voor zich neer.

'Meneer Felix werkt voor president Abubaker,' legde Lloyd uit. Het was een uiterst summiere introductie. 'Hij is hier om zich ervan te verzekeren dat we The Gray Man ombrengen.'

Meneer Felix knikte Fitzroy vanaf de andere kant van de tafel toe.

Lloyd overlegde met een jongeman met een paardenstaart en een neusring wiens zware brilmontuur het licht van de computers op het bureau voor hem weerkaatste. Hij keek op naar Lloyd en fluisterde.

Lloyd wendde zich naar Fitzroy. 'Alles verloopt volgens schema. Deze man zal alle communicatie verzorgen tussen de spionnen, de jagers en mijzelf. We noemen hem de Techneut.'

De jongeman stond op en stak hem beleefd zijn hand toe, alsof hij geen idee had dat hij werd voorgesteld aan iemand die was ontvoerd.

Fitzroy draaide hem de rug toe.

Op dat moment ontving de Techneut een telefoontje in zijn oortje. Hij sprak Lloyd zachtjes toe met een Brits accent.

Lloyd antwoordde: 'Perfect. Stuur onze mannen er onmiddellijk heen. Bepaal zijn locatie.'

Lloyd keek Fitzroy glimlachend aan. 'Het werd hoog tijd dat het een keer meezat. Gentry is gesignaleerd in Tbilisi toen hij aan boord stapte van een vliegtuig naar Praag. Die vlucht is al geland, dus kunnen we hem niet volgen vanaf de luchthaven, maar onze mannen gaan alle hotels af. Hopelijk hebben we daar een team ter plaatse als hij morgenochtend wakker wordt.'

Een uur later zat Lloyd tegenover Fitzroy aan tafel. De lichten waren gedimd en de Techneut plaatste een lamp achter de Amerikaan. Een camera aan het plafond zwenkte met behulp van een motortje naar hem toe. Op een monitor was het silhouet van Lloyd zo vaag te zien dat de jonge raadsman zijn arm optilde en ermee zwaaide om zich ervan te vergewissen dat hij in beeld was.

Daarna kwamen de lcd-schermen aan de muur aan de overkant van de tafel een voor een tot leven. Onderaan elk scherm werd een naam en de plaatselijke tijd weergegeven. Het eerste dat aansprong vermeldde Gaborone, Botswana. Vier mannen zaten in een vergaderruimte die vergelijkbaar was met die in Engeland. Ze werden net als Lloyd van achteren verlicht waardoor alleen hun silhouetten te zien waren. Daarna was het de beurt aan Jakarta, Indonesië. Hier zaten zes man schouder aan schouder achter een tafel naar een beeldscherm te kijken. Toen Tripoli, Libië. Een minuut later volgde Caracas, Venezuela; Pretoria, Zuid-Afrika en Riyad, Saoedi-Arabië, allemaal op dezelfde manier uitgelicht. Binnen vijf minuten waren ook de verbindingen met Albanië, Sri Lanka, Kazachstan en Bolivia actief. Het kostte de Techneut een minuut om de connectie met Freetown, Liberia tot stand te brengen. Als laatste werd er verbinding gemaakt met Zuid-Korea. Een Aziatische man zat in zijn eentje achter een bureau.

Dit waren de door de overheid beschikbaar gestelde moordcommando's die Kurt Riegel voor de jacht had opgetrommeld. Riegel had al overleg gevoerd met de chef van de betreffende veiligheidsdienst waar de teams onder vielen, dus weigerde hij de deelnemende leden rechtstreeks toe te spreken. Dat was Lloyds taak. Zoals Riegel al had aangekondigd hielp hij hem enkel met de logistiek en het verstrekken van advies.

Voordat de geluidsverbinding tot stand werd gebracht, riep Lloyd vanaf de ene kant van de kamer naar de Techneut aan de overkant: 'Waar is de rest van de Koreanen?'

De Techneut keek snel op een papier dat voor hem op zijn bureau lag. 'Ze hebben maar één man gestuurd. Maakt niet veel uit, denk ik. Alles bij elkaar bestaan de twaalf teams uit meer dan vijftig leden.'

Hierna controleerde de Techneut of Lloyds stem door zowel hardware als software vervormd werd, zodat hij volstrekt onherkenbaar klonk.

Nadat de Techneut als allerlaatste had gecontroleerd of de tolken, voor zover die nodig waren, de audio goed doorkregen, schraapte Lloyd zijn keel. Zijn silhouet bracht een hand naar zijn mond en liet die weer zakken.

'Heren, ik weet dat jullie in hoofdlijnen al gebriefd zijn over de missie die jullie moeten uitvoeren. Het is in wezen zeer eenvoudig.

Ik moet iemand opsporen, maar dat is niet jullie probleem. Ik heb op dit moment bijna honderd straatartiesten die op afroep klaarstaan of het beoogde gebied op dit moment al aan het uitkammen zijn. Zodra deze man is gevonden, moet hij worden uitgeschakeld. Dát is jullie doel.' Het beeld op de monitoren die met de twaalf locaties in verbinding stonden veranderde. Op het scherm verscheen een kleurenfoto van een gladgeschoren Court Gentry in een vrijetijdsjasje en met metalen brilmontuur op zijn neus. Lloyd had de foto gekopieerd van een vervalst paspoort uit zijn CIA-dossier. 'Dit is Court Gentry, oftewel The Gray Man. De foto waar jullie naar kijken is vijf jaar oud. Ik ben bang dat ik niet weet hoe hij er inmiddels uit kan zien. Laat je niet misleiden door zijn alledaagse uiterlijk. Hij is de beste moordenaar die ooit voor de CIA heeft gewerkt.'

Iemand mompelde iets in het Spaans. Lloyd verstond één woord: 'Milosevic.'

'Ja, ik vermoedde al dat enkelen van jullie op de hoogte waren van 's mans reputatie. Er doen over zijn operaties vele geruchten de ronde. Sommigen beweren dat hij Milosevic heeft omgebracht, anderen spreken dat tegen. Volgens sommigen zat hij achter de gebeurtenissen die het afgelopen jaar in Kiev hebben plaatsgevonden... De meesten die er verstand van hebben achten dat onmogelijk. Niettemin weet ik voldoende over specifieke klussen die hij geklaard heeft, zowel voor de Amerikaanse overheid als voor private opdrachtgevers, om jullie te kunnen verzekeren dat meneer Gentry in zijn vakgebied de beste solist is die jullie ooit zullen tegenkomen.'

Er klonk een nieuwe anonieme stem. 'Lijkt wel een flikker.' Op basis van het accent richtte Lloyd zijn aandacht op de Zuid-Afrikaanse delegatie.

Lloyds vervormde stem galmde door de speakers. 'Maar dan wel de flikker die rechtstreeks op je afstapt en je een ijspriem tussen je ribben duwt en je longen doorboort en over je heen blijft staan terwijl je stikt in je eigen bloed.' Er klonk woede in de stem van de Amerikaanse advocaat. 'Als je hem hebt gedood, mag je me laten weten of je hem een flikker vond. Tot die tijd hou je je verdomde kinderachtige commentaar voor je.'

Vanuit de Zuid-Afrikaanse hoek bleef het stil.

Terwijl hij de silhouetten in Pretoria in de gaten bleef houden, ging Lloyd verder. 'The Gray Man is getraind in scherpschieten op grote afstand, man-tegen-mangevechten, het gebruik van steekwapens, Krav Maga, de vechtkunst die de Israëlische elitetroepen gebruiken. Hij is dodelijk met een lang vuurwapen, een kort vuurwapen, en zonder vuurwapen. Hij vermoordt je op anderhalve kilometer afstand, of als hij in je oor staat te hijgen. Hij heeft uitvoerige training gehad in het gebruik van zware explosieven en zelfs vergif. Er deed binnen de CIA een gerucht de ronde dat hij een doelwit in een restaurant om zeep heeft geholpen met een blaaspijp, zonder dat de bewakers van het betreffende doelwit iets in de gaten hadden.' Lloyd zweeg even om het dramatische effect te vergroten. 'Gentry zat aan de tafel ernaast. Bleef onverstoorbaar dooreten terwijl zijn doelwit dood neerviel.

Zodra we hier klaar zijn, stappen jullie allemaal aan boord van een vliegtuig. We sturen twaalf teams in twaalf vliegtuigen naar twaalf luchthavens die op de route liggen die Gentry naar verwachting de komende achtenveertig uur door Europa zal afleggen. Ik zal vanaf hier alle activiteit in de gaten houden en coördineren, en alle informatie doorgeven die me ter ore komt. Elk team dat deelneemt aan de jacht en overleeft, krijgt een miljoen dollar plus compensatie voor gemaakte onkosten. Het team dat Gentry weet uit te schakelen, ontvangt een bonus van twintig miljoen dollar.'

'Wat gaat Amerika doen als we hem vermoorden?' vroeg een man met een harde Afrikaans klinkende stem.

Lloyd wendde zich naar de Liberiaanse monitor, al wist hij niet zeker of de stem daarvandaan kwam. 'Dit is besproken met de leiders van jullie organisaties. Deze man is door de Amerikaanse overheid al op een dodenlijst gezet. De CIA heeft al verordonneerd dat hij ter plekke mag worden neergeschoten. Hij heeft geen vrienden, geen naaste familie. Niemand zal om zijn dood een traan laten.'

Hierna zei iemand iets in een Aziatische taal. Toen hij was uitgesproken, vroeg een tolk: 'Waar is hij nu?'

'Hij is gisteravond naar Praag gevlogen. Onze agenten zijn de hotels aan het afspeuren naar hem, maar we kunnen onmogelijk zeker weten of hij daar nog is.'

'Welk team gaat naar Praag?' vroeg iemand.

'De Albanezen. Zij zitten het dichtstbij.'

'Dat is niet eerlijk!' riep een Zuid-Afrikaan.

Lloyd, van wie enkel het silhouet te zien was, zette zijn bril af en masseerde zijn neusbrug. 'Niets ten nadele van de Albanezen, maar ik denk niet dat hij geveld zal worden door het eerste team dat hij tegenkomt.'

Er klonk wat gemor vanuit Albanese hoek, al werd dat snel overstemd door gesis.

'We zullen Gentry in de komende achtenveertig uur doden, dat staat vast. Maar het zal een slijtageslag worden. Het is goed mogelijk dat velen van jullie het niet overleven.' Hij zweeg een tel, een halfslachtige poging om te veinzen dat hem dat iets kon schelen. 'Maar los daarvan weten we niet of de Albanezen hem wel als eerste op de korrel zullen nemen. Voor hetzelfde geld is hij verder naar het westen getrokken op het moment dat jullie vliegtuig landt. Als dat zo is, en als we zien dat hij Praag al gepasseerd is, gaan jullie terug het vliegtuig in en worden jullie dichter bij de eindbestemming afgezet om een nieuwe hinderlaag op te zetten. Ik kan jullie allemaal verzekeren dat een zo oostelijk mogelijke positie niet automatisch voordeliger is.'

Lloyd ging rechter op in zijn stoel zitten. Zijn silhouet oogde hierdoor slank en atletisch. 'Laat me afsluiten met het volgende. Doe alles wat je moet doen om de klus te klaren. Ik ben volstrekt niet geïnteresseerd in eventuele bijkomende schade. Als je niet tegen een paar dode kinderen of bejaarden of puppy's kunt, stap dan niet aan boord van mijn verdomde vliegtuig. Het is jullie taak om Court Gentry af te maken. Als je dat voor elkaar krijgt, sleep je miljoenen binnen voor je organisatie en weet je je verzekerd van de dankbaarheid van de CIA. Als je het verkloot, zal hij je waarschijnlijk afgemaakt hebben. Over de rest hoef je je geen zorgen te maken. Zijn er nog vragen?'

Niemand vroeg iets.

'In dat geval, heren... kunnen we beginnen.'

Om kwart over vier in de ochtend liet een beveiligingsbeambte van LaurentGroups enorme vrachtwagenpark in het Tsjechische Brno een foto van Gentry zien aan een slaperige hotelmedewerker van een smalle vier etages tellende herberg in Staré Město, het oude centrum van Praag. De oude man achter de balie bestudeerde de foto geruime tijd en zei dat hij het niet zeker wist, maar veranderde van gedachten nadat hij van de vreemdeling met de kraalogen vijfhonderd kronen in ontvangst had genomen. Hij wist zeker dat de gladgeschoren man op de foto en de toerist met de baard die op dit moment in zijn zolderkamer sliep, een en dezelfde persoon waren.

De agent nam direct contact op met Lloyd. Hij was een werknemer van de LaurentGroup, en aangezien Lloyd de opdracht had om werknemers van het bedrijf te allen tijde te behoeden voor actieve bemoeienis met deze zaak stuurde hij hem naar huis.

'Er is een team onderweg,' zei Lloyd.

'Als je hem dood wilt, regel ik dat voor honderdduizend kronen.'

Lloyd gniffelde hoorbaar in de telefoon. 'Nee, dat regel je niet.'

'Wil je beweren dat het mij niet lukt om...'

'Ja. Dat is inderdaad wat ik beweer.'

'Jij Amerikaanse klootzak.'

'Deze Amerikaanse klootzak heeft zojuist wel jouw waardeloze Tsjechische leven gered. Ga naar huis. Vergeet het. Ik zal je een bonus geven voor je goede werk.'

'Ik haat Amerikanen.'

Lloyd lachte hardop toen de verbinding werd verbroken.

10

Court werd om vijf uur 's ochtends wakker. De kogelwond in zijn dij prikte en klopte; hij had allesbehalve goed geslapen. Hij ging langzaam rechtop zitten, wat pijn deed, boog voorover om zijn onderrug en zijn hamstrings te rekken, ging toen staan en strekte zich zijwaarts in beide richtingen. Hij wilde vandaag op pad. Hij had nog niet over een bestemming nagedacht, maar wist wel dat hij er goed aan deed het hotel zo snel mogelijk te verlaten.

Na een kort bezoekje aan de badkamer, waar hij zich ontlastte en het verband om zijn dij controleerde, trok hij dezelfde kleren aan als gisteravond. Toen keek hij uit het raam om te kijken of hij iets zag wat erop wees dat hij gevolgd werd. Nadat hij niets ongewoons had opgemerkt, daalde hij de trappen af en verliet om vijf voor halfzes het pand.

Hij had in zijn hoofd een to-dolijst voor vandaag opgesteld. Hij zou als eerste een klein vuurwapen ophalen bij zijn plaatselijke opslag hier in Praag. Hij zou niet meer vliegen; de vliegreizen van de afgelopen vierentwintig uur waren atypisch voor zijn manier van leven, omdat Court er een hekel aan had ongewapend te zijn. Hij stapte enkel aan boord van burgertoestellen als het echt niet anders kon en had om die reden de afgelopen vier jaar slechts zo'n tien keer gevlogen. Nu hij over de kinderkopjes van de donkere en lege straten van Praag liep, voelde hij zich naakt. Het enige wat enigszins voorzag in zijn wapenbehoefte was een klein Spyderco-zakmes dat hij van een Koerdische agent had gekocht. Het was beter dan niets, maar bij lange na niet zo effectief als welk vuurwapen dan ook.

Na de tussenstop bij zijn opslagplaats moest hij de stad uit: contant een goedkope motorfiets kopen en daarmee gewoon Praag uit rijden. Misschien een week of zo in Tsjechië of in Slowakije van dorp naar dorp rijden. Hij hoopte dat hij op deze manier veilig was totdat de Nigeriaanse president was afgetreden, en hem hopelijk met rust zou laten.

Niemand kon sneller en geruislozer verdwijnen dan de zesendertigjarige Amerikaan.

Terwijl Court onderweg was naar de metro, besloot hij een belangrijk item op zijn to-dolijst naar voren te halen. Uit een café dat net openging steeg de geur van verse koffie op. Op dat moment kreeg hij het gevoel dat hij net zoveel behoefte had aan koffie als aan een vuurwapen.

Hij zat ernaast.

De donkere straat voor het café was gehuld in een dichte mist, en op het moment dat Court de paar treden naar de eetgelegenheid besteeg, begon het te regenen. Het was pas halfzes; hij kreeg de indruk dat hij de eerste klant van de dag was. Court was het Tsjechisch voldoende machtig om de jonge vrouw achter de toonbank in haar eigen taal te begroeten. Hij wees naar een dampende koffiepot en een groot stuk gebak en keek hoe het bleke meisje een piepschuimen beker volgoot met sterke zwarte koffie en zijn ontbijt in een zakje deed.

Op dat moment rinkelde achter hem het belletje van de deur. Hij keek achterom en zag drie mannen hun paraplu's dichtklappen en de verse regendruppels van hun jassen schudden. Ze zagen eruit als plaatselijke bewoners, al wist Court dat niet zeker. De eerste man keek hem aan toen Court met zijn aankopen naar een klein tafeltje liep waar melk en suiker voor in de koffie op stonden.

Court keek naar een ingelijste poster aan de muur die een poëziefestival aanprees, staarde daarna gedachteloos door het raam rechts van hem de donkere, regenachtige straat in.

Een paar seconden later trotseerde hij opnieuw de elementen en liep terwijl hij de kille ochtendlijke regen probeerde te negeren in de richting van het metrostation Můstek. Er waren vanwege de kou en de regen en het vroege tijdstip geen andere voetgangers. Court vond de kou niet erg; verheugd stelde hij vast dat het leven in zijn vermoeide spieren en nog altijd versufte brein wist te injecteren. Er reden een paar vrachtwagens langs. Hij keek in elk daarvan door de natte voorruit naar binnen. Hij vond de ingang van de metro en daalde de steile trap af. Zijn nog altijd vermoeide ogen wenden langzaam aan het harde elektrische licht om hem heen, de koude witte tegels reflecteerden het licht van de lampen boven hem.

Hij volgde de bordjes die hem door een kronkelende tunnel naar de treinen dirigeerden. Met een lift daalde hij nog verder onder de nog slapende stad af, en na een bocht bevond hij zich nog dieper in de slingerende, felverlichte krochten van het metrostation.

Vlak voor een bocht in de tunnel liep hij langs een vuilnisbak. Hij deponeerde er zijn onaangeroerde koffie en gebak in. Toen sloeg hij af naar rechts, liep nog twee passen door en bleef toen staan.

Hij spande de spieren in zijn armen, benen, nek, zelfs die in zijn kaken aan.

Toen tastte hij naar het zakmes achter zijn broekband. Met een onmogelijk snel gebaar dat grote behendigheid verried haalde hij het tevoorschijn en klapte het open.

Hij draaide zich om, zette een stap in de richting vanwaar hij gekomen was, maakte een sprong om zo ver mogelijk te komen en plantte het acht centimeter lange lemmet tot aan het heft in de nek van zijn eerste achtervolger.

De man was dik en hard en groot en breed. Zijn vlezige rechterhand omklemde een automatisch wapen van roestvrij staal. Court pakte de pols van de hand die het wapen vasthield en duwde de loop naar beneden en van zich af, voor het geval de stuiptrekkingen van de stervende man de trekker zouden overhalen.

Court nam niet de tijd om in de ogen van de vierkant gekaakte man te kijken; als hij dat had gedaan zou hij de schok en de verwarring in diens blik hebben gezien, ruim voordat de paniek en de pijn toesloegen. In plaats daarvan duwde hij de man naar achteren richting de bocht in de tunnel en smeet hem tegen de tweede aspirant-moordenaar aan, die toen hij de hoek omsloeg en zijn wapen trok zijn blikveld in liep. Court hield het mes met rechts vast. Het zat nog altijd vast in de nek van de man, en hij gebruikte het om de eerste tegen de tweede man te duwen en wurmde met zijn andere hand het pistool uit de losser wordende greep van de eerste man. Maar die wilde het pistool niet loslaten. Court zag achter de vallende tweede man de derde, die zijn pistool hief om een schot te lossen.

Court drukte zijn hoofd tegen de borst van de man met het mes in zijn nek, duwde hem achterwaarts over de naar de grond vallende belager en kwam in hoog tempo op nummer drie af.

De oorverdovende knal van het pistoolschot deed de tunnel op zijn grondvesten trillen, de geluidsexplosie werd versterkt door het lage plafond en de nauwe gang. Court voelde hoe de kogel in de rug van de bloedende man in zijn armen binnendrong. Ook het tweede schot dat werd afgevuurd drong Courts danspartner binnen. De Amerikaan bleef de man naar achteren duwen en gaf hem uiteindelijk een zo hard mogelijke zet. Terwijl het bloederige lichaam van zijn belager onderweg was naar de derde man, trok Court zijn mes uit diens nek en deed een laatste poging het pistool uit de bolle rechterhand te wurmen. Het lukte hem greep te houden op het mes, maar het lichaam sloeg tegen de derde man terwijl de dode hand het pistool nog altijd stevig vasthad.

Court stond nu tussen twee levende en gewapende huurmoordenaars in, beiden op minder dan drie meter bij hem vandaan. De gewapende man lag achter hem op de grond. Die zou zich nu zeker omrollen in een poging een schot af te vuren. En voor Court stond de man die nu zijn bloed opgevende partner uit de weg duwde om zijn doelwit opnieuw onder vuur te kunnen nemen. Court draaide het mes zodat hij het lemmet in zijn hand hield en gooide het vliegensvlug bovenhands naar de staande schutter. Het mes trof perfect doel, het lemmet verdween in de linkeroogkas van de man. Terwijl het bloed er uitspoot liet de schutter zijn pistool los en greep met zijn beide handen naar het mes. Hij viel op zijn knieën.

Court had geen oog voor de dreiging achter hem. In plaats daarvan dook hij met gestrekte armen naar voren, wanhopig op zoek naar het vuurwapen. Vlak voordat hij de grond raakte, weergalmde er weer een pistoolschot door de tunnel. Hij voelde geen inslag, ging ervan uit dat de belager op zijn rug had gemikt en hem door zijn duik naar de grond had gemist.

Court landde hard op de koude tegelvloer, gleed naar voren en hief het pistool van de derde schutter. De man zat met het mes in zijn oog op zijn knieën, stervende maar nog niet dood, en schreeuwde moord en brand. Court rolde op zijn rug tot hij naast hem lag en draaide zich om om zijn laatst overgebleven vijand onder vuur te kunnen nemen. Deze man had een halve kans om te schieten maar aarzelde; Court lag naast zijn partner.

Maar The Gray Man aarzelde niet. Liggend op zijn rug vuurde hij tussen zijn gespreide benen door de ene kogel na de andere op de gewapende man af, die om zijn as tolde en dood neerviel.

Toen Court zeker wist dat de man naast hem met het mes in zijn oog de enige overlevende was, drukte hij de loop van het wapen tegen diens slaap en haalde zonder aarzelen de trekker over.

De Amerikaan stond in de lichte witte doorgang tussen de verspreide lichamen van de drie mannen. Het bloed zat op de muren, en uit de lijken aan zijn voeten ontsnapten uitdijende plassen. Zijn oren piepten, en de wond op zijn dij stak en klopte.

Ze waren in het koffietentje door de mand gevallen. Hij had hen in een seconde herkend als huurlingen toen ze door de deur naar binnen waren gestapt en hij in het gezicht van de eerste man een onmiskenbaar teken van herkenning had gezien toen die Court aankeek.

Nadat hij had vastgesteld dat deze drie mannen een bedreiging voor hem vormden, had Court ze in de gaten gehouden via de weerspiegeling van de ingelijste poëzieposter, de weerspiegeling van de caféruiten, op straat via de voorruiten van het hem tegemoetkomende verkeer. Hij had ze tijdens de afdaling op de trap naar de metro dichterbij voelen komen. Ze waren in de tunnel alleen nog maar dichterbij gekomen, en toen hij door een enkele bocht van het perron werd gescheiden, wist hij dat het tijd was om in actie te komen.

Court was sneller, beter getraind, koelbloediger, maar nu hij tussen de lijken stond besefte hij verdomde goed hoe het kwam dat zij waren afgeslacht en zijn als een razende kloppende hart nog steeds bloed door zijn lichaam pompte.

Puur geluk, verdomme.

Deze moordenaars hadden besloten nog even koffie te halen voordat ze buiten voor zijn hotel op de uitkijk zouden gaan staan, en Court had zich stomtoevallig in hetzelfde café bevonden op het moment dat ze er binnenstapten.

Daarna was alles alsnog op zijn pootjes terechtgekomen.

Court had mazzel gehad.

Hij snapte dat geluk gunstig was. Maar hij wist ook dat zijn geluk in een oogwenk kon omslaan. Geluk was vluchtig, arbitrair, grillig.

Court doorzocht snel en zonder enig mededogen de lichamen. Hij wist dat de eerste forenzen van deze ochtend elk moment de hoek om konden komen, op weg van of naar hun metro. Minder dan dertig tellen na het laatste schot had The Gray Man een CZ-pistool van Tsjechische makelij en een kleine hoeveelheid euro's en kronen buitgemaakt.

Een minuut daarna liep hij alweer over straat in een canvas jasje dat hij een van de mannen had uitgetrokken. Het bloed op zijn donkerbruine broek werd door de ochtendregen aan het zicht onttrokken. Hij liep zonder haast maar doelbewust door de mist naar een bushalte in de buurt van de Karelsbrug. Hij liep een heel klein beetje mank, maar verder ging hij volledig op in de gestaag groeiende stroom mensen die op straat op weg waren naar hun werk.

Fitzroy had het aanbod gekregen om op een veldbed in een kleine kamer een beetje uit te rusten, maar had dit uit principe geweigerd. In plaats daarvan deed hij in de vergaderruimte hazenslaapjes in een vergaderstoel met hoge rugleuning. De Techneut ontweek zijn ingezakte lichaam als hij van het ene beeldscherm naar het andere liep, en Lloyd zat aan de lopende band met zijn mobiele telefoon te bellen. De beveiligers bleven de gehele nacht zowel binnen als buiten bij de deur staan.

Fitzroy was om halfzeven wakker geworden en zat net aan zijn eerste kop zwarte koffie toen de Techneut door de kamer Lloyd riep. 'Chef. De Albanezen hebben zich nog niet gemeld.'

Lloyd zat in een stoel tegenover Fitzroy koffie te drinken terwijl hij een plattegrond van Praag bestudeerde. Hij keek op naar zijn mannetje, haalde zijn schouders op en kneep zijn lippen samen. 'Dat gaat ook moeilijk als je dood bent.'

De Techneut bleef hoopvol. 'We kunnen niet weten...'

Lloyd luisterde niet. Hij had het vooral tegen zichzelf. 'Eentje weg. Nog elf te gaan. Dat heeft niet lang geduurd.'

Fitzroy glimlachte achter zijn koffiekopje, wat Lloyd niet ontging. Hij stond op, liep om de mahoniehouten tafel heen en knielde voor Fitzroy neer. Op zachte toon zei hij: 'Jij en ik mogen dan vijanden lijken, maar we zitten hier met hetzelfde doel. Als je heimelijk de overwinning van The Gray Man viert, onthoud dan dat de inzet groeit naarmate hij zijn doel dichter nadert. Hoe sneller hij onder de grond verdwijnt, hoe beter voor jou, je zoon, je schoondochter en je twee schatten van kleindochters.'

Fitzroys glimlach verdween.

Ruim een uur later begon Fitzroys satelliettelefoon te piepen. Lloyd en zijn mannen werden direct muisstil. Fitzroy drukte direct nadat de telefoon voor de derde keer was overgegaan de knop van de speaker in.

'Court? Ik heb geprobeerd contact met je op te nemen. Hoe is het?'

'Wat is er in hemelsnaam aan de hand?'

'Wat bedoel je?'

'Een moordcommando heeft me net geprobeerd om te leggen.'

'Je maakt een grap.'

'Ben ik een grapjas?'

'Kennelijk niet. Wat waren het voor lui?'

'Geen Nigerianen, dat weet ik godverdomme vrij zeker. Drie blanke kerels. Aan hun uiterlijk te oordelen kwamen ze van de Balkan. Had geen tijd om ID's te zoeken. Als ze hun vak verstonden, zouden ze die sowieso niet bij zich hebben gehad.'

‘Abubaker maakt kennelijk nog steeds gebruik van huurlingen. Geen verrassing, als je bedenkt hoe diep zijn zakken zijn. Ben je gewond geraakt?’

‘Ja, maar dat was niet het werk van deze klunzen. Ik ben gisterochtend in het vliegtuig in mijn dij geschoten.’

‘Je bent neergeschoten?’

‘Niks ernstigs.’

Lloyd greep snel een opschrijfblok en noteerde deze informatie.

‘Er is een complicatie opgetreden, mijn jongen.’

‘Complicatie? Ik heb vanwege een lek in je Netwerk in de afgelopen achtentwintig uur acht mannen moeten afmaken. En óf je dat een complicatie kunt noemen!’

‘De Nigerianen weten dat ik je handlanger ben.’

Het viel even stil aan de andere kant van de satellietverbinding. Eindelijk zei Court: ‘Shit, Don. Hoe is dat gebeurd?’

‘Zoals ik al zei... een complicatie.’

‘Dan loop je net zoveel gevaar als ik. Het is slechts een kwestie van tijd voordat ze ook jou te grazen nemen.’ Er klonk bezorgdheid in de stem van de jonge man.

‘Dat is al gebeurd.’

Stilte. ‘Wat is er gebeurd?’

‘Ze hebben mijn familie. Mijn zoon en schoondochter, mijn twee kleinkinderen.’

‘De tweeling,’ zei Court zacht.

‘Ja. Ze houden ze gevangen in Frankrijk en ze zeggen dat ze eraan gaan als ik jou niet verraad. Dertig minuten geleden hebben ze me achtenveertig uur gegeven om je uit te leveren, dood of levend. Er zitten teams achter je aan, maar ze willen dat ik informatie over je verblijfplaats doorspeel.’

‘Wat je kennelijk al gedaan hebt.’

‘Nee, mijn jongen. Ik heb niets losgelaten. Je bent in Irak op een of andere manier in de val gelokt, dat klopt, maar een Nigeriaanse agent heeft je in Tbilisi aan boord van dat vliegtuig zien stappen. Ik heb niets losgelaten en ben dat ook niet van plan.'

'Maar je zoon is familie.'

'Ik verraad mijn mensen niet. Jij bent ook familie.'

Fitzroy had zijn gezicht in een gepijnigde grimas geplooid waarmee hij de afschuw over zijn eigen woorden liet zien, maar Lloyd keek de oudere Engelsman met grote ogen aan, vol ontzag over diens vermogen zijn beste huurmoordenaar tegelijkertijd te vleien en te verraden. Fitzroy bespeelde de gevoelens, voor zover zijn huurling die nog had, meesterlijk.

Lloyd kende Gentry's dossier van voren naar achteren. Hij wist wat er nu ging gebeuren.

'Waar worden ze vastgehouden?'

'Een chateau in Normandië, ten noorden van het plaatsje Bayeux.'

'Achtenveertig uur?'

'Minus dertig minuten. Ze beweren toegang te hebben tot de Franse nationale politie; als ze ook maar vermoeden dat er een actie tegen hun locatie op touw wordt gezet, richten ze een bloedbad aan.'

'Ja. Aan de politie hebben we niets. Ik heb meer kans in mijn eentje.'

'Court, ik weet niet waar je aan zit te denken, maar het is te gevaarlijk voor jou om te proberen iets...'

'Don, je moet me vertrouwen. Het beste wat ik kan doen is daarheen gaan en deze shit hoogstpersoonlijk opruimen. Je moet me alle mogelijke informatie geven over hun troepenmacht, niets over mij loslaten, en dan kan ik je familie redden.'

'Hoe?'

'Ik verzin wel iets.'

Dit keer was het Fitzroys beurt om te zwijgen. Hij wreef met zijn worstenvingers in zijn ogen en zei: 'Ik zou voor eeuwig bij je in het krijt staan, kerel.'

'Eén ding tegelijk, baas.' Daarop werd de verbinding verbroken.

Lloyd stak bij wijze van zegegebaar zijn vuisten in de lucht.

Fitzroy wendde zich tot Lloyd en zei: 'Ik zorg dat je je scalp krijgt. Maar jij moet jouw deel van de afspraak nakomen.'

'Sir Donald, niets zal me zoveel plezier doen als het terugroepen van mijn mannen zodat jij en je familie weer met rust worden gelaten.'

11

Court Gentry werkte inmiddels vier jaar als privéhuurling. Daarvoor zat hij bij Golf Sierra, oftewel het idiotenpeloton, en daarvoor had hij solo-operaties voor de CIA uitgevoerd. Court had, op zijn tijd met een paar agenten met een staalharde blik na, het grootste deel van zijn volwassen leven in zijn eentje gewerkt. Om geen enkel risico te lopen ging hij als hij diep undercover zat de voor zijn missie noodzakelijke relaties aan, maar deze interacties waren vluchtig en altijd gebaseerd op een fundament van leugens.

Hij leed een eenzaam leven.

Er was in de afgelopen zestien jaar slechts één periode geweest waarin Court geen huurmoordenaar of spion was geweest, geen schim die plots opdoemde en net zo snel weer verdween. Twee jaar geleden had Fitzroy hem gedurende minder dan twee maanden ingezet voor iets wat gezien de rest van zijn cv totaal uniek was. Court was aan de slag gegaan in de persoonsbeveiliging, als bodyguard voor zijn twee kleindochters.

Hun vader, de zoon van Sir Donald Fitzroy, was in Londen een succesvolle projectontwikkelaar. Hij trad niet in de voetsporen van zijn vader door te kiezen voor een schimmige carrière bij de inlichtingendienst; hij was een eerlijke zakenman, die alles volgens het boekje deed. Toch was het Phillip Fitzroy gelukt een aantal Pakistaanse onderwereldtypes tegen zich in het harnas te jagen, wat te maken had met de lobby van zijn bedrijf tegen een wetsvoorstel dat het mogelijk maakte meer ongecertificeerde en ongekwalificeerde arbeidskrachten op zijn bouwlocaties in te zetten. Phillip Fitzroy was logischerwijs van mening dat het voor alle Londenaren het beste was als hun appartementencomplexen en winkelcentra door vakbekwame bouwvakkers werden neergezet, maar de Pakistaanse maffia perste de illegale werknemers al jaren af, en redeneerde dat ze door zo veel mogelijk immigranten daar aan een beter betaalde baan te helpen nog meer konden verdienen.

Het begon met dreigtelefoontjes. Phillip kreeg te horen dat hij zich gedeisd moest houden en zijn lobbycampagne moest opschorten. Elise Fitzroy, Phillips vrouw, trof in hun brievenbus een neppijpbom aan. Scotland Yard begon een onderzoek; onvriendelijke rechercheurs wreven zich onder hun kin en beloofden beter op te letten. Phillip volhardde in zijn verzet tegen de arbeidswet, met meer bedreigingen tot gevolg, waarop de Yard een auto met daarin een narcoleptische agent voor de deur van hun woning in Sussex posteerde.

Op een middag ruimde Elise de schooltas van de zesjarige Kate uit terwijl de meisjes tv zaten te kijken. Ze haalde een opgevouwen briefje uit een zijvak, in de veronderstelling dat het een bericht zou zijn van juf Beasley. Ze vouwde het open. Handgeschreven hanenpoten. In grote blokletters.

‘We kunnen ze pakken wanneer we maar willen. Hou je koest, Phil.’

Elise belde in paniek Phillip, Phillip belde al even geschrokken zijn vader, en zeven uur later stond Sir Donald Fitzroy op hun stoep met een Amerikaan in zijn kielzog.

De Yank was niet groot en niet klein, hij was stil en maakte amper oogcontact. Elise dacht dat hij eind twintig was; Phillip schatte hem eind dertig. Hij droeg een spijkerbroek en een kleine rugzak die hij nooit afdeed, en een slobbertrui waaronder hij naar Phillips inschatting God mocht weten wat voor wapentuig verstopte om zijn medemens te kunnen uitschakelen.

Terwijl de man op de gang stond te wachten, nam Sir Donald Fitzroy met Elise en Phillip plaats in de salon. Hij zei tegen de bezorgde ouders dat deze man Jim heette, gewoon Jim, en dat hij in zijn vakgebied waarschijnlijk de beste ter wereld was.

'Wat doet hij dan precies, pa?' vroeg Phillip.

'Laten we zeggen dat je beter hem kunt hebben dan een hele straat vol met agenten gevulde auto's. Ik overdrijf niet.'

'Zo ziet hij er niet uit, pa.'

'Dat hoort bij zijn werk. Niet opvallen.'

'Wat moeten we in godsnaam met hem doen, pa?'

'Geef hem een paar keer per dag een boterham, zorg dat er in de keuken genoeg koffie is, en doe verder alsof hij er niet is.'

Maar Elise weigerde de man te behandelen als een levenloos object. Ze was beleefd en merkte dat hij dat ook was. Hij keek haar nooit aan; ze bevestigde dit toen haar echtgenoot daar eens naar vroeg. 'Hij kijkt door het raam naar de straat, door het raam naar de achtertuin, naar de deur van de kamer van de tweeling. Nooit naar mij. Dat hebben jullie met elkaar gemeen, Phillip; jullie zouden het uitstekend met elkaar kunnen vinden.'

De intrede van een extra man in het huishouden van de Fitzroys leidde onvermijdelijk tot spanningen tussen de echtelieden.

Claire en Kate raakten op Jim gesteld. Ze imiteerden zijn Amerikaanse accent, waar hij geen bezwaar tegen maakte. Hij bracht ze elke dag met de Saab naar school, terwijl Elise meereed. De jonge Kate zei een keer voor de grap dat hij een slechte chauffeur was, waarop hij tot verbazing van de moeder en dochters in lachen uitbarstte en toegaf zich doorgaans per trein of motorfiets te verplaatsen. Binnen een seconde verstrakte zijn gezicht echter en concentreerde hij zich weer op de weg en de spiegels.

Gedurende bijna twee maanden week hij zodra ze waren opgestaan niet van de zijde van de meisjes, en als ze sliepen, lag hij op een veldbed op de gang bij hun deur. In die acht weken deed zich slechts één enerverend moment voor toen de weg naar de markt na een auto-ongeluk was versperd. Op het moment dat het verkeer stil kwam te staan, reed Jim de auto de stoep op. Hij maakte de knoop van zijn colbert los en Elise zag de kolf van een pistool onder zijn arm. Met zijn linkerhand aan het stuur reed hij door de wegspringende menigte over de stoep terwijl hij de rechter om het pistool in zijn schouderholster hield. Tien seconden later was alles voorbij. Hij zei geen woord tegen zijn passagiers, alsof ze op een doodnormaal zondags uitstapje waren geweest. Mama en haar meiden staarden hem de rest van de rit met wijd opengesperde ogen aan.

En toen was hij op een ochtend verdwenen. De deken lag netjes opgevouwen op het veldbed, met het kussen erbovenop. Volgens de krant waren de Pakistaanse maffiosi gearresteerd door de zuur kijkende mannen van Scotland Yard; het gevaar was geweken en dus had Sir Donald Fitzroy zijn Amerikaan weer weggestuurd.

Phillip en Elise slaakten een onwaarschijnlijk grote zucht van verlichting dat de dreiging achter de rug en de belachelijke wet van tafel was.

Maar de twee kleine meiden huilden toen hun vader hun vertelde dat oom Jim terug was gegaan naar Amerika en, helaas, zeer waarschijnlijk niet terug zou komen.

Amper een uur na zijn telefoongesprek met Fitzroy kocht Court een motorfiets. Het was een Honda CM450 uit 1986, met een motorblok en banden die eruitzagen alsof ze nog wel een paar intensieve dagen aankonden.

De motor werd verkocht door een jongen die bij een benzinepomp werkte die aan een straat lag in Seberov, iets ten zuidoosten van Praag. Niks op papier, gewoon handje contantje, en na een paar honderd kronen extra voor een helm en een wegenkaart kon Court aan zijn reis beginnen.

Nadat hij het telefoongesprek met Don had beëindigd, had hij geen seconde geaarzeld. Court wist dat de reis naar Normandië hem ongeveer een dag zou kosten. Hij kon onderweg een plan uitwerken en contact opnemen met Fitzroy; hij had geen tijd om op pakweg duizend kilometer afstand op een bankje in het park te gaan zitten nadenken.

Nadat hij de motorfiets had aangeschaft, maakte hij een tussenstop bij een opslag die hij huurde op zeven kilometer ten zuiden van het stadscentrum. Omdat hij geen sleutel van de deur meer had, moest hij het slot kraken. Hij had het nummer van de creditcard kunnen opdreunen waarmee hij elke maand de huur betaalde, maar er was niemand ter plaatse. Hij had de opslag bijna drie jaar geleden gehuurd, was slechts één keer teruggekeerd naar de kleine, onverlichte ruimte, waar het nu stoffig, muf en koud was. De ruimte van tweeënhalve vierkante meter was leeg, op vier plunjezakken na die elk in een witte, met stof bedekte vuilniszak zaten. In de opslag lagen pistolen, geweren, munitie, kleding en vacuüm verpakt voedsel en medische voorzieningen. Hij gooide de CZ die hij in het vuurgevecht in de metro had buitgemaakt in een van de tassen en verruilde hem voor een klein Walther P99 Compact-pistool en twee extra magazijnen. Het wapen was schoon en goed geolied, maar toch controleerde hij de munitie en de werking van de slede en de slagpin. Hij negeerde de rest van zijn wapenvoorraad. Hij wist dat hij bezwaarlijk de grens kon oversteken met een compleet arsenaal op zijn rug.

Hij zou het met zijn handvuurwapen moeten doen.

Hierna trok hij een medicijntas open, deed zijn broek uit en ging op de koude, vieze vloer zitten. Het gekras van een rat tegen de aluminium muur herinnerde hem aan het totale gebrek aan hygiëne op de plek waar hij was beland. Hij bestudeerde zijn één dag oude wond met zakelijke nieuwsgierigheid. Court was nog nooit eerder neergeschoten, maar had tijdens zijn werk wel talloze andere verwondingen opgelopen. Zijn been klopte als een idioot, maar hij had wel eens meer pijn geleden als gevolg van brandwonden, gebroken botten, een granaatscherf in zijn nek. Het hoorde bij het werk.

Hij overgoot de plekken waar de kogel zijn lichaam was binnengedrongen en weer had verlaten met een flinke scheut jodium. Hij scheurde de verpakkingen van gaasverband en antibacteriële zalf open, verbond zijn wond zo goed als in het schemerlicht mogelijk was en stopte toen al zijn voorraden in een klein foedraal dat hij in zijn zak stopte. In de tweede plunjezak vond hij kleding die geschikt was voor koude omstandigheden. Hij verwisselde zijn lichte kleding voor een dikke katoenen broek, een bruin katoenen overhemd met vetvlekken en een dikke katoenen jas. Hij trok een paar werkhandschoenen aan die zijn vingers meteen verwarmden. Hij zette een zwarte muts op die hij als een bivakmuts over zijn gezicht kon trekken. Hij ritste al zijn plunjezakken dicht, liet ze liggen zoals hij ze had aangetroffen, sloot de deur en klom weer op zijn motorfiets.

Een paar minuten later stond hij ten zuiden van de stad op een kruising. Op een paar uur rijden in westelijke richting lag de Duitse grens, daarachter de Franse, en daar weer achter Normandië.

Hij slaakte een zucht die werd overstemd door het geluid van de stationair draaiende motor. De condens van zijn uitademing drong door de fijne stof van de bivakmuts die zijn mond bedekte.

Was het maar zo makkelijk.

Nee, hij zou onderweg een paar belangrijke pitstops moeten maken. Court moest voor aankomst in Normandië wat spullen ophalen. Hij wist waar hij die kon vinden, maar dat betekende ook een halve dag extra reistijd.

Om te beginnen had Court een nieuw 'vluchtplan' nodig, nieuwe valse identiteitspapieren. Hij beschikte nog steeds over het paspoort waarmee hij de Tsjechische Republiek was ingekomen en wist dat dat zou volstaan in Midden-Europa, waar het immigratieproces nog niet geautomatiseerd en geïntegreerd was, maar hij was al eens ontmaskerd terwijl hij het alias gebruikte van Martin Baldwin, freelancejournalist uit Canada. Enkel een verstokte optimist of een ongelofelijke sukkel zou proberen met die identiteit de Europese Unie te betreden, en Court was geen van beide. Maar behalve toegang tot de EU had hij ook een vluchtplan nodig dat goed genoeg was om hem Europa uit te krijgen op het moment dat zijn gevecht achter de rug was. Hij wist dat als hij in Normandië had gedaan wat gedaan moest worden, hij naar een heel ver oord zou moeten vluchten, en dat zou het eenvoudigst gaan met schone identiteitspapieren.

Court kende een man in Hongarije die hem snel van de benodigde documenten zou kunnen voorzien. Met goed gemaakte papieren kon hij snel en efficiënt door de EU reizen; als hij zich ergens onderweg om een of andere reden zou moeten identificeren, zou hij dat zonder problemen kunnen doen. En als hij zijn operatie eenmaal had uitgevoerd, kon hij al zijn wapens en andere spullen dumpen, in een vliegtuig stappen naar Zuid-Amerika of de Caraïben, of godbetert naar Antarctica als hij nog steeds even fanatiek werd opgejaagd als in de afgelopen twee dagen.

Hij zou na Normandië geen tijd meer hebben om terug te gaan en valse papieren te kopen, maar zonder zou hij niet snel het continent kunnen verlaten.

Er stond een koude westelijke novemberwind toen Court de E65 op draaide, de snelweg naar Slowakije die langs Brno en om Bratislava heen liep en zuidwaarts naar de Hongaarse grens afboog. Vanaf daar zou hij snel in Boedapest zijn. Een reis van zes uur, inclusief een paar snelle stops om te tanken en om twee slecht bewaakte grenzen over te gaan.

Terwijl hij het gas opendraaide en zich schrap zette tegen de wind, dwong hij zichzelf over de komende achtenveertig uur na te denken. Het waren sombere maar noodzakelijke gedachten, maar altijd nog beter dan zijn gedachten over de áfgelopen achtenveertig uur.

12

Court bereikte de Hongaarse hoofdstad om drie uur 's middags. De grijswitte regenwolken hingen laag rond de afgeronde groene punten van de heuvels van Boeda aan de westelijke kant van de Donau die de vier miljoen inwoners tellende stad doorsneed. Hij was vier jaar geleden voor het laatst in Boedapest geweest, tijdens zijn eerste klus voor Fitzroy, een eenvoudige huishoudelijke operatie tegen een Servische huurmoordenaar die een wapensmokkelaar van de maffia onschadelijk had gemaakt met behulp van een bomaanslag in een plaatselijk restaurant, waar echter ook de broer van een Amerikaanse man bij was omgekomen. Aangezien de overlevende broer geld en banden met de onderwereld had, was het voor hem een koud kunstje contact op te nemen met Fitzroy en een moordenaar in te huren. En het was voor Fitzroy een koud kunstje om zijn meest recente aanwinst naar Boedapest te sturen, die de bewuste Serviër aantrof in een kroeg in de haven, hem dronken voerde, hem daarna een mes in zijn rug stak en zijn levenloze lichaam geruisloos in het donkere water van de Donau had laten glijden.

Court was daarvoor ook al eens in Boedapest geweest, toen hij nog in dienst was van de CIA. Hij had bijna een decennium lang eens in de zoveel jaar de stad bezocht, om diplomaten te volgen, rond te snuffelen in de landhuizen in Boeda of de hotels in Pest om bewijzen te verzamelen tegen schimmige Russische zakenlui. Hij had ooit een Tadzjiekse huurmoordenaar verjaagd die het voorzien had op de chef van de plaatselijke CIA-eenheid, omdat er op dat moment niemand anders in de buurt was om deze zaak aan te pakken.

Tijdens Courts werkzaamheden in de stad was hij meerdere keren in contact gekomen met een plaatselijke oplichter die Laszlo Szabo heette. Szabo was een gewetenloze, onbetrouwbare schurk; hij deed alles voor iedereen die hem maar een dikke stapel verkreukelde Hongaarse forinten in het vooruitzicht stelde. Hij was gespecialiseerd in vervalsingen, het op- en doorverkopen van identiteitsbewijzen en die aan te passen aan de wensen van wie er ook maar een andere identiteit nodig had. Hij had meer dan tien gezochte Servische oorlogsmisdadigers uit Midden-Europa helpen ontsnappen voordat ze door het Internationaal Strafhof berecht hadden kunnen worden, en had aan het opruimen van de smerige losse eindjes van die oorlog, maar niet alleen die, bakken met geld verdiend. In 2004 kreeg hij het met Court zelf aan de stok toen hij instemde met het verzoek papieren te vervalsen voor een Tsjetsjeense terrorist die uit Grozny was gevlucht voor de Russen en in Boedapest was neergestreken, met het plan nog verder naar het westen te trekken. Court en zijn idiotenpeloton vonden de Tsjetsjeen in een loods van Laszlo in een buitenwijk. Het was uit de hand gelopen, en in het gevecht dat daarop volgde was er een vat van Laszlo's fotochemicaliën ontploft, waarbij de terrorist om het leven was gekomen. Court en zijn team moesten vluchten voordat de brandweer ter plaatse verscheen, waardoor Laszlo ertussenuit wist te knijpen. Direct hierna werd Court achter een grotere vis aan gestuurd, maar hij hield Laszlo in zijn achterhoofd, bleef hem in de gaten houden voor het geval de dag zou aanbreken dat hij van zijn diensten gebruik zou moeten maken. Court werkte doorgaans met documentenleveranciers uit het Netwerk van Fitzroy, maar hij vond het prettig te weten dat er in Boedapest ook een man rondliep die hem voor het juiste bedrag, in elk geval op papier, kon veranderen in wie hij maar wilde.

Laszlo Szabo was een onverbeterlijk stuk tuig. Daar twijfelde Court geen seconde aan. Maar Court wist ook dat Laszlo verdomd goed was in wat hij deed.

Om halfvier had Court zijn benzinetank gevuld en bij een klein Turks kraampje aan Andrassy Street een pitabroodje en frisdrank gekocht, waarna hij zijn motor een huizenblok bij Laszlo's woning vandaan had geparkeerd, op pakweg een kilometer van de oever van de Donau. Hoewel hij gegeseld werd door een ijskoude regen, nam Court niet de moeite zichzelf tegen het hemelwater te beschutten. Zijn spieren waren vermoeid na de al lange dag; zijn haar en zijn baard en zijn kleding waren doorweekt van de regen, die hem echter ook alert hield.

De deur die toegang gaf tot Laszlo's gebouw was allesbehalve statig. Het was een roestige ijzeren plaat van hooguit anderhalve meter hoog die, bedekt met vergeelde en gescheurde posters in een stenen gebouw aan de Eötvös utca, half uit zijn scharnieren hing. Het leek wel alsof er sinds de Tweede Wereldoorlog niemand meer doorheen was gegaan, maar Court had net zijn kleffe pitabroodje gevuld met lamsvlees en tzatziki op toen de deur piepend opengìng en twee dunne zwarte mannen het gebouw uit stapten. Somaliërs, gokte Court. Die duidelijk illegaal in Europa verbleven, aangezien iemand met geldige papieren geen bezoekje aan Laszlo hoefde te brengen. Court wist hoe gemakkelijk Afrikanen en Balkan-bewoners tegenwoordig legaal naar Europa konden emigreren. De beide mannen die hem in de regen passeerden kwamen om een of andere reden niet in aanmerking voor een verblijfsvergunning die zowat voor iedereen klaarlag; wat Court betrof het onomstotelijke bewijs dat die kerels niet deugden.

In een helder moment realiseerde The Gray Man zich dat er

op de wereld slechts weinigen rondliepen op wie fanatieker werd gejaagd dan op hem, wat Court deed beseffen dat hij waarschijnlijk per definitie een nog schimmiger sujet was dan deze twee Somali's.

Court klopte met zijn vlakke linkerhand op de kleine ijzeren deur. Zijn rechter zweefde boven zijn Walther-pistool die onder zijn natte jas achter zijn broekband stak. Na een minuut en een tweede klop had hij nog altijd geen reactie gehoord. Uiteindelijk vond Court in de linkerbovenhoek van het kozijn een plastic intercomknop. 'Szabo? Ik heb je hulp nodig. Ik heb geld.'

Uit de intercom klonk een blikkerig antwoord. 'Referenties?' Hij sprak met een onmiskenbaar Hongaars accent, maar zijn Engels was goed. De toon waarop hij het zei verried totale verveling. Een verkoper in een verfwinkel. Court was gewoon de zoveelste uit een lange reeks klanten die aan de toonbank naar zijn handelswaar kwam informeren.

'Ik ben een van Sir Donald Fitzroys mannen.' Hoewel Szabo geen deel uitmaakte van het Netwerk, zou hij deze naam zeker kennen.

Net toen de stilte zo lang aanhield dat Court zich zorgen begon te maken, werd die verbroken door gezoem en het geluid van op afstand open klikkende sloten. Court duwde de ijzeren deur voorzichtig open, stapte er geknield doorheen, betrad de donkere hal erachter en liep naar het kleine lichtpuntje op ongeveer vijftien meter afstand. Het lampje verlichtte een andere doorgang, en nadat Court erdoorheen was gestapt bevond hij zich in een groot atelier annex laboratorium annex bibliotheek annex fotostudio. Laszlo zat achter een bureau dat tegen de muur stond. Hij draaide zich naar zijn bezoeker om.

Szabo had lang grijs haar dat over zijn schouders viel. Hij was sjofel gekleed, op z'n Hongaars, in een zwarte spijkerbroek en een polyester overhemd dat half openhing en zijn graatmagere torso ontblootte. Hij was zestig, maar dan wel gemeten in oostblokjaren, wat inhield dat hij het gezicht had van een tachtigjarige en het lichaam van een dertigjarige. Tekenen van een fysiek en hard leven. Wat Court betrof leek hij op een rockster op leeftijd die zichzelf nog steeds heel wat vond.

Hij staarde Court langdurig aan. 'Een bekend gezicht,' zei hij. 'Misschien zou ik je zonder die baard en het regenwater herkennen?'

Court wist dat Szabo zijn gezicht nog nooit had gezien. Hij had een bivakmuts opgehad toen hij in 2004 samen met het idiotenpeloton bij Laszlo was binnengevallen, wat bovendien in het donker in een zeer snelle en chaotische inval was gebeurd.

'Denk het niet,' zei Court, die de kamer inspecteerde op mogelijke bedreigingen. Langs de muren bungelden draden als klimop, hij zag tafels en schappen met apparatuur en dozen en boeken, afgesloten dossierkasten tegen de muur, een volwaardige fotostudio in de hoek met een camera op een statief die gericht stond op een stoel op een verhoging.

'Een Amerikaan. Vijfendertig jaar oud. Eén meter tachtig lang, zevenenzeventig kilo. Je ziet er niet uit als een soldaat of een agent, wat alleen maar goed is.'

Court herinnerde zich fragmenten uit het dossier van de man. Szabo was door de Russen getraind in elektronische spionage en falsificaties en andere niet-dodelijke clandestiene zaken en was ingezet om hun eigen mensen te bespioneren waarbij hij dubbelspel had gespeeld door informatie over zijn landgenoten door te sluizen naar Moskou en tegelijkertijd welgestelde Hongaren te helpen de andere kant van het IJzeren Gordijn te bereiken.

Het feit dat hij zijn eigen volk slechts marginaal en halfslachtig en tegen voorwaarden had geholpen bleek na de val van de Sovjet-Unie net genoeg om te voorkomen dat hij een mes in zijn borst zou krijgen, hoewel Court zich herinnerde gelezen te hebben dat Laszlo als wraak voor zijn lippendienst aan Moskou menig pak slaag had moeten incasseren.

'Ik ben gewoon een man die je dienstverlening nodig heeft. En snel ook,' zei Court.

Laszlo stond op en pakte de wandelstok die tegen het bureau aan stond. Hij leunde er zwaar op toen hij door de kamer naar zijn bezoeker liep. Court zag dat de Hongaar krom en behoorlijk mank liep. Hij moest deze blessure hebben opgelopen nadat hij hem vijf jaar geleden voor het laatst had gezien.

Na een eeuwigheid stond Szabo oog in oog met Court, te dichtbij voor het aangename. Stak zijn hand uit naar de kin van de Amerikaan en zwenkte diens hoofd naar links en naar rechts.

'Wat voor type dienstverlening?'

'Een paspoort. Schoon, geen vervalsing. Ik heb het nu nodig. Ik zal je betalen voor je extra moeite.'

Laszlo knikte. 'Hoe gaat het met Norris?'

'Norris?'

'De zoon van Sir Donald, natuurlijk.'

'Je bedoelt Phillip.'

'Ja. Heeft Sir Donald dat zomerhuis in Brighton nog?'

'Ik zou het niet weten.'

'Ik ook niet, eerlijk gezegd,' gaf Szabo toe terwijl hij schaapachtig zijn schouders ophaalde.

Court zei: 'Ik snap dat je me wilt natrekken, maar ik heb nogal haast.'

Szabo knikte, hobbelde naar een kleine stoel, een van de vele die in de kamer voor een tafel of bureau stonden, die stuk voor stuk bedekt waren met computers, microscopen, papieren, camera's en andere apparatuur. 'Fitzroy heeft zijn eigen netwerk. Zijn eigen leveranciers van documenten. Waarom zou je zakendoen met morsige Laszlo?'

'Ik heb iemand nodig die goed is in zijn werk. En snel. Iedereen weet dat je de beste bent.'

De Hongaar knikte. 'Misschien probeer je me gewoon te paaien, maar dat klopt als een bus. Laszlo is de beste.' Hij ontspande. 'Ik zal mijn uiterste best voor je doen; misschien dat je het met Fitzroy over mijn dienstverlening kunt hebben. Een goed woordje doen voor Laszlo, als je begrijpt wat ik bedoel.'

Court had een hekel aan mannen die in de derde persoon over zichzelf spraken. Maar hij wist ook dat hij als de nood hoog was maar het beste beleefd kon blijven. 'Als ik hier binnen een uur met schone papieren naar buiten loop, zal ik dat doen.'

Szabo leek tevredengesteld. Hij knikte. 'Ik ben onlangs in het bezit gekomen van een partij Belgische paspoorten. Nieuwe serienummers, niet als gestolen opgegeven. Helemaal legaal.'

Court schudde meewarig zijn hoofd. 'Nee. Twee derde van de gestolen paspoorten die worden verhandeld zijn Belgisch. Dat zorgt geheid voor extra aandacht. Ik heb iets onopvallenders nodig.'

'Een klant met verstand van zaken. Daar heb ik respect voor.' Laszlo stond op, leunde op zijn stok en liep naar een ander bureau. Hij trommelde met zijn vingers op een klein, met potlood volgekrabbeld notitieboekje. Toen keek hij op. 'Ja. Ik denk dat je wel voor een Kiwi kunt doorgaan. Ik heb al heel lang een paar paspoorten uit Nieuw-Zeeland. Mijn cliënten zijn tegenwoordig voornamelijk Afrikanen of Arabieren... het spreekt voor zich dat dat voor hen niet opgaat. Deze passen liggen hier al een tijdje, zoals ik al zei, maar Laszlo kan het serienummer aanpassen als ik je informatie toevoeg zonder het hologram te beschadigen. Dan is het onmogelijk te herleiden tot de vermiste partij.'

'Prima.'

Szabo ging weer zitten en door de zucht die hij daarbij slaakte begreep Court hoeveel moeite zijn ongemakkelijke bewegingen hem kostten. 'Vijfduizend euro.'

Court knikte, haalde het geld uit zijn rugzak, liet het aan Laszlo zien maar overhandigde het hem nog niet.

'Wat doen we met je uiterlijk? Ik kan je fotograferen zoals je bent, maar we kunnen het ook iets professioneler aanpakken.'

‘Ik wil me eerst een beetje opfrissen.’

‘Ik heb een douche. Scheerspullen. Een colbert en een stropdas die je zouden moeten passen. Bereid jezelf maar voor terwijl Laszlo met het papierwerk aan de gang gaat.’

Court liep een gang door en volgde het geurspoor naar een badkamer waar het rook naar lichaamsgeur en schimmel. De doucheruimte was voorzien van zeep en scheermesjes en een schaar, die klaarlagen voor agenten en illegale immigranten en criminelen die hun slechte inborst een paar minuten verborgen moesten houden voor een foto waarop ze voor politieagenten en douaniers konden doorgaan als engeltjes. Voor het eerst in drie maanden schoor Court zijn baard af. Hij had zijn Walther op het kleine plankje met de shampoo en het scheermes gelegd. Toen hij klaar was zat die onder het scheerschuim.

Court ruimde het scheerafval op. Omdat hij elk bruin haartje als forensisch DNA-bewijs beschouwde, was hij meer tijd kwijt met het verzamelen van zijn baardharen dan aan het afscheren ervan.

Hij bekeek zichzelf in de spiegel terwijl hij zijn bruine haar naar rechts kamde in een natte scheiding die bij het opdrogen van zijn haar weer zou verdwijnen. Zijn gezicht werd ouder, de groeven van de zon en de wind en het leven zelf werden steeds dieper. Hij zag dat hij sinds het begin van de Syrische operatie was afgevallen en dat er wallen onder zijn ogen hingen.

Op zijn zesentwintigste had hij eens vier dagen achtereen niet geslapen. Hij zat een vijandige agent in Moskou op de hielen en achtervolgde hem naar een datsja op het platteland toen Courts wrakkige tweedeurs Lada het in de sneeuw begaf. The Gray Man had toen zijn reis te voet moeten vervolgen om niet dood te vriezen.

Nu vreesde hij dat hij er op zijn zesendertigste na vier dagen werk veel slechter uitzag dan destijds, toen zijn exfiltratieteam hem half bevroren uit het ijs had gehaald en in een helikopter had gezet.

Nadat hij zich had afgedroogd, hees hij zich weer in zijn door de regen doorweekte broek. Hij zorgde ervoor dat het natte verband om zijn been daarbij niet verschoof. Hij gespte zijn riem vast en trok zijn sokken en schoenen aan. Daarna trok hij een wit overhemd aan dat Laszlo voor hem had klaargelegd en waarvan de boord te krap was, knoopte de goedkope das behoedzaam vast met een grote knoop waarmee hij zijn openstaande boord verdoezelde. Een blauw jasje dat aanvoelde als karton knelde om zijn schouders. Hij probeerde niet eens de knoop te sluiten. Court bevestigde het pistool op zijn heup, deed de extra magazijnen en zijn multitool in zijn zak en ging terug naar Laszlo's lab.

Szabo zat in een rolstoel aan een tekentafel met een scheermes over een opengeslagen paspoort gebogen. Hij keek op naar zijn klant en keek hem langdurig aan. 'Een aardige metamorfose.'

'Zeker.'

'Ga even zitten voor de foto, alsjeblieft.' Voor een aan het plafond bevestigde blauwe achtergrond stond een kleine plastic stoel op een verhoging. Een digitale camera op een statief was verbonden met een computer die op enige meters afstand op een bureau stond.

Court betrad de holle houten verhoging en nam plaats op de stoel. Terwijl hij aan zijn jasje en de stropdas frummelde, rolde Laszlo in zijn rolstoel achter de camera. 'We moeten een naam voor in het paspoort verzinnen. Een goeie Nieuw-Zeelandse naam.'

'Zeg het maar. Ik vind alles best.'

Nadat de camera had geflitst, maakte Court aanstalten om op te staan.

'Nog een paar extra, graag.'

Hij ging weer zitten.

'Ik heb een naam voor je bedacht. Ik weet niet of die je zal bevallen.'

'Ik vind alles...'

'Hij is blits. Dramatisch. Geheimzinnig.'

'Nou, ik geloof niet dat ik...'

‘Wat als we je nu eens Gray Man zouden noemen?’

Court staarde uitdrukkingsloos in de lens op het moment dat de camera in zijn ogen flitste.

Shit.

Szabo keek hem aan.

Court kwam weer overeind.

Hij voelde zijn stoel bewegen. Hij had zijn gewicht naar zijn voeten verplaatst, maar het voelde alsof zijn hielen naar beneden vielen. Voordat hij kans zag te reageren, kwamen zijn armen zijwaarts omhoog; zijn geleende jasje stropte zich op rond zijn nek en zijn geheven knieën verschenen in zijn blikveld. Hij viel achterover, de plastic stoel kantelde met hem mee. Het licht om hem heen verdween en hij viel het duister tegemoet, landde eindelijk op zijn zij, zijn val werd gebroken door iets zachts en nats.

Hoewel hij zacht neerkwam, sloeg de val de lucht uit zijn longen. Instinctief sprong hij overeind, trok het pistool dat op zijn heup lag en draaide naar alle kanten om zowel alle mogelijke dreigingen uit te schakelen als zich te oriënteren.

Hij zat in een gemetselde put, een of ander waterreservoir. Toen hij naar boven keek, zag hij dat hij vanaf de verhoging die hem had verzwolgen zo’n vier meter naar beneden was gevallen. Voordat hij de stoel kon grijpen, zag hij hem via een ketting aan een van de poten omhoog zweven. Met een klap verdween hij over de rand van de verhoging uit het zicht. Boven hem viel een plexiglazen luik dicht waardoor hij in de vochtige ruimte opgesloten zat.

Szabo leunde voorzichtig over de rand en keek glimlachend door het plexiglas naar zijn gevangene.

‘Dit móét een grap zijn!’ brulde Court uit pure frustratie.

‘Ik ga ervan uit dat je gewapend bent. Dat zijn beesten zoals jij meestal. Ik zou me wel twee keer bedenken voordat je daarbinnen een wapen afvuurt.’ Met het uiteinde van zijn wandelstok tikte hij op het doorzichtige luik dat over de opening lag. ‘Vijf centimeter dik gepantserd plexiglas; je zou daar beneden je eigen afgeketste kogels moeten ontwijken.' Toen tikte hij met zijn dunne vinger op zijn voorhoofd. 'Geen domme dingen doen.'

'Ik heb hier geen tijd voor, Szabo!'

'Integendeel. Tijd is het enige wat je nog overhebt.' Szabo deinsde achteruit en verdween uit het zicht.

13

Court trok met geweld het jasje, de stropdas, het overhemd uit en bekeek de kuil. Het was een cirkel met een doorsnee van tweeënhalve meter die ogenschijnlijk ooit dienst had gedaan als rioolput. Hij werd omringd door een cilindervormige muur van steen die te recht en te glad was om tegenop te klimmen. De matrassen die zijn val hadden gebroken stonken en waren beschimmeld. Er was hier zeker een probleem met de afwatering. Hij tilde de matrassen op en zag een oude ijzeren waterleiding. Toen hij zijn hand eromheen legde, voelde hij dat de buis warm was. De thermale baden in Boedapest waren een toeristische trekpleister; deze leiding vervoerde waarschijnlijk warm bronwater van de ene locatie naar de andere. Op de plek waar de buis in de muur verdween lekte en stoomde het een beetje.

Court keek omhoog en om zich heen. Dit was een meer dan afschuwelijke plek om te sterven.

Tien minuten later keerde Szabo terug. Hij keek glimlachend op hem neer.

Court zei: ‘Wat je ook van plan bent…’

‘Ik heb jou onthouden. Dacht je dat ik het zou vergeten? 2004. Het superspeciale A-team van de CIA.’

Court wist dat Szabo in 2004 zijn gezicht onmogelijk had kunnen zien. Maar toch riep hij: 'Dat klopt, en mijn veldteam weet op dit moment precies waar ik ben.'

'Onzin. Je zit niet meer bij de *agency*.'

'Waar heb je dat gehoord?'

De zestigjarige Hongaar verdween uit beeld. Na een minuutje stond hij weer boven aan de put en legde vier meter boven het hoofd van zijn gevangene een papier met de tekst naar beneden op het plexiglas.

Court keek naar zijn eigen gezicht, een oud kiekje dat de CIA had gemaakt voor wat valse documentatie. Boven de foto stond te lezen: GEZOCHT DOOR INTERPOL VOOR ONDERVRAGING. Alleen een foto en die omschrijving. Zijn naam werd nergens genoemd.

'Nadat je, hoe zullen we het noemen, ontslag had genomen bij de agency hebben Amerikaanse overheidsmannen een vol jaar lang zeven dagen in de week in een auto de straat in de gaten gehouden. Ze dachten dat je bij Laszlo zou aankloppen voor hulp. Hun aanwezigheid heeft mijn zaken geen goed gedaan, meneer Gray Man.'

'Szabo. Dit is serieus. Luister, ik ken jou. Ik weet dat ik me hieruit kan kopen. Noem je prijs. Ik kan iemand bellen die het geld kan overmaken.'

'Sir Donald kan je vrijheid niet terugkopen. Ik wil zijn geld niet.'

Court keek omhoog naar de man die boven hem stond. Verlaagde zijn stemgeluid. 'Ik zou niet graag een invalide man iets aandoen.'

'Dat heb jij op je geweten!'

'Waar heb je het over?'

'Jij hebt mijn donkere kamer laten ontploffen. Dacht je dat ik dat zou vergeten?'

'Ik heb niet op jóú geschoten.'

'Nee, op de Tsjetsjeen, waarbij je een tank met ammoniumpersulfaat hebt geraakt. Het poeder kwam in een bad met aluminiumwater terecht en... boem! De Tsjetsjeen konden we van het plafond afschrapen, en de arme hulpeloze Laszlo verbrandde en liep bij het inhaleren van de giftige dampen schade aan de zenuwen van zijn onderlichaam op.'

Shit. Court haalde zijn schouders op. 'Wiens schuld is dat? Jij wilde een terrorist helpen naar het Westen te komen. De CIA had me terug moeten sturen om je af te maken.'

'Dat hadden ze misschien moeten doen, maar ik ben sindsdien bevriend geraakt met de goede mannen van de Central Intelligence Agency. Nadat de FBI kwam om met me te praten, was de agency aan de beurt. Van hen heb ik te horen gekregen dat jij aan het hoofd stond van het team dat mijn loods heeft opgeblazen en mijn benen heeft verwoest. Geloof het of niet, maar op dit moment hebben de plaatselijke CIA-afdeling en Laszlo een behoorlijk goede arbeidsrelatie.'

'Waarom zou ik dat niet geloven? Je hebt altijd al met iedereen samengewerkt.'

'Ik denk dat die relatie alleen maar beter wordt nu ik ze heb gebeld met de mededeling dat ik je hier gevangenhoud. Ze zijn op dit moment onderweg om je in te rekenen.'

De spieren in Courts gezicht trokken zich onwillekeurig samen. 'Zeg me dat je dat niet hebt gedaan.'

'Reken maar. Ik ga je overdragen aan de CIA in ruil voor een beetje ademruimte. Onze relatie is niet zo goed dat Laszlo's leven niet makkelijker zal worden nadat ik ze hun meest gezochte doelwit op een presenteerblaadje heb aangereikt.'

'Hoelang duurt het voordat ze hier zijn?'

'Minder dan twee uur. De afdelingschef regelt een helikopter met zware jongens uit Wenen die je zullen arresteren. Ik heb hem laten weten dat je reputatie overdreven is; de oude zwakke Laszlo heeft je eigenhandig gevangen, maar dat maakte geen indruk op hem. Je hebt een grote operatie in gang gezet om je aftocht te verzekeren. Je zult jezelf ondertussen moeten zien te vermaken totdat...'

'Laszlo, nu moet je even goed naar me luisteren.'

'Ha! Zie hem trillen. Zie The Gray Man beven als een kleine...'

'Ze sturen geen team om me op te halen. Ze zullen een team sturen om het vuile werk op te knappen. Er staat een bevel uit om me ter plekke neer te schieten. En je moet niet denken dat ze helemaal hiernaartoe komen om me af te maken en dan na afloop een getuige achter te laten. Zo werken deze kerels niet.'

Laszlo boog zijn hoofd, ogenschijnlijk om hierover na te denken, en zei toen: 'Ze zullen me niets doen. De CIA heeft me nodig.'

'Ze hadden je nodig totdat je dat telefoontje pleegde, jij domme klootzak!'

Szabo begon zichtbaar zenuwachtig te worden. Hij schreeuwde: 'Genoeg gepraat! Als je denkt dat Magere Hein naar je op weg is, kun je de komende minuten misschien beter jouw God om vergiffenis vragen voor je zonden.'

'Jij ook.'

Laszlo's gerimpelde en verwarde gezicht verdween boven Court uit beeld.

Om drie uur ging Sir Donald Fitzroys mobiele telefoon. Lloyd drukte op de knop van de speaker, hoewel het gesprek niet afkomstig was van Courts satelliettelefoon.

'Cheltenham Security.'

'Goedemiddag, Sir Donald. Ik bel over een belangrijke zaak.'

'Ken ik u?'

'Ik geloof niet dat we elkaar ooit hebben ontmoet. Noemt u me maar Igor.'

Fitzroy was kortaf tegen de beller. Hij had meer dan genoeg aan zijn hoofd en voelde geen behoefte ook nog eens beleefd te zijn tegen een colporteur met een zwaar accent. 'En u mag me ongeïnteresseerd noemen. Als u oprecht zaken wilt doen, kunt u verdorie ook gewoon mijn secretaresse bellen om een afspraak te maken.'

'Ja... nou, The Gray Man denkt dat hij in de categorie oprechte zaken valt. Hij heeft me verzocht u te bellen, beweert dat u goed zult betalen voor zijn veilige terugkeer.'

'The Gray Man is bij u?'

'Dat klopt.'

'Bij welk team zit u?'

'Welk team? Ik ben mijn eigen team, meneer.'

Fitzroy en Lloyd keken elkaar aan. Lloyd drukte op de muteknop. 'Ik denk niet dat dit een van onze mannen is.'

Fitzroy drukte weer op de knop zodat de beller hem kon horen. 'Laat me met hem praten.'

'Ik ben bang dat dat op dit moment niet gaat.'

Lloyd drukte weer op de mute-knop. Hij draaide zich om naar de Techneut die bij de batterij computers bij de muur stond. De jongeman zei: 'Het gesprek komt vanuit Boedapest, de Pest-kant. Hij heeft er wat misleidende software tussen zitten. Ik zal kijken of ik de exacte locatie kan traceren.'

Lloyd keek naar de grote kaart die op de monitor aan de muur werd geprojecteerd. 'Wat doet Court verdomme in Boedapest?'

Fitzroy negeerde hem, drukte op een knop op de luidspreker die midden op tafel stond, en hief de mute-functie weer op.

'Ik... Ik ben geneigd je tegemoet te komen, Igor. Het enige is dat ik zeker wil weten dat mijn man bij jou is.'

'Mensen vertrouwen elkaar niet meer tegenwoordig, dat is wat er mis is met de wereld. Goed dan, Sir Donald. Geef me even een minuutje. Ik beweeg niet meer zo vlot als vroeger.' Bijna een minuut lang klonk er geschuifel door de speaker. Toen eindelijk: 'Gaat uw gang, meneer Fitzroy, u kunt praten.'

'Jongen? Ben je daar?'

Courts stem, in de verte of door iets gedempt. 'Hij heeft de agency gebeld. Er staat hier binnen negentig minuten een moordcommando voor de deur, Don! Ik zit...'

Er klonk meer gestommel en geschuifel door de speaker. Toen was de stem met het zware accent weer terug. 'U hebt een uur, Sir Donald. Als u vijfhonderdduizend euro overmaakt, is uw man hier ruim op tijd weg om een tegenbod van een concurrent te vermijden. Dit is het rekeningnummer. Heeft u een pen bij de hand?'

Een minuut later werd de verbinding verbroken. Zowel Fitzroy als Lloyd keek naar de Techneut.

De jonge Brit met de neusring schudde zijn hoofd. 'Boedapest, zesde district. Dat is alles wat we weten. Ik heb het niet nauwkeuriger kunnen bepalen. Er zijn in het zesde district een kwart miljoen telefoons. Hij kan ze allemaal gebruikt hebben.'

Lloyd was getergd maar had te veel haast om zijn ergernis te laten blijken. Hij wendde zich tot zijn gijzelaar. 'Wie kent hij in Boedapest?'

Fitzroy masseerde zijn voorhoofd en haalde zijn schouders op.

'Denk na, verdomme! Wie zal Gentry daar opzoeken?'

Fitzroy tilde snel zijn hoofd op. 'Szabo! Hoort niet bij mijn Netwerk, weet je; een oude vervalser, die voor de rooien heeft gewerkt in...'

Lloyd onderbrak hem. 'Heb je een adres?'

'Daar kan ik wel achter komen.'

'Mijn dichtstbijzijnde moordcommando zit in Wenen, op ruim honderdvijftig kilometer afstand. We kunnen ze onmogelijk op tijd daar krijgen. We zullen Szabo moeten betalen om Gentry uit de greep van de CIA te houden.'

Fitzroy schudde zijn hoofd. 'Vergeet het maar. Szabo is zo glad als een aal. Als hij contact heeft opgenomen met de CIA heeft hij dat alleen gedaan om een wit voetje bij ze te halen. Hij heeft mij gebeld omdat Gentry hem heeft verteld dat ik bereid ben voor zijn vrijlating te betalen. Laszlo Szabo pikt mijn geld in en zal hem daarna nog steeds aan de CIA uitleveren. Hij naait mij lang voordat hij hen zal naaien.'

'Zal de CIA Gentry vermoorden of arresteren?'

'Doet er niet toe. Als ze hem vermoorden, zullen ze hun sporen wissen. Het zal weken duren voordat het lijk wordt gevonden, als het al wordt gevonden. Abubaker zal zijn handtekening niet zetten alleen omdat we hem vertellen dat Gentry koud gemaakt is. Je zult mijn familieleden alsnog afmaken als Gentry het niet overleeft.'

'In dat geval hebben we minder dan een uur om een moordcommando bij Szabo te krijgen om de klus te klaren voordat de jongens van de agency ter plaatse verschijnen.'

Court had door al het gestaar naar het plastic plafond boven hem een stijve nek gekregen. Hij hoorde geluiden in de buurt van de opening, dus riep hij: 'Hoe ga je me hieruit halen voordat de agenten van de CIA ons allebei komen afmaken?'

Szabo's gerimpelde gezicht verscheen in zijn blikveld. 'Zodra ik Sir Donalds geld heb, is er maar eentje die hier vertrekt, en dat ben ik.'

'Hij zal je vermoorden omdat je hem hebt belazerd.'

'Ha. Ik heb in het oosten nog wel een paar vrienden over. Ik ben al een tijdje op zoek naar een manier om eruit te stappen. Een half miljoen euro is net genoeg om opnieuw te beginnen.'

'Luister,' smeekte Court, 'er staat hier meer op het spel dan je doorhebt. Er is een gezin ontvoerd. Onder wie twee meisjes, een tweeling van acht. Ze zullen worden vermoord als ik niet op tijd in Frankrijk ben om dat te voorkomen. Ik zweer dat je je geld krijgt als je me vrijlaat. Dan krijg je wat je maar...'

'Twee kleine meisjes?'

'Ja.'

'Vermoord?'

'Niet als ik op tijd...'

Laszlo stootte een gemeen lachje uit. 'Je houdt me ten onrechte voor een man met een ziel. Die hebben de Russen vijfendertig jaar geleden chirurgisch verwijderd. Er is werkelijk niets wat me nog minder kan schelen.' Hij verdween uit Courts blikveld.

Lloyd belde Riegel in zijn met teakhout beklede kantoor in Parijs. De Duitser nam al op voordat de eerste beltoon geheel was verstomd. De Amerikaan vroeg: 'Heb je mannen in Boedapest?'

'Ik heb overal mannen.'

'Doorgewinterde huurmoordenaars?'

'Nee. Slechts een paar straatartiesten. Ik zou een paar eenvoudige schutters kunnen regelen, maar waarvoor? Heb ik je de afgelopen twaalf uur nog niet voldoende topmoordenaars gestuurd? Ik mag toch aannemen dat The Gray Man ze niet allemaal al te grazen heeft genomen!' Aan zijn toon te horen maakte hij de jonge jurist belachelijk.

'We hebben onze teams naar het westen gestuurd. Court is naar het zuiden gegaan, naar Hongarije, kennelijk om daar een paspoort te regelen waarmee hij na gedane zaken vanuit Normandië Europa kan ontvluchten.'

'Verstandig. Opportunistisch, maar verstandig.'

'Ja, nou, het geval wil dat de zaak zich niet in zijn voordeel heeft ontwikkeld. De vervalser in Boedapest heeft hem verraden. Heeft hem opgesloten. Hij heeft zojuist contact opgenomen met Sir Donald om losgeld te eisen.'

'Laat me raden. Laszlo Szabo?'

'Hoe wist je dat?'

‘Laten we het er maar op houden dat je “Boedapest” en “verraden” niet in een en dezelfde zin kunt gebruiken zonder dat daarbij de naam van Szabo valt.’

‘Kun je een paar mannen op hem afsturen in Pest?’

‘Natuurlijk. Gaat het alleen om Laszlo of heeft hij nog beveiliging?’

‘Het ligt allemaal iets ingewikkelder. Szabo heeft Court ook aan de CIA uitgeleverd. Ze hebben in allerijl een team daarheen gestuurd. Ze zijn er naar verluidt over een uur.’

Riegel zuchtte, er klonk berusting in zijn stem door. ‘Als hij in de handen van de CIA valt, kunnen we het Lagos-contract wel vergeten. Als ze hem in handen krijgen, kunnen we Abubaker zondag geen bewijs overleggen of hij dood is of nog leeft.’

‘Dus dat mogen we niet laten gebeuren. Eens?’

‘Je wilt daar een team heen sturen dat het moet gaan uitvechten met een Amerikaanse geheime dienst? Ben je gek geworden?’

‘De CIA zal denken dat ze voor Gentry of voor de ontvoerder werken. Als jouw mannetjes hun vak verstaan, zullen ze niet blijven rondhangen om hun beweegredenen uit te leggen.’

Riegel dacht eventjes na. Toen hij eindelijk iets zei, klonk het wat Lloyd betrof alsof hij het plan al pratende bedacht. ‘Het Indonesische team zit op dit moment in het vliegtuig. Ze zijn op weg naar Frankfurt, maar als het goed is vliegen ze op dit moment boven Zuid-Europa. Misschien kunnen we ze omleiden en ze in het komende uur aan de grond zetten en de stad in sturen. Het zal kantje boord worden, maar het is onze enige kans.’

‘Zijn ze goed?’

‘Ja. Kopassus, Groep Vier. De beste schutters die Jakarta te bieden heeft. Ik ga ermee aan de slag.’

Gezagvoerder Bernard Kilzer las op zijn radiohoogtemeter de hoogte af. Aangezien hij niet in zijn standaard toestel vloog maar in een huurvliegtuig, moest hij het doen met een Wolfsburg-model waar hij niet helemaal mee vertrouwd was. De Bombardier Challenger 605 was een hypermodern toestel met *fly-by-wire*-technologie. Hij had als piloot belangrijke taken en verantwoordelijkheden, maar op dit moment, na zeven van de negen uur durende vlucht van New Delhi naar Frankfurt, hoefden hij en zijn copiloot niet veel meer te doen dan wakker blijven, de systemen in de gaten houden en de middaglucht afspeuren.

De twee piloten waren nu al zestien uur vrijwel non-stop in de lucht. Ze waren om twee uur 's ochtends plaatselijke tijd opgestegen in Jakarta. Daarna waren ze in westelijke richting gevlogen, hadden een tussenstop gemaakt in New Delhi om te tanken, en waren daarna direct weer opgestegen.

Gezagvoerder Kilzer en zijn copiloot, eerste officier Lee, vlogen normaal gesproken zakenlieden door heel Zuidoost-Azië. Ook vervoerden ze wetenschappers van de LaurentGroup, hooggeplaatst IT-personeel en iedereen die nodig was in een van de vijftien filialen tussen het zuidelijkste puntje van Japan en de oostgrens van India.

Naast deze werkgerelateerde uitstapjes vlogen Kilzer en Lee ook topmannen en hun echtgenotes naar vakantie-eilanden of uitbundige feesten van de sultan van Brunei. Hij had zelfs een keer klanten en Filipijnse callgirls naar een afgelegen tropisch eiland gevlogen waar Franse chef-koks en Zweedse masseuses garant stonden voor een weekje lome losbandigheid.

Kilzer had LaurentGroup-werknemers van allerlei pluimage vervoerd, maar nog nooit een groep zoals hij nu aan boord had.

In de cabine achter hem zaten zes mannen. Indonesiërs, jonge militairen zo te zien, die echter in burger waren. Het vrachtruim van de Challenger was gevuld met groene katoenen rugzakken. De mannen zwegen hoofdzakelijk. Toen Kilzer vanuit de cockpit naar het toilet was gelopen en in de tien meter lange cabine had gekeken, had hij de zaklampen gezien van de mannen die kaarten bestudeerden, terwijl de rest lag te slapen.

Ze wekten de indruk een gedisciplineerde groep te zijn, op weg naar een belangrijke missie, en Kilzer kon slechts gissen naar de reden waarom juist hij verantwoordelijk was voor hun transport.

De kale, achtendertigjarige piloot tastte achter zijn rug naar zijn lunchtrommel. Het multifunctionele scherm lichtte op. Zijn copiloot zei. 'Er komt een gesprek voor je binnen van het hoofdkantoor op het beveiligde kanaal.'

'Begrepen.' Kilzer stopte met eten en haalde op de middenconsole een schakelaar over waardoor het gesprek naar enkel zijn koptelefoon werd doorgeschakeld. 'November Delta Drie Zero Whiskey, over?'

'Dit is Riegel, hoor je mij?'

Kilzer wist dat Riegel de vp was van de beveiligingstak van het bedrijf. De Duitser stond te boek als een ongelooflijk taaie klootzak. Plotseling had Kilzer een heel wat beter beeld van de missie waar de potige mannen in de cabine achter hem mee bezig waren. 'Luid en duidelijk, meneer Riegel. Wat kan ik voor u betekenen?'

'Hoe ver ben je van Boedapest?'

'Een moment graag.' Kilzer keek zijn copiloot aan, een Aziaat met een Brits accent. 'Het is Riegel. Wil weten hoe ver we van Boedapest vliegen.'

Eerste officier Lee bekeek hun positie op het navigatiesysteem. Hij typte iets in op het toetsenbord links van hem en gaf na enkele seconden antwoord. 'Honderdzeven kilometer zuid-zuidoost op twaalf kilometer hoogte.'

Nadat Kilzer deze informatie had doorgegeven zei Riegel: 'De plannen zijn gewijzigd. Jullie moeten daar zo snel mogelijk landen.'

Kilzer voelde het zweet uitbreken in zijn nek. Hij vond het niet prettig om de directeur van de beveiligingsdienst teleur te moeten stellen. 'Het spijt me, meneer, dat is niet mogelijk. We hebben Hongarije niet in ons vliegplan opgenomen. We zouden ons grote problemen met zowel de immigratie- als de veiligheidsdienst op de hals halen.'

'Je hoeft mij niet uit te leggen wat er mogelijk is. Zet het vliegtuig aan de grond, geef de Indonesiërs hun spullen mee en maak dat je weer wegkomt.'

Gezagvoerder Kilzer bond niet direct in. 'Hoe zouden we weer weg moeten komen? We zullen in de gevangenis worden gegooid als we zonder toestemming landen, als we...'

'Simuleer een noodsituatie. Jullie kunnen vast wel een reden verzinnen waarmee jullie waar dan ook mogen landen. Als jullie worden aangehouden voor ondervraging, koop ik jullie weer vrij. We zullen naderhand alles gladstrijken met de Hongaren. Dat is niet jullie probleem. Als jullie er maar voor zorgen dat de Indonesiërs het vliegtuig hebben verlaten voordat jullie naar de landingsbaan taxiën.'

'Boedapest Ferihegy wordt te zwaar bewaakt. Ze zullen het vliegtuig omsingelen, en dan zullen wij...'

'Land dan ergens anders. Zoek een klein regionaal vliegveld in de buurt, zet die kist aan de grond en stuur de mannen op pad. Ben ik duidelijk?'

De gezagvoerder scrolde koortsachtig door de pagina's van zijn multifunctionele beeldscherm. Hij bladerde door de elektronische gegevens van alle vliegvelden in de buurt. 'Tokol ligt op veertig minuten rijden van het stadscentrum. De landingsbaan is lang genoeg.'

'Te ver! De Indonesiërs moeten binnen een uur in het centrum zijn!'

Kilzer zocht verder. 'We kunnen Budaörs proberen. Dat is half zo ver, maar de landingsbaan is onverhard en te kort.'

'Hoe kort?'

'Dit vliegtuig heeft met deze belading en in perfecte omstandigheden een geasfalteerde landingsbaan van een kilometer lengte nodig. Die van Budaörs is precies een kilometer lang, maar het regent en zoals gezegd is de landingsbaan onverhard. Het is een grote modderpoel!'

'Dan weet je in elk geval zeker dat je voldoende wordt afgeremd voordat je het einde van de landingsbaan hebt bereikt. Zet hem aan de grond!'

'Wat u wilt is vragen om ongelukken, meneer! Het is bijzonder onveilig.'

'Als je mij niet tegen je in het harnas wil jagen, gezagvoerder, kun je maar beter dat vliegtuig in Budaörs aan de grond zetten. Is dat duidelijk?'

Kilzer beet op zijn tanden.

Riegel zei: 'Ik regel een bus en een chauffeur om ze op te pikken.'

'Meneer, ik moet u er nogmaals op wijzen dat dit problemen gaat opleveren.'

'Laat die maar aan mij over.'

'Begrepen, meneer.'

Kilzer verbrak de verbinding. Hij kneep uit frustratie in zijn stuurknuppel.

De copiloot vroeg: 'Wat is er aan de hand?'

'Het ziet ernaar uit, Lee, dat jij en ik Indonesië gaan helpen om Hongarije binnen te vallen.'

De eerste officier trok wit weg. 'Wat is die Riegel toch een klootzak.'

'Ja,' zei Kilzer. Daarna zette hij een paar schakelaars op zijn middenconsole om, zette de automatische piloot uit, en duwde de stuurknuppel licht naar voren. Hij sprak in zijn headset: 'Mayday, mayday, mayday. November Delta Drie Zero Whiskey...'

14

Het daaropvolgende uur keek Laszlo elk kwartier op zijn computer naar het saldo van de Zwitserse nummerrekening die hij Fitzroy had gegeven. Tussen het inloggen door vulde hij een koffer met essentiële dingen voor een permanent leven onderweg, belde een plaatselijke autoverhuurder en bestelde een limo die hem om half-vijf naar Boedapest Ferihegy moest brengen. Hij kocht een eersteklas ticket naar Moskou en belde toen een kennis in de Russische hoofdstad om hem daar van het vliegveld te halen.

Tussen alle activiteiten door liep hij nog steeds zo nu en dan naar de verhoging om door het glas even naar zijn buit te kijken. The Gray Man zat met ontblote borst op de matras in de koude put met zijn rug tegen de slijmerige muur voor zich uit te staren.

Laszlo voelde niets bij het vooruitzicht de jonge man daar aan zijn lot over te laten; voelde geen enkele emotie bij het aannemen van een half miljoen dollar van Sir Donald de Dikke in de wetenschap dat hij zich niet aan de afspraak zou houden; voelde geen enkele emotie bij de belachelijke aanname dat hij de levens van twee arme, beklagenswaardige meisjes door zijn inderhaast gesmede plannetje in gevaar bracht. Hoewel hij niet als een sociopaat ter wereld was gekomen, had hij zijn lesje geleerd en voldeed inmiddels net zo perfect aan de basisprincipes van deze stoornis als de manier waarop hij paspoorten vervalste.

Zijn bewering dat de Russen hem zijn ziel hadden afgenomen was niet gelogen. Hij was zo lang informant geweest, had samengewerkt met het plaatselijke verzet om dissidenten het land uit te krijgen om vervolgens hun route naar het westen door te spelen aan de Sovjets. Hij had gedurende talloze jaren zo vaak beide kampen gemanipuleerd dat er wat Laszlo betrof geen goed en kwaad meer bestond, enkel routes naar zelfverrijking en obstakels die op weg daarnaartoe overwonnen moesten worden.

Toen er een uur verstreken was, bekeek hij opnieuw het saldo van zijn rekening. Het geld was nog niet overgemaakt. Toen hij Fitzroy belde kreeg hij te horen dat zijn bank enige vertraging had opgelopen. Hij had nog een paar minuten nodig; het geld was onderweg. Laszlo vond het zaakje stinken, zwoer dat hij The Gray Man hoogstpersoonlijk een paar kogels door zijn kop zou jagen als het geld niet snel op zijn rekening zou staan en waarschuwde Sir Donald Fitzroy dat de CIA elk detail over de ware operatie van Cheltenham Security uit hun beste moordenaar zou weten te persen, en dat hooguit twee dagen nadat Szabo de man in zijn put aan de Amerikanen had overgedragen, Fitzroys hoofd op het hakblok zou liggen.

Uiteindelijk gunde Laszlo de overtuigende Engelsman nog vijftien minuten extra, ging nog maar eens kijken bij zijn gevangene in de put en belde toen de chauffeur die buiten stond te wachten met de mededeling dat er enige vertraging was opgetreden maar dat hij met draaiende motor op hem moest blijven wachten.

Szabo nam zijn hele leven al risico's. Als het CIA-team ter plaatse zou zijn voordat hij was vertrokken, zou hij waarschijnlijk worden vermoord. Als dat niet het geval was, kon hij in Rusland opnieuw beginnen.

Gezagvoerder Bernard Kilzer draaide zijn hoofd langzaam naar eerste officier Lee. Het zweet liep van zijn voorhoofd zijn ogen in. Lee keek naar zijn gezagvoerder en knipperde zijn eigen zweet uit zijn ogen.

De gezichten van beide mannen waren krijtwit.

De Bombardier Challenger stond stil in de modder. Als de piloten uit het raam keken, zagen ze enkel gras en een door de regen amper zichtbaar hek. Ze hadden elke beschikbare centimeter van de landingsbaan gebruikt, plus nog tachtig meter van de daarachter gelegen zompige akker. Daarna hield het op.

Kilzers hart klopte in zijn keel, en zijn bloed kookte. Ze waren dankzij Riegel in deze situatie beland, een situatie die als ze nog drie seconden door waren gevlogen heel, heel slecht zou zijn afgelopen, en hoewel het niet geëindigd was in een vuurbal en een verzekeringsuitkering aan zijn vrouw, hield de Duitse gezagvoerder er ernstig rekening mee enige tijd de gastvrijheid van het Hongaarse gevangeniswezen te mogen ervaren.

Maar goed, ze hadden het overleefd. Het vliegtuig was uitgerust met carbon ABS-remmen en een zogeheten Gravel Kit, deflectoren die om de drie wielen van het landingsgestel waren geplaatst om te voorkomen dat het vliegtuig bij de landing door rondslingerende troep op de landingsbaan werd geraakt. Maar Kilzer en Lee wisten beiden dat hun gehuurde Challenger niet op eigen kracht Hongarije zou verlaten. Het landingsgestel en de motoren waren zeker beschadigd, en er zou serieus materieel aan te pas moeten komen om het twintig miljoen kostende vliegtuig uit de zuigende modder te trekken.

Nadat ze nog een paar tellen waren bijgekomen van de stress en de inspanningen van de landing, zette Kilzer alle systemen uit, een standaardprocedure in het geval van brand aan boord. Het enige geluid dat nu te horen was, werd veroorzaakt door de regen die de romp en de ruiten geselde.

Hij had in zijn noodmelding naar de verkeerstoren van het vliegveld van Budaörs beweerd dat hij rook in de cockpit had geroken. Als ze meer tijd hadden gehad om iets te verzinnen, zouden hij en Lee ongetwijfeld een beter verifieerbare list hebben bedacht. Maar de periode vanaf Riegels telefoontje tot nu bedroeg slechts 35 minuten; daarin was zijn verstand volledig in beslag genomen door het vliegtuig dat hij vanaf tien kilometer hoogte met een snelheid van 750 kilometer per uur op een voor hem onbekend vliegveld ver voorbij het einde van een doorweekte, te korte, onverharde landingsbaan tot stilstand had moeten brengen.

Hij had het verdomd goed gedaan, en dat wist hij. In een optimistische opwelling die werd veroorzaakt door de vrijgekomen adrenaline na de landing dacht hij zelfs dat hij zich misschien nog wel uit de gevangenis zou kunnen kletsen als zijn geluk nog een paar minuten aanhield. Maar deze droom vervloog toen hij met een blik door de voorruit weer met beide benen in de realiteit terechtkwam. Recht voor hem zag hij een zwarte bus dwars door het hek rijden. De zes Indonesiërs verschenen vanaf de rechterflank van de Bombardier in beeld, slepend met hun rugzakken die ze uit het vrachtruim hadden gehaald. Ze klommen haastig in het voertuig. Terwijl gezagvoerder Kilzer en eerste officier Lee zwijgend keken naar wat zich voor hun cockpit afspeelde, reed de zwarte bestelbus achteruit door de modder en het gras in de richting vanwaar hij gekomen was, slipte op een weg aan de andere kant in het regenwater en verdween met hoge snelheid in de storm.

Kilzer wist dat deze dramatische gebeurtenis in de verkeerstoren achter hem niet onopgemerkt was gebleven. En Kilzer wist ook dat diezelfde dramatische gebeurtenis hem en Lee in de gevangenis zou doen belanden waar ze zouden moeten wachten tot die klootzak van een Riegel hen had vrijgekocht.

En terwijl Kilzer zijn pet opzette en het vliegtuig verliet, waarbij zijn gezicht werd gegeseld door de striemende regen en zijn oren werden gepijnigd door het scherpe geluid van de aanzwellende sirenes, daagde het hem dat meneer Riegel voor het einde van de dag nog wel meer puinhopen had op te ruimen en dat hij en Lee erop moesten rekenen dat hij voorlopig even geen aandacht voor hen zou hebben.

Op het moment dat een woedende Szabo Fitzroy voor de derde keer belde, zag hij de overschrijving op zijn rekening. De CIA zou binnen tien minuten voor de deur staan, hij had veel te hoog spel gespeeld, maar nu het geld binnen was kon hij vertrekken. Hij verbrak de verbinding op het moment dat Fitzroy opnam. Daarna ging hij voor de laatste keer poolshoogte nemen bij The Gray Man, zei hem gedag en wenste hem succes, gooide nog wat laatste spullen in zijn koffer en verliet toen hinkend zijn studio annex laboratorium annex werkplaats en schuifelde zo snel als zijn gehavende lichaam dat toestond de gang door.

Hij had bijna de deur bereikt toen zijn telefoon overging. In de veronderstelling dat het de CIA-chef was die hem wilde bijpraten over de locatie van de agenten die naar hem op weg waren, besloot hij op te nemen. Hij zou niet bellen als ze heel dicht in de buurt waren.

Hij nam op.

'Ik ben mijn deel van de afspraak nagekomen. Nu is het tijd dat jij over de brug komt.'

'Ik ben onder de indruk, Sir Donald. Mijn telefoons zijn versleuteld, hoe is het u gelukt om…'

'Ik heb daar zo mijn methoden voor, Laszlo. Laat nu The Gray Man vrij voordat ze hem afmaken!'

Het zweet dat de zestigjarige Hongaar al over de rug liep werd ijskoud. Fitzroy wist wie hij was. Szabo besefte dat hij de rest van zijn leven voor de sluwe Engelsman op zijn hoede moest zijn.

'Ik laat uw mannetje meteen vrij.'

'Je praat me toch niet naar de mond, hoop ik? Je speelt toch geen spel met mij en de CIA?'

'Ik geef u mijn erewoord.'

'Uitstekend, Laszlo. Geniet maar van je geld.' De verbinding werd verbroken.

Szabo overwoog voor de laatste keer de verhoging op te stappen en een laatste blik in de put te werpen, maar zag ervan af. Hij hinkte zo snel als hij kon met zijn koffer in zijn hand de gang door.

Hij stapte naar de kleine ijzeren deur, die echter naar binnen zwaaide op het moment dat hij zijn hand ernaar uitstak. Hoewel het buiten donker en regenachtig was, werd de Hongaar verblind door felle lichten. Van schrik deinsde hij achteruit, struikelde met zijn slechte been en viel op zijn rug. Terwijl hij zijn ogen samenkneep tegen het licht, zag hij een team van in het zwart gehulde mannen met bedekte gezichten; een zestal schutters die hun wapens met korte loop op ooghoogte hielden. Op elk wapen was een krachtige zaklamp gemonteerd. De dichtstbijzijnde man liet zich op zijn zwarte kniebeschermer vallen. Hij greep Szabo's nek.

'Ga je ergens heen?' Hij sprak zachtjes in het Engels. Dit was de CIA. Szabo kon achter de bril van de agent amper ogen onderscheiden.

'Ik... Ik was op jullie aan het wachten. Wilde alvast mijn tas in de auto leggen, weet je. Ik ga ervandoor zodra jullie hier klaar zijn.'

'Tuurlijk. Waar is hij?'

Szabo werd overeind geholpen. Alle mannen hielden in de nauwe gang hun wapen voor zich zoals hun dat geleerd was.

'Hij zit in de eerste kamer aan het einde van de gang. Stap de verhoging op en kijk naar beneden. Hij zit in een put op vier meter diepte, die is afgedekt met een dikke...'

'Laat zien.' Szabo hoorde aan de intonatie van de man dat hij niet openstond voor tegenspraak. Hij draaide zich om en hinkte in het gezelschap van de Amerikaanse paramilitairen terug de gang door.

In de spaarzaam verlichte kamer gaf de leider van het team zijn vijf manschappen de opdracht tegen de muur te gaan staan en stapte zelf behoedzaam op de verhoging af. Laszlo spoorde hem aan, zei dat hij nergens bang voor hoefde te zijn, slaagde erin de naam van de CIA-chef maar liefst drie keer te laten vallen om aan te geven dat hij 'een van hen' was. Eindelijk stapte de zwaarbewapende en bepantserde aanvoerder op de verhoging en staarde behoedzaam door het glas.

Laszlo riep, nog altijd bezig hem te paaien: 'Hij is waarschijnlijk gewapend, maar hij kan zijn wapens niet gebruiken zolang het plexiglas over het gat ligt. Hij zou wel een heel goede danser moeten zijn om in zo'n kleine ruimte een teruggekaatste kogel te ontwijken. Je baas heeft beloofd dat er voor Laszlo gezorgd zou worden. Misschien moet ik hem even bellen zodat jullie met elkaar kunnen praten en je beseft wat Laszlo allemaal voor jullie gedaan heeft. Laszlo de Loyale, noemt hij me.'

De leider boog zich verder voorover. En toen nog verder. Hij knielde op het plexiglas. Wendde zich langzaam weer tot Szabo. 'Wat is hier verdomme gebeurd?'

Laszlo begreep het niet. 'Wat bedoel je? Daar zit The Gray Man, klaar om door mijn vrienden van de CIA ingerekend te worden...'

'Heb je hem vermoord?' vroeg de Amerikaanse agent, die opstond en zich omdraaide om de Hongaar aan te kunnen kijken.

'Natuurlijk niet. Waarom vraag je dat?' De meestervervalser liep met behulp van zijn stok zo snel als hij kon naar de verhoging om te zien wat er aan de hand was.

Court had in tegenstelling tot wat Szabo dacht de afgelopen zeventig minuten niet stilgezeten. Zodra de Hongaar hem alleen had gelaten, had hij zijn halsketting over zijn hoofd getrokken, het dunne leerlaagje eraf gepulkt en de draadzaag eronder blootgelegd. Hiermee zaagde hij de uitstekende waterpijp onder de matrassen door. Hij had hem op twee plaatsen doorgezaagd tot het punt dat er nog maar een paar halen van de tanden voor nodig waren om de put binnen een paar minuten met warm bronwater te vullen.

Toen hij dit had gedaan, haalde hij zijn pistool tevoorschijn, haalde de kogel uit de kamer en pakte de reservemagazijnen die hij in zijn broek bewaarde. Met de tang van zijn multitool haalde hij alle patronen uit elkaar en goot het buskruit op basis van kaliumnitraat in zijn waterdichte schoen. Toen die het buskruit bevatte van dertig van de eenendertig kogels die hij op zijn lichaam droeg, haalde hij een van de magazijnen uit elkaar, verwijderde de veer, maakte de plaat weer vast, vulde het tot de nok met het buskruit uit zijn schoen, plaatste de volger erbovenop en drukte het explosieve goedje in het metalen magazijn stevig aan. Met behulp van de veer van het magazijn bond hij de volger strak op zijn plaats.

Af en toe kwam Laszlo poolshoogte nemen. De oude manke maakte bij het beklimmen van de houten verhoging zoveel lawaai dat het voor The Gray Man een koud kunstje was zijn knutselproject tijdig onder een rottende matras te verbergen om te voorkomen dat hij werd ontdekt.

Hierna trok Court een sok uit en stopte daar alle lege patroonhulzen in, omdat zonder de primer die elke huls bevatte het buskruit niet zou ontploffen. Hij duwde het met buskruit gevulde magazijn in zijn sok en snoerde het geheel met een van zijn schoenveters dicht.

Hij omklemde het met zijn vuist. Een grote, zware sok met ongeveer evenveel ontploffingskracht als een handgranaat.

Koortsachtig trok Court een aantal repen stof van een matras en knoopte ze aan elkaar tot hij een dunne strook van ongeveer drie meter lang had. Hij herlaadde zijn Walther met zijn laatste kogel, liet de patroonhouder leeg, en gebruikte nog meer van de matras afgescheurde stroken om het geweer vast te knopen zodat het uiteinde van de negen centimeter lange loop op de met primer en buskruit gevulde sok drukte. De lange strook maakte hij vast aan de trekker van het pistool.

Als laatste trok Court zijn broek uit. Hij legde in de pijpen ter hoogte van zijn enkels een stevige knoop en deed hetzelfde ter hoogte van zijn kruis. Hiermee creëerde hij twee luchtzakken. Ze zouden niet lang waterdicht blijven, maar lang genoeg voor datgene wat hij van plan was. Met zijn laatste schoenveter bevestigde hij de granaat aan zijn broek. Hij bleef met zijn broek over zijn benen gedrapeerd zitten zodat Laszlo niet direct zou zien dat hij hem had uitgetrokken.

Ten slotte pulkte hij wat plukjes zompig schuimrubber uit de matras die hij als het juiste moment was aangebroken als oordopjes kon gebruiken.

Toen Court tevreden was over zijn voorbereiding, hoefde hij enkel af te wachten.

Al snel boog Laszlo zich voorover om afscheid van hem te nemen en verdween uit het zicht. Dit was het teken waarop The Gray Man had gewacht. De Amerikaan begon driftig de waterleiding door te zagen. Binnen een minuut was de put tot op kniehoogte gevuld met water dat zo warm was als een bad. Court ging staan en hield de granaat met het pistool erop gericht en de broek met de luchtzakken in zijn handen.

Hij wachtte in zijn ondergoed tot het waterpeil was gestegen.

Binnen drie minuten was hij met het water en de matrassen omhooggekomen. Na zes minuten was de put bijna tot aan de rand gevuld. Hij watertrappelde en deed zijn best om niet in paniek te raken; hij wist dat er geen enkele garantie was dat zijn uitvinding zou werken en, als dat wel het geval was, wist hij niet of die krachtig genoeg was om het valluik op te blazen.

Toen het water het plexiglazen plafond tot een kleine tien centimeter genaderd was, dwong Court zichzelf te hyperventileren in de kleine ruimte. Hij vulde zijn longen, dompelde zich onder en manoeuvreerde de drijvende bom naar een van de scharnieren. Hij duwde een matras tussen hem en zijn bom, zwom toen naar de bodem van de put, hield met zijn ene hand de matrasstroken vast die aan de trekker van zijn pistool waren bevestigd, en greep met zijn andere de waterpijp om te voorkomen dat hij naar de oppervlakte dreef. Toen hij opkeek om te controleren of alles goed zat, zag hij dat zijn geïmproviseerde bom van het scharnier was weggedreven. Terwijl zijn zuurstof opraakte zwom hij snel naar de oppervlakte. Hij kon nu niet meer naar zuurstof happen. Hij duwde de matras aan de kant, legde de bom weer op zijn plaats en wurmde zich weer naar beneden. De schotwond in zijn dij, inmiddels een dag oud, brandde bij het aanspannen van zijn spieren. Paniek, zware inspanning en zuurstofgebrek streden allemaal om voorrang om zijn hart samen te drukken en het diep in zijn lichaam te pletten.

Eindelijk was hij weer bij de waterleiding, die hij stevig vastgreep. Toen hij omhoogkeek, zag hij dat de bom op de juiste plaats zat.

Vlak voordat hij aan het koord trok, zag hij een gestalte de verhoging op lopen die neerknielde op het plexiglas en zich daarna naar iemand in de kamer omdraaide.

De teamleider zei: ‘Hij moet wel dood zijn. Dit gat zit vol met…’

Na een gedempte knal vloog de in het zwart gehulde agent door de lucht. Het plexiglas waar hij op stond sprong, wit water spatte alle kanten op, scherven scherp plastic drongen het plafond binnen. De agent viel links van de verhoging en werd overspoeld door een golf water.

De andere gewapende mannen zochten dekking. Szabo viel midden in de kamer op zijn rug.

De teamleider leefde nog. Hij ging op zijn knieën zitten en richtte zijn wapen weer op de verhoging links van hem.

'Jezus. Alle eenheden paraat!' schreeuwde hij, met van de explosie piepende oren.

Op dat moment drongen kleine mannen in burger met geheven wapens vanuit de gang de ruimte binnen en ontstond er een vuurgevecht.

Laszlo Szabo was het eerste slachtoffer.

15

Ondanks zijn geïmproviseerde oordoppen suisden Courts oren als gevolg van de druk van de explosie. Hij zette zich met zijn voeten af van de bodem van de put en schoot naar de oppervlakte. Hij had geen idee wat hem boven te wachten stond. De CIA? Laszlo die nog eens poolshoogte kwam nemen? Uiteindelijk deed het er allemaal niet toe; hij had zuurstof nodig.

Vanwege de vaart die hij op weg naar boven had ontwikkeld, duwde hij toen hij met zijn hoofd uit het water kwam het gehavende plastic luik open. De beide scharnieren waren eraf en het plexiglas was versplinterd. Hij zoog zijn longen vol, klom over de rand en liet zich, overspoeld door een golf warm water, van de verhoging op de grond vallen. Hij bevond zich tegen de muur in een achterste hoek van de kamer. Om hem heen hoorde hij het geluid van geweervuur en schreeuwende mannen die dichtbij moesten zijn, maar hij zag niemand in de buurt van de verhoging. Hij rolde op zijn knieën in een lage kruiphouding en haastte zich naar de achterste gang, waarbij zijn natte voeten op het linoleum kletsten. Hij gunde zichzelf geen tijd om achterom te kijken. Hij wist niet wat er in deze kamer gaande was, maar hij was niet van plan zich erin te mengen zonder vuurwapen en zonder enig idee met wie hij te maken had.

Een salvo uit een automatisch geweer versplinterde de deurpost vlak voor Courts gezicht. Hij rende er dwars door de overdruk van de supersonische munitie en de rondvliegende splinters op af, en bereikte via de donkere gang de badkamer waar hij zich een halfuur geleden had geschoren. Hij ging snel naar binnen om zijn rugzak te pakken die hij over zijn schouder slingerde.

Gehuld in enkel zijn onderbroek en een verband om zijn dij, sprintte hij naar een kleine slaapkamer aan het einde van de gang. Achter het lage tweepersoonsbed bevond zich een raam van gewapend glas. Met een ijzeren bijzettafel verbrijzelde hij het glas. Hij tilde de matras van het bed, duwde die door het raamkozijn om zichzelf tegen de achtergebleven glasscherven te beschermen en rolde eroverheen naar een kleine binnenplaats. Een deur naar het pand achter dat van Laszlo was afgesloten, dus rende Court naar de verste hoek van de binnenplaats. Via ijzeren tralies die voor een raam op de begane grond waren aangebracht klom hij naar een balkon op de eerste verdieping waar hij na vier of vijf trappen met zijn linkerhiel eindelijk een glazen raam wist te breken.

Achter en onder hem klonken nog steeds luide geweerschoten. Behoedzaam ontweek hij bij het naar binnen stappen het achtergebleven glas in het kozijn, maar bij het betreden van het appartement sneed het glas in zijn beide voeten toen hij op het kleed stapte. Hij schreeuwde het uit van de pijn en viel op zijn knieën, die hij daarbij ook openhaalde.

Hij kroop op zijn hielen en handen door de kleine slaapkamer, ging eindelijk rechtop staan, waggelde naar de badkamer en doorzocht het medicijnkastje. Een paar tellen later had hij plaatsgenomen op het toilet en bekeek zijn recente verwondingen. Met zijn rechtervoet was niet veel aan de hand, slechts een kleine snee waar hij wat jodium op deed en die hij verbond met wc-papier. De bal van zijn linkervoet was er veel slechter aan toe. Die wond was relatief diep. Hij spoelde hem snel af en bond er een handdoek stevig omheen om het bloeden te stelpen. Het moest gehecht worden, maar Court wist dat hij voorlopig niet gehecht zou worden.

Met zijn linkerknie was niets ernstigs aan de hand, maar hij had een flinke blessure aan de rechter. Met een pincet verwijderde hij een glasscherf uit zijn huid, waarbij een ongelukkige uitstulping aan het einde ervan in zijn vlees bleef haken. Het bloed stroomde over de vloer.

'Kut,' kreunde hij, terwijl hij de jaap zo goed mogelijk probeerde schoon te maken en te verbinden.

Drie minuten later realiseerde hij zich dat de salvo's aan de andere kant van de binnenplaats waren verstomd. Hij hoorde sirenes, geschreeuw, een huilende baby in het belendende appartement die door de gebeurtenissen was gewekt.

Hij was in de veronderstelling geweest dat het appartement verlaten was, maar toen hij de woonkamer betrad, nog altijd in enkel zijn doorweekte boxershort maar nu ook met ingepakte voeten en knieen, trof hij een eenzame oudere dame op de bank. Ze keek hem met haar felblauwe, doordringende ogen onverschrokken aan. Hij stak een hand op om haar te kalmeren en liet die langzaam weer zakken.

'Ik doe u niets,' zei hij, al betwijfelde hij of ze dat begreep. Hij bewoog zijn armen en benen alsof hij een broek aantrok, waarop ze lusteloos naar een kamer aan het einde van de gang wees. Daar vond hij herenkleding. Van een overleden echtgenoot, misschien? Nee, van een zoon die naar zijn werk was. Hij vond een blauwe overall die hij aantrok, en zware schoenen met stalen neuzen die hem te groot waren maar waar hij met twee paar witte sokken aan mee uit de voeten kon.

Court bedankte de vrouw met een buiging en een glimlach. Ze beantwoordde zijn gebaar met een trage knik. Hij trok een handvol eurobiljetten uit zijn rugzak en legde ze op tafel. De oude vrouw zei iets wat hij niet verstond, en na een tweede buiging liep hij door de deur de gang van de eerste etage op.

Court Gentry, gewond, ongewapend, zonder enig vervoersmiddel achter de hand en zonder de documenten waarvoor hij helemaal naar Boedapest was gekomen, liep naar buiten de gestaag vallende regen in. Hij keek op zijn horloge. Het was vijf uur 's middags, achtenhalf uur na het begin van zijn reis. Hij leek inmiddels veel verder van zijn doel verwijderd dan toen hij aan zijn missie begon.

Op de Londense vestiging van de LaurentGroup wachtten Lloyd en Fitzroy op nieuws van de Indonesiërs. Dat kwam na vier uur 's middags, zij het niet van het team zelf. Fitzroys telefoon ging over. Het was Gentry.

'Cheltenham.'

'Ik ben het.'

Fitzroy moest zich even herpakken voordat hij iets kon zeggen. Uiteindelijk zei hij: 'Godzijdank! Ben je verlost van Szabo?'

'Ja. Ternauwernood.'

'Wat is er gebeurd?'

'Geen idee. Zo te horen was er een moordcommando ter plaatse, een of andere vorm van persoonsbeveiliging die Szabo geregeld moet hebben, en toen liep het uit de hand.'

Lloyd en Fitzroy keken elkaar aan.

'Eh... juist. Begrepen. Hoe is het met je?'

'Ik overleef het wel.'

'Waar ben je nu?'

'Nog altijd in Boedapest.' Zowel Lloyd als Fitzroy keek naar de Techneut. Hij zat met zijn hoofd over een computermonitor gebogen, knikte om aan te geven dat het doelwit de waarheid sprak en wees de zendmast aan waarmee de mobiele telefoon verbinding maakte.

'En nu?' vroeg Fitzroy. Hij stelde die vraag evengoed aan de Amerikaan rechts van hem als aan de Amerikaan die hij aan de telefoon had.

'Ik ga richting het westen. Alles kan nog. Heb je inmiddels meer informatie voor me?'

'Eh, ja. De mannen die je vanochtend in Praag bent tegengekomen waren Albanezen. Eenvoudige huurlingen. Ingehuurd door de Nigeriaanse geheime dienst.'

'Die zullen inmiddels al wel een nieuw team hebben ingeschakeld. Enig idee tegen wie ik het moet opnemen?'

'Lastig te zeggen, jongen. Ik ben ermee bezig.'

'Wat weet je inmiddels over de vijanden waar je familie mee te maken heeft?'

'Vier of vijf Nigerianen, geheime politietypes. Zeker geen volbloed schutters, al hebben ze mijn familie doodsbang gemaakt.'

'Ik heb een exacte locatie nodig als ik eenmaal in de buurt ben.'

'Oké. Ben je er morgenochtend?'

'Nee. Ik moet eerst nog ergens anders een tussenstop maken.'

'Niet weer een gevaarlijke omweg, hoop ik.'

'Nee. Deze ligt op de route.'

Fitzroy aarzelde even en vroeg toen: 'Oké. Kan ik verder nog iets voor je doen?'

'Vérder? Wat heb je tot nu toe voor me gedaan dan? Luister, je bent mijn handlanger. Doe iets. Ik moet weten of ik onderweg nog meer kerels ga tegenkomen. Ik moet weten hoe die kut-Nigerianen mijn naam te weten zijn gekomen. En achter mijn samenwerking met jou. Er is hier iets helemaal mis, en voordat ik naar Normandië ga moet ik daar zo veel mogelijk over te weten komen.'

'Ik begrijp het. Ik ben ermee bezig.'

'Heb je nog contact gehad met de ontvoerders?'

'Sporadisch. Ze denken dat ik hemel en aarde beweeg om je te vinden. Ik bel iedereen uit mijn Netwerk. Om de schijn op te houden, weet je wel.'

‘Ga daar vooral mee door. Ik blijf bij je Netwerk uit de buurt. Bel me als je nieuws hebt.’ De verbinding werd verbroken.

Binnen twee minuten hadden Fitzroy en Lloyd een beter beeld van de gebeurtenissen. Na wat rondbellen van Riegel slaagden ze er gedrieën in de puzzelstukjes in elkaar te leggen. De zes Indonesiërs waren compleet weggevaagd. Allemaal dood. De CIA had het gebouw in brand gestoken om alle sporen uit te wissen. Het was niet duidelijk of ze verliezen hadden geleden. Szabo was dood, en Gentry was er met behulp van een van zijn negen levens in geslaagd te ontkomen.

‘Dus waar is hij nu?’ vroeg Riegel.

‘Vanuit Boedapest op weg naar het westen.’

‘Per trein, auto, motorfiets?’

‘Dat weten we niet. Hij belde ons met een mobiele telefoon die hij kennelijk van een toevallige voorbijganger heeft geplukt en na het gesprek heeft gedumpt.’

‘Verder nog iets te melden?’ vroeg Kurt Riegel.

Lloyd ontstak in woede aan de telefoon. ‘Jij meldt je zaakjes aan mij, Riegel! Wat hebben die retegoeie Indonesische Kopassus-commando’s uitgespookt? Ik dacht dat je zei dat Gentry geen partij voor ze was.’

‘Gentry heeft ze niet vermoord. Dat zijn de paramilitairen van de CIA geweest. Luister, Lloyd, we wisten dat The Gray Man zich niet zomaar zou overgeven; het was van meet af aan mijn plan hem met een of twee teams uit balans te brengen zodat hij achter de feiten aan zou lopen in plaats van proactief te kunnen handelen. Op die manier valt hij onvoorbereid in de handen van een volgend team.’

Lloyd zei: ‘We hebben nog tien teams die achter hem aan zitten. Ik wil dat hij voor het einde van deze nacht dood is.’

‘Dan zijn we het tenminste over één ding eens.’ Riegel hing op.

Lloyd wendde zich daarna tot de Engelsman. Er verscheen een gepijnigde uitdrukking op het gelaat van de oudere man.

'Wat is er?'

Fitzroys gekwelde blik verdween niet.

'Wat scheelt er?'

'Volgens mij heeft hij me iets verklapt. Dat was niet zijn bedoeling, maar ik ben er zelf achter gekomen.'

Lloyd ging rechtop zitten. Door de beweging verdwenen de kreukels uit zijn krijtstreeppak. 'Wat? Wat heeft hij gezegd?'

'Ik weet waar hij naartoe gaat.'

Op het gezicht van de jonge Amerikaan brak traag een brede glimlach door. 'Uitstekend!' Hij stak zijn hand uit naar zijn mobiele telefoon. 'Waarheen?'

'Er zit een addertje onder het gras. Er zijn maar drie mensen die de plek kennen waar hij nu heen gaat. Een van hen is dood, een van hen is The Gray Man en de laatste ben ik. Ik zal de locatie verklappen, maar als hij niet in jouw kleine realityshowwedstrijdje het leven laat, zal hij weten dat ik hem heb verraden. Als jullie deze keer de klus niet klaren, is het game over.'

'Maak je daar maar geen zorgen over. Zeg me waar hij heen gaat.'

'Graubünden.'

'Waar ligt dat verdomme nou weer?'

16

Song Park Kim was tijdens de vlucht doodstil en in meditatieve toestand blijven zitten, maar vlak voor de landing op de luchthaven Charles de Gaulle sperde hij zijn ogen wijd open, wakker en waakzaam. Hij was de enige passagier aan boord van het Falcon 50-privévliegtuig en legde zijn kleine, grove handen op zijn knieën. Zijn ogen gingen schuil achter een stijlvolle zonnebril. Het vliegtuig was bedoeld voor het vervoer van zakenmensen, en dankzij zijn perfect gesneden krijtstreeppak had hij het uiterlijk van een weliswaar jonge maar verder onopvallende zakenman van Aziatische komaf.

De Falcon taxiede van de landingsbaan af en reed over de taxibaan langs een batterij geparkeerde zakenvliegtuigen een geopende hangar binnen. Midden in de hangar stond, nog nat van de avondmiezer, een limousine met stationair draaiende motor. De chauffeur stond ernaast.

Zodra het vliegtuig volledig tot stilstand was gekomen en het toerental van de motoren afnam, liep de copiloot met een nylon gymtas naar achteren de zevenpersoonscabine in. Hij ging tegenover Song Park Kim zitten en legde de tas op de mahoniehouten tafel die tussen hen in stond.

Kim zweeg.

'Ik heb de opdracht gekregen u dit na de landing te overhandigen. Alles is geregeld met de immigratiedienst. Geen problemen met de douane. Er staat een auto klaar.'

De kortgeknipte Koreaan knikte, amper zichtbaar.

'Geniet van uw verblijf in Parijs, meneer,' zei de copiloot. Hij stond op en trok zich terug in de cockpit. Hij sloot de kleine scheidingsdeur achter hem.

Toen Park alleen was, ritste hij de tas open. Haalde het Heckler & Koch MP71A-machinepistool eruit. Hij negeerde het erop gemonteerde telescoopvizier, hield het wapen als een pistool voor zich uit en mikte met behulp van de simpele keep en korrel.

Twee lange, ranke magazijnen die elk twintig 4,6x30mm-kogels met holle punt bevatten, waren met een nylon riem aan elkaar vastgemaakt.

Hij stopte het wapen terug in de tas.

Hierna haalde hij er een mobiele telefoon en een oortje uit. Hij deed het oortje in en zette het aan. Ook zette hij de telefoon aan voordat hij hem in de zak van zijn jas liet verdwijnen. Een draagbare gps-ontvanger verdween in een andere zak. Meer MP7-magazijnen, een geluiddemper en een set schone kleren liet hij in de tas zitten.

Wel diepte hij uit de tas een zakmes op met een zwart lemmet en een zwart heft, dat ook in een zak verdween.

Twee minuten later zat hij in de limousine. De chauffeur keek recht voor zich uit toen Kim zei: 'Naar het centrum.'

De limo rolde naar voren richting de hangardeuren.

Kim was een Zuid-Koreaanse huurmoordenaar van de National Intelligence Service. Hij was de beste man die ze hadden. Vijf succesvolle moordmissies op Noord-Koreaanse bodem, waarvan hij de meeste zonder enige ondersteuning had uitgevoerd, hadden hem binnen zijn eenheid een legendarische status verschaft. Dankzij nog eens zeven operaties in China tegen overtreders van de Noord-Koreaanse sancties, twee in Rusland tegen leveranciers van nucleaire geheimen en een paar aanslagen op landgenoten die hun houding jegens hun kwaadwillende noorderbuur permanent dienden te wijzigen, was de tweeëndertigjarige Song Park Kim de logische keuze toen zijn leiders het verzoek kregen een moordenaar naar Parijs te sturen om in ruil voor kille, harde contanten jacht te maken op een collega.

Kim had nooit een mening over zijn opdrachten. Aangezien hij alleen werkte was er niemand aan wie hij die kwijt kon, maar mocht hem ernaar gevraagd worden, dan zou hij in dit geval antwoorden dat dit zaakje stonk. Twintig miljoen dollar voor de scalp van The Gray Man, een voormalige werknemer van de CIA die, zo had hij via via vernomen, het verraad van zijn bazen niet verdiende. De twintig miljoen werd op tafel gelegd door een of ander Europees bedrijf. Dit leek in niets op de nationalistische operaties die Kim gedurende zijn carrière uitgevoerd had.

Maar Kim wist dat hij fungeerde als een instrument van Zuid-Korea's binnenlandse en buitenlandse politiek, hem was niets gevraagd, en degenen wier mening ertoe deed hadden besloten dat hij naar Parijs moest afreizen, zich het er gemakkelijk mocht maken in afwachting van een telefoontje waarin hem de verblijfplaats van The Gray Man zou worden meegedeeld, waarna hij de arme stakker een paar hete kogels in zijn rug zou jagen.

Graubünden is een kanton in het oosten van Zwitserland, dat ingebed ligt in een kleine niche, omsloten door de zuidwestelijke grens van Oostenrijk. Het staat ook wel bekend als het kanton van de honderdvijftig valleien, waarvan er eentje van oost naar west loopt in een regio die het Unterengadin wordt genoemd. Daar ligt het kleine plaatsje Guarda boven op de scherpe richel van een heuvel die boven de bodem van de vallei uittorent, op luttele kilometers van zowel de Oostenrijkse als de Italiaanse grens. Er loopt slechts een steile kronkelweg naar het kleine dorp, die het minuscule station waar de stoomtrein stopt met de halfhouten huizen erboven verbindt, een stevige wandeling van veertig minuten.

Er rijden in het dorp amper auto's, en er lopen vele malen meer koeien en schapen dan inwoners rond. De witte gebouwen zijn verbonden met nauwe, met kinderkopjes geplaveide straten, die langs watertroggen en met hekken afgezette percelen lopen. Het dorp houdt abrupt op op de plek waar de heuvel weer steil begint te worden en overgaat in een weiland dat omhoogloopt tot aan het dichtbegroeide naaldbos, dat plaatsmaakt voor de rotsige klippen die boven het dorp hangen en uitzicht bieden op de onderliggende vallei en iedereen die daardoorheen trekt of het dorp nadert.

De inwoners verstaan Duits maar spreken onderling Reto-Romaans, een taal die door amper één procent van de zevenenhalf miljoen Zwitsers wordt gesproken en die je op geen enkele andere plek op de wereld hoort.

Om vier uur 's middags dwarrelden er wat sneeuwvlokken over de weg die van de bodem van de vallei naar Guarda loopt. Een eenzame man in een dikke spijkerbroek, een dikke jas en een zwarte wollen muts liep hinkend over de steile kronkelweg. Hij torste een kleine rugzak over zijn schouder.

Tien uur daarvoor, luttele minuten nadat hij Don Fitzroy had gebeld met een roze mobieltje dat hij uit de openstaande handtas van een ongelooflijk dronken studente die in haar eentje over de stoep slenterde had gepikt, had Court zich in een outdoorwinkel in Boedapest van top tot teen in het nieuw gestoken, van zijn leren schoenen tot aan zijn gebreide muts. Binnen een uur nadat hij Szabo's huis had verlaten zat hij in het busstation van Népliget in een bus die hem naar de Hongaarse grensstad Hegyeshalom zou brengen.

Op een kleine kilometer van de grens verliet hij de bus, liep in noordelijke richting het dorp uit een weiland in en sloeg links af.

Er was geen maan te zien; hoewel hij een zaklamp in zijn rugzak had zitten, gebruikte hij die niet. In plaats daarvan strompelde hij naar het westen, liep bijna twee kilometer op zijn gehavende voeten, voelde ze prikken, voelde het warme bloed in zijn sokken en tussen zijn koude tenen dringen.

Eindelijk liep hij iets voor acht uur 's avonds door een weiland vol moderne windmolens en kwam bij de Oostenrijkse grensplaats Nickelsdorf aan.

Hij had de Europese Unie bereikt.

Het was nog dik twee kilometer lopen – strompelen, eigenlijk, vanwege de schotwond in zijn dij en de sneden in zijn voeten en knieën – voordat hij een weg had bereikt. Hij liep een paar minuten in westelijke richting met zijn duim omhoog. Er stopte een vrachtwagen, die echter op weg was naar het noorden en hem niet kon helpen. Een tweede en een derde chauffeur bleken ook de verkeerde kant op te gaan.

Om kwart over negen werd hij opgepikt door een Zwitserse zakenman die helemaal naar Zürich ging. Court zei tegen de man dat hij Jim heette. De zakenman wilde zijn Engels oefenen, wat Court prima vond. Ze spraken tijdens hun reis door Oostenrijk over hun levens en hun gezinnen. Courts verhaal was honderd procent verzonnen, maar hij was een prof. Hij speldde hem het verhaal op de mouw van de nare scheiding in Virginia, zijn levenslange wens een keer naar Europa te komen, de beroving in Boedapest waarbij hij al zijn kostbaarheden was kwijtgeraakt, en het geluk dat hij nog wel zijn portemonnee, zijn geld, zijn paspoort en een vriend in Oost-Zwitserland had bij wie hij tot hij de volgende week terug zou vliegen zolang terechtkon.

Terwijl ze pratend door het donker reden, hield Court via de zijspiegel in de gaten of ze niet gevolgd werden. Ook hield hij tussen de kletsverhalen door, over plekken waar hij nooit was geweest en totaal verzonnen mensen, zijn gedachten bij zijn taak. Hij probeerde in te schatten wat hij de komende dertig uur zou kunnen verwachten.

Het was vrijdagavond, er was veel verkeer op de A1, maar de gestroomlijnde Audi van de zakenman was snel. Ze zoefden naar het noorden van Salzburg. Court bood aan een stuk te rijden, zodat de Zwitserse zakenman een paar uur kon slapen, maar hij bedankte vriendelijk.

Om drie uur 's ochtends draaide de Audi de Engadiner-Bundesstrasse op en stak de noordoostelijke grens met Zwitserland over. Hoewel Zwitserland officieel geen lid was van de EU, waren er geen grenscontroles. De zakenman stopte bij een restaurant dat vierentwintig uur geopend was, en stond erop dat Jim een Zwitsers biertje proefde en hem liet weten wat hij ervan vond. Dat deed Court, die uitbundig de body en de kleur en de textuur prees en er nog een paar andere loftuitingen tegenaan gooide die hij eens in een biergarten in München had opgevangen over Duitse brouwsels. Hij wist hiermee de inmiddels aangenaam verraste zakenman zover te krijgen hem rechtstreeks naar zijn bestemming te brengen in plaats van hem ergens af te zetten zodra het tijd werd afscheid van elkaar te nemen.

Ze reden over de 180 naar het zuiden, en toen over de 27 door een vallei, hoewel ze in de bewolkte nacht aan weerszijden van hun koplampen niets konden onderscheiden. Toen ze eindelijk in het vestingstadje Lavin waren, koos Court een half houten huis uit en beweerde dat hij daar moest zijn. Als Court hier uit de warme Audi stapte, moest hij nog ruim drie kilometer door de sneeuw lopen, maar hij wilde niet het risico lopen dat zijn vriendelijke reisgenoot iets zou overkomen mocht er op zijn daadwerkelijke eindbestemming onheil op hem wachten.

'Bedankt voor de lift. Auf wiedersehen.' Court stapte uit en schudde de man door het geopende raam de hand. Hij bleef op de weg staan om hem uit te zwaaien.

Nadat de achterlichten van de Audi in de verte de hoek om waren verdwenen, draaide The Gray Man zich om en begon door de lichte sneeuwval naar het westen te lopen.

Hij stapte stevig door, maar was ondertussen afgepeigerd. De adrenaline die hem in combinatie met zijn discipline de afgelopen twintig uur in beweging had gehouden was nu uitgewerkt, waardoor de discipline het enige was wat hem nog op de been hield. Hij moest slapen, en hoopte dat boven aan de steile weg in Guarda een paar uur te kunnen doen.

Om tien over vier ging het harder sneeuwen. Court had inmiddels de heuvel beklommen en bevond zich in het dorp. Het was er uitgestorven, hoewel er in het kleine hotel nog wel een paar lampen brandden. In geen van de huizen in het dorp brandde licht, de herders en de smeden en de herbergiers en de gepensioneerden zouden allemaal nog een aantal uur onder zeil blijven. Hij liep verder het dorp in, steeds hoger, langs oude watertroggen voor de schaapskudden die over de voetgangerspaden van het gehucht liepen, langs de kleine tuinen voor de kleine huizen omringd door kleine hekken, tot hij aan de andere kant het dorp weer uit liep en over een onverharde weg verder de heuvel op wandelde. De sneeuw van die avond vermengde zich met wat er eerder gevallen was en dekte de heuvel bijna toe, hoewel Court zelfs zonder maan donkere stukken zag, kale stukken op de heuvel waar de sneeuw nog niet bleef liggen.

Nadat hij honderd meter door de witte weiden boven Guarda had geklommen, klikte hij zijn kleine zaklamp aan. Achter hem lag een groot weiland, maar hij betrad nu een naaldbos, en de sneeuw die tussen de bomen viel en de donkere nacht maakten de weg voor hem onzichtbaar. De zaklamp bood uitkomst. Hij liep een kleine honderd meter verder en bereikte zijn bestemming in het bos, een heel kleine hut.

Die stond zo'n dertig meter van de weg af, die tot een in onbruik geraakt terrein liep. Niemand had hier iets te zoeken, en als er onverhoopt toch iemand kwam, had die geen enkele reden om zijn hoofd scherp naar rechts te draaien zodat hij het eenvoudige bouwwerk zou zien. Er hing een enorm, verroest hangslot aan de deur dat elke gedachte aan gastvrijheid de kop indrukte. De drie ramen in de enkele kamer waren van binnenuit afgesloten en de takken van de omringende naaldbomen groeiden ongehinderd tot aan de muren van het gebouwtje.

Gentry liep tussen de bomen door en maakte met zijn zaklamp aan een rondje om het gebouw. Achter de hut stond een schuur, ook voorzien van een zwaar slot, en toen hij dat controleerde, constateerde hij dat het nog stevig dicht zat. Hij liep verder om het gebouw heen en scande de muren, de houten latten op het dak, en uiteindelijk de voordeur. Hij trok zijn handschoenen uit, liet zijn handen langzaam langs de deurpost gaan, en vond in de rechterbovenhoek wat hij zocht. Een houten tandenstoker die vlak tegen de deurpost aan lag. Als de deur geopend was geweest, zou deze kleine verklikker op de grond zijn gevallen waardoor The Gray Man wist dat er ongewenst bezoek binnen was geweest.

Toen hij tevreden had vastgesteld dat de locatie veilig was, draaide Court zijn rug naar de deur en zette dertig afgemeten passen richting de bomen, waarbij hij de dennentakken uit de weg duwde. Na de dertigste pas ging hij vijf meter naar rechts en knielde op de grond.

De sleutel zat in een metalen koffiebus die pakweg vijftien centimeter diep onder de dennennaalden en sneeuw lag. Hij groef hem met een platte steen uit. Nadat hij de sleutel had bemachtigd, keerde hij terug naar de hut en opende het slot.

De lucht in de hut was droog en bedompt en net zo koud als buiten. In een hoek stond een kniehoge kolenkachel, waar Court echter geen aandacht voor had. In plaats daarvan stak hij een lantaarn aan die op de kaartentafel midden in de ruimte stond, het schemerlicht was de enige warmtebron die hij zichzelf toestond.

Op een plank aan de muur stonden blikken met militaire rantsoenen, en nadat hij eerst het hokje met het chemische toilet had bezocht, pakte de zesendertigjarige Amerikaan het dichtstbijzijnde noodrantsoen. Het menu bestond uit harde crackers en koekjes die hij gezeten aan de kaarttafel in hoog tempo naar binnen werkte.

Binnen negentig tellen had hij alles op. Daarna stond hij op, schoof de gedrongen kolenkachel uit de hoek en tilde de losse planken eronder op.

Met de zaklamp in zijn mond daalde hij een houten ladder af die onder de planken tevoorschijn was gekomen en betrad de onverharde vloer van een twee meter hoge, tien vierkante meter grote kelder. Toen hij zich van de ladder wegdraaide, keek hij naar een stapel zwarte kisten, elk met het formaat van een zeer grote gereedschapskist, die in drie rijen tot borsthoogte op elkaar stonden. Ze namen bijna de helft van het vloeroppervlak in beslag. In de kelder stond rechts van hem een werkbank; er was enkel voldoende ruimte om de ladder op en neer te klimmen en de kisten te verplaatsen. Court pakte de bovenste kist van de eerste stapel, zette hem met geweld op de tafel en deed het deksel open.

Toen Court eerder die ochtend Fitzroy had laten weten dat hij diens familie zou redden, had hij direct besloten naar het Zwitserse Guarda af te reizen, waar hij in het bos een grote wapenvoorraad had verstopt. Hij had in Europa nog een handvol andere opslagplaatsen, maar geen was zo uitgebreid als die in Guarda.

Guarda was de hoofdmoot.

Het echte werk.

In de eerste kist zat een zwart Brügger & Thomet MP9-machinepistool van Zwitserse makelij. Hij tilde hem uit zijn schuimrubberen behuizing en schoof een geladen magazijn in het daarvoor bestemde gat, bevestigde de draagriem aan de kolf en tilde hem boven zijn hoofd om hem door het luik op de vloer boven hem te kunnen neerleggen. In een volgende kist zat een nylon tasje gevuld met magazijnen voor het wapen, dat hij zowel aan zijn dij als zijn riem kon bevestigen. Ook deze tilde hij door het luik boven zijn hoofd.

De daaropvolgende vijf minuten doorzocht Court alle kisten. Hij vulde een enorme plunjezak met allerlei kleine wapens en explosieven. In een kleinere tas stopte hij een zwart gevechtstenue, een bivakmuts, een kogelwerende bril, een kleine spionagescanner waarmee hij communicatie op korte afstanden kon afluisteren en een verrekijker.

Eindelijk klom Court iets voor vijf uur in de ochtend uit de kelder, achter twee plunjezakken aan die hij voor zich uit duwde. Hij liet het luik naar de kelder openstaan. Hij dronk half bevroren water uit een fles, spoelde een paar lichte pijnstillers weg tegen de pijn in zijn dij, maakte voor de tweede keer gebruik van het chemisch toilet en pakte een slaapzak van de plank. Hij rolde hem uit op de vloer, haalde de voordeur van het slot, bracht de verdediging van de hut enigszins op orde en kroop toen in zijn slaapzak. Hij stelde het alarm op zijn horloge in op halfacht. Hij zou ter voorbereiding op weer een lange dag genoegen moeten nemen met een paar uur slaap.

Ze kwamen iets na vijven. De kleine bestelbus kwam slippend onderaan de heuvel tot stilstand. De passagiers hadden de indruk dat de chauffeur de gehele tweeënhalf uur durende rit over de gladde straten vanuit Zürich elk moment de macht over het stuur had kunnen verliezen. De gebrekkige stuurmanskunsten van de chauffeur waren gezien de omstandigheden begrijpelijk. Er lag zwart ijs op de weg, en het zicht was bij vlagen nagenoeg nihil. Daarbij hadden deze mannen uit het Midden-Oosten de opdracht gekregen om zo snel mogelijk naar de knipperende stip op hun gps te gaan, en de Techneut belde elke tien minuten naar hun satelliettelefoon voor een update.

Ze waren met z'n vijven, Libische externe beveiligingsbeambten van de Jamahiriya Security Organization, een team samengesteld uit de beste schutters van Khadaffi's elitetroepen. Deze voormalige legercommando's kenden hun Skorpion SA VZ 61-machinepistool zonder uitzondering net zo goed als een trouwe vriend. De leider was eenenveertig jaar oud, had een strenge gelaatsuitdrukking en een baard en was net als de rest van zijn manschappen gekleed als een avontuurlijk ingestelde toerist. Hij zat op de passagiersstoel en had onophoudelijk waarschuwingen naar de militair achter het stuur geblaft en de man geen rust gegund, hoewel ze allemaal wisten dat de chauffeur gewend was met een gepantserde jeep door de woestijn te rijden in plaats van over ijzige bergweggetjes in een bestelbus.

Maar ze kwamen mooi op tijd in Guarda aan en parkeerden hun voertuig op de parkeerplaats van het treinstation onderaan de vallei. De chauffeur deed de motorkap open, haalde vlug de verdelerkap uit de motor en gooide die in zijn sporttas, waarmee het voertuig tot nader order onklaar gemaakt was. Toen vonden ze het smalle weggetje naar boven en begonnen in een zo breed mogelijke formatie aan hun beklimming.

Iedere man droeg zijn Skorpion met opgeklapte kolf in een sporttas en beschikte over een reservepistool in een schouderholster. Een aantal huurlingen had ook nog granaten en explosieven bij zich. Ze droegen allemaal wollen mutsen, dikke katoenen broeken en dezelfde zwarte jassen van een duur merk dat vooral door professionele sporters werd gedragen.

Ze hadden ook nachtkijkers in hun sporttassen, die ze daar voorlopig echter lieten zitten.

De vijf Libiërs beklommen de steile kronkelweg in het donker. Ze bewogen snel en efficiënt. Iedere willekeurige voorbijganger had uit hun nagenoeg identieke bewegingen en hun ernstige gelaatsuitdrukkingen achter de condenswolkjes van hun ademhaling kunnen concluderen dat ze weinig goeds in de zin hadden. Maar omdat er om halfzes in de ochtend niemand de sneeuwstorm trotseerde, konden de Libiërs ongemerkt de kinderkopjes van het Zwitserse gehucht bereiken.

Iedere huurling had ook een kleine portofoon aan zijn riem die in verbinding stond met een oortje. Na een enkel commando van hun leider verspreidden ze zich over het westelijk deel van Guarda en trokken ieder door een achterafsteegje naar het oosten. Deze tactiek zorgde ervoor dat iemand die uit het raam keek slechts één man zou zien. Als er alarm geslagen zou worden en de dorpsbewoners over vreemde snuiters begonnen te praten, zouden ze zomaar kunnen denken dat ze allemaal dezelfde man hadden gezien.

Aan het andere einde van het dorp kwam het moordcommando weer tezamen als een biologische eenheid, als losgeslagen cellen die elkaar weer vonden in een petrischaal. De leider keek op zijn gps en sloeg links af een onverhard weggetje in dat vanaf de richel waar het gehucht op lag doorliep naar de heuveltop en het bos in de verte, dat pas zichtbaar werd nadat ze hun nachtkijkers hadden opgezet.

De leider gaf zijn team de nieuwe informatie van zijn gps. 'Vierhonderd meter.'

Het was nog harder gaan sneeuwen; de dwarrelende vlokkenvlagen waren veranderd in dikke witte neerslaggordijnen. Hoewel de Libiërs weleens sneeuw hadden gezien, tijdens hun training in Libanon of missies elders in Europa, waren ze fysiek totaal niet op dergelijke kou voorbereid. Achtenveertig uur geleden had ditzelfde team in een appartement in Tripoli samen met een elektronisch surveillanceteam geprobeerd de positie van een zendamateur te bepalen die vanuit de stad zijn kritiek op kolonel Khadaffi spuide. Het was in die krappe kamer dik vijfendertig graden geweest, dus de kou van de oostelijk gelegen Zwitserse vallei kwam voor hun lichamen als een grote schok.

Ze liepen bijna voorbij de hut. Ze waren enkel dankzij de door de Techneut aangeleverde gps-coördinaten gevrijwaard van een urenlange zoektocht door het bos. De Skorpions waren inmiddels uit de gymtassen gehaald, de gymtassen bungelden op hun ruggen, de kolven van de wapens die ze in een lage positie in de aanslag hielden waren uitgeklapt en steunden tegen de schouders, ze hielden de vizieren net onder de zichtlijn van hun nachtkijkers. Iedere man koos zorgvuldig positie in de buurt van de hut. Ze meldden zich een voor een.

De leider sprak als eerste. 'Eén in positie, tien meter van de voordeur. Geen beweging. Ramen zijn gebarricadeerd.'

'Twee staat bij Eén.'

'Drie aan de westkant. Eén raam. Gebarricadeerd.'

'Vier aan de oostkant. Eén raam. Gebarricadeerd.'

'Vijf aan de achterkant. Geen ramen, maar er is een schuur tegen het hoofdgebouw aangebouwd. Een afgesloten hangslot aan de buitenkant. Verder niets hier.'

De leider zei: 'Vijf, blijf achter. Zoek dekking en blijf opletten. Drie en Vier naar voren komen. We gaan samen naar binnen.'

'Begrepen.'

Court was in zijn slaapzak naast het gat in de vloer dat toegang gaf tot de kelder in een droomloze slaap verzonken. De pijnstillers hadden de pijn in zijn dij verzacht waardoor hij de benodigde rust had kunnen nemen om te ontspannen. Zijn slaap was diep, verkwikkend.

Kort.

De leider haalde een granaat uit zijn riem. Hij trok de pin eruit en liep met zijn hand op de hefboom langzaam naar de deur. Twee was voor hem met een explosief in de weer toen hij zag dat de deur op een kier stond. Hij wendde zich tot zijn leider en wees hem op de openstaande deur.

De leider knikte, draaide zich om naar de twee man achter hem en fluisterde: 'Hij staat open. Zet je schrap.'

Nummer Twee duwde snel de deur open en knielde zodat eventuele doelwitten binnen door de wapens van de anderen onder schot genomen konden worden. Het was aanvankelijk helemaal donker: zelfs met behulp van de nachtkijkers was er binnen niets te onderscheiden.

Eén wierp de granaat onderhands de kamer in. Twee, Drie en Vier stapten naar de zijmuren van de hut om buiten bereik van de explosie te blijven. De granaat verdween uit de hand van de leider in het donker, maar het geluid van het projectiel dat contact maakte met een harde ondergrond kwam te snel. Terwijl de leider aanstalten maakte zich van de deur af te wenden, verscheen de granaat weer in het zicht van zijn nachtkijker, stuiterde uit de hut en landde voor de hut in de sneeuw.

De vier Libiërs hadden het geluk de sputterende granaat op tijd op te merken. Ze verschansten zich en doken hetzij op de besneeuwde grond, hetzij achter de hoeken van de hut. Na de explosie was de wereld voor de drie mannen die hun nachtkijkers in de richting van het projectiel hadden gericht in een witte waas gehuld, en de vierde man werd in de elleboog geraakt en door een kleine scherf knock-out geslagen.

17

Vlak voordat Court zich doodmoe in zijn slaapzak had laten vallen om te slapen, had hij de grote, roestige gazen constructie die op zo'n halve meter achter de voordeur was aangebracht naar het midden geschoven. Het ruim twee meter hoge gevaarte woog meer dan honderd kilo en kon via een rail van een meter over de grond verschoven worden. Aan beide uiteinden van het hekwerk zat een scharnierend paneel dat met een beugel aan weerszijden van de deur kon worden bevestigd. Hierdoor vormde het een barricade tegen een binnenvallend team. Court had de val aangetroffen toen hij de wapenopslag overnam en had er nooit veel in gezien omdat hij eenvoudig met explosieven op te blazen was of met een stormram of zelfs een paar stevige schoppen met de hak van een schoen neergehaald kon worden, maar toen hij na het afgaan van de granaat uit zijn slaapzak opsprong en over de grond kroop, realiseerde hij zich dat het roestige stuk gaas zojuist zijn vredig slapende lijf had gered.

Hij schopte de twee plunjezakken vol spullen met kracht door het gat de kleine kelder in. Hij pakte de Brügger & Thomet en liet zich in het gat vallen. In de twee meter diepe kelder hief hij zijn handen en schoof de planken boven zijn hoofd weer op hun plaats.

Nummer Drie boog zich links van de ingang over de bebloede sneeuw. Een granaatscherf had hem vol in zijn elleboog geraakt en vlees en bot doorboord. Maar hij was een gedisciplineerde soldaat; hij maakte weinig geluid en pakte de wond snel in met een handvol sneeuw, huiverde enkel bij de kou op zijn huid, omdat hij de pijn waarvan hij wist dat die aanstaande was nog niet voelde.

Nummer Eén negeerde zijn gewonde man en gaf Twee de opdracht zijn hele voorraad explosieven op scherp te zetten en ze door de deur te gooien. Een paar seconden later kwam een blok semtex ter grootte van een tissuedoos tot stilstand bij de geleidingsrails van het hekwerk achter de voordeur. De drie ongedeerde Libiërs aan de voorkant van de hut draaiden zich om om te gaan rennen, en Twee en Vier pakten ieder een arm van Drie om hem in veiligheid te brengen.

Een paar tellen was het muisstil in het donkere bos. Het enige wat geluid maakte waren de sneeuwvlokken die zacht tegen de dennennaalden en op de grond tikten en de ademhalingen van de uit Tripoli afkomstige agenten, die zich achter een den hadden verschanst.

De zwarte nacht en de zachte geluiden werden verstoord door een felle flits en een oorverdovende explosie die de eerder ontplofte granaat met terugwerkende kracht reduceerde tot het geplop van een champagnekurk. De toegangsdeur van de hut werd vanaf de houten grond tot aan het houten dak aan stukken geblazen, hout en jonge dennenbomen werden naar voren geslingerd en kwamen op wel dertig meter afstand van het gebouw weer neer.

Terwijl de brandende houtsnippers samen met de sneeuw naar beneden dwarrelden, vielen Eén, Twee en Vier de gehavende hut binnen. Ze vuurden allen een aantal kogels af in het zwarte gat. Nummer Eén sloeg rechts af, Twee ging naar links, en Vier liep rechtuit het kleine gebouw in. Bijgelicht door brandende papieren en meubelstoffen stapten ze over een omvergeblazen metalen hek, een ingestorte boekenkast en tafel, diverse dozen en kookgerei en een hele rits onherkenbare voorwerpen.

Toen het drietal zich ervan had vergewist dat er zowel in het woongedeelte als in de kleine wc geen levende ziel meer aanwezig was, begonnen ze met hun voeten door de troep op de grond te wroeten, op zoek naar het verbrande en gehavende lijk dat ergens tussen de puinhopen moest liggen. Toen Vijf zich meldde met het bericht dat alles aan de achterzijde van de hut rustig was, begon het drietal in de hut zich zorgen te maken. Het was er maar klein. Zelfs in de door het vuur opgeworpen zwarte schaduwen was het binnen tien tellen duidelijk dat ze er geen lichaam zouden vinden.

Eén keek naar het plafond. Hij stelde binnen een seconde vast dat er geen zolder of vliering was. Langzaam wendde hij zijn blik naar zijn voeten. 'Er moet hier ergens een luik zitten. Dat moeten we vinden.'

Toen Twee naast de omgevallen kachel een paar kolen opzij had getrapt, zag hij het. Omdat het vuur langzaam doofde, stak Eén een elektrische lantaarn aan die van een plank was gevallen en de ontploffing wonder boven wonder heelhuids had doorstaan. Hij zette hem naast het luik op de grond.

'Voorzichtig. Wie weet heeft hij een verrassing voor ons voorbereid. Hij zit gevangen, tenzij er een tunnel door deze berg loopt.'

Twee en Vier knikten; hun zelfvertrouwen groeide. The Gray Man zat onder hen als een rat in de val.

Nummer Vijf stond aan de achterkant van het gebouw achter een dikke den. Vijf meter voor hem stond de afgesloten schuur. Hij was anderhalve meter hoog en stond naast de hut, maar was er duidelijk niet tegenaan gebouwd. Hij meldde zich nogmaals bij de mannen die binnen zaten. Die stonden op het punt het luik met een lange paal open te maken. Daarna zouden ze er granaten in gooien, gevolgd door geweervuur, om daarna zelf naar beneden te klimmen om hun doelwit te onthoofden.

Vijf miste alle actie. Hij vloekte hardop tegen de hem omringende sneeuw. Zijn Skorpion hing gevechtsklaar.

Plots hoorde hij in de hut een motor hoestend tot leven komen.

Nee, niet in de hut. In de schuur. Op het moment dat hij zijn ogen op de deur van de schuur richtte, weergalmde er een luide dreun door het bos, vloog het hangslot er naar voren af, en zwaaiden de deuren wijd open. Vijf maakte net aanstalten om zijn machinepistool naar zijn oog te brengen toen het motorgeluid aanzwol en hij een grote gestalte vanuit de duistere krochten van de schuur door de lucht zag vliegen.

De jonge Libiër had nog nooit eerder een sneeuwscooter gezien.

Het torpedovormige voertuig kwam een meter bij hem vandaan met een smak weer op de grond. Hij dook opzij, rolde door de sneeuw en knalde met zijn rug tegen een omgevallen boomstam. Hij keek op tijd omhoog om de menselijke gestalte op de rug van het voertuig te zien zitten, die een bivakmuts ophad en een grote rugzak droeg. Het beeld in zijn nachtkijker was schimmig, en de schim was binnen een tel uit het zicht verdwenen.

De Libiër tastte haastig naar zijn machinepistool dat hij echter tussen de gevallen naalden en opgehoopte sneeuw liet vallen. Tegen de tijd dat hij het wapen weer vasthad en naar zijn gezicht had gebracht, verdween de zwarte schaduw achter een kleine heuvel uit beeld, scheurde over de sneeuw door bosjes en jonge aanplant en duwde met zijn ski's alles wat hij tegenkwam opzij.

'Vijf! Situatie!' klonk de schreeuwende stem van Eén door het oortje.

'Hij is hier! Hij is weer terug! Hij gaat de heuvel op!'

'Schiet hem neer.'

Vijf begon de heuvel op te rennen. 'Kom me helpen! Hij zit op een motorfiets met ski's!'

The Gray Man wist dat hij met de sneeuwscooter rechtsomkeert moest maken en weer langs het moordcommando naar beneden moest duiken. Het bos hield bovenaan een enorme rotswand op de heuveltop plots op. Hij kon wellicht een plekje in het bos vinden waar hij zich eventjes schuil kon houden, maar hij wist dat iedereen in Guarda inmiddels wakker was en dat iemand de autoriteiten in Chur had ingelicht, een paar kilometer verderop. Het zou wel even duren voordat die ter plaatse waren, en de echte politiemacht die uit Davos moest komen zou er ruim een uur over doen, maar Court was niet van plan minuten, laat staan uren te verspillen.

'Shit!' riep hij in de ijskoude lucht. Hij was een van de twee plunjezakken met spullen al kwijt. Die had niet door de één meter lange, oplopende, in de grond uitgegraven tunnel naar de schuur gepast waar de sneeuwscooter in had gestaan. Hij had een afgezaagde, twaalfpatroonsshotgun uit zijn voorraad gebruikt om het slot van binnenuit open te schieten, en het krachtige wapen lag voor hem tussen de handvatten van het stuur van de sneeuwscooter.

Hij was ook des duivels omdat hij wist dat er slechts één andere persoon van het bestaan van zijn wapenvoorraad op de hoogte was. Die klootzak van een Fitzroy. Kort nadat The Gray Man diens rangen was komen versterken, had die hem het gebruik van de opslag aangeboden. De eerbiedwaardige Engelse handlanger was destijds zo eerlijk om toe te geven dat de beschikbaarheid van die opslagplek alles te maken had met het feit dat de man die de verborgen hut had gebouwd en gebruikte hem niet langer nodig had, aangezien zijn in stukken gehakte lijk in een ondiep graf net buiten Vladivostok was aangetroffen.

Court had zich geen zorgen gemaakt over het slechte voorteken, en Fitzroys schenking van de hut aanvaard. Hij vond de centrale ligging gunstig, evenals de afzondering van het dorp en de vallei en het feit dat je elk naderend voertuig op wielen al van honderden meters afstand kon horen, en alles wat vloog zelfs van kilometers afstand kon zien.

Het was een goede opslagplek. En Court was ervan overtuigd dat

dat zo was gebleven als Don Fitzroy zijn locatie niet had verraden aan de mannen die het op zijn leven hadden gemunt.

Veertig seconden nadat hij buiten bereik van zijn moordenaars de heuvel op was gereden, was er geen sneeuw meer. Court stuurde de sneeuwscooter uit alle macht om de paar meter hoge granieten muur te ontwijken die zowel links als rechts van hem opdoemde. Met behulp van zijn voeten en de gashendel draaide hij het gevaarte om, totdat hij weer uitkeek op het bos en de nasmeulende hut en het daarachter gelegen dorp. Court was voorlopig beschermd door de richel van de heuvel. Hij kon de mannen met hun geweren en bommen beneden hem niet zien, en zij zagen hem niet als ze omhoogkeken. Maar ze waren op dit moment ongetwijfeld bezig het gladde, onverharde pad te bestijgen. Hij had geen idee of hij te maken had met twee mannen of vijf of vijftien of vijftig. Hij had slechts een glimp opgevangen van iemand die in zijn eentje aan de achterkant van de hut stond, maar hij durfde niet met zekerheid te zeggen dat hij in het bos niet nog meer mannen voorbij was gegaan, en bovendien leek het merendeel van de actie zich ter hoogte van de voordeur te hebben voltrokken.

Court dacht even over zijn mogelijkheden na. Toen hij om zich heen keek om de situatie in zich op te nemen stelde hij direct vast dat hij gevangenzat. Hij kon met een aantal van hen het gevecht wel aangaan, maar het brede terrein waarover ze hem vrijwel zeker zouden naderen was in zijn nadeel. Als ze zich over het bevroren weiland zouden verspreiden en tegelijk in een brede formatie op hem af zouden komen, zou het hem niet lukken doelwitten links, rechts en recht voor hem uit te schakelen voordat ze het vuur op hem zouden openen.

De hoogte werd geacht tactisch voordeel op te leveren, maar Court zag dat de hoogte in dit geval waardeloos was.

Rechts van hem was er nog een manier om van de heuvel af te komen. Een steil geitenpad van amper een meter breed liep in een min of meer rechte lijn vanaf het bos naar het weiland aan de andere kant. Maar het was voor de sneeuwscooter veel te steil.

Elke poging zou gelijkstaan aan zelfmoord.

Nu hoorde Court stemmen onder hem. Schreeuwende mannen, opgewonden van de jacht.

Ze liepen over de weg naar hem toe, naar de plek waar hij in de val zat.

'Hij kan nergens heen!' riep Eén. Hij nam niet de moeite zijn portofoon te gebruiken. De herrie van de ontploffing en het wapengeweld had zijn gehoor en dat van zijn manschappen voor de rest van de nacht aangetast. Daarom riep hij gewoon naar de drie mannen die om hem heen de gladde weg op holden. Nummer Drie was achtergebleven bij de hut. Hij had zijn wond verbonden, en was weliswaar buiten gevecht gesteld maar aanspreekbaar en mobiel.

De vier Libiërs die de top van de heuvel boven hen naderden, haalden snel de magazijnen even uit hun Skorpions om te controleren of ze nog voldoende munitie bevatten. Behendig schoven ze de clips weer terug die ze met een klik vergrendelden. Hun ogen gingen schuil achter nachtkijkers. De gestaag vallende sneeuw bracht de groene waas die ze voor zich zagen in beweging. Ze vertraagden bij het bereiken van de top en verspreidden zich stilletjes over de weg zonder dat iemand daartoe opdracht had gegeven.

Plots weerklonk opnieuw het jankende geluid van de motor van de sneeuwscooter. Het toerental steeg, het geluid zwol aan, en toen doemde er voor en boven de vier Libiërs een enkele koplamp op, die in hun nachtkijkers oplichtte als een groen spook dat op hen afkwam.

'Vuur!' riep Eén met overslaande stem. De vier moordenaars hurkten neer en vuurden een salvo op het naderende voertuig af. Per seconde spoten er met veel kabaal twintig kogels met holle punt uit elk van de vier wapens. Lichtspoormunitie boog af en sloeg in en ketste af als door straalmotoren voortgestuwde vuurvliegjes.

Op dertig meter afstand kwam het voertuig los van de grond. Het zweefde door de lucht en smakte vijfentwintig meter verder hard neer, stuiterde weer omhoog en landde op zijn zijkant. Toen de machine langs de vier Libiërs de heuvel af gleed en twintig meter achter hen tot stilstand kwam, brandde de lamp nog altijd.

De motor draaide stationair.

De motor braakte hete walmen uit die de kijkers van de mannen deed beslaan.

Nummer Eén herlaadde zijn wapen en rende toen naar de sneeuwscooter. Hij gleed uit en viel op zijn knieën. Terwijl hij overeind krabbelde haalde Twee hem in. Een vluchtige inspectie van de vier mannen van het gebied in de directe omgeving van de weg bevestigde hun vermoedens.

'Hij is weg!'

Even dacht Court dat hij met misschien wel tachtig kilometer per uur naar beneden gleed. Alles lijkt dicht bij de grond natuurlijk sneller te gaan, en de sneeuw, het ijs, het gras en de takken die in zijn gezicht vlogen, droegen zonder twijfel bij aan zijn snelheidsbeleving.

Maar hoe hard hij in werkelijkheid ook ging, Court wist dat hij met veel te hoge snelheid van het geitenpad af gleed.

Hoewel hij liever geen afstand deed van de tweede plunjezak vol apparatuur, had hij geen andere mogelijkheid gezien. Hij had de wapens en de granaten en de verrekijker ter plekke op het ijs gegooid. Hij snoerde de afgezaagde shotgun aan het stuur vast om het recht te houden en knoopte een stuk touw om de gashendel om die vol open te laten staan. Hij zag de machine over de rand scheren en de weg af rijden, waarna hij zo snel mogelijk door de sneeuw langs de rand rende, langs de granieten muur, naar het punt waar het geitenpad begon en met een helling van bijna twintig graden door het bos liep, door het lager gelegen weiland, en naar het kleine, nog altijd verduisterde dorp, wat nog een uur zou moeten wachten op de eerste zonnestralen die over de oostelijke bergruggen zouden vallen.

Court was op volle snelheid met zijn gewonde voeten vooruit door de lucht gesprongen, had de grote plunjezak tegen zijn billen gedrukt en was op de sneeuw geland. Met name het eerste stuk was bijzonder steil. Hij verloor vrijwel direct de controle maar herpakte zich op een iets minder steil stuk van de route die uiteindelijk te kort bleek.

Op de heuvel links van hem hoorde hij geweerschoten en zag hij lichtflitsen, maar hij bleef naar zijn voeten en datgene wat voor hem lag kijken.

Hij was bijna honderd meter lang tevreden geweest over zijn plan. Hij gleed in hoog tempo uit de gevarenzone. En het moet gezegd dat het helemaal niet zo'n slecht plan was, maar dat het de uitvoering was die te wensen overliet. Zodra hij het bos in gleed, trof hij de wortels van de dennenbomen op zijn weg, maar hij had te veel snelheid om te kunnen remmen.

Toen hij over een uitstekende wortel gleed werd hij gelanceerd, en zijn lichaam vloog loodrecht omhoog. Hij landde op zijn zij, haaks op de richting waar hij naartoe moest, begon te draaien en tuimelde om zijn as. Zijn ingepakte knie ving de druk op van zijn draaiende lichaamsgewicht en zijn voeten stootten tegen een sneeuwhoop, waardoor zijn lichaam nog eens negentig graden kantelde. Hij gleed nu met zijn hoofd vooruit, allang niet meer op zijn plunjezakslee en schoot zonder enige controle over zijn bewegingen en met vooruitgestoken handen als was hij Superman door het bos richting de weide boven het oude dorpje Guarda.

De glijpartij had iets meer dan vijfenveertig seconden geduurd. Voor Court leek het wel een eeuwigheid.

Hij bleef na afloop op zijn rug in de sneeuw liggen. Nadat hij zich een paar seconden had gegund om zijn duizeligheid onder controle te krijgen, ging hij rechtop zitten, controleerde zijn lichaamsfuncties en stond toen wankelend in de zwarte ochtend op. Hij nam de pijn in zich op. De kogelwond in zijn rechterdij klopte heviger dan gebruikelijk; hij wist zeker dat alles wat in de laatste twee dagen was dichtgegroeid nu weer openlag. Zijn knieën prikten; waarschijnlijk bloedden ze. Zijn enkels deden pijn maar leken verder goed te functioneren. Toen hij een stevige teug koude berglucht inademde, werd hij getroffen door een steek in de rechterkant van zijn ribbenkast. Hij vermoedde dat hij waarschijnlijk een van zijn zwevende ribben had gebroken, wat vooral pijnlijk was maar verder niet bijzonder hinderlijk. Hij leek met zijn linkerelleboog tegen iets aangestoten te zijn, of meerdere ietsen, of tegen alle ietsen die je onderweg op de berg verdomme kunt tegenkomen, en het gebied rond zijn telefoonbotje was stijf en opgezwollen.

Court wist dat hij, dit alles in ogenschouw genomen, zich gelukkig mocht prijzen er niet ernstiger aan toe te zijn. De glij-, rol- en stuiterpartij van een steile helling in het donker had heel wat slechter kunnen aflopen, ook zonder schutters die hun machinepistolen op hem hadden geleegd.

Toen monsterde hij zijn bezittingen. Zijn opgemonterde stemming zakte weer in. Hij was alles kwijtgeraakt, op de kleine Walther in zijn enkelholster na, zijn portemonnee die stevig in zijn achterzak zat en het zakmes in zijn broekzak. De rest – satelliettelefoon, medisch toebehoren, extra munitie, wapens, granaten, verrekijker – was allemaal verdwenen.

Het kostte hem nog eens twintig minuten om af te dalen via de enige weg die langs het eenbaansspoor naar het piepkleine treinstation in de vallei liep. De droge sneeuw was natte geworden. Huiverend stopte hij zijn blote handen diep in zijn zakken.

Hij zag een bestelbus, het enige voertuig op de kleine parkeerplaats. Hij ging ervan uit dat die van het moordcommando was. Hij brak het raampje aan de bestuurderskant, stapte snel in, en brak met twee rake trappen met de hak van zijn schoen de stuurkolom in tweeën. In luttele seconden had hij het contactslot blootgelegd, en in minder dan een minuut liet hij de ontstekingsdraden vonken. Maar de bus wilde niet starten. Hij tastte haastig onder het dashboard naar een hoofdschakelaar. Toen hij die niet vond, klom hij uit de bus, sloeg het portier dicht en dreef zijn mes in alle vier de banden. Hij wist dat hij met deze sabotageactie de schutters liet weten hier te zijn geweest, maar hij redeneerde dat ze Guarda waarschijnlijk onmiddellijk zouden moeten verlaten. De politie zou binnen enkele minuten ter plaatse zijn. Omdat ze niet de hele ochtend naar hem konden blijven zoeken, had het weinig zin hen in de waan te laten dat hij nog op de berg zat.

Hij bedacht dat ze gezien de situatie hooguit tien tot twintig minuten achterstand op hem hadden, afhankelijk van hoeveel zorgen ze zich maakten door argeloze burgers gezien te worden, of hoe zenuwachtig ze werden van het vooruitzicht de eerste politiewagens te zullen tegenkomen die de berg op reden.

Court brak een klein ruitje in de deur van het treinstation, stak zijn arm erdoor en schoof de grendel open. Eerst bekeek hij een schema op de muur, de dienstregeling van alle treinen van het land. Daarna pakte hij een dikke bruine jas van de kapstok en trok hem aan. Hij zat wat krap rond de schouders, maar de jas zou hem in leven houden. Er stond een damesfiets met dikke banden tegen de muur, die hij pakte. Hij sloot de deur achter zich en huiverde bij de opflakkerende pijn in de onderste regionen van zijn ribbenkast toen hij zijn been over het frame zwaaide om op te stappen.

Het was iets na zessen, en hij wist dat de eerste trein pas rond zeven uur door de vallei zou rijden. Hij moest naar een grotere plaats om met de eerste intercity van die ochtend naar Zürich te kunnen.

Dus reed hij in westelijke richting over de Engadinweg, terwijl achter hem het eerste fletse oranje van de zonsopgang te zien was. Zijn onderrug, rechterdij en linkerknie brandden bij elke pedaalomwenteling. De kou sneed in zijn gezicht. Bekaf, gewond en ontmoedigd kromde hij zich in de vallende sneeuw over het stuur. Hij had een hele dag verspild aan het vergaren van documenten en wapens, met als resultaat niets dan verwondingen. Maar slechts weinig mannen op deze aardbol konden na zoveel tegenslag net zoveel vastberadenheid aan de dag leggen als deze haveloze en bebloede man in de slecht zittende jas op de damesfiets. Hij had geen plan, geen spullen, geen hulp, en wist inmiddels zeker dat hij ook geen vrienden had. Fitzroy had tegen hem gelogen, had hem verraden. Court wist dat hij het volste recht had van de radar te verdwijnen en hem alleen te laten met wat het ook was dat hem in zijn greep hield en hem had doen besluiten zijn belangrijkste werknemer op te geven.

Maar Court besloot verder naar het westen te trekken, voorlopig althans. Hij wist dat hij meer over de situatie te weten moest komen, en kon maar één manier bedenken om dat voor elkaar te krijgen.

18

Iets voor zes uur 's ochtends, Londense tijd, keek Sir Donald Fitzroy uit het linkerraampje van de Sikorsky neer op een groen weiland. Terwijl de helikopter op slechts honderd meter hoogte voortraasde, viel het landschap plots weg en maakte plaats voor schuimkoppen en donker water driehonderd meter onder hem. Hij vloog over de witte klippen van Dover, het einde van de Britse eilanden en het begin van het Engelse kanaal. Hij en Lloyd en meneer Felix, de afgevaardigde van president Abubaker, vlogen in het gezelschap van de Techneut en de vier zware jongens van de LaurentGroup zuidwaarts naar Normandië. De achtenzestigjarige Engelsman had geen idee waarom. 'Extra aansporing,' had Lloyd een uur geleden gezegd. 'Voor het onwaarschijnlijke geval dat de Libiërs de operatie in Zwitserland verknoeien en Court van gedachten verandert en hij je laat weten dat je familie er wat hem betreft in kan zakken, heb ik nog een andere troef die ik kan inzetten om hem te lokken.' Voordat Fitzroy hierop kon ingaan, gaf Lloyd telefonisch de opdracht een helikopter vol te tanken voor een vlucht over het kanaal en die direct naar de helihaven in Battersea te sturen.

Fitzroy reisde vaak naar het vasteland en deed dat soms per vliegtuig vanaf Gatwick of Heathrow, soms met de Eurostar door de kanaaltunnel, maar hij gaf de voorkeur aan de route over land en over zee. Met de trein naar het zuiden via Chatham naar Dover, dan per boot naar Calais in Frankrijk, of het Belgische Oostende of Zeebrugge. Dit was de ouderwetse manier, de manier uit zijn jeugd, en noch de snelle en gemakkelijke route per vliegtuig, noch de moderne reiswijze via de tunnel onder de Noordzee kon tippen aan de trots en de liefde die hij voelde als hij per schip terugkeerde naar Engeland en hij door de laaghangende mist boven het water in de verte de witte krijtrotsen van Dover in al hun pracht zag opdoemen.

Was er voor een Engelsman iets mooiers denkbaar?

Boven de klippen scheerden witte vogels, die de reizigers van over het kanaal verwelkomden zoals ze zeventig jaar geleden hadden gedaan met de terugkerende vliegtuigen van de Royal Air Force, die ranke vliegmachines vol gaten, bestuurd door jongemannen die hadden gemoord en waren gestorven en die lijf en leden op het spel hadden gezet voor de strijd van Hare Majesteit tegen het fascisme.

Nu staarde Fitzroy vol melancholie door het linkerraampje, waardoorheen hij de schoonheid van Dover langzaam in de maanverlichte ochtendschemering uit het zicht zag verdwijnen, in de wetenschap dat hij dit uitzicht waarschijnlijk voor het laatst had gezien.

'Ik heb zojuist bericht van Riegel gehad. De Libiërs hebben het niet voor elkaar gekregen.' Dat was Lloyd via de intercom, wiens klaaglijke stem door de koptelefoon schalde die de toefjes wit haar op de slapen aan weerszijden van Fitzroys hoofd samendrukte.

Toen Fitzroy zijn blik door de cabine liet gaan, zag hij hem aan de andere kant zitten, met zijn gezicht naar hem toe gedraaid. Ze keken elkaar in de zachte rode gloed die de cabineverlichting verspreidde aan. Fitzroy zag dat het pak van de jonge Amerikaan de afgelopen vierentwintig uur behoorlijk was gekreukt, en dat zijn stropdas losjes om zijn openstaande boord hing.

'Hoeveel slachtoffers?' vroeg de Engelsman.

'Opmerkelijk genoeg nul. Eén gewonde. Ze zeggen dat The Gray Man een geest is.'

'Die vergelijking komt niet uit de lucht vallen,' zei Fitzroy in de microfoon.

'Helaas niet. Geesten zíjn al dood.' Lloyd trok zijn neus op. 'Ik stuur de Libiërs naar Bayeux als versterking voor het geval Gentry ons te slim af is.'

Fitzroy schudde zijn hoofd. 'Zet dat maar uit je hoofd. Ik was de enige die van de opslag in Zwitserland op de hoogte was. Hij weet dat ik degene ben die de moordenaars getipt heeft. Nu hij weet dat ik hem al die tijd heb verraden, zal hij er weinig voor voelen mijn familie alsnog te redden.'

Lloyd glimlachte. 'Ik heb me tegen deze ontwikkeling ingedekt.'

'Ben je verdomme gek geworden? Hij zal me niet meer helpen. Snap je dat dan niet?'

'Dat is niet langer mijn plan.' Lloyd wendde zich van hem af om met de Techneut te overleggen.

De helikopter vloog met hoge snelheid over het kanaal, het door het maanlicht beschenen water onder hen leek op een met diamanten gevulde schaal.

Om zeven uur 's ochtends vloog de Sikorsky loodrecht boven Omaha Beach, waar de bloedigste van alle D-Daylandingen zich had afgespeeld. Bijna drieduizend jonge Amerikanen hadden in het water en op het zand en op de rotsen van het strand onder hen de dood gevonden. Lloyd keek niet uit het raam. Hij praatte via de intercom met de Techneut; Fitzroy luisterde mee maar zei niets. Lloyd gaf met autoritaire stem bevelen, bepaalde de positie van de spionage-experts als waren ze stukken op een schaakbord. Hij gaf de Techneut de opdracht alle moordcommando's ten oosten van Guarda naar het westen van Guarda te verkassen: Zürich, Luzern, Bern, Bazel. Naarmate de route tussen Gentry's begin- en eindpunt korter werd, hoefden de tien overgebleven moordcommando's minder terrein te bestrijken.

'Laten we de Venezolanen van Frankfurt naar Zürich halen. Stuur de Zuid-Afrikanen naar Bern voor het geval hij onverwacht naar het zuiden afbuigt. Wie zitten er in München? Dan is Gentry al voorbij de groep uit Botswana. Ze moeten zich helemaal tot aan Parijs terugtrekken; ze kunnen daar het team uit Sri Lanka ondersteunen. De Kazakken zitten in Lyon, toch? Lyon ligt te zuidelijk, maar ze moeten daar zolang maar blijven tot we meer informatie hebben. Zorg dat ze in de buurt van een snelweg zitten en klaarstaan om naar het noorden te gaan. Stuur nog een observatieteam naar Zürich en laat hen de lijst met de ons bekende contactpersonen van Gentry nogmaals controleren. Wie zitten er nog meer in Parijs? Nou, het interesseert me niet hoe goed hij is, maar één man is niet genoeg. Gentry heeft daar veel voetstappen liggen; ik wil drie teams in Parijs, plus de Koreaan. De Koreaan heeft zich nog niet gemeld? Maak je daar geen zorgen over. Blijf hem updates sturen. Hij werkt alleen. Hij zal zich heus niet melden omdat hij zich eenzaam voelt.'

Claire zat op de rand van haar bed en was bezorgd. Het was halfacht in de ochtend. Het zou nog een halfuur duren voordat het ochtendlicht volledig was doorgebroken.

Ze had enkel geslapen omdat haar moeder haar de vorige avond gedwongen had een of andere afschuwelijke groene hoestdrank op te drinken. Toen ze wakker werd, was het nog donker. Ze vroeg zich af waar ze was, maar toen kwamen de herinneringen aan de vreselijke gebeurtenissen van de vorige dag een voor een weer terug, die was geëindigd met de korte rit van de familievilla in Bayeux naar het grote oude chateau met het enorme hek, de lange oprit en het groene gazon. Ze herinnerde zich de grote mannen in de leren jassen en de vreemde taal die ze spraken en de angstige gezichten van papa en mama, die haar tegelijk voortdurend lieten weten dat er niets aan de hand was.

Claire keek of haar zus nog naast haar lag, en of ze sliep. Ook Kate had een mondvol hoestsiroop moeten slikken.

Claire zat op de rand van haar bed en keek uit het raam. Het enige wat ze zag bewegen was de enorme man op de onverharde parkeerplaats aan de zijkant van het kasteel. Er hing een groot geweer om zijn nek, en hij viste de ene sigaret na de andere uit zijn jas en rookte aan de lopende band.

Af en toe sprak hij in een walkietalkie. Claire herkende het apparaat; ze herinnerde zich de Amerikaan, Jim, die toen ze klein was een tijdje bij hen had gewoond. Hij had ook een portofoon gehad, en had haar en haar zus laten zien hoe je er na de knop te hebben ingedrukt in kon praten als een telefoon, waarop haar moeder vanuit de tuin had geantwoord.

Deze mannen in de buurt waren heel anders dan Jim de Amerikaan. Hoewel ze zich niet alles van deze periode kon herinneren, wist ze nog wel dat hij aardig en vriendelijk was, terwijl deze mannen boos en ontevreden keken.

Voordat mama de meisjes gisteravond de hoestdrank had laten innemen, wilde Kate het kasteel verkennen. Claire deed mee, maar maakte er geen spelletje van zoals haar domme zusje. De boze mannen negeerden hen terwijl ze door de keuken liepen. Kate begon op potten en pannen te slaan omdat dat in het enorme kasteel zo lekker galmde. Ze dwaalden door eindeloze gangen met houten vloeren en maakten bij sommige rechtsomkeert omdat ze te donker en te eng waren. Ze vonden een kelder gevuld met stoffige wijnflessen en een bibliotheek vol enorme in leer gebonden boeken en de ene na de andere kamer waar grote enge dieren aan de muur hingen met bont en hoorns en enorme tanden. Er rende een oranje kater door de gang, die ze volgden naar de kelder waar ze hem een klein raam boven een plank hoog boven de grond zagen openduwen om zichzelf toegang te verschaffen tot de achtertuin.

Hierna ontdekten de meiden een wenteltrap die omhoog en omhoog en omhoog bleef kronkelen, tot ze helemaal boven in een toren stonden. Toen ze daar het licht aandeden zagen ze een man in een stoel aan een tafel zitten die door een van de openstaande ramen in het donker staarde. Er lag een portofoon naast hem, en voor hem een groot wapen. Hij schreeuwde de meiden toe in die lelijke buitenlandse taal, en Kate schoot in de lach en rende de trap weer af. Claire liep achter haar zus aan, maar haar hart bonsde in haar borstkas. De man had iets in zijn portofoon geschreeuwd en al snel verschenen er mannen die de meisjes bij hun arm naar de kamer van hun ouders brachten. Een van de grote mannen had haar vader in het Engels opdracht gegeven zijn dochters in bed te stoppen, en papa had teruggeschreeuwd dat hij zijn handen thuis moest houden en was daarna het balkon op gestormd terwijl mama met Kate en Claire naar de badkamer was gegaan waar ze hun de hoestdrank had gegeven.

Het was een afschuwelijke dag geweest, en een afschuwelijke nacht, en nu Claire was ontwaakt, wist ze dat het geen boze droom was geweest, en dat deze dag waarschijnlijk net zo afschuwelijk zou worden.

Terwijl Claire zich in het schemerlicht op de bedrand zorgen zat te maken, meende ze in de verte een vreemd geluid te horen. Het werd al snel luider, naderde het chateau. Aangezien de helikopters boven haar huis in Londen af en aan vlogen, duurde het niet lang voordat ze het geluid van een propeller herkende.

Ze ging met haar gezicht naar het raam staan. De helikopter doemde boven het bos op, aan de andere kant van de grote fontein die in de grote achtertuin stond. De zwarte rotorbladen draaiden boven de witte romp terwijl het toestel naar de uiterste rand van de met kiezels bezaaide parkeerplaats vloog, daar opzij zwenkte, op zijn wielen landde en naar beneden zakte. De schuifdeur ging open en vier in pak geklede mannen stapten uit.

De door de helikopter veroorzaakte wind blies het jasje van een van de mannen open, en zelfs van zestig meter afstand zag Claire de pistoolholster tegen het witte overhemd afsteken.

Nog meer gewapende mannen.

Terwijl de wieken boven hen in beweging bleven, stapten er nog eens vier mannen uit. De eerste man was zwart en droeg een bruin pak. De man daarachter droeg twee koffers. Hij had een lange paardenstaart en rende in de richting van het chateau. Achter hem volgde een man met een attachékoffer. Hij was dun en droeg een zwart pak met een regenjas eroverheen. Zijn glimmende zwarte haar was kort en door de wind uit model gewaaid, en zelfs van deze afstand kon Claire aan de manier waarop hij om zich heen keek, op de ballen van zijn voeten naar voren stormde en naar de anderen in zijn omgeving gebaarde opmaken dat hij belangrijk moest zijn.

De man die daarna uit de helikopter stapte was groter, ouder en kaal, op twee lange witte haarplukken bij zijn oren na die dansten op de wind van de propeller. Claire drukte haar gezicht tegen het glas, kneep haar ogen tot spleetjes in een poging het beeld scherper te krijgen.

Daarna stootte ze een luide kreet uit, waar de achter haar liggende Kate, die op een of andere manier door het geluid van de naderende en landende helikopter heen was geslapen, van wakker schrok.

'Opa!'

Fitzroy mocht in de keuken op de begane grond van het chateau een minuutje doorbrengen in het gezelschap van zijn zoon en schoondochter. Phillip en Elise waren gedwee en in de war en iets te bang om boos te worden.

Daarna werd hij naar een grote kamer op de derde etage gebracht die dezelfde inrichting had als de vergaderzaal van de Londense vestiging van de LaurentGroup. Daar stond een stoel voor hem klaar, een grote leunstoel in Lodewijk de Vijftiende-stijl. Lloyd zat op zijn eigen stoel, een rank, zwart, modern geval. De Techneut was al op zijn post en installeerde allerhande apparatuur op een lange rij tafels die uit andere kamers waren gehaald en op zijn verzoek tegen elkaar aan waren gezet. Hij maakte het nieuwe commandocentrum operationeel en was in de weer met schakelaars op laptops en portofoons.

De kamer had drie uitgangen. De ene leidde naar de aangrenzende badkamer, de tweede kwam uit op de hoofdgang en de derde, ontdekte Fitzroy toen een van de Wit-Russische gewapende kleerkasten daarlangs naar binnen kwam om onder vier ogen met Lloyd te praten, gaf toegang tot een kleine wenteltrap die zowel naar boven naar het torentje liep als naar beneden, naar de lager gelegen etages.

De net uit Londen aangekomen reizigers waren zich nog aan het installeren toen Fitzroys telefoon op de tafel naast zijn stoel begon te trillen. Hij was met een kabel aan een speaker op tafel verbonden. Terwijl Lloyd op de knop drukte om het gesprek aan te nemen, riep de Techneut door de kamer dat hij nog niet klaar was om het telefoontje te traceren.

'Cheltenham Security,' zei Fitzroy. Zijn schorre stem klonk vermoeid.

'Ik ben het,' zei The Gray Man.

'Hoe gaat het met je, kerel?'

Het bleef lang stil. Eindelijk: 'Je hebt ze over Guarda verteld.'

Fitzroy deed geen moeite het te ontkennen. Hij zei op zachte en vermoeide toon: 'Ja, dat klopt. Dat spijt me bijzonder.'

'Ik denk dat je nog veel meer spijt krijgt als je familie straks dood is. Succes, het ga je goed, Don.'

Lloyd stond in het midden van de kamer. Hij liep snel naar de tafel, boog zich over de microfoon en zei: 'Goedemorgen, Courtland.'

Het bleef zo lang stil dat Lloyd het kleine toestel oppakte om te kijken of de verbinding nog wel intact was.

'Met wie spreek ik verdomme?'

'Court, je zou misschien niet zo streng moeten zijn voor je adellijke vriend. Ik ben bang dat ik hem in een volstrekt onmogelijke positie heb gebracht.'

'Met wie spreek ik?'

'Je herkent mijn stem niet?'

'Nee.'

'We hebben in het verleden samengewerkt. Je spreekt met Lloyd.'

Geen reactie.

Lloyd ging verder: 'Van Langley. Toen alles nog pais en vree was, weet je wel.'

'Lloyd?'

'Dat klopt. Hoe gaat het met je?'

'Ik kan me geen Lloyd herinneren.'

'Kom nou, Court. Zo lang is dat niet geleden. Ik werkte voor Hanley en heb jou en een paar andere agenten in je periode bij het idiotenpeloton met het vuile werk geholpen.'

'Hanley kan ik me herinneren. Jou niet.'

Fitzroy zag dat Lloyd oprecht beledigd was. 'Nou ja, jullie stonden als gezichtsverbouwers en deurintrappers ook niet echt bekend om jullie sociale intelligentie.' Hij keek naar Fitzroy. Schaamde hij zich misschien? Hij maakte een wegwerpgebaar. 'Doet er ook niet toe. Wat er wel toe doet is dat je, hoe weinig zin je op dit moment ook hebt naar Normandië af te reizen om je onbevreesde leider bij te staan, dat maar beter wel kunt doen, omdat ik hier iets heb waarvan ik zeker weet dat je het graag wilt.'

‘Er bestaat niets waar ik voldoende naar verlang om me willens en wetens in een hinderlaag te laten lopen. De groeten, Floyd.’

‘Ik heet Lloyd, zonder F en met dubbel L, en ik zou je willen aanraden nog even te blijven hangen om mijn verkooppraatje aan te horen.’

‘Ben jij degene die vier jaar geleden het bevel heeft uitgevaardigd me af te danken?’ vroeg Gentry. Hoewel zijn stem afgemeten klonk en door de telefoon gevoelloos overkwam, wist Fitzroy dat die vraag gepaard ging met emotie en spanning.

‘Nee. Ik heb je niet afgedankt. Ik stond destijds niet achter die beslissing. Ik vond dat je altijd nog van waarde voor ons had kunnen zijn.’

‘Dus wie was het dan? Hanley?’

‘Daar zullen we het een andere keer wel over hebben. Misschien kunnen we het bespreken als je hier bent.’

‘Afgesproken. Doei.’

‘Je zou je op dit moment niet zozeer zorgen moeten maken over wie je in 2006 bij het grofvuil heeft gezet, maar eerder over wie je morgen zal afmaken als je hier niet even gedag komt zeggen.’

Gentry haalde zijn neus op. ‘Je kunt me niet twee keer naaien.’

‘Moet jij eens opletten. Toen ik afscheid nam van de agency, heb ik mezelf een beetje ingedekt. Ik heb gezien wat er met jou en een paar andere mannen gebeurd is. Ik wist tot welke wreedheden de politici aan het hoofd van het bedrijf in staat waren op het moment dat een tot dan toe succesvolle operatie plots uit de gratie raakt bij de mannen en vrouwen die verantwoording moeten afleggen aan het Congres. Ik heb altijd tegen mezelf gezegd: Lloyd, je bent te slim om ten onder te gaan zoals die domme oude Court Gentry en de rest. Dus heb ik gedaan wat ik moest doen om zeker te weten dat ik het zou redden.’

‘Je hebt geheimen gestolen.’

‘Ik ben een overlever, zoals ik al zei.’

'Je bent een verrader.'

'Van hetzelfde laken een pak. Ik heb documenten gekopieerd met details over operaties, bronnen en methoden, personeelsdossiers.'

'Personeelsdossiers?'

'Ja. Die heb ik op dit moment bij me.'

'Je lult uit je nek.'

'Wacht even.' Fitzroy keek hoe Lloyd een stapel papieren in een goudkleurige dossiermap op tafel doorbladerde. Er lag een stapel identieke mappen naast het exemplaar dat de Amerikaan oppakte. 'Gentry, Courtland A. Geboren 18 april 1974 in Jacksonville, Florida. Ouders Jim en Lyla Gentry. Een broer, overleden. Aangemeld voor de lagere school op...'

'Zo is het wel genoeg.'

'Ik weet meer. Ik weet alles. Je verleden bij de Special Activities Division en het Autonomous Asset Development Program. Je escapades bij Golf Sierra. Je connecties. Foto's, vingerafdrukken, gebitsgegevens, enzovoort, enzovoort.'

'Wat wil je van me?'

'Ik wil dat je naar Normandië komt.'

'Waarom?'

'Dat bespreken we wel als je hier bent.'

De pauze hield lang genoeg aan om Fitzroy in staat te stellen geluiden vanaf de tweede etage van het chateau op te vangen. Elise was tegen Phillip aan het schreeuwen. Fitzroy wist dat het huwelijk broos was en dat ze dit soort spanning konden missen als kiespijn.

Uiteindelijk zei Gentry: 'Doe wat je goeddunkt, Lloyd. Maak mijn gegevens maar openbaar; mij interesseert het niet. Ik ben hier klaar mee.'

'Goed dan. Ik zal je gegevens wereldkundig maken. Binnen een week zal iedere boef die je hebt verlinkt, elke geheime dienst die je hebt dwarsgezeten, iedere chagrijnige huurmoordenaar die je brodeloos hebt gemaakt achter je aan zitten. In vergelijking daarmee zullen de afgelopen achtenveertig uur lijken op een vakantie in een kuuroord.'

'Ik zal me wel redden.'

'En Fitzroy sterft. Zijn familie sterft. Kun je daarmee leven?'

Een lichte aarzeling. 'Had hij me maar niet moeten verraden.'

'Oké. Je bent een harde, Court, ik snap het. Maar er is nog iets wat ik vergeten ben te vertellen. Ik heb niet alleen jouw persoonsgegevens van de agency meegenomen. Als je niet naar Normandië komt, zal ik de namen, foto's en voor zover bekende relaties vrijgeven van alle agenten van de Special Activities Division, of ze nu actief zijn, inactief, gepensioneerd of anderszins uitgeschakeld. Alle schutters van het bedrijf zullen in hetzelfde schuitje als jij belanden: opgegeven, opgejaagd, vogelvrij verklaard omdat hun diensten niet langer gewenst zijn en hun namen in elke zoekmachine van het internet opduiken.'

Het duurde even voordat de stem van Gentry weer klonk. 'Waar gaat dit godverdomme allemaal over? Waarom zou je zoiets doen, alleen om mij te pakken?'

'Dit gaat niet alleen om jou, arrogante eikel! Jij bent in de context van het grotere doel onbelangrijk. Maar het is noodzakelijk dat je hierheen komt. Je moet hierheen komen, anders laat ik de beste clandestiene agenten die Amerika heeft van de aardbodem verdwijnen. Ik zal ervoor zorgen dat alles en iedereen die voor de SAD gewerkt heeft als een hond wordt opgejaagd!'

Court Gentry zweeg. Fitzroy boog het hoofd, meende aan de andere kant van de lijn de dreunende cadans te horen van een trein die over het spoor reed.

Hierna zei Lloyd: 'Het zal natuurlijk een paar dagen duren voordat alle gegevens van jou en je makkers van de SAD online staan. Het is zo verdomde veel. Ik zal met iets anders moeten beginnen. Als je morgenochtend niet in alle vroegte hier verschijnt, zal ik om te beginnen afrekenen met de familie Fitzroy die hier beneden zit. Ik denk dat ik maar met de kleintjes begin. Het *first in, first out*-principe. Begrijp je? Ik vermoord eerst de kinderen, dan de ouders, en als kers op de ochtendtaart maak ik de ouwe Fitzroy zelf af.'

Eindelijk zei Gentry iets. 'Als je een vinger uitsteekt naar Claire of Kate, weet ik je te vinden, en dan zal ik je zo langzaam martelen dat een gebed voor een snelle dood het enige is wat je nog kunt uitbrengen.'

Lloyd klapte in zijn handen. 'Zo mag ik het horen! Emotie! Passie! Je kunt maar beter maken dat je op tijd hier bent voor het ontbijt, want direct daarna staat het breken van twee lieftallige kindernekjes op het programma!'

Fitzroy had al die tijd als verdoofd gezwegen. Hij had tijdens het gesprek als een genegeerde hond aan de zijkant gezeten. Maar na Lloyds laatste woorden veerde hij op uit zijn Lodewijk de Vijftiende-fauteuil, vloog de Amerikaan aan en pakte de jongeman bij de keel. Hun benen raakten verstrikt in de net aangelegde computer- en speakersnoeren, waardoor de apparatuur van tafel werd getrokken. Lloyds draaistoel kantelde achterover toen de twee naar de grond gingen. Fitzroy trok Lloyds draadstalen bril van zijn gezicht en liet zijn vuisten op de jukbeenderen van zijn vijand neerdalen.

Het duurde bijna tien seconden voordat de twee Noord-Ierse bewakers de kamer betraden en de zwaargebouwde Engelsman van de jonge Amerikaanse raadsman af trokken. Toen ze eindelijk uit elkaar waren gehaald, werd Fitzroy terug in zijn stoel geduwd. Hierna renden de twee Schotse bewakers naar binnen en hielden zijn armen en benen in bedwang. Op de hele etage klonk geroep en geschreeuw, en een van de Wit-Russen kwam terug met kettingen die hij in de garage naast de kas had gevonden. Fitzroy werd hardhandig aan zijn stoel vastgebonden, maar bood hevig weerstand toen de kettingen over de poten en armleuningen van de Lodewijk de Vijftiende-stoel en strak over zijn benen en armen werden gelegd. De koude stalen schakels werden ook om zijn nek en over zijn voorhoofd gesnoerd. Alles werd door een enorm hangslot op zijn plaats gehouden.

Al die tijd was Lloyd op de grond blijven liggen. Hij ging zwaar ademend rechtop zitten, duwde zijn stoel weer op zijn plaats en herschikte zijn stropdas. Hij pakte zijn bril van de grond, verboog de poten een beetje zodat ze weer in hun oorspronkelijke positie stonden en zette hem op. Op een paar schrammen op zijn gezicht en blauwe plekken op zijn armen, kin en nek na was hij ongedeerd.

Hij ging weer op zijn stoel zitten en rolde terug naar de telefoon op het bureau. 'Sorry, Court. Wat technische problemen hier. Maar we zijn er weer. Ben je er nog?'

Maar Gentry had opgehangen.

Lloyd keek Fitzroy aan. Fitzroy keek Lloyd aan, en niet alleen omdat hij zijn hoofd niet kon afwenden.

'Hij kan zich maar beter aan de afspraak houden, Don. Hij kan zich maar beter aan de afspraak houden, anders zullen jij en je familie een langzame en uiterst pijnlijke dood sterven! Denk je dat ik een of ander lichtgewicht ben? Dat dacht de CIA ook. Ik deed het papierwerk terwijl de deurintrappers met de eer streken. Nou, ze kunnen de klere krijgen, en jij ook! Ik kan het net zo vuil spelen als de smerigste zware jongens. Ik kan en zal alles doen wat nodig is om mijn zin te krijgen. Abubaker zal het contract tekenen, en morgenmiddag twaalf uur zullen we beginnen met de voorbereidingen voor onze aardgasoperatie. Ik zal jou en de jouwen vergeten. Of je tussen nu en dan in leven blijft of sterft interesseert me werkelijk geen moer. Het is aan jou, Donny. Als je me zoiets nog een keer flikt, moet je maar afwachten of je nog een derde kans krijgt.'

'Court zal zich aan de afspraak houden. Hij komt hierheen. En hij zal je vermoorden.'

'Hij zal het niet tot hier redden. En zelfs als hem dat wel lukt, zal hij niet meer The Gray Man zijn zoals jij die kent. Hij zal gewond zijn, en een gebrek hebben aan tijd, slaap en spullen.'

'Spullen?'

'Ja. Dit soort jongens stelt zonder hun uitrusting niets voor.'

Fitzroy grinnikte kwaadaardig. 'Je hebt geen idee waar je het over hebt. Courts meest waardevolle uitrusting zit tussen zijn oren. Het enige wapen dat hij nodig heeft is zijn hoofd. De rest, pistolen, messen, bommen... niet meer dan accessoires.'

'Belachelijk. Je bent in het sprookje van je schietgrage agenten gaan geloven. Hij is niets meer dan een over het paard getilde dommekracht.'

'Het is geen sprookje, en er schuilt geen eer in wat hij doet. Hij is een man die even nietsontziend en efficiënt als de slager op de hoek zijn werk doet. Daar kom je wel achter als je hem voor de voeten loopt.'

'O, dat is precies mijn bedoeling.'

Fitzroys corpulente gezicht was na de worsteling met vijf man zo rood als een biet en nat van het zweet. Hij zat als een beest vastgeketend aan zijn stoel, de dikke schakels bedekten een derde van zijn hoofd. Toch glimlachte hij. 'Ik heb wel vaker met praatjesmakers te maken gehad, onbeduidende schlemielen die hun mondje beginnen te roeren zodra ze met hun rug tegen de muur staan. Lulletjes met macht. Ik heb in de loop der jaren heel wat types zoals jij voorbij zien komen. Jouw tijd komt wel een keer, om daarna weer te verdwijnen. Ik ben niet bang voor jou.'

Er verscheen een zenuwtrek op Lloyds gezicht toen hij zich naar Fitzroy toe boog. 'Nee? Wat als ik nou eens naar beneden loop voor een spelletje iene miene mutte en weer naar boven kom met een trofee met een paardenstaart? Wat als ik...'

'Jij zielige hufter. Omdat je bang bent voor een geketende man, bedreig je een kind? Hoe harder je je best doet me te laten zien hoe gevaarlijk je bent, hoe beter je in het plaatje past van het soort waar ik je direct na onze eerste kennismaking voor hield. Een zielige idioot. Omdat je een oude man die aan zijn stoel vastzit niet aankunt, kies je maar een zwakker doelwit. Jij laffe slappe klootzak.'

Lloyd kneep van woede zijn ogen samen. Hij hijgde in Fitzroys gezicht. Langzaam liet de Amerikaan zich terug in zijn stoel zakken. Hij glimlachte zwakjes, veegde een haarpluk van de plek waar die over zijn voorhoofd was gevallen en drukte hem tegen zijn geschaafde schedel. 'Ik zal je eens laten zien wat ik met je kan doen. Alleen jij en ik.' Hij stak zijn hand uit naar achteren, richting een van de beveiligers uit Minsk. 'Geef me een mes, verdomme.'

19

Song Park Kim ontwaakte bij zonsopgang in zijn suite in het chique Plaza Athénée. De omgeving waarin hij verkeerde baadde in weelde, maar hij sliep niet in het bed, nam niets uit de minibar, bestelde niets bij de roomservice. Hij had in een kast op de grond geslapen, na overal valstrikken en verklikkers te hebben aangelegd.

Hij verliet om zes uur 's ochtends zijn kamer en begon door de straten van Parijs te zwerven, leerde de straten uit zijn hoofd die van de Rechteroever via de bruggen naar de Linkeroever liepen. Hij observeerde het uiterlijk en de gewoonten van de westerlingen en onthield waar de knelpunten voor zowel auto's als voetgangers zich bevonden.

Hij had op zijn gps een lijst met namen en adressen ontvangen: de contacten die The Gray Man had in Parijs: een voormalige collega van de CIA die nu een inlichtingenfirma bestierde vanuit een wolkenkrabber in La Defense, in het westen van de stad; een Afghaanse tolk die in 2001 voor de Special Activities Division in Kaboel had gewerkt en nu een protserig Midden-Oosters restaurant uitbaatte op de Boulevard Saint-Germain op de Linkeroever; een informant uit Fitzroys Netwerk en tevens federaal ambtenaar op het ministerie van Binnenlandse Zaken die kantoor hield in de buurt van Place de la Concorde; een gerenommeerde piloot die in Europa vluchten voor de SAD had uitgevoerd en nu min of meer als pensionado in het Quartier Latin woonde.

De Koreaan deed alle locaties aan per openbaar vervoer voor een korte inspectie: toegang tot de gebouwen, de ligging van nabijgelegen parkeerplaatsen, en de openbaarvervoerroutes van en naar elk gebied. Hij wist dat er plaatselijke spionnen ingehuurd waren door de mensen die zijn overheid hadden overgehaald om hem hierheen te sturen, en hij had op elke locatie van zijn lijst inderdaad mannen en vrouwen gezien, mannen en vrouwen die onmogelijk aan het oog van een uitzonderlijk goed getrainde agent konden ontsnappen. Hij twijfelde er niet aan dat The Gray Man hen ook zou zien. Kim wist dat hij hun ondersteuning met zijn eigen spionagevaardigheden moest neutraliseren.

Na afloop patrouilleerde Kim, nog altijd de plattegrond bestuderend, door het stadscentrum. Hij was erop voorbereid om zich naar elk van de locaties van The Gray Mans bekende contactpersonen te spoeden zodra hij daar gezien zou zijn, maar hij rekende er niet op dat zijn vijand op zijn huidige missie van iemand hulp zou krijgen. Kim wist zeker dat The Gray Man indien mogelijk Parijs helemaal links zou laten liggen. Het was er te druk, met te veel politieagenten en te veel camera's en te veel oude kennissen die stuk voor stuk in de gaten gehouden zouden worden. Als de Amerikaanse moordenaar zich om een of andere reden gedwongen zag de stad in te gaan, zou hij koste wat kost proberen datgene wat hij ook nodig had te betrekken van bronnen die niet op hem terug te voeren waren.

Kim wist dit omdat hij zelf altijd in zijn eentje werkte. Een solist was. Hij was zelf ooit opgejaagd als een hond, en gedwongen geweest iedereen die wellicht genegen was hem te helpen te mijden.

Maar Kim wist ook dat isolatie, uitputting, blessures, behoeften en wanhoop fouten in de hand werkten, en hij wist dat als zijn doelwit op een of andere manier Parijs wist te bereiken en iets in de stad te doen had, The Gray Man zich wel degelijk als een wanhopig dier zou gedragen, en dat zijn gedrag en reacties totaal niet te voorspellen waren. Deze huurling was wellicht nu al de gevaarlijkste man ter wereld. Een combinatie van angst en een hectische race tegen de klok zou hem wellicht een foutje ontlokken, maar zou hem ook nog gevaarlijker maken voor degenen in zijn omgeving. Kim wist dat als het telefoontje kwam met de melding dat The Gray Man ter plaatse was, het bloed als een rivier door de straten van de Lichtstad zou stromen.

Court had, de sneeuw trotserend op zijn gestolen fiets, de zon zien opkomen en was in het plaatsje Ardez bij het treinstation gestopt. Er hingen een paar plaatselijke bewoners rond, in afwachting van de eerste ochtendtreinen naar Zürich, of naar de Italiaanse of Oostenrijkse grens richting het oosten. De Amerikaan leende een mobieltje van een jonge jongen die op de trein richting het oosten stond te wachten en betaalde de tiener omgerekend veertig dollar voor een vijf minuten durend gesprekje met Fitzroy om zijn handlanger te confronteren met zijn verraad. Hij liep twintig meter het betonnen perron op om enige privacy te hebben en bleef staan in de sneeuw toen de trein naar Interlaken het station binnenliep. Hij had de verbinding verbroken toen er aan de andere kant van de lijn een opstootje uitbrak, had het nummer uit het telefoongeheugen verwijderd en het toestel samen met het geld aan de jongen teruggegeven. Een paar minuten later stapte Court aan boord van de eerste trein naar Zürich. Aangezien het zaterdag was, was hij het grootste deel van de ruim anderhalf uur durende reis door de smalle vallei de enige passagier in de coupé. De felrode trein passeerde onderweg het ene na het andere dorpsstation.

Court gebruikte de treinrit om op te warmen, controleerde zijn verwondingen door in de lege coupé zijn broek te laten zakken en met zijn vingertoppen de blauwe plekken op zijn knieën en de in- en uitgangswond op zijn dij te betasten. Hij vreesde dat de schotwond wellicht zou gaan infecteren. De zwempartij in Szabo's put had hem in elk geval geen goed gedaan. Voor de rest mankeerde hij niets. Hij had kilometers gelopen op zijn gehavende voeten, maar voelde net als in zijn gebroken rib niets meer dan een wat kloppende pijn.

Hij wist dat hij Normandië moest bereiken, hoewel hij bij elke kilometer die hij dichter bij de voor hem opgezette valstrik kwam het gevoel kreeg dat zijn kansen op succes kleiner werden. Fitzroy was een klootzak dat hij hem in de val had proberen te lokken, maar Court moest toegeven dat Lloyd hem in een bijzonder lastig parket had gebracht. Court vroeg zich af hoever híj zou zijn gegaan, wie hij zou hebben verraden, als de tweeling familie van hem was geweest en hun levens in de waagschaal werden gesteld door een klootzak met een bende gewapende apen die geen been zagen in het om het leven brengen van onschuldige kinderen.

Elke gedachte aan Lloyd deed Courts bloed koken. Hij kon zich die kerel echt niet herinneren, maar bij de CIA hadden ze nooit gebrek gehad aan onbeduidende bureautypes die tijdens geheime operaties op de achtergrond werden ingezet terwijl The Gray Man en zijn kompanen in de vuurlinie lagen. Court was slecht in het onthouden van gezichten, maar zo af en toe hadden zijn bazen hem voorgesteld aan een of ander kantoorpikkie van Langley. Lloyd was ongetwijfeld een van hen geweest, voordat hij zich de ultrageheime personeelsdossiers van de SAD had toegeëigend en het bedrijf ten gunste van de private sector had verlaten.

Wat een lul.

Court wilde zich Lloyd herinneren, wilde iets in zijn geheugen terugvinden waarmee hij de huidige situatie in zijn voordeel kon ombuigen, maar het ritme van de over het spoor denderende trein begon hem in slaap te wiegen. Het was gezien al zijn sneeën, blauwe plekken, verrekte spieren en extra gaten een hele klus om überhaupt te ontspannen, maar het leek wel alsof hij te moe was om pijn te voelen. Hij viel een paar minuten voor aankomst in Zürich in slaap, werd gewekt door de vertragende trein en de opgenomen mededeling dat ze op het punt stonden te stoppen. Terwijl hij opstond en naar de uitgang begon te lopen, vervloekte hij zichzelf voor dit gebrek aan discipline, voor het feit dat hij weg was gedommeld nu de jagers hem zo dicht op de hielen zaten.

Op Zürich Hauptbahnhof kocht hij een treinkaartje naar Genève. Aangezien hij daardoor nog eens twee uur in de trein moest zitten, haalde hij bij een worstenkraampje een grote braadworst en een kop koffie. Hoewel het een absurde combinatie was, hoopte hij dat de cafeïne en het halve pond pure proteïnen zijn lichaam wakker zouden houden.

Twintig minuten voor het vertrek van zijn trein nam hij de lift naar beneden naar een groot winkelcentrum dat twee etages onder het station lag, vond een wc, betaalde en nam een hokje in gebruik. Hier ging hij volledig gekleed op het porselein zitten en leunde met zijn rug tegen de koude muur achter hem. Hij trok zijn pistool en hield hem paraat in zijn schoot. Treinstations waren logische plekken waar zijn vijanden hem zouden zoeken. Het gebrek aan vluchtwegen in een wc-hokje stond hem niet aan, maar hij wist dat het nog altijd beter was zich in een toilet te verschuilen dan een kwartier lang op een perron te blijven wachten en daarbij het risico te lopen door zijn vijanden geïdentificeerd te worden. Als Lloyds zware jongens hem hier zouden vinden, zou hij gewoon een paar magazijnen in de deur van het hokje voor hem leegschieten in een poging zich met geweld naar buiten te knokken.

Het was geen goed plan maar, zo gaf Court tegenover zichzelf toe, door te volharden in deze operatie had hij sowieso elke schijn van wijsheid achter zich gelaten. Nu was het alleen nog zaak om deze shit te overleven tot zondagochtend acht uur, en hopelijk nog wat langer.

Minder dan een minuut voor vertrek liep Court over het perron langs spoor zeventien en glipte geruisloos de trein in zodra die in beweging kwam.

Om tien over halftien 's ochtends ging Riegels telefoon. Hij zat in zijn kantoor, klaar voor een zaterdagse werkdag, nadat hij met tegenzin een weekendje jagen op korhoenders in Schotland had moeten afzeggen.

'Riegel.'

'Meneer. U spreekt met Kruger.' Kruger was een Zwitserse beveiligingschef die in Zürich voor de LaurentGroup werkte. 'Ik heb informatie over het doelwit. Mij is opgedragen contact op te nemen met meneer Lloyd, maar het leek me verstandig u eerst op de hoogte te brengen.'

'Uitstekend, Kruger. Ik zal de informatie doorgeven. Wat heb je?'

'Ik heb hem, meneer. Hij is net aan boord gegaan van de trein van 9.40 naar Genève. Tweedeklas, zonder reservering.'

'Genève? Waarom gaat hij naar het zuiden? Hij moet naar het westen.'

'Misschien vlucht hij wel. Geeft hij het op, bedoel ik.'

'Misschien. Misschien ook niet. Het ligt voor hem niet op de route, maar misschien heeft hij daar handlangers.'

'Ik kan een observatieteam in Genève in gereedheid brengen om hem op het station te onderscheppen.'

'Nee. Als dat echt zijn eindbestemming blijkt, regelen we wel een ander welkomstcomité voor hem. Dit moet wel een afleidingsmanoeuvre zijn. Wie weet stapt hij onderweg uit en pakt hij een andere trein naar Frankrijk. Zorg dat er op elk station tussen Zürich en

Genève mensen klaarstaan. Zorg er ook voor dat hij de trein niet verlaat voordat die gaat rijden.'

'Ik ben nu zelf aan boord van de trein. Ik hou hem onderweg in de gaten en meld me weer als we dichterbij komen.'

'*Alles klar*. Goed werk.'

Hierna belde Riegel de Techneut in het kasteel in Normandië. 'Zorg dat de Venezolanen die op weg zijn naar het zuiden aan boord van de trein komen die om tien over halftien van Zürich naar Genève is vertrokken. The Gray Man is aan boord, maar zal onderweg misschien proberen uit te stappen. De Venezolanen moeten klaarstaan om hem in een oogwenk uit te schakelen.'

'Begrepen.'

Riegel bestudeerde de grote landkaart van Zwitserland die op zijn bureau lag. 'Haal de Zuid-Afrikanen in Bazel naar Genève. Als Gentry het station levend bereikt, moeten we hem volgen en op straat afmaken. Op het station zijn te veel agenten en camera's.'

Court hield het nog geen kwartier vol. Hij was achter in de bovenste etage van de laatste wagon van de tweede klas gaan zitten. Hij had zijn jas uitgetrokken en die over zijn lichaam gedrapeerd. Hij lag eronder met getrokken pistool in zijn schoot, hand om de kolf.

En toen dommelde hij in.

'*...weis.*'

Hij werd langzaam wakker, zijn hoofd steunde tegen het raam. Hoewel hij met zijn bloeddoorlopen ogen onscherp zag, kon hij de sneeuwvlokken door het raam zien vallen waar zijn gezicht tegenaan rustte. Hij kreeg de neiging zijn tong uit te steken om door het glas heen een pluizige vlok te proeven. Het landschap ging schuil onder een witte deken; enkel de steilste bergen, te steil om de sneeuw vast te houden, waren nog grijs en bruin. De grijze bewolking hing laag en een dorpje flitste door zijn blikveld. Het was een prachtige winterse ochtend.

'*Ausweis!*' hoorde hij een stem rechts van hem zeggen, dichtbij. Court draaide zich snel naar het geluid om; hij was zich bewust van de autoriteit die met het verzoek gepaard ging.

Vier geuniformeerde Zwitserse agenten torenden in het gangpad boven hem uit. Ze droegen grijze broeken en jassen in twee tinten grijs. Ze behoorden tot de Municipaux, de gemeentepolitie. Geen goed getrainde federale agenten. Aan hun heup bungelden grote Beretta's 92. Een uitgestrekte hand aan het einde van de uitgestrekte arm van de oudste agent.

'*Ausweis, bitte.*'

Court begreep wat de man bedoelde. De agent met het witte haar wilde zijn ID zien. Dus geen vervoersbewijs.

Dat beloofde niet veel goeds.

Court verplaatste het wapen dat hij onder zijn jas verborg, duwde het terwijl hij rechtop ging zitten tussen de neplederen bekleding en de muur van de trein.

Hij kon zich niet identificeren en had alleen een treinkaartje. Toen het wapen uit het zicht was, betastte hij zijn jas, haalde het treinkaartje tevoorschijn en gaf het aan de agent.

Die keek er niet eens naar. In plaats daarvan herhaalde hij zijn vraag in het Engels. '*Identification, please.*'

'Ik ben mijn paspoort kwijtgeraakt. Ik ben op weg naar de ambassade in Genève om een nieuwe aan te vragen.'

Alle vier de agenten bleken het Engels duidelijk machtig, want alle vier keken ze hem aan alsof hij uit zijn nek lulde.

'U bent Amerikaan?' vroeg de agent op leeftijd.

'Canadees.' Court wist dat hij in de problemen zat. Hij mocht dan zijn pistool geloosd hebben, er zat nog altijd een leren holster met klittenband aan zijn enkel bevestigd. Deze gasten leken hem alert genoeg; het was uitgesloten dat ze hem níét zouden fouilleren.

Als ze de lege holster om zijn been zouden vinden, zouden ze eenvoudig zijn zitplaats controleren en het wapen ontdekken.

'Waar is uw bagage?'

'Gestolen. Dat heb ik u toch net uitgelegd?' Het had geen zin vriendelijk te doen. Court wist dat hij deze mannen waarschijnlijk een pak slaag moest verkopen om te voorkomen dat zijn missie hier en nu ophield. Het vooruitzicht een paar onschuldige agenten in elkaar te timmeren sprak hem niet bepaald aan, maar hij zag geen andere oplossing. Hoewel het vier tegen een zou zijn, wist de Amerikaanse huurling dat hij door een combinatie van verrassing, snelheid en bruut geweld in een kleine ruimte zoals het gangpad van een trein de overhand zou kunnen krijgen.

Hij had dat al vaker bewezen.

Op dat moment zwaaide de deur van de coupé open en stapten er nog eens drie agenten naar binnen. Ze bleven op afstand van de rest bij de deur staan.

Shit. Zeven tegen één. Ze wilden geen enkel risico nemen. Court maakte zich geen enkele illusie dat hij vier man kon uitschakelen en daarna de acht meter kon afleggen om de resterende drie buiten gevecht te stellen zonder zelf door kogels doorzeefd te worden.

'Wilt u gaan staan, alstublieft,' zei de agent met het zilveren haar die voor hem stond.

'Waarom? Wat heb ik gedaan?'

'Dat zal ik u zeggen als u gaat staan.'

'Ik ben gewoon op weg naar...'

'Ik vraag het niet nog een keer.'

Court liet zijn schouders zakken, stond op en zette een stap het gangpad in. Een jonge agent kwam op hem af en draaide hem om zijn as. Zijn handen werden snel achter zijn rug geboeid. De andere passagiers in de coupé keken gefascineerd toe. Mobieltjes met camera's kwamen tevoorschijn. Court probeerde zich zo goed mogelijk weg te draaien.

Toen de jonge agent hem fouilleerde, ontdekte hij vrijwel direct het zakmes in zijn broekzak en de holster om zijn been. Zijn zitplaats werd doorzocht, en het pistool werd omhooggehouden als was het een trofee die alle aanwezigen in de coupé moesten aanschouwen.

'Ik ben een federale agent in dienst van de Amerikaanse overheid.' Court zei dit omdat hij geen andere uitweg zag. Hij verwachtte niet dat ze hem direct zijn wapen terug zouden geven en hem op de schouder zouden slaan, maar hij hoopte dat ze hierdoor iets zouden ontspannen zodat hij een kans kreeg te ontsnappen.

'Zonder identificatie?' vroeg de agent die de leiding had.

'Die ben ik kwijtgeraakt.'

'Dat had u inderdaad al gezegd. Bent u deze ochtend in Guarda geweest?'

Court, die zich omringd door mobiele telefoons en starende blikken allesbehalve anoniem voelde, gaf geen antwoord. Een van de later gearriveerde agenten die in de verte bij de deur stond, zei iets in zijn walkietalkie. Een fractie later begon de trein af te remmen.

20

Riegel nam om achtendertig minuten over elf in de avond op.

'Meneer, u spreekt weer met Kruger. Gentry is in een klein plaatsje genaamd Marnand van de trein gehaald. Geen reguliere stop.'

'Door wie?'

'Gemeentepolitie. Hij is geboeid en zit op het perron, omsingeld door agenten. Ik hoorde een van de agenten aan de telefoon vragen om een busje uit Lausanne te laten komen. Dat zou er over hooguit een halfuur moeten zijn.'

'Ben jij ook van boord gegaan?'

'Er mochten geen andere passagiers van de trein. Ik stap in Lausanne uit en ga rechtstreeks naar het politiebureau om hem op te wachten.'

Terwijl Riegel de verbinding verbrak en Lloyd belde, keek hij naar een kaart op zijn computer. 'Laat de Venezolanen weten dat Gentry in Marnand zit, ongeveer dertig kilometer ten noorden van Lausanne. Hij is opgepakt door de politie.'

De Amerikaan antwoordde onmiddellijk. 'Ze kunnen hem niet vasthouden! Wij hebben hem nodig!'

Riegel keek naar de muur tegenover zijn bureau. De koppen van een tiental prachtige dieren, zijn jachttrofeeën, staarden hem aan.

Hij zei: 'Dat weet ik. Zeg tegen de Venezolanen dat ze toestemming hebben om te schieten. Ze mogen alles en iedereen uitschakelen die hen voor de voeten loopt.'

'Zo mag ik het horen! Zijn ze goed?'

'Ze komen van het General Intelligence Office, de geheime politie van Hugo Chávez. Het zijn de beste agenten die je in Caracas zult vinden.'

'Juist. Maar zijn ze goed?'

'Daar zullen we snel genoeg achter komen, denk je niet?'

Court zat op een houten bankje op het enige perron van het kleine station te rillen. Zijn linkerhand zat met een handboei vastgeklonken aan de ijzeren armsteun van het bankje. Vijf gemeentelijke agenten stonden in de neervallende sneeuw om hem heen; de rest was aan boord van de trein gebleven.

Hij kreeg het idee dat zijn signalement na de schermutselingen van die ochtend in Guarda was verspreid. Hij vermoedde dat de gestolen fiets die opdook bij het treinstation in Ardez het meisje achter de balie op een ondervraging door de politie was komen te staan. Ze zou zich de buitenlander hebben herinnerd die die ochtend de eerste trein naar Zürich had genomen. Aangezien Zürich het belangrijkste verkeersknooppunt van het kleine land was, hoefden ze slechts alle agenten opdracht te geven om in elke trein, elke bus en elk vliegtuig dat Zürich verliet uit te kijken naar een man tussen de dertig en veertig jaar met bruin haar die in zijn eentje op reis was.

Op het bord op het perron stond Marnand. Hij had geen idee waar dit gehucht lag, maar afgaande op zijn lichaam, dat aanvoelde alsof hij een paar uur had geslapen, vermoedde hij dat hij zich niet ver van Genève bevond. Hij moest een manier vinden om aan deze lui te ontsnappen zodat hij weer op weg kon. In zijn achterhoofd tikte de klok.

De agent die de leiding had, zat naast hem. Zijn haar was even wit als een met sneeuw bedekte bergtop, en hij rook alsof hij net een geurtje had opgedaan.

'We wachten op een auto uit Lausanne. Ze zullen je daar naar het bureau brengen. Je zult door rechercheurs worden ondervraagd over het gevecht in Guarda en je pistool dat we in de trein gevonden hebben.'

'Ja, meneer.' Court was omgewaaid als een blad aan een boom en hanteerde nu de vriendelijke aanpak, omdat hij niet wist wat hem anders te doen stond. Het zou hem niet vrij krijgen, maar het kon hem wel helpen de politie te slim af te zijn, ervoor te zorgen dat hun waakzaamheid net even voldoende zou verslappen om een ontsnappingsmogelijkheid te creëren. Maar dan nog, in Zwitserland rondlopen met een pistool was een vergrijp dat vergelijkbaar was met een massamoord in Amerika.

'Mag ik naar de wc?'

'Nee. Je houdt het maar op.'

De jonge agenten om hem heen schoten in de lach.

Court zuchtte. Het viel te proberen.

Links van hem, onder het platform, kronkelde een tweebaansweg over een heuvel. De weg, die de witte sneeuwvlakte op de heuvel doorsneed, was nat en schoon en zwart als drop. Een donkergroene bestelauto zonder ramen stond hoog op de heuvel, op vijftig meter afstand van de rand van het station, en pakweg honderd meter van de plek waar Court op het enige perron zat, en waar zijn politiebewakers stonden. De uitlaat stootte uitlaatgassen uit, die aan de achterzijde van het voertuig omhoogkringelden.

Court keek nu naar rechts, nog altijd op zoek naar een poging iets te verzinnen voordat er meer agenten zouden verschijnen. Rechts van hem lag de eigenlijke dorpsgrens. Peperkoekhuisjes lagen verspreid tussen modernere gebouwen. Boven de huizen dreven de door haardvuren uitgestoten rookwolken die oplosten in de grijze lucht.

Een groene bestelbus, identiek aan degene die links van hem stond, reed langzaam vanuit het dorp naar een benzinepomp op zo'n dertig meter van de plek waar Court zat. Hij stopte abrupt op de parkeerplaats, op een afstandje van de pompen.

Het kostte Court een paar tellen om zich te realiseren dat hij was omsingeld.

'Adjudant!' riep hij vlug naar de leidinggevende agent.

De oudere man was in gesprek met zijn ondergeschikten maar liep naar Court die op de bank zat.

'Luistert u alstublieft goed. We hebben een probleem. Aan weerszijden van ons staan groene busjes. In of in de buurt van die voertuigen zitten mannen die gestuurd zijn om mij te vermoorden. Ze zullen niet aarzelen om u en uw manschappen uit te schakelen als dat nodig blijkt om mij te doden.'

De politieagent keek naar links en naar rechts, naar de beide voertuigen, en keek toen weer naar Court. 'Wat voor gelul probeer je me nou weer wijs te maken?'

'Het zullen goed getrainde moordenaars zijn. We moeten allemaal het stationsgebouw in. Snel!'

De agent pakte traag de walkietalkie van zijn riem en bracht hem naar zijn mond. Hij bleef Court strak aankijken. Hij gaf in het Zwitsersduits zijn mannen opdracht naar hem toe te komen.

Hij stapte over op het Engels. 'Twee groene voertuigen. Eentje ten noorden en eentje ten zuiden van ons. Volgens deze meneer zijn dat mannen die hem komen redden.'

'Niet redden! Vermoorden!'

Ze keken alle vijf naar de bussen aan weerszijden van het perron. Er was bij allebei geen beweging te zien.

'Het is een valstrik,' zei een jonge blonde agent terwijl hij de veiligheidspal van zijn pistool losmaakte.

'Wie ben je?' vroeg een andere man.

Court gaf geen antwoord. In plaats daarvan zei hij: 'We moeten naar binnen. Vlug.'

De leidinggevende agent zei tegen zijn mannen: 'Hou hem in de gaten. Ik ga kijken.' Hij draaide zich om en begon in zuidelijke richting naar de bestelbus bij de benzinepomp te lopen.

'Adjudant! Dat zou ik u ten sterkste willen afraden,' riep Court, maar de agent met het zilverkleurige haar in de dikke jas negeerde dit advies.

De agent daalde de trap van het perron af en betrad het parkeerterrein van de kleine benzinepomp. De groene bestelbus had getinte ramen. De motor draaide stationair, de uitlaat braakte uitlaatgassen uit die aan de achterzijde wegdreven op de wind.

Terwijl de gemeentelijke agent het busje naderde, sprak Court de vier achtergebleven mannen toe. 'Hij gaat het niet overleven. Niet schrikken: we zullen allemaal moeten samenwerken. Als je probeert te vluchten, zullen ze je gewoon neerschieten. Als je wilt blijven leven, moet je naar mij luisteren.'

'Hou je mond,' zei er eentje, en alle vier keken ze hoe hun adjudant naar het raampje aan de bestuurderskant liep. Met zijn walkietalkie tikte hij op het getinte glas.

'Vergeet dat andere busje niet!' zei Court smekend tegen de geüniformeerde mannen die om hem heen stonden.

'Hou je mond,' zei de politieman nogmaals. Court zag hun groeiende bezorgdheid toen ze afwisselend naar het noorden en naar het zuiden keken.

De adjudant tikte harder op het glas. Terwijl Court en de anderen toekeken, leek de man met het zilverkleurige haar van dichtbij door het getinte glas te kijken. Hij moest iets gezien hebben, een beweging of iets anders wat wees op naderend gevaar, want de Zwitserse agent deed plotseling een stap naar achteren en bewoog zijn hand naar het pistool op zijn heup.

Het raam aan de bestuurderskant werd door een schot verbrijzeld. De agent deinsde snel achteruit, en het portier zwaaide open. Een man in een zwarte overall met een bivakmuts op kwam achter het stuur vandaan en stapte met een machinepistool met korte loop in zijn hand de straat op. Hij joeg nog eens drie kogels in het struikelende lichaam van de adjudant waarna de Zwitserse diender dood op zijn rug neerviel.

Alle vier de agenten die om Court heen stonden, trokken hun pistolen met een door paniek gehinderde beweging. Het was moeilijk vanaf een meter of dertig een nauwkeurig schot te lossen, maar de jonge mannen vuurden toch terwijl ze schreeuwend van schrik dekking zochten.

'Die andere bus! Die andere bus, godverdomme!' schreeuwde Court terwijl hij zichzelf op het beton liet vallen. Hij lag naast de bank op het koude plaveisel, met zijn aan de armleuning vastgeklonken linkerarm omhooggestoken.

De agenten keken achter hem en zagen vier gemaskerde mannen over de zwarte weg op hen aflopen. Ze droegen allemaal eenzelfde wapen als de man bij de benzinepomp, die inmiddels assistentie had gekregen van drie handlangers. Ze stapten alle acht vol zelfvertrouwen op hen af, alsof ze alle tijd van de wereld hadden.

'Maak mijn boeien los! We moeten naar binnen!' schreeuwde Court, maar de agenten liepen alleen maar verder het perron af, hurkten en kropen achter een houten handkar of lieten zich midden op de grond vallen, en ze vuurden onnauwkeurige schoten af op de in het zwart gehulde mannen die van beide kanten door de vallende sneeuw dreigend dichterbij kwamen.

Een kale jonge agent schreeuwde iets in de portofoon die aan de epauletten van zijn jas vastzat. Hij kroop op vijf meter afstand van Court achter een bagagetrolley die hem amper beschutte tegen de mannen die vanuit noordelijke richting op hen afkwamen; de mannen die zich vanuit het zuidelijker gelegen benzinestation verspreidden hadden zelfs vrij zicht op hem.

Court zag de plekken waar de betonscherfjes uit het perron geslagen werden in ijltempo op de jonge agent afkomen, die nietsvermoedend de andere kant op keek en in zijn portofoon stond te schreeuwen. De inslagen die cement en stof deden opdwarrelen kwamen steeds dichterbij totdat de supersonische kogels uit het machinepistool diens benen en rug binnendrongen. Hij draaide op zijn zij en landde stuiptrekkend op het beton. De stuiptrekkingen hielden even vlot weer op als ze begonnen waren.

'Geef me een wapen!' schreeuwde Court. De drie overgebleven agenten negeerden hem. Ze schoten in het wilde weg en herlaadden met trillende handen.

Court draaide op het koude beton om zijn as. Hij zette zijn voeten tegen de ijzeren poten van de bank en trapte zo hard als hij kon. Hij probeerde uit alle macht het metalen uiteinde af te breken van de rest van de vier meter lange bank. De metalen handboei begroef zich bij het schoppen en trekken in zijn linkerpols. Al snel vond hij een ritme waarin hij te werk ging. Een trap met zijn voeten, gekraak van het oude hout en een schroeiende pijn in zijn pols en hand.

Het raam boven hem werd versplinterd door een salvo uit een automatisch wapen waardoor er een regen van glasscherven op de bank en de vloer om hem heen neerdaalde. Terwijl hij doorging met schoppen keek hij over zijn rechterschouder. Een tweede agent was in zijn schouder en heup getroffen. Hij liet zijn wapen vallen en stortte kronkelend van de pijn op de grond.

Na meer dan dertig met beide voeten uitgedeelde schoppen had hij eindelijk de houten bank ontdaan van een van zijn metalen poten. Toen hij de laatste trap uitdeelde met zijn hielen, trok hij zijn arm terug. De pijn in zijn linkerpols was overweldigend, maar de bank was in twee stukken gebroken. Hij ging op zijn knieën zitten, boog zich over het zware metalen ornament en tilde het op. Het woog minstens vijftien kilo en zat nog altijd vast aan zijn geschaafde en opgezwollen pols. Hij sloeg zijn geboeide arm over het metaal en tilde het op van het perron. Toen rende hij, terwijl hij van twee kanten onder vuur genomen werd, naar de gewonde agent die kronkelend van de pijn midden op het perron lag. Toen hij een paar meter bij de man vandaan was, gooide hij het ijzeren gevaarte voor zich uit, dat naast de man neerkwam, en gleed er zelf achteraan. Het geluid van het op het cement kletterende metaal was bijna net zo luid als de schoten om hem heen. Zijn opgezwollen pols knelde in de metalen handboei.

Terwijl hij bij de Zwitserse agent neerknielde, stak hij zijn hand uit naar het middenrif van de man.

De agent schreeuwde tegen zijn redder. 'Mijn heup! Ik ben zwaar geraakt in mijn...'

'Sorry,' zei Court terwijl hij de sleutel van de handboei van de ketting aan de koppelriem van de agent haalde. Hij zat onder het bloed van de jongeman. Terwijl hij zich nog kleiner maakte als antwoord op het supersonische gehuil op luttele centimeters van zijn oor, hield de Amerikaan het gietijzeren ornament voor zich uit, richting de rand van het perron. Terwijl hij het voor zich uit duwde, kroop hij verder.

De gewonde agent kwam overeind en pakte Courts been toen de Amerikaan bij hem vandaan kroop, in een zinloze poging door zijn redder in veiligheid te worden gebracht en tegelijk zijn gevangene onder de duim te houden, alsof dat laatste nog van enig belang was. Court schopte de hand van de stervende man weg, pakte diens Beretta van het perron en kroop verder. Court werd kruipend naar de rand van het perron achtervolgd door een kogelregen die hem maar net miste toen hij er met zijn ijzeren anker afrolde. Hij viel anderhalve meter naar beneden en wist zich beschut achter de rand van het perron. Zijn door adrenaline gedreven brein raakte bijna in paniek toen hij heel even de sleutels in de sneeuw naast het spoor liet vallen, die hij echter snel weer wist op te vissen. Terwijl hij op zijn knieën overeind kwam, slaagde hij erin zijn bevroren rode vingers stil genoeg te houden om de handboei om zijn linkerpols los te maken.

Van de vijf agenten die hem van de trein hadden gehaald, waren er nog slechts twee op de been. Ze zochten allebei halfslachtig dekking op het perron. Court, die zijn hoofd niet in het schootsveld wilde steken van iemand die hem van het perron af had zien vallen, liep nog een paar meter door voordat hij zijn hoofd weer omhoogstak. Hij riep naar de agenten dat ze hun schuilplaats moesten verlaten en naar hem toe moesten komen. Een van hen riep terug dat hij geen munitie meer had. De ander had een gewonde rechterhand waardoor hij met links van boven een stenen plantenbak vuurde. Afgaande op zijn techniek concludeerde Court dat de man rechtshandig was.

Zijn aandacht werd getrokken door iets wat hij in het treinstation zag bewegen. De paar burgers in het station waren al lang geleden gevlucht of hadden dekking gezocht, dus toen hij twee man naar het perron zag rennen en het gebouw zag betreden, wist Court dat een aantal aanvallers erin geslaagd was hen vanaf de flank op de korrel te nemen.

De deur naar het perron vloog open, en twee met zwarte maskers uitgeruste mannen doemden op boven de agent met de gewonde hand.

Court hief met zijn rechterhand de Beretta; zijn linker was dankzij zijn verse verwondingen onbruikbaar. Hij schoot de beide mannen vanaf een meter of tien in het gezicht. Ze botsten dankzij hun vaart in combinatie met de inslag van de kogels tegen elkaar aan en vielen tegelijk op het koude perron.

Courts geleende Beretta blokkeerde na het tweede schot. Leeg.

'Hé! Schuif dat geweer naar me toe!'

Dit was de derde keer dat hij om een wapen vroeg. Het verschil dit keer was natuurlijk dat hij het de eerste twee keren had gevraagd voordat de twee overlevende agenten hem aan het werk hadden gezien. De jonge agent met de bebloede hand wist niet hoe snel hij het kleine zwarte wapen van een van de twee schutters over het perron Courts kant op moest schuiven. Court pakte het op en zocht weer dekking.

Het was een HK MP5, het meest gebruikte machinepistool ter wereld. Toen Court het oppakte voelde het vertrouwd. Hij trok het magazijn eruit en ontdekte dat het geheel gevuld was, dertig 9 millimeterkogels. Hij riep de gewonde agent toe dat hij het andere wapen naar de ongedeerde man moest schuiven. Toen de oversteek een feit was, zei Court: 'Zet hem op half automatisch! Steeds een kogel per keer in elke richting. Totdat-ie leeg is! Begrepen?'

Oui! riep de agent.

'*Go!*'

Court haastte zich in hurkhouding langs de rand van het perron naar het noorden, en verkleinde zo de afstand tussen hem en de vier die uit het busje op de heuvel waren gestapt.

In de verte arriveerde er een trein uit noordelijke richting. Court hoorde sirenes vanuit het dorp. Terwijl hij langs het spoor door de sneeuw ploegde, probeerde hij alles uit zijn gedachten te bannen. Alles, behalve de mannen van wie hij wist dat ze het perron inmiddels waren genaderd, tot vlak bij de hoek van het beton voor hem. Zijn pols klopte, en zijn knieën deden pijn van de sneden die hij gistermiddag had opgelopen toen hij Laszlo Szabo's woning in Boedapest was ontvlucht. De niet-aflatende pijn van de kogelwond van afgelopen donderdag was op dit moment wel het minste van zijn zorgen.

Op drie meter afstand van de hoek van het perron hoorde hij ze: Spaans sprekende mannen. Spááns? Zat nou echt iedereen op deze klotewereld achter hem aan? Ze hadden dekking gezocht bij de trap naar het perron. Hoewel Courts oren piepten, hoorde hij het geklik en het aanspannen van veren dat gepaard ging met het wisselen van een magazijn van een MP5.

Toen hij ging staan, keek hij de twee gemaskerde mannen aan die ook net overeind waren gekomen. Court vuurde de HK met een hand, volautomatisch, vanaf een afstand van ongeveer drie meter. Beide aanvallers gingen naar de grond, en Court joeg in beide kronkelende lichamen nog een kort salvo. Hij liet het machinepistool uit zijn handen vallen en pakte een nieuw exemplaar van een van de twee dode mannen, draaide zich om en rende terug het perron op.

Hoewel hij een uitgelezen mogelijkheid had zowel het Spaanstalige moordcommando als de Zwitserse politie te ontvluchten, kwam het geen moment in hem op dit daadwerkelijk te doen. Er was een gevecht gaande, waar hij al bij betrokken was, en het leek hem gewoon niet juist om op dit moment af te haken. Een paar onschuldige dienders leefden nog, en zonder hulp zouden ze het niet lang volhouden. Toen de sirenes dichterbij kwamen, werden de zwaailichten in de laatste overgebleven ruiten van het treinstation weerkaatst. Met de HK in zijn nog functionerende arm in de aanslag rende Court Gentry, beducht op nieuwe doelwitten, terug om de twee agenten terzijde te staan.

21

Claire Fitzroy zat op haar bed en keek uit het raam naar het gazon en het dichte bos daarachter. Sinds ze de vorige middag bij het chateau waren aangekomen was het druilerig en grijs, maar in de loop van de ochtend was de lage bewolking opgelost en inmiddels had ze een weids uitzicht.

Haar amper aangeroerde lunch stond naast haar. Haar zus was beneden in de keuken bij mama en papa en de mannen in leren jassen die haar vader overal volgden als een schaduw, maar Claire had van tafel gemogen. Ze had tegen haar ouders gezegd dat ze buikpijn had en gevraagd of ze naar haar kamer mocht.

De buikpijn was geen smoesje. Die werd veroorzaakt door de bezorgdheid die haar inmiddels al een dag stevig in zijn greep hield. De gehaaste aftocht van school, de bezorgde gezichten van mama en papa, opa en papa die aan de telefoon ruzie met elkaar maakten, de komst van de gewapende mannen, en de reis in de grote zwarte auto's naar het chateau op het platteland.

Haar aandacht werd getrokken door iets wat ze buiten zag. Ze boog zich naar het raam toe en kneep haar ogen samen. Toen ging ze enthousiast staan. Ze zag de torenspitsen in de verte. Ze herkende die torenspitsen. Ze waren van de enorme Notre-Dame-kathedraal in Bayeux, en ze wist dat er in Bayeux een politiebureau was. Het lag dicht bij de watermolen waar haar vader haar en haar zus een keer mee naartoe had genomen. Ze herinnerde zich nog de agenten in hun mooie uniformen die de vorige zomer naar haar geglimlacht hadden.

Als ze het huis uit zou kunnen, kon ze misschien door de enorme achtertuin en door de boomgaard naar het bos en dan naar Bayeux, dat verderop in de kou lag. Als ze daar eenmaal was, kon ze op zoek gaan naar het politiebureau om te vertellen wat hier allemaal gaande was. Dan zouden ze kunnen helpen en ervoor zorgen dat de mannen met de leren jassen en die lelijke buitenlandse taal hen zouden vrijlaten.

Mama en papa zouden zo gelukkig zijn.

Hoewel het ver weg was, wist ze dat ze het zou redden. Ze was de snelste vleugelspeler van haar voetbalteam. Ze kon naar de kelder sluipen en door het kleine raampje naar buiten glippen waar ze gisteravond samen met haar zus de kat doorheen had gejaagd.

De achtjarige Claire Fitzroy knoopte resoluut haar jas dicht, trok haar wanten aan en deed haar slaapkamerdeur open. Zodra ze de lange, schemerige gang betrad, hoorde ze stemmen bij de trap, maar die kwamen van boven. Ze dribbelde de gang door en liep de trap af. Ze maakte zich bij elke stap zo licht mogelijk en zette haar kleine voeten behoedzaam neer om geen geluid te maken.

Ze hoorde boven haar plots een gil. Ze bleef stokstijf staan en keek omhoog. Opnieuw een gil. Het was afkomstig van de derde etage. Ze begon weer af te dalen maar keek opnieuw omhoog naar de herkomst van het lawaai en hoorde een laag, gutturaal geluid.

Het was opa Donald. Het klonk alsof hij aan het snikken was.

Ze liep nu snel naar de eerste verdieping, voorzichtig langs de keuken en de eetzaal waar haar ouders en zus op dit moment zaten te lunchen. Als ze haar zouden zien, zou haar vader boos worden en haar gewoon weer terugsturen naar haar kamer.

De gang boog op weg naar de stenen trap die naar de wijnkelder leidde af naar rechts. Claire liep snel maar zorgde ervoor geen geluiden te maken die haar zouden kunnen verraden.

Ze rende de bocht door en botste bijna achterop een enorme bewaker.

Claire stond als aan de grond genageld. De man droeg een bruine coltrui, en over zijn rug zag ze de zwarte riem van het wapen dat voor zijn buik hing. Aan zijn koppelriem hingen een pistool en een portofoon. Hij liep volkomen geruisloos door de gang bij haar vandaan. Kleine Claire durfde niet naar achteren te lopen of zich om te draaien en te vluchten. Ze bleef gewoon staan, achter hem, midden in de gang. Hij liep langzaam bij haar vandaan. Anderhalve meter. Toen drie. Toen zes.

De bewaker deed links van hem een deur open. Claire wist dankzij de ontdekkingstocht die ze de vorige avond met haar zus had ondernomen dat die toegang gaf tot een kleine wc.

Hij trok de deur achter zich dicht.

Ze hoorde achter haar meer mannen met elkaar praten. Ze haastte zich voorbij de wc naar de stenen keldertrap.

Een minuut later klom ze op het schap, wurmde haar kleine lichaam door het raam de achtertuin in. Ze ging op haar hurken zitten, keek naar links en naar rechts en zag in de verte een man met een grote hond aan de riem. Net als de man in de gang liep hij bij haar vandaan. Claire keek voorbij de witte stenen fontein, voorbij de appelbomen naar de horizon.

Daar waren ze weer: de torenspitsen van de kathedraal in Bayeux.

Ze keek nog een laatste keer om zich heen, en zette het toen op een lopen. Ze stond op en rende zo snel als haar kleine benen haar konden dragen. Het was koud, en ze zag de condens van haar eigen adem toen ze voorbij de fontein naar de andere kant sprintte, en daarna door bleef rennen zoals ze nog nooit van haar leven gerend had.

Nog maar een paar weken geleden had ze een doelpunt gemaakt in een wedstrijd tegen de Walnut Tree Walk Primary School. Ze stond op links toen de bal na slecht uitverdedigen ineens voor haar voeten belandde. Ze rende met de bal aan de voet zo hard als ze kon naar het vijandelijke doel, en scoorde met een lage schuiver haar eerste doelpunt van het seizoen.

Papa was zo blij geweest dat hij de meiden op weg naar huis op pizza had getrakteerd. Hij had het er sindsdien dagelijks over.

Claire rende over het keurig gemaaide gras van het gazon alsof ze op de bal afrende die voor het doel lag. Ze hoefde enkel de brandende koude lucht in haar longen en de kleine pijnlijke dolksteken in haar benen te negeren. Ze hoefde enkel de boomgaard te bereiken waar de gemene mannen haar niet konden pakken. Ze móést naar de torenspitsen om het politiebureau te zoeken. Ze móést iemand vertellen wat er op het chateau aan de hand was. Ze móést haar familie redden.

Ze was luttele meters van het begin van de boomgaard verwijderd, kon de zoete appels al ruiken, toen er vanaf het gazon achter haar een oorverdovend geweerschot klonk, dat tegen de bomenrij voor haar weergalmde, en waardoor ze pardoes in de lage bosjes aan de rand van de boomgaard viel.

'Wat was dat verdomme?' schreeuwde een verbaasde Lloyd, al kende hij het geluid van een geweerschot donders goed. Hij stak zijn hoofd om de hoek van het commandocentrum. De bewaker aan het einde van de gang op de derde verdieping was duidelijk net zo verrast als de vragensteller.

Lloyd rende langs hem de trap af. De jonge Amerikaan had zijn colbertje uitgetrokken, zijn das bungelde losjes om zijn nek, en zijn boord stond wagenwijd open. Zijn mouwen waren opgerold, en zijn haar glom van het zweet. Er liep een baan zweet vermengd met bloed over zijn overhemd op de plek waar hij onlangs een verse wond had opengehaald.

Op de overloop van de tweede verdieping botste hij bijna tegen een Wit-Rus aan die naar boven ging om hem te halen.

'Wat is er aan de hand? Wie is er aan het schieten?' vroeg Lloyd.

'Kom, met haast alstublieft!'

Lloyd liep achter de man aan naar de eerste verdieping. Vanuit de woonkamer klonk geschreeuw. Hij hoorde de stem van Elise Fitzroy vanuit de keuken. Mannen uit Minsk schreeuwden terug. Meneer Felix verscheen, vroeg aan Lloyd wat er was gebeurd, en kreeg op afgemeten toon te horen dat hij terug moest gaan naar de bibliotheek en de deur achter zich moest sluiten. Lloyd begon de keuken in te lopen, maar de bewaker die hem voor was gegaan draaide zich om en nam hem bij de arm. Hij zei iets in gebrekkig Engels. Lloyd schudde de hand van de man van zich af maar liep achter hem aan door de achterdeur naar buiten.

Aanvankelijk zag de Amerikaanse jurist niets dan de witte stenen fontein, het groene gazon, de appelboomgaard in de verte, en de heldere blauwe lucht. Hij volgde de bewaker, liep om de fontein heen, en zag drie Wit-Russen en een hond die over een gestalte gebogen stonden.

'Gentry?' Lloyd kon het niet geloven. Hoe had hij zo snel...

De man met de hond zette een stap opzij, waardoor Lloyd een onbelemmerd zicht had op het lichaam dat met het gezicht naar beneden in het gras lag.

Lloyds gezicht verstrakte. 'Shit. Shit! Dit is wel het laatste wat ik er vandaag nog bij kan hebben!'

Op dat moment kwam er op pakweg honderdvijftig meter afstand nog een bewaker uit de boomgaard tevoorschijn. Hij hield met zijn rechterhand de riem van een grote zwarte jachthond vast, voor zijn borst hing een shotgun, en met de ferme greep van zijn linkerhand hield hij de pols vast van een klein meisje met bruin haar.

Een van de tweeling. Lloyd had niet de moeite genomen hun namen te leren, laat staan te weten hoe je ze uit elkaar hield.

Lloyd trok de walkietalkie van de heup van de Wit-Rus die hem naar de tuin was voorgegaan. Hij drukte op de zend-knop. 'Jij. Neem haar mee naar de hoofdingang. We kunnen geen hysterisch wicht gebruiken.'

'Ja, meneer,' sprak de man in de verte in zijn walkietalkie. Hij trok hard aan de arm van het meisje, sleurde haar langs de rand van de boomgaard, ver uit het zicht van het lichaam van haar vader dat met de voorkant naar beneden in het dikke gras lag, met een klein gaatje in zijn achterhoofd en zonder gezicht.

Court reed de snelweg op, zuidwaarts richting Lausanne en daarna in westelijke richting rond het meer van Genève. Zijn dichte groene bestelbus had een paar 9 millimetergaatjes, maar de metertjes voor de oliedruk en benzine bleven beide stevig in het midden staan. Op het treinstation achter hem lagen minstens vier dode Zuid-Amerikanen in de sneeuw. De rest werd beziggehouden door de acht agenten die net in vier patrouillewagens ter plaatse waren verschenen. Court was over het spoor gesprongen vlak voordat de grote intercity langskwam. Hij was daarna terug de heuvel op gelopen en was in de groene bestelbus gestapt waar de sleutels nog in zaten en waarvan de motor liep.

En nu smeerde hij hem als de bliksem. Een kwartier geleden was hij nog de meest gezochte man in Zwitserland geweest. Hoewel dat predicaat inmiddels zeker was overgenomen door de Latijns-Amerikaanse schutters die nu bij het station in een vuurgevecht verwikkeld waren, wist Court dat hij nog altijd op de tweede plek stond en dat de plaatselijke autoriteiten binnen afzienbare tijd zouden melden dat een voortvluchtige man rondreed in een door kogels doorzeefde, groene gesloten bestelbus.

22

Niemand had de Wit-Russen in Château Laurent iets verteld over een helikopter. Als gevolg daarvan ontstond er commotie op het moment dat de Sikorsky S76 boven het zuidelijk gelegen bos opdoemde en na een scherpe draai te hebben gemaakt op het heliplatform naast de onverharde parkeerplaats landde.

Alleen Lloyd wist dat er vanuit Parijs een heli onderweg was. Hij zat in het commandocentrum en luisterde naar de door de wieken gegenereerde wind die tegen het glas-in-loodraam aan beukte waar hij naast zat. Hij had de Techneut naar beneden gestuurd voor een pauze en hij had Fitzroys stoel, inclusief de man zelf, een aangrenzende badkamer in geschoven.

Lloyd zat in zijn eentje naar de stenen muur voor hem te staren.

Drie minuten later zwaaide de deur achter hem open. Lloyd draaide zich niet meteen om.

'Lloyd? Lloyd?'

De Amerikaanse jurist zwenkte langzaam in zijn draaistoel om de meest recente gast op het chateau aan te kunnen kijken. Riegel was een grote vent van minstens één meter negentig. Hij had achterovergekamd blond, met grijze plukjes doorspekt haar en borstelige blonde wenkbrauwen. Hij droeg een dikke kakikleurige broek en een suède jasje. Het bovenste knoopje van zijn overhemd stond open. Hij was ongeveer twintig jaar ouder dan Lloyd, maar had zijn lichaam niet veronachtzaamd, en op basis van zijn krachtige stem en zijn dominante gelaatsuitdrukking wist Lloyd meteen dat hem een zware en lastige middag te wachten stond.

Lloyd bleef zitten. 'Meneer Riegel. Welkom in Château Laurent.'

Riegel was boos. 'Je vond het kennelijk onnodig de bewaking van mijn komst op de hoogte te stellen? Drie Wit-Russen kwamen me zojuist vertellen dat ze mijn helikopter bijna onder vuur hadden genomen.'

'Dat zou een ongelukkig misverstand zijn geweest.'

Riegel wekte de indruk alsof hij de discussie wilde voortzetten, maar liet het gaan. 'Waar is de afgevaardigde van Abubaker?'

'Meneer Felix is beneden. We hebben hem ondergebracht in een kamer naast de bibliotheek. Ik heb hem gezegd dat ik me beneden zou melden als ik nieuws had.'

'Je hebt vast gehoord dat Gentry ons weer ontglipt is.'

'Inderdaad.'

'Maar we houden Genève in de gaten. Zodra hij zich daar laat zien, is hij de klos.'

'Dat zeg je elke keer.'

'We hebben hem weliswaar niet op straat kunnen neerschieten, maar we maken er nu gewoon een slijtageslag van. Hij zal binnen afzienbare tijd geen wapens, geen munitie, geen vluchtroutes, geen tijd en geen bloed meer hebben.'

'Ik hoop dat je gelijk krijgt. Ik ga hard door mijn gijzelaars heen.'

Riegel ging in de stoel van de Techneut zitten. 'Zoals ik je onderweg al per telefoon heb laten weten, heeft Marc Laurent me opgedragen hier ter plaatse advies te komen geven. Kijk me niet zo aan. Ik wil hier net zomin zijn als jij me hier wilt. Deze teringzooi die jij hebt veroorzaakt en uit de hand hebt laten lopen zal ongeacht de uitkomst schadelijk zijn voor mijn carrière. Ik ben niets meer dan de schoonmaker, de man die moet voorkomen dat een ernstige situatie nog verder ontspoort. Toen Laurent hoorde dat de gijzelaar door een bewaker was doodgeschoten… Nou ja, toen zei hij gewoon: "Ga erheen, Kurt, en doe wat nodig is".'

Lloyds antwoord was doorspekt met vermoeid sarcasme. 'Monsieur Laurent had zich geen zorgen hoeven maken. Ik betwijfel of het ooit opnieuw zal gebeuren. Er zijn hier geen vaders meer om af te knallen.'

'Waar zijn de Fitzroys nu?'

'Beneden, opgesloten in een kamer op de tweede verdieping.'

'Zijn ze op de hoogte van de schietpartij?'

'De kinderen niet. De moeder wel.'

'Hoe is ze eronder?'

'Een van mijn lijfwachten heeft haar een kalmerende injectie gegeven die haar voorlopig wel even koest moet houden.'

Riegel knikte. 'En waar is Sir Donald Fitzroy?'

Lloyd wees naar een deur aan de andere kant van het vertrek. 'Daar.'

'Hoe heeft de schietpartij kunnen plaatsvinden?'

Lloyd haalde zijn schouders op. Hij wekte eventjes de indruk dat de hele affaire hem niets kon schelen. 'Een van die kutkoters probeerde te ontsnappen. De scherpschutter in de toren heeft haar gezien en het gemeld. Ik was op dat moment ergens mee bezig en had mijn portofoon uit. Toen de bewakers achter haar aan gingen draaide Phillip door, waarschijnlijk omdat hij dacht dat ze haar iets aan zouden doen. Hij heeft in de gang op weg naar buiten twee gewapende knakkers uit Minsk omver gekegeld en is door de achterdeur achter zijn dochter aan gegaan.'

'En toen?'

'En toen is hij door de scherpschutter uitgeschakeld.'

Riegel keek uit het raam naar de achtertuin. 'De arme drommel probeerde gewoon zijn gezin te beschermen. Hij zou haar gewoon weer mee terug hebben genomen; hij zou de anderen echt niet in de steek hebben gelaten. Geen vader zou zijn gezin de rug toekeren.'

'Ik vermoed dat onze scherpschutter vrijgezel is.'

'Is Sir Donald op de hoogte?'

'Ja. Ik heb het hem verteld.'

'Hoe reageerde hij?'

'Geen enkele emotie. Bleef gewoon in zijn stoel zitten.'

'Oké. Ik zal met hem praten en proberen uit te leggen dat het een ongeluk was.'

'Veel succes.'

'Waarom neem je niet even een pauze, Lloyd? Je ziet er niet best uit.'

Lloyd ging staan. Riegel zag het bloed op zijn overhemd maar zei niets.

Lloyd zei: 'Ik heb nog altijd de leiding.'

Kurt Riegel schudde vol ongeloof zijn hoofd. 'Wat je wilt. Ik wil niet meer verantwoordelijkheid voor deze catastrofe dan ik nu al draag. Ik ben enkel hier om advies te geven. Misschien kan ik je een paar nuttige tips geven. Zoals dat je achtjarige gijzelaars in de gaten moet houden, en geen gijzelaars moet neerschieten die sowieso geen veiligheids- of ontsnappingsgevaar vormen, en dat je je beveiligers moet inlichten als er een helikopter zal landen met mensen die aan dezelfde kant staan. Dat soort dingen.'

Riegel liep door de kamer en deed de deur open waarachter Sir Donald Fitzroy zich volgens Lloyd moest bevinden. Tot verbazing van de Duitser keek hij in een grote, betegelde badkamer. Fitzroy zat midden in de door kaarsen verlichte ruimte in een stoel. Hij keek Riegel met betraande en bloeddoorlopen ogen aan. Zijn hoofd en handen en enkels waren met een dikke ijzeren ketting aan de stoel bevestigd, zijn in stukken gescheurde overhemd lag naast hem op de grond en hij zat in enkel een met zweet en bloed besmeurd hemd. Hij was in zijn gezicht geslagen en er zaten dikke bloedspetters op zijn gescheurde ribcordbroek. Kurt Riegel vermoedde dat het steekwonden waren.

'*Scheisse*,' zei Riegel. Hij verliet de kamer, stak zijn hoofd de gang in en riep de twee Schotse bewakers die vlak bij de trap geposteerd stonden. 'Ik wil dat de kettingen van de gevangene verwijderd worden; ik wil dat hij wordt opgelapt en dat zijn benen worden verbonden. En dat hij schone kleren krijgt. Verdomme man, opschieten!'

Een kwartier later zat Riegel op een kruk aan de rand van een hemelbed in het eigenaarsgedeelte op de tweede etage. Sir Donald Fitzroy lag in het bed en keek hem aan. De Engelsman was bevrijd van zijn ketenen en was opgefrist en had schone kleren aan gekregen. Op de plek waar zijn linkerslaap een halfslachtige klap had geïncasseerd, zat een nat verband. De blauwe plekken op zijn kin en ogen waren niet verzorgd.

Niemand zei aanvankelijk iets, hoewel Fitzroy de hem aangeboden koffie hoofdschuddend had geweigerd. Met diepliggende ogen blikte hij stuurs naar Riegel.

Eindelijk nam Riegel het woord. 'Sir Donald Fitzroy. Ik ben Herr Riegel. Laat ik om te beginnen mijn excuses aanbieden voor de manier waarop u bent behandeld. Ik had geen idee dat Lloyd... Nou ja, geen smoesjes. Ik neem hiervoor de verantwoordelijkheid. Ik zal het goedmaken.'

Fitzroy zei niets, maar uit zijn blik viel geen enkele vorm van begrip af te lezen.

'Er is water en wat eten naar u onderweg. Misschien ook nog iets sterkers? Een cognacje, misschien? Jullie Engelsen houden wel van een borreltje aan het einde van de middag. Klopt dat?'

De gevangene op leeftijd volhardde in zijn zwijgen.

'Dan het volgende. Mijn oprechte deelneming met het overlijden van uw zoon. Geen woord of daad van mij kan...'

‘Bespaar je dan verdomme de moeite.’ Fitzroys stem raspte als schuurpapier, kiezels.

‘Duidelijk. Wat ik u wilde laten weten... niemand heeft dit zo gewild. Ik wil me nogmaals niet verschuilen achter uitvluchten. Ik had hier vanaf het begin moeten zijn. Ik ben zodra ik hoorde wat er gebeurd was hier direct naartoe gekomen. Uw zoon heeft gedaan wat iedere vader zou doen. Hij had niet doodgeschoten moeten worden.’ Toen zei hij weer: ‘Hij deed alleen maar wat iedere vader in zo’n situatie zou doen.’

Fitzroy leek hierover na te denken, maar gaf geen antwoord.

‘Vanaf nu zal ik toezien op de zorg voor u en uw familie. Meneer Lloyd zal zich bezighouden met het zoeken en neutraliseren van The Gray Man. Ik zal me ook ontfermen over de verdediging hier, en voorbereidingen treffen voor het onwaarschijnlijke geval dat meneer Gentry uit handen weet te blijven van de mannen die jacht op hem maken.’

‘Het zal niet lang duren voordat hij hier opduikt.’

Riegel glimlachte flauwtjes en ging rechtop zitten. ‘Hij is erin geslaagd de Albanezen, de Indonesiërs en Venezolanen te neutraliseren of te laten neutraliseren, en de Libiërs hebben door onachtzaamheid een mannetje verloren toen hij hen probeerde te ontvluchten. Dat betekent dus dat hij de totale vernietiging van drie moordcommando’s op zijn geweten heeft, en een vierde vleugellam heeft gemaakt. Maar er staan nog altijd negen teams tussen hem en ons in. Pakweg veertig man. En daarbij zijn er nog honderd straatartiesten naar hem op zoek. Plus veertien beveiligers die hier een cordon om het chateau vormen. Plus een technische man hier die de telefoons en de computers in de gaten houdt van alle mensen van wie bekend is dat ze Gentry onderweg mogelijk kunnen bijstaan. En het gerucht doet de ronde dat hij gewond is. Hij is zeker vermoeid. Zijn energiereserves nemen af.’

‘Hij komt wel.’ Fitzroy zei het op afgemeten toon.

De Duitser lachte plichtmatig. 'We gaan het zien.' Toen werd zijn blik grimmiger. 'Sir Donald, u bent een professional. U begrijpt in welke situatie u zit. Ik zou slechts uw intellect beledigen als ik u zou zeggen dat we u zullen laten gaan als de zaak met The Gray Man is opgelost. U weet net zo goed als ik dat we niet gewoon de poort kunnen opendoen en u kunnen laten lopen. Niet om dramatisch te doen, maar... u weet gewoon te veel, zoals men dat in films placht te zeggen. Nee. Ongeacht de afloop van de zaak met Gentry en het Lagos-contract, zult u Château Laurent niet levend verlaten. Ah, dat wist u al, ik ben blij dit aan uw ogen te kunnen zien.

'Maar ik wil u van de ene professional tot de andere wel het volgende beloven. De tweeling en uw schoondochter zal geen haar gekrenkt worden. Ze hebben al meer dan genoeg doorgemaakt. Ik hoef ze enkel hier te houden totdat meneer Gentry er is. Daarna zijn ze vrij. Zolang The Gray Man geen contact zoekt met anderen en de politie of het leger niet op ons kleine chateau afstuurt, hebben de vrouw en haar dochters niets te vrezen, of president Abubaker het contract nu tekent of niet. Ook beloof ik dat u niet meer door meneer Lloyd gekleineerd zult worden.'

Fitzroy knikte en hief zijn kin. 'Ik wil dat het lichaam van mijn zoon met respect wordt behandeld.'

'Vanzelfsprekend. Ik zal erop toezien dat er een fatsoenlijke kist wordt bezorgd. We zullen Phillip per helikopter terugbrengen naar Engeland. Hij zal zodra zijn echtgenote thuis is naar de plek van haar keuze worden overgebracht.'

Fitzroy knikte traag. 'Als je dat doet en ervoor zorgt dat de meisjes in veiligheid zijn als The Gray Man vanavond opduikt, zal ik je dankbaar zijn en je gedurende de rest van de missie geen problemen bezorgen.'

Als The Gray Man vanavond opduikt. Riegel deed zijn best een bescheiden glimlach te onderdrukken, wat hem lukte. 'U hebt mijn erewoord. Kan ik verder nog iets voor u doen om het wachten op de slag om het kasteel te veraangenamen?' Hij kon het sarcasme niet laten.

'Ik zou als het kan heel graag met Claire praten. Ze is nogal een piekeraar. Ik moet er niet aan denken wat er zich op dit moment in haar hoofd afspeelt. Gewoon even een kort gesprek onder vier ogen tussen een opa en zijn kleindochter.'

'Claire is een van de tweeling? Dat kan ik wel regelen.'

'Dat zou heel fijn zijn, dank je.'

Tien minuten later stond Riegel tegenover Lloyd in de keuken. Ze dronken beiden koffie en negeerden de broodjes die op een dienblad op het keukeneiland voor hen lagen.

'Waarom heb je Fitzroy gemarteld?'

'Hij nam me niet serieus.'

'Je bent gestoord, Lloyd. Ik ga ervan uit dat die stoornis al eerder officieel is vastgesteld, wellicht al in je jeugd, en dat je erin geslaagd bent die voor de CIA en Marc Laurent verborgen te houden.'

'Loze woorden, Riegel.'

'Laat Fitzroy met rust.'

'Je hebt een groter probleem dan ik, Riegel. We hebben een agent nodig in Zwitserland om Gentry's rommel op te ruimen.'

'En dat betekent?'

'De Techneut is net benaderd door een spion in Lausanne. Die heeft ons laten weten dat twee Venezolanen levend in handen van de Zwitsers zijn gevallen. We moeten zeker weten dat ze niet gaan praten.'

'Dus je wilt ze vermoorden?'

'Weet jij een andere manier om zeker te weten dat ze niet uit de school klappen?'

Riegel haalde zijn schouders op. 'Zonder de LaurentGroup stopt de Venezolaanse olietoevoer. Zonder de LaurentGroup kan alle olie die ze nog uit de grond weten te krijgen niet over zee naar de raffinaderijen worden verscheept. Chávez heeft ons net zo hard nodig als wij hem. De goede relatie die wij met die gek hebben zal niet worden verstoord door een paar idiote schutters die hun missie hebben verprutst en dat ook nog eens kunnen navertellen. Ik zal de directeur van de General Intelligence Office bellen en hem laten weten dat ik hem een troostprijs zal sturen als zijn agenten, hoewel die niet in hun missie zijn geslaagd, hun mond weten te houden. Zodra de Zwitserse autoriteiten toestaan dat de twee overlevende schutters in de gevangenis bezoek mogen krijgen van medewerkers van de Venezolaanse ambassade, twijfel ik er niet aan dat die twee klootzakken tot in detail te horen zullen krijgen wat er met hun familieleden gebeurt als ze niet voor deze mislukking opdraaien. Als ze ook maar iets loslaten over een door een internationaal opererend bedrijf ingehuurd moordcommando, samengesteld uit de inlichtingendiensten van diverse derdewereldlanden, dat jacht maakt op een man die Europa doorkruist en... nou ja, dan zullen de vrouwen, kinderen, ouders en buren van die mannen in de Venezolaanse variant van een goelag worden gesmeten.'

Lloyd was onder de indruk. 'Dat is een van de redenen waarom je geen huurlingen hebt gebruikt, of niet soms?'

'Huurlingen leggen aan niemand behalve zichzelf verantwoording af. Ik werk liever samen met mannen die ik op diverse manieren kan manipuleren.'

Lloyd knikte. 'Nu is het alleen nog zaak Gentry te vinden.'

'Medewerkers van de LaurentGroup houden elk knooppunt in Genève in de gaten, elke locatie waarvan we weten dat er een handlanger zit, elk ziekenhuis. Telefoons en portofoons van de politie worden door onze Techneut afgeluisterd. De Zuid-Afrikanen zitten in het centrum, klaar om in actie te komen. Als een van onze spionnen The Gray Man in de smiezen krijgt, heeft hij binnen een kwartier een moordcommando op zijn nek.'

Fitzroy had niet gegeten, maar wel twee cognacjes achterovergeslagen en wat water uit een fles gedronken. Hij was na Lloyds behandeling gehavend maar niet gebroken. Messteken in zijn dij, klappen met de vlakke hand tegen het hoofd. De daden van een wanhopige, verder niets.

Hij was in de jaren zeventig, toen hij als jonge knaap bij de inlichtingendienst werkte, eens op een taxistandplaats ontvoerd door een horde anarchisten met capuchons op. Ze namen hem mee naar een loods waar ze hem anderhalf uur lang met stalen buizen bewerkten. Tegen de tijd dat het SAS-team zich vanuit de helikopter liet zakken en in het daaropvolgende vuurgevecht drie van de vijf IRA-leden doodschoten en de andere twee tegen de muur van de loods zetten en executeerden, had de zesentwintigjarige spion zes botten gebroken en was het gezichtsvermogen van zijn linkeroog permanent aangetast.

De behandeling die hij van Lloyd had gekregen kwam daar niet eens bij in de buurt. De Amerikaan had weliswaar de geestdrift maar niet het talent om iemand pijn te doen. En hij had geen groter doel, geloofde nergens in. Slechts één deel persoonlijke zwakzinnigheid en twee delen spanning, veroorzaakt door de uitzichtloze situatie waarin hij was beland. De enige die in deze hele onderneming meer gevaar liep dan de jeugdige Lloyd, redeneerde Fitzroy, was Gentry. Fitzroy ging ervan uit dat Laurent die knakker van een Riegel waarschijnlijk opdracht zou geven de Amerikaanse advocaat te vermoorden als Julius Abubaker morgenochtend om acht uur het contract niet had ondertekend.

Sir Donald Fitzroy was in elkaar geslagen maar zeker niet verslagen. Hij had een plan; hij zou zijn intelligentie gebruiken en zijn vakkennis en zijn levenslange ervaring om de mensen uit zijn omgeving te manipuleren zodat hij datgene wat hij niet in zijn eentje voor elkaar kon krijgen alsnog zou bereiken. Hoewel hij aan zijn bed gekluisterd was, bedacht hij een plan om iedereen die hem, zijn familie en zijn beste huurmoordenaar had gedwarsboomd, wreed te wreken.

De deur naar de slaapkamer ging langzaam open. Fitzroy sloeg het laatste restje cognac achterover en zette het cognacglas snel op het nachtkastje naast hem.

Claire stapte behoedzaam en onzeker de kamer binnen. Toen ze hem zag rende ze door de slaapkamer naar haar opa. Ze sloeg haar armen stevig om zijn dikke nek.

'Hallo, lieverd. Hoe gaat het met je?'

'Met mij is alles in orde, opa Donald. Je bent gewond!'

'Een kleine valpartij op de trap, schat. Maak je geen zorgen. Hoe gaat het met je zus?'

'Met Kate is alles goed. Ze vindt het leuk hier.'

'En jij niet?'

'Nee. Ik ben bang.'

'Waarvoor?'

'Voor al die mannen. Ze doen gemeen tegen ons. En tegen mama en papa.'

'Gedraag je je netjes?'

'Ja, opa Donald.'

'Goed zo.' Fitzroy keek eventjes uit het raam. Toen zei hij. 'Claire, lieverd, ik wil graag een spelletje met je doen. Zou je dat leuk vinden?'

'Een spelletje?'

'Ja. Een van de mannen hier... houdt ons in de gaten. Hij is vanochtend samen met mij aangekomen in de helikopter. Ik heb gehoord dat zijn maten hem aanspraken met de naam Leary. Een Ier. Weet je wie ik bedoel?'

'Die met het rode haar?'

'Heel goed, meid.'

'Ja, opa. Hij zit onder aan de trap in een stoel.'

'Is dat zo? Nou, Claire, ik heb gezien dat meneer Leary een telefoon in de zak van zijn grote blauwe jas bewaart. Ik denk niet dat hij die jas ook binnen aanheeft. Hij hangt waarschijnlijk ergens in een kast, of ligt op de grond, of misschien ligt-ie wel beneden op een bank. Ik dacht dat jij als een klein poesje kunt rondsluipen en de telefoon uit zijn jas kunt pakken zodat we een geintje met meneer Roodhaar kunnen uithalen. Denk je dat dat gaat lukken?'

'Ik heb zijn jas aan de kapstok zien hangen. Ik heb de telefoon gezien. Ik kan hem misschien wel pakken als hij in de keuken thee zit te drinken.'

'Zo mag ik het horen. Wil je dat alsjeblieft proberen voor opa Donald? Als je hem hebt, moet je hem in je zak of onder je trui verbergen, en dan tegen de bewakers zeggen dat je naar me toe wilt.'

'Wat als ik dat niet mag?'

'Je kunt tegen ze zeggen dat je Kate bent. Kun je doen alsof je Kate bent? Zeg dat je zus me ook mocht zien, en dat het anders niet eerlijk is.'

'Maar ik lijk niet op Kate, opa.'

'Geloof maar, lieverd, dat jullie voor deze mannen als twee druppels water op elkaar lijken. Trek andere kleren aan, zeg dat je Kate bent en dat je graag even met je lieve oude opa zou willen praten.'

'Oké. Ik zal proberen de telefoon voor je te stelen en die naar binnen te smokkelen.'

'Je steelt hem niet. Het is maar een spelletje, lieverd.'

'Nee, dat is het niet. Het is geen spel. Ik ben geen klein kind meer. Ik weet wat er aan de hand is.'

‘Natuurlijk weet je dat. Dat vermoedde ik al. Maak je alsjeblieft geen zorgen. Alles komt goed.’

‘Waar is papa?’

Fitzroy zweeg eventjes, met uitgestreken gezicht. Hij loog zijn agenten al zowat een halve eeuw voor en had er geen moeite mee ook tegen zijn familie te liegen. ‘Hij is in Londen, schat. Jij kunt ook snel weer naar huis. Ga nu maar gauw, en doe voorzichtig.’

23

Court parkeerde de bestelbus bij het grootste station van Genève, het Gare de Cornavin, in het noordelijke, wat sjofeler deel van de stad. Parkeren bij stations was vaste prik. Als het voertuig zou worden gevonden, en Court twijfelde er niet aan dat dit heel snel zou gebeuren, moesten zijn achtervolgers rekening houden met de mogelijkheid dat hij met de eerste de beste trein de stad was ontvlucht, waardoor ze tijd en mankracht zouden investeren in het onderzoek naar zijn mogelijke bestemming.

Hoewel het weinig voorstelde, vermeed hij door het gestolen voertuig bij het station te parkeren in elk geval zijn ware bestemming prijs te geven.

Het was koud en helder, en de laatste herfstbladeren woeien door de brede straten van de stad. Hij liep vanaf het station in zuidelijke richting, langs de hoeren die zich in de middag al aanboden en de seksshops, stak de brug over het kanaal over dat uitwaterde in het enorme meer van Genève en passeerde bankiers van middelbare leeftijd en diplomaten die allemaal op weg waren naar de hoeren en de seksshops die hij zojuist achter zich had gelaten. Vijf minuten ten zuiden van de brug maakten de brede en moderne straten plaats voor steegjes met ongelijk gelegde kinderkopjes, en op de plek waar een steile heuvel vol moderniteit overliep naar de oude, pittoreske gebouwen in het oude centrum verdwenen de chique winkels plots in het straatbeeld ten gunste van middeleeuwse stadswallen.

Court bekeek een plattegrond die in de lobby van een hotel aan de muur hing, hield zijn geschaafde en opgezwollen linkervuist uit het zicht van het Japanse stel naast hem, en liep daarna terug de koude straat in. Na nog een minuut of twee klimmen door een steegje stond hij op het plein voor de Cathédrale St-Pierre. Daar stonden de toeristen die op deze zaterdagmiddag hun hoofden en ogen en camera's op de duizend jaar oude, indrukwekkende gevel van de kathedraal gericht hielden. Court liep achter de tientallen toeristen langs en verdween in een zijstraat die parallel liep aan de zuidkant van de kerk. Links van hem bevond zich een witte, twee meter hoge muur met een groot ijzeren hek in het midden. Terwijl hij langs het hek liep, gluurde hij naar binnen. Hij zag een wit huis met een kleine voortuin waar een pad naar de voordeur doorheen liep dat aan beide kanten werd geflankeerd door grote kastanjebomen. De bomen stonden in de schaduw van de Cathédrale St-Pierre die hoog boven hen uittorende en strekten zich uit naar het licht. Court liep verder door een met kasseien bestrate steeg die haaks op de smalle straat lag, volgde het slingerende voetpad door een smalle tunnel die hem naar beneden naar de achterkant van het huis leidde.

De muur was hier twee verdiepingen hoog. Er stonden moderne gebouwen tegenaan: een appartementencomplex met een nagelstudio aan de ene kant, een kleuterschool aan de andere. Een paar toeristen waren op weg naar een smalle winkelstraat aan de voet van de heuvel achter hem.

Court zag de spion meteen. Aan een picknicktafel in een kleine speeltuin aan de winkelstraat zat een aantrekkelijke vrouw met lange blonde vlechten. Court stond op zo'n dertig meter afstand van haar, maar ze had enkel oog voor het witte huis rechts van hem.

Court draaide zich om, liep terug door de voetgangerstunnel totdat hij de witte muur van het witte huis weer had bereikt. Er was een ijzeren reling in de muur geschroefd waaraan de voetgangers die de steile doorgang wilden beklimmen zich konden vasthouden. Hij ging erop staan en hees zichzelf met zijn goede rechterarm de muur op. Hij zwaaide eerst zijn ene en toen zijn andere been eroverheen en liet zich vallen, waarbij hij ervoor zorgde dat bij de landing zijn goede linkerbeen het grootste deel van zijn gewicht opving.

Maar niettemin waren de eenhandige klim en de landing zeer pijnlijk.

Toen hij in de kleine tuin stond, ontdekte Court het alarmsysteem achter het glas. Hoewel hij allerhande soorten systemen wist te omzeilen, zag dit er naar zijn inschatting te geavanceerd uit. Hij zou een handleiding nodig hebben en gereedschap en tijd.

Court liep hurkend onder een raam door en ging bij een zijdeur weer rechtop staan. Hij trok de Beretta die hij kort voor zijn vlucht van het perron had buitgemaakt op een gesneuvelde Zwitserse gemeenteagent. Terwijl hij de deur probeerde open te maken, hield hij het wapen laag langs zijn zij.

De deur zat niet op slot.

Hij betrad een gang en daarna een goed geoutilleerde keuken. De lichten waren uit, en hij kon het geluid van een tv in de aangrenzende kamer duidelijk horen. Het licht van het toestel werd door een spiegel in de gang aan de andere kant van de keuken gereflecteerd, en Court gebruikte het flikkerende licht om zich een weg door het huis te banen.

Hij zag een pistool op het aanrecht: een uit de kluiten gewassen 1911, kaliber .45.

Het pistool van een Amerikaan.

Court liep behoedzaam door de langgerekte keuken. Hij pakte het wapen en liet het op zijn rug achter zijn broekband glijden. Zijn opgezwollen pols beloonde deze beweging met een elektrische schok tot aan de elleboog. Court liep de gang in, inmiddels met voldoende vertrouwen om rechtop te lopen, en betrad een grote woonkamer.

Boven een open haard waarin een vuur van naaldhout knetterde hing een plasmascherm.

Een man zat in zijn eentje met zijn rug naar Court op een leren stoel. Zijn blik was op de tv gericht. De taal die uit het toestel opsteeg was Frans, maar de beelden waren voor Court duidelijk genoeg. Nog geen twee uur geleden had hij op datzelfde perron gestaan. Had hij gesproken met de jonge agent die nu dood en met zijn gezicht naar beneden op het besneeuwde cement lag. De camera ving het moment waarop diens roerloze gestalte bedekt werd met een geel zeil.

Court stopte zijn wapen in de holster. Ze waren daar met z'n tweeën.

'Hallo, Maurice.'

De man stond op en draaide zich om. Hij was bleek en gerimpeld. De ruim zeventigjarige zag er ongezond uit. Als hij al verbaasd was over het feit dat Court in zijn huis opdook, liet hij dat niet merken. 'Hallo, Court.' Engels met een Amerikaans accent.

'Doe geen moeite te zoeken,' zei Court. 'Ik heb je wapen.'

Maurice glimlachte. 'Nee. Je hebt één van mijn wapens.' De oude man haalde een kleine revolver onder zijn overhemd vandaan en richtte die op Courts borst. 'Deze heb je niet.'

'Ik had je niet zo paranoïde ingeschat. Vroeger was je nooit zo voorzichtig.'

'Maar dan nog had je me onder schot moeten houden totdat je zeker wist dat ik ongewapend was.'

'Kennelijk.'

De oude man aarzelde een paar tellen. De revolver bleef waar hij was. 'Verdomme, jongen. Ik heb het je toch allemaal geleerd.'

'Dat is zo. Het spijt me, meneer,' zei Court schaapachtig.

'Je ziet er slecht uit.'

‘Ik heb een paar zware dagen achter de rug.’

‘Ik heb jou wel vaker gezien na een paar zware dagen. Dan zag je er nooit zo verrot uit.’

Court haalde zijn schouders op. ‘Ik ben geen kleine jongen meer.’

De oude man keek Court langdurig aan. ‘Dat ben je nooit geweest.’

Maurice draaide zijn revolver om in zijn hand, gooide hem onderhands naar de jongere Amerikaan die aan de overkant van de kamer stond.

Court ving hem, bekeek hem aandachtig. ‘.38 politierevolver met speciale loop. Die andere is een 1911. Je weet toch wel, Maurice, dat er geen wet bestaat die voorschrijft dat je als ouwe man ook ouderwets wapentuig moet hebben.’

‘Lik m’n reet. Wil je een biertje?’

Court gooide het wapen onderhands op de bank. ‘Dolgraag.’

Twee minuten later zat Court op het aanrecht. Hij hield een grote zak ingevroren blauwe bessen op zijn linkerpols. De kou brandde op zijn huid, maar hielp tegen de zwelling. Maar aangezien hij zijn vingers nog kon bewegen, was de hand nog functioneel, ternauwernood weliswaar.

Zijn gastheer was Maurice, gewoon Maurice. Court kende zijn echte naam niet, wist alleen zeker dat die níét Maurice luidde. Hij was een oud-werknemer van de agency, Courts belangrijkste instructeur, verbonden aan het trainingscentrum van het Autonomous Asset Development Program van de Special Activities Division in Harvey Point, North Carolina. Court kende slechts een paar minieme details over de man en zijn geschiedenis. Had zijn eerste ervaring opgedaan in Vietnam, had later gerichte moorden uitgevoerd in het kader van het Phoenix Programma, was daarna twintig jaar lang in de Koude Oorlog in Moskou en Berlijn een spion geweest.

Hij was al jaren afgezwaaid en werkte als trainer voor de CIA toen een twintig jaar oude veroordeelde moordenaar naar zijn prefab aluminium klaslokaal met uitzicht op de Atlantische Oceaan was gestuurd. Court was zowel brutaal als stil, onwaarschijnlijk groen, maar beschikte over intelligentie, discipline en geestdrift. Maurice stoomde hem in minder dan twee jaar klaar en liet de directie weten dat deze knaap de beste agent voor het vuile werk was die hij ooit had afgeleverd.

Dat was veertien jaar geleden, en hun wegen hadden zich sindsdien nog maar zelden gekruist. Maurice was na 9/11 weer aan de slag gegaan, zoals zoveel gepensioneerden op hoge posten die nog een hartslag hadden. Hij was vanwege zijn leeftijd en broze gezondheid naar Genève gestuurd voor een baan op de financiële afdeling van de clandestiene afdeling van de CIA. Zijn kennis van het Zwitserse bancaire systeem inclusief de bankiers, opgedaan gedurende de veertig jaar dat hij nummerrekeningen gebruikt had voor de CIA-dekmantels van zijn operaties, maakte hem tot een effectieve betaalmeester voor werknemers en operaties overal ter wereld.

Het was eenvoudig werk – schoon, in vergelijking tot de diverse andere klussen die hij in zijn jonge jaren had gedaan – maar niet zonder gevaar of controverse. Kort nadat Court de agency uit was gewerkt, was Maurice door de leiding afgedankt. Zogenaamd wegens verduistering, hoewel Court die versie absoluut niet geloofde.

Volgens Langley had de CIA alle banden met Maurice verbroken. Court wist dat niet zeker, was er niet honderd procent van overtuigd dat Maurice hem niet zou verraden, wat het aanvankelijke wantrouwen van de pupil jegens zijn leermeester verklaarde.

Maurice overhandigde Court een flesje Frans bier, waarna de jongere man de zak met ingevroren bessen op zijn schoot legde en zijn pols erop liet rusten. De pijn werd door de bijtende kou langzaam verdreven. De oude man vroeg: ‘Is het ernstig?’

'Niet echt.'

'Je bent altijd al een taaie geweest.'

'Ik heb van de best mogelijke leraar geleerd niet te zeuren. Ik heb je advies nooit in de wind geslagen.'

'Ik heb je zes jaar geleden voor het laatst gezien. Cyprus, kan dat?'

'Ja meneer.'

'Heb je de uitkijkpost buiten gezien?'

'Ja. Meisje met de vlechten.'

'Goed zo. Ze is redelijk goed, kleedt zich als een toerist. Er komen veel toeristen hier in het oude centrum. Ik haat toeristen.'

'Inwisselbare gezichten.'

'Zo is het. Doe jezelf een plezier, Court. Als je het redt tot je pensioen, strijk dan ergens neer waar het zo godvergeten troosteloos is dat geen toerist er ooit een voet zal zetten.'

'Zal ik doen.'

Maurice hoestte. Schraapte zijn keel. 'Er doen geruchten de ronde. Onbevestigde berichten die nog in de lucht zweven, stipjes die wachten tot ze met elkaar verbonden worden. Praag, Boedapest, en dan het incident vanochtend bij de Oostenrijkse grens. Ik wist dat er iets belangrijks moest spelen, had geen idee dat ik een van de betrokkenen kende totdat ik rond halftwaalf zag dat mijn huis in de gaten werd gehouden. Ongeveer een uur nadat ze hier verscheen, begonnen alle plaatselijke zenders het nieuws over de schietpartij iets ten noorden van Lausanne uit te zenden. Op dat moment wist ik dat je hiernaartoe onderweg was.'

'Hoe wist je dat ik het was?'

'Ik heb de stippen met elkaar verbonden. Een opgejaagde man die toch weet te overleven. Een spoor van dood en vernieling achterlaat. Toen de doden steeds dichterbij vielen, zei ik tegen mezelf: "Court komt eraan".'

'Hier ben ik,' bevestigde hij afwezig, turend naar het flesje in zijn hand.

'Zeg me dat je die arme agenten niet hebt neergeschoten.'

'Je kent me. Ik schiet geen agenten neer.'

'Ik kénde je. Mensen veranderen.'

'Ik ben niet veranderd. De politie heeft me aangehouden toen er een team moordenaars op kwam dagen. Ik heb ze ervan proberen te overtuigen dat ík niet meer hun grootste probleem was. Ze hebben niet naar me geluisterd.'

'Een hoop mensen willen je dood hebben, Court.'

'Jij bent ook niet bepaald medewerker van de maand. De CIA heeft jou ook afgedankt.'

'Tegen mij loopt geen bevel om ter plekke te mogen worden neergeschoten. Jou hebben ze pas echt goed genaaid.'

'Maar het is niet goed hoe ze jou hebben weggezet, Maurice. Jij bent altijd een van de eerlijken geweest. Ze hadden je reputatie niet mogen bezoedelen.'

Maurice zei niets.

'Waar hou je je tegenwoordig mee bezig?' vroeg Court.

'Financiën. Privatesectordingen. Geen spionagewerk meer.'

Court liet zijn ogen langs het dure onroerend goed dwalen dat hem omringde. 'Het gaat je zo te zien voor de wind.'

'Met geld maak je geld, of wist je dat nog niet?'

Court bespeurde een ietwat defensieve houding. Hij nam een slok van zijn bier en draaide zijn arm om de kou over zijn pols te verspreiden. 'Herinner je je een gast op Langley die Lloyd heette?'

'Tuurlijk. Kleine goedgeklede nicht, heeft in Londen rechten gestudeerd. King's College dacht ik. Hij heeft vlak voordat ik eruit ben gegooid een financieel project waar ik op de Kaaimaneilanden mee bezig was gedwarsboomd. Slimme jongen, maar wel een eikel.'

'Hij is het middelpunt van alle ellende waar ik nu mee te maken heb.'

'Echt waar? Hij was destijds iets van achtentwintig. Dan is hij nu nog steeds maar tweeëndertig ongeveer. Ik heb gehoord dat hij Langley een jaar geleden heeft verlaten.'

‘Waar zijn alle goeie kerels gebleven?’ vroeg Court retorisch.

‘Voor 9/11 hadden we een paar rotte appels in de fruitmand. Na 9/11 zaten we met een hele boomgaard. We hebben nu genoeg rotte appels om complete manden te vullen. Zelfde problemen, andere schaal. Weinig verrassend.’

Ze bleven een tijdje zwijgend hun bier drinken, ontspanden in elkaars gezelschap alsof ze elke zaterdagmiddag samen optrokken. Maurice begon te hoesten, en zijn hoestbui zwol aan tot een agressief geblaf.

Toen het voorbij was, vroeg Court: ‘Wat is er met je aan de hand?’

Maurice wendde zijn blik kortstondig af, en antwoordde toen emotieloos: ‘Longen en lever, kies maar.’

‘Ernstig?’

‘Het goede nieuws is dat ik misschien niet sterf aan longkanker omdat mijn nierziekte me daarvoor al fataal is geworden. Maar het zou ook kunnen dat ik met een functionerende lever de grond in ga als ik sterf aan longkanker. Dik vijftig jaar roken en drinken.’

‘Het spijt me dat te horen.’

‘Nergens voor nodig. Als ik het over mocht doen, zou ik precies hetzelfde doen.’ De lach die hij hierop uitstootte ging over in een raspende hoestaanval.

‘Hoelang heb je nog?’

‘Volgens de dokter heb ik nog zes maanden te leven. Als ik tegen hem zeg: “Ik kan je rekening niet betalen”, doet hij er nog zes maanden bij.’ Maurice’ lach sloeg om in gepiep gevolgd door gehoest.

‘Zes maanden dus?’

‘Dat zei hij. Zeven maanden geleden.’

‘Ik zou hem maar niet meer betalen,’ grapte Court. Het was galgenhumor, hoewel Court zich niet op zijn gemak voelde om met zijn mentor grappen te maken over diens aanstaande dood.

‘Laten we het weer over jou hebben. In wat voor wespennest ben je verzeild geraakt?’

‘Het heeft te maken met een klus van vorige week. Ik ben op iemands tenen gaan staan, denk ik.’

‘Die gekleurde kerel die in Syrië is overleden. Ali Baba, of hoe hij ook heten mag. Dat was jouw werk, of niet soms?’

‘Abubaker,’ corrigeerde Court, die echter zijn bemoeienis bevestigde noch ontkende.

Maurice haalde slechts zijn schouders op. ‘Hij moest gewoon weg. Ik heb sinds je voor jezelf bent begonnen je carrière gevolgd. Jouw operaties zijn altijd zwart-wit geweest. Niet alleen goed uitgevoerd, maar moreel juist.’

‘Vertel dat maar tegen Lloyd.’

‘Veel mensen zeggen dat Kiev jouw werk was.’

‘Dat zeggen ze.’

‘Dus?’

Maurice’ telefoon ging. De oude man stak zijn graatmagere hand uit naar het toestel aan de muur en nam op. Hij sperde zijn grijze ogen iets wijder open toen hij zijn jonge gast aankeek. ‘Voor jou.’

24

‘Shit.’ Court pakte de telefoon. ‘Ja?’

‘Court? Met Don.’

‘Wat wil je?’

‘Ze weten niet dat ik bel. Ik heb Claire een telefoon laten jatten van een van de gasten die het kasteel bewaken. Ze heeft een aardje naar haar vaartje, vind je niet?’

Court beet op zijn tanden. Maurice overhandigde hem een vers, koud biertje. ‘Wat is er verdomme mis met jou, Don! Claire is niet een of andere sjacheraar uit Belfast! Je kunt haar niet inzetten zoals je je agenten inzet! Het is nog maar een klein meisje! Ze is familie van je!’

‘Drastische tijden vragen om drastische maatregelen, kerel. Ze heeft het fantastisch gedaan.’

‘Ik vind het maar niks.’

‘Ben je geïnteresseerd in mijn info of niet?’

‘Hoe kan ik die gebruiken? Hoe weet ik zeker dat je nog niet…’

‘Ze hebben Phillip vermoord, Court. Claire wilde vluchten. De klootzakken hebben mijn jongen neergeschoten toen hij achter zijn meisje aan liep.’

‘Jezus christus.’

'We mogen enkel hopen.'

'Gecondoleerd.' Court zweeg even. 'Hoe wist je dat ik hier was?'

'Lloyd weet dat je in Genève zit.'

'Waarschijnlijk heeft de schietpartij op weg vanuit Zürich hem op het goede spoor gezet.'

'Me dunkt. Ik heb me suf gepiekerd wat je daar te zoeken had. Ik wist wel dat je te slim was om iemand uit mijn Netwerk te benaderen. Toen herinnerde ik me die oude bankier van de agency in Genève, die voorheen bij de SAD zat en agenten opleidde. Ik vermoedde dat je in een vorig leven wel met hem te maken moest hebben gehad. Ik heb wat contactpersonen gebeld die me uiteindelijk aan een nummer hebben geholpen.'

'Hoe kun je achter hun rug om telefoongesprekken voeren?'

'Ze denken dat ik het heb opgegeven. Ik lig met dank aan die eikel van een Lloyd met steekwonden en een verwoest gebit in bed. Hij heeft een halfbakken poging gedaan me in elkaar te timmeren. Weet niet eens hoe hij een man met respect moet martelen. Ze hebben me als een kasplantje in bed gegooid alsof ik een of andere oude, meegaande, door de shock bevangen dwaas ben. Maar ik geef niet op, Court. Toen ik dacht dat jouw dood de enige manier was om mijn familie hier levend uit te krijgen, heb ik daarop aangestuurd. Dat wil ik je wel bekennen. Nu weet ik donders goed dat als mijn familie nog enige hoop mag koesteren om hier levend uit te komen, ze jou hier nodig hebben. En dat ik je moet helpen om deze plek zo hard mogelijk te treffen, met alles wat je hebt.'

'Laat de meisjes er vanaf nu buiten. Gaat dat lukken? Het zijn nog maar kinderen.'

'Dat beloof ik je.'

'Heeft Lloyd echt de documenten waarover hij zegt te beschikken?'

'Hij heeft jouw personeelsdossier van de CIA, en van nog tientallen anderen. Zowel op papier als op schijf. Hij heeft ons laten overkomen uit Londen als extra maatregel, om zeker te weten dat je zou komen.'

'Waarom doet hij dit?'

Fitzroy vertelde Court alles over de LaurentGroup. Over de eisen van Abubaker. Over Riegel en de bewakers uit Minsk en de straatartiesten. Over de vuurproef van het dozijn moordcommando's van een dozijn inlichtingendiensten uit evenzovele derdewereldlanden, die hopend op de bonus van twintig miljoen dollar allemaal achter hem aan zaten.

Terwijl Fitzroy Court alle informatie gaf die hij over de operatie had, haalde Maurice een blauwe doos uit een kast en bracht die naar de keukentafel waar Court aan zat. De oude financier en voormalig medewerker van Clandestiene Operaties maakte de sneeën in de pols van zijn jonge beschermeling schoon met ontsmettingsmiddel en kneep toen zakjes koude gel uit om een chemische reactie op te wekken waarmee de kompressen binnen luttele tellen sneeuwwit werden. Hij wikkelde deze om Courts opgezwollen linkerpols, en deed hier een compressieverband overheen om alles op zijn plek te houden en te voorkomen dat het verder zou opzwellen. Het was een snelle en nette behandeling, uitgevoerd door iemand die duidelijk getraind was om gewonden te verzorgen.

Toen Fitzroy klaar was met zijn rapportage, zei Court: 'Ik kan niet geloven dat ze al deze moeite doen voor alleen dat contract. Ik snap heus wel dat tien miljard dollar geen kattenpis is, maar volgens mij speelt er nog iets anders mee als Abubaker het zelfvertrouwen heeft om een dergelijke eis op tafel te leggen.'

'Mee eens. Het vuurgevecht met de Zwitserse politie – dat is een ongelooflijk risico voor een bedrijf als de LaurentGroup, zelfs na tussenkomst van Venezolaanse schutters.'

Court zei: 'Er staat hier meer op het spel dan enkel dat contract. Zoek dat uit, oké, Don?'

‘Ik praat wel met Riegel. Die denkt wat helderder na dan Lloyd.’

‘Prima. Hou die telefoon in de buurt. Beltoon uit.’

‘Kunnen we op een of andere manier contact onderhouden als je onderweg bent?’

Court keek omhoog naar Maurice. ‘Je hebt niet toevallig een extra satelliettelefoon liggen die ik van je over kan nemen?’ De oudere man lachte, verdween door een lange gang uit beeld en kreeg halverwege een nieuwe hoestaanval waar hij zowat in bleef. Even later kwam hij terug met een satelliettelefoon; het was een hypermoderne Motorola Iridium, een model dat Court goed kende. Het model, niet veel groter dan een standaard mobiele telefoon, was populair bij spionnen, soldaten en avonturiers, en was schok-, water- en praktisch bombestendig. Court knikte goedkeurend terwijl hij hem aanpakte. Het bijbehorende nummer was op een aan de achterkant vastgeplakt stukje tape genoteerd. Hij gaf het door aan Fitzroy voordat hij het apparaat in zijn broekzak stopte.

Nadat hij het nummer had herhaald, zweeg Fitzroy kort voordat hij zei: ‘Court, mijn jongen, nog iets. Als dit allemaal achter de rug is, als je ieder levend wezen dat een bedreiging voor je vormt hebt vermoord, zal ik je een adres doorgeven. Dat zal leiden naar een heel klein huis in de rimboe, waar je zonder problemen ongezien in en uit kunt glippen. Je zult een boerderijtje aantreffen met een kamer, waar ik in een stoel, in slechts mijn ondergoed en met mijn handen plat op een tafelblad op je zal wachten. Mijn nek zal ontbloot zijn. Ik zal je, voor wat ik je heb aangedaan en wat je voor mij hebt gedaan, terugbetalen met mijn leven. Het zal een schrale troost zijn, maar wellicht heb je er iets aan. Het spijt me voor alle ellende die ik je in de afgelopen achtenveertig uur heb bezorgd. Ik was wanhopig. Ik heb het niet voor mezelf gedaan, maar voor mijn familie. Als je hen redt, zal ik sterven om je enige genoegdoening te geven. Court? Ben je er nog?’

'Zorg dat de meisjes niets overkomt, Don. Doe dat voor me. De rest regelen we wel als dit achter de rug is.' Court verbrak de verbinding.

Nadat Court de telefoon aan Maurice had teruggegeven, dronk hij zijn tweede biertje leeg. Met een lapje dat op het aanrecht lag, veegde hij zijn vingerafdrukken van het flesje. Hij liep naar de achterkant van het huis en keek door de hoge gordijnen.

'Kun jij met de uitkijkpost afrekenen als ik weg wil?'

'Ze zit daar gewoon. Dat red ik denk ik wel. Ik ben nog niet dood.'

'Jij overleeft ons allemaal.'

'Dat is uit jouw mond niet bepaald een geruststellende mededeling, jongen.' Hij veranderde van toon. Iets vaderlijker vroeg hij: 'Waar kan ik je mee helpen?'

'Ik heb... "iets" te doen in Noord-Frankrijk. Ik moet daar morgenochtend in alle vroegte zijn en toeslaan.'

'Je bent fysiek niet in staat...'

'Dat doet er niet toe. Ik moet erheen.'

'Heb je geld nodig?'

'Een beetje, als je iets kunt missen.'

'Natuurlijk, ik kan je wel iets toestoppen. Wat heb je nog meer nodig?'

'Ik wil die .45 wel, als jij nog wat extra magazijnen hebt.'

Maurice grinnikte, hoestte. De ziekte in zijn longen leek zich gedurende het gesprek uit te spreiden. 'Je zult jezelf alleen maar verwonden met zo'n groot machowapen. Zo maken ze ze niet meer tegenwoordig. Dat is mijn kindje. Ik geef je wel iets moderners.'

'Ik hoopte eigenlijk dat je een tas met spul achter de hand zou hebben, voor het geval dat. Ik heb niets, dus ik ben blij met alles wat je maar zou kunnen missen.'

'Ik heb een paar straten verderop een opslagruimte voor het geval de pleuris uitbreekt. En op basis van wat je me verteld hebt, denk ik dat die situatie wel op jou van toepassing is.'

'Dat waardeer ik zeer.'

'Alles voor mijn beste leerling.' Maurice verdween weer een donkere gang in. Hij kwam een minuut later terug met een bundeltje euro's in een envelop en een ketting met een sleutel eraan. Hij noteerde een adres op de envelop en overhandigde die aan zijn protegé. 'Ik denk dat de spullen je wel zullen bevallen.'

Court stopte alles in zijn zak.

'Nog een biertje?'

'Lijkt me heerlijk, maar ik kan beter weer gaan.'

'Begrepen.' Maurice pakte een flesje uit het medicijnkastje en strooide een aantal ontstekingsremmende pijnstillers in Courts hand. Hij spoelde ze met zijn laatste slok bier weg. Toen liepen ze samen naar de achterdeur.

Court zei: 'Ik had graag tot ziens willen zeggen. Als ik de dag van morgen overleef, zal ik een tijdje van de aardbodem moeten verdwijnen. Misschien kunnen we als je je doktersrekening niet betaalt nog eens samen een biertje drinken.'

Maurice glimlachte, maar niet van harte. 'Ik loop op mijn laatste benen, Court. Het heeft geen zin een varken lippenstift op te doen. Ik kan het niet mooier maken dan het is.'

'Kan ik iets voor je doen? Wil je dat ik iemand opzoek? Even bij iemand langsga als je er niet meer bent?'

'Ik heb niemand. Geen familie. Geen vrienden. Ik had alleen de agency.'

'Ik ken het gevoel.' Het was goed om tijd met zijn mentor doorgebracht te hebben omdat Court zo weinig gelegenheden kreeg om met iemand te praten die deels hetzelfde had meegemaakt als hij. Maar het was ook naar. Deprimerend, omdat Court een deel van zichzelf terugzag in de vermoeide cynische oogopslag van de oude man tegenover hem in de woonkamer, en het hem eraan deed denken dat hoewel niemand het leuk vond om ouder te worden, in zijn vakgebied louter overleven het hoogste was waar je op mocht hopen.

En dat moest doorgaan voor succes?

'Er is wel iets wat je voor me kunt doen,' zei Maurice glimlachend. 'Als je jezelf uit deze puinhoop hebt weten te bevrijden, wil ik dat je naar een of andere tropisch eiland verdwijnt. En als je dan in de krant leest dat er een stokoude Amerikaanse bankier is overleden in Zwitserland, wil ik dat je naar je stamkroeg gaat en daar de avond wegdrinkt in het gezelschap van een mooie meid. Ik meen het. Stap eruit zodra dit achter de rug is. Er zijn nog altijd uithoeken op deze wereld te vinden waar het niemand iets kan schelen wat je hebt uitgespookt. Ga erheen. Knoop een relatie aan. Leef als een mens. Doe dat voor mij, jongen.'

'Ik zal het proberen.'

'Je zult het op een dag wel onder de knie krijgen. Alles wat je gedaan hebt, alle dingen uit het verleden waarvan je dacht dat ze dood en al begraven waren – je denkt dat je die achter je gelaten hebt, maar dat is niet zo. Je hebt ze enkel tijdelijk ergens opgeslagen. Opgeslagen tot het moment komt dat je alleen bent in een stille kamer met je herinneringen en die verdomde demonen van al die mensen die je hebt vermoord.'

'Ik moet gaan, Maurice.'

'Ik weet dat ik je niet kan afhouden van wat je ook op het punt staat te gaan doen. Maar denk even na over wat ik zeg. Alle shit die je van me geleerd hebt op Harvey Point. Hoe sneller je vergeet wat ik je toen heb geleerd, hoe sneller je begrijpt wat ik nu bedoel, en hoe sneller je met het moorden en de dood kunt afrekenen. Einde oefening, jongen.'

Ze schudden elkaar de hand.

Court zette direct zijn ernstige gezicht weer op. Hij propte de bundel biljetten in zijn broekzak en de satelliettelefoon in zijn jaszak en liep naar de achterdeur. Hij keek door de luxaflex van het raam de middeleeuwse steeg in.

Hij had direct in de gaten dat er iets niet klopte.

'Wat is er?' vroeg Maurice, die het ongemak van zijn protegé aanvoelde.

'Kijk eens achter het huis of je het meisje nog ziet.'

Maurice liep door de gang naar het raam van de woonkamer en riep naar Court: 'Ze is weg.'

'Ze hebben haar weggehaald.'

'Wie?'

'Huurmoordenaars.'

'Omdat ze haar weg willen hebben voordat het losbarst?'

'Precies.'

'Zijn ze hier?' vroeg Maurice toen hij weer naast Court was gaan staan.

'Nog niet, maar ze zijn niet ver meer,' bevestigde Court. 'Ik kan ze godverdomme ruiken.' Zijn ogen vernauwden zich. 'Zeg me dat je me er niet in hebt geluisd, Maurice.'

'Van z'n leven niet, Court.'

Het bleef even stil. 'Ik geloof je. Sorry.'

'Wie zijn het? Enig idee?'

Court en Maurice barricadeerden de deuren met een kleerkast en een boekenkast. 'God mag het weten. Ik heb de afgelopen drie dagen iedereen behalve bloeddorstige marsmannetjes achter me aan gehad.'

'Dan zullen dit je marsmannetjes zijn. Ik heb gehoord dat het echte klootzakken zijn. Je kunt via het dak naar buiten. Er zitten panelen in de kruipruimte die uitkomen op een ventilatieschacht. Als je de ventilator eruit drukt, pas je waarschijnlijk net door het gat. Dan kom je uit op de zolder van de kleuterschool achter mijn huis. Die is dicht op zaterdag. Ze hebben een kelder waardoor je naar de ernaast gelegen nagelsalon kunt. Je ziet eruit alsof je wel een manicure kunt gebruiken, maar ik zou me toch maar inhouden als ik jou was. Glip door hun voordeur de Rue du Purgatoire in, en sla dan het kleine steegje in, Rue d'Enfer. Dan ben je wel veilig.'

'En politie?'

'Het dichtstbijzijnde station is bij het Palais de Justice, maar dan hebben we het niet bepaald over doorgewinterde frontsoldaten. We kunnen ze maar beter helemaal niet waarschuwen tenzij er een bloedbad dreigt.'

Court bleef doodstil staan en keek Maurice aan.

De oudere man lachte hartelijk, vocht tegen een aanstaande hoestbui. 'Ik heb die ontsnappingsroute lang geleden al bedacht. Voor mezelf, in de tijd dat ik hem nog had kunnen gebruiken. Een buurjongen heeft een paar maanden geleden de kruipruimte nog getest. Alles in orde. Ga nou maar.'

'Kom met me mee.'

'Mij krijg je met mijn broze gestel die kruipruimte niet in. Ik vlucht voor niemand. Ga nu.'

'Maurice, het is een kwestie van seconden voordat er een alfateam door die deur binnenvalt. Ze zullen doorhebben dat je me hebt geholpen. Ze zullen alles doen wat nodig is om informatie uit je los te krijgen.'

Maurice glimlachte, haalde zijn schouders op. 'Ik ben nooit bang geweest voor de dood. Maar van het vooruitzicht om voor niets te sterven word ik strontchagrijnig. Als ik in Vietnam een kogel zou hebben opgevangen zoals iedere vriend die ik daar verdomme had, zou het de moeite waard zijn geweest. Als ik in dienst van het bedrijf in het harnas zou zijn gestorven, zou dat eervol zijn geweest. Nou ja, afhankelijk van waar we op dat moment mee bezig waren, maar je begrijpt wat ik bedoel. Maar hier rondhangen in Genève, een beetje zappen in afwachting van het moment dat mijn longen ontploffen of mijn lever ermee ophoudt... daar valt gewoon geen eer aan te behalen.'

'Wat wil je daarmee zeggen?'

'Dat ik voor je wil sterven, jongen. Je hebt de afgelopen vier jaar meer rechtvaardige klussen uitgevoerd dan alle agenten van de agency bij elkaar. Jij verdient het om iemand te hebben die je bij tegenslag helpt.'

Court, die niet wist wat hij moest zeggen, zweeg.

'Verkloot het niet, jongen. Maak dat je wegkomt. Ik zal ze wel wat ophouden, misschien een paar bloedneuzen uitdelen. Ik kan je niets beloven, maar ik zal proberen de meute uit te dunnen.'

'Ik zal je nooit vergeten.'

Maurice glimlachte en wees omhoog. 'Als ik door de beveiliging de hemel wordt binnengelaten, zal ik bij de Man een goed woordje voor je doen. Zien of ik die schriele reet van je niet ook in het hiernamaals kan redden.'

Er volgde een ongemakkelijke omhelzing tussen twee mannen wier gedachten uitgingen naar de ophanden zijnde actie. Maurice zei: 'Nog iets. Ik hoop dat je positieve herinneringen aan me zult hebben. Niet direct slecht over me denkt als... als je erachter komt dat ik onderweg een paar steken heb laten vallen.'

'Je bent mijn held. Dat zal altijd zo blijven.'

'Bedankt, jongen.'

Bij de voordeur klonk het geluid van een remmende auto. 'Wegwezen!'

Court knikte. Hij kneep de frêle man in de schouder en sprong zonder nog iets te zeggen naar de dakspant boven hen. Snel hees hij zichzelf op, wat een helse pijn veroorzaakte in zowel zijn gebroken rib als zijn opgezwollen pols. Hij had net de plafondplaat teruggelegd toen de klerenkast die tegen de voordeur stond met een knal een halve meter de kamer in schoof.

Maurice draaide zich om en liep zo snel als zijn stramme benen en gehavende longen het toestonden naar de keuken. Na een volgende dreun bezweek de deur achter hem. Hij greep het enorme fornuis vast en wist het oude gastoestel met een ruk een paar centimeter naar zich toe te trekken. Wanhopig tastte hij achter het fornuis, strekte zijn oude lijf tot het uiterste, maar kreeg geen greep op zijn beoogde doelwit. Hij speurde de kamer af naar iets waarmee hij zijn bereik kon vergroten.

De Zuid-Afrikanen waren commando's van het in hun land opererende National Intelligence Agency. De leider van het zeskoppige team stond in de voortuin van het witte huis, met zijn Benelli-shotgun tegen zijn schouder, terwijl de rest van zijn manschappen zich eindelijk via de gebarricadeerde deur toegang tot het huis hadden weten te verschaffen. Ze bewogen zich in slagorde door de twee verdiepingen tellende woning. Midden in de eerste kamer splitsten ze zich op. Het ene team doorzocht de keuken en vond een oude man die met zijn gezicht op de verste muur gericht aan tafel zat, met zijn handen op zijn hoofd, vingers in elkaar gehaakt; toonbeeld van onderdanigheid. De voorste man van de groep trok hem in de nauwe ontbijthoek hardhandig naar de grond en fouilleerde hem. Hij vond achter de broekband van de oude kerel een pistool dat hij in de wasbak gooide.

'Dat pistool is antiek, idioot!' zei de oudere man toen hij door twee Zuid-Afrikanen weer op zijn stoel werd gehesen. Ze sleurden hem met stoel en al de woonkamer in en wachtten tot de overige vier leden van de eenheid het huis veilig hadden bevonden.

Toen het voltallige team zich rond hun gevangene had geschaard, bekeek de oude Amerikaan hun gezichten.

'Zuid-Afrikanen,' zei hij, wat hij uiteraard aan hun accent had opgemaakt.

De leider vroeg: 'Waar is The Gray Man?'

'Moet je jullie nou eens zien.' Maurice negeerde de vraag van de leider. 'Drie zwarten, drie blanken. Vroeger zaten jullie zwartjes nogal onder de knoet van de blanken, of niet soms?'

Er kwam geen reactie.

'Jullie *blankes* zullen de dagen van de apartheid wel missen, zeker?'

De leider herhaalde zijn vraag. 'Waar is The Gray Man?'

'Ah, maar de leider van de operatie is blank. Werkt het bij jullie nog steeds zo? De eigenaren van de plantages stoppen de slaven nu in het grote huis, maar maken ondertussen nog altijd de dienst uit. Heb ik gelijk?'

Een van de donkere mannen haakte de Uzi uit zijn harnas en hief hem om Maurice een klap op zijn kaak te geven.

'Stop!' riep de leider. 'Hij probeert ons alleen maar bezig te houden zodat zijn billenmaatje kan ontsnappen. Gaat niet werken, ouwe. Nog een keer: waar is The Gray Man?'

Maurice glimlachte. 'Nu volgt het gedeelte waarin ik zeg: "Wie is dat?"'

De leider fronste zijn wenkbrauwen. Hij sprak met een vet Afrikaans accent. 'En nu volgt het gedeelte waarin mijn mannetje je een tik op je gezicht geeft omdat je ons geen antwoord maar wel problemen bezorgt.' Hij knikte de man die nog steeds over hem heen gebogen stond toe, waarop de gedrongen kolf van de Uzi op de kaak van de oude Amerikaan landde en zijn hoofd achteroverklapte.

'Oké, *fooker*. We proberen het nog een keer. Waar is hij?'

Maurice spuugde bloed en een klein stukje huid van zijn onderlip uit op de grond voor hem. 'Dat weet ik niet meer. Ik heb een leeftijd bereikt waarop het geheugen je soms in de steek laat. Als een zeef, begrijp je. Oud worden is klote.'

Na een paar tellen schreeuwde de leider in het gezicht van de man: 'Ik vraag het niet nog een keer. The Gray Man was hier. Waar is hij nu?'

'Sorry, jongeman. Ik voel me niet zo goed. Vind je het heel erg als ik even naar de wc ga?'

De leider van het moordcommando keek zijn ondergeschikte opnieuw aan. 'Geef die fooker nog een dreun.'

Maurice zei meteen: 'Hij is weg. En jullie gaan hem niet vinden.'

De Zuid-Afrikaan snauwde de oude man toe: 'Ik vind hem wel. En als ik hem vind, maak ik hem af. De reputatie van The Gray Man is niets anders dan gebakken lucht.'

Maurice lachte en begon te hoesten. 'Heb je enig idee hoeveel mannen die precies datzelfde hebben beweerd nu liggen weg te rotten in een houten kist?'

'Dat zal mij niet gebeuren, kerel.'

Maurice knikte begripvol. 'Ik moet je daarin gelijk geven. Er zal straks niet voldoende van je over zijn om in een kist te stoppen. Maar maak je geen zorgen, ik heb gehoord dat de uitvaartservice in Genève meer dan uitstekend is. Met een beetje geluk weten ze voldoende van je veilig te stellen om een halve urn te vullen voor bij je moeder op de schouw.'

De Zuid-Afrikaan schudde zijn hoofd. 'Waar heb je het in godsnaam over, idioot?'

'Ik wil je alleen maar duidelijk maken dat je toekomst weinig rooskleurig is, maat, maar er is goed nieuws.'

De Zuid-Afrikaan keek zijn mannen beurtelings aan. Hij had duidelijk met een ouwe gek van doen. 'Oké, ik speel je spelletje mee. Wat is het goede nieuws?'

'Dat die weinig rooskleurige toekomst erg kort zal duren.' Toen glimlachte Maurice. Hij begon zachtjes een gebed te prevelen om vergeving te vragen voor zijn zonden.

Op dat moment klonk de stem van de Techneut door de portofoon. De zes mannen brachten hun hand naar hun oor om hem beter te kunnen horen.

'Uitkijkpost meldt dat subject net de nagelstudio heeft verlaten die een straat achter het huis ligt. Hij reist te voet in westelijke richting.'

De leider van de Zuid-Afrikanen knikte en richtte zijn aandacht weer op Maurice. 'Nog meer goed nieuws, opa. We zullen je niet hoeven te martelen om erachter te komen waar hij heen is gegaan.'

Maurice keek niet op van zijn gebed. De leider van het Zuid-Afrikaanse team haalde zijn schouders op, liet zijn shotgun zakken tot hij voor de borst van de man in de stoel zweefde en vuurde hem met één hand af.

Toen de kogel vlammend de loop verliet, werd de Zuid-Afrikaan opgetild en achterwaarts de keuken ingesmeten. Zijn nek brak, en de huid op zijn gezicht en handen verschroeide. De overige vijf overkwam iets soortgelijks, hoewel het bescheiden formaat van de woonkamer verhinderde dat ze door de lucht vlogen.

Maurice stierf ter plekke aan de gevolgen van de hem van dichtbij toegediende schotwond.

De brandweer die luttele minuten later ter plaatse was constateerde dat er sprake was geweest van een gaslek met fatale gevolgen, dat waarschijnlijk was ontstaan in de koppeling van de leiding tussen de muur en de grote industriële oven. Dit was een noodlottige maar helaas in dergelijke oude woningen maar al te vaak voorkomende praktijk, die dus nauwelijks verbazingwekkend genoemd kon worden. Pas toen uren daarna het vuur was gedoofd en het water- en schuimniveau was gedaald tot een punt waarop de lichamen konden worden geïdentificeerd, krabden de onderzoekers zich achter de oren. De zeven doorweekte en verbrande lichamen gaven weinig informatie prijs. Maar de grote hoeveelheid vuurwapens die alle slachtoffers omringde, op een na, was in het vreedzame Genève op z'n zachtst gezegd nogal opmerkelijk.

25

Vijf minuten nadat hij de nagelstudio had verlaten liep Court in westelijke richting over de Rue du Marché op zoek naar het adres op het papier in zijn hand. Hij had dankzij de motregen die zojuist was begonnen moeite de huisnummers op de gebouwen te ontcijferen. Hij was net noordwaarts de Rue du Commerce ingeslagen toen hij achter zich een ontploffing hoorde.

Hij bleef staan, net als de overige voetgangers in zijn buurt. In tegenstelling tot hen draaide Court zich echter niet om. Nadat hij een paar seconden bewegingsloos in de regen had gestaan, zette hij een stap naar voren. Zijn lichaam kwam weer in beweging en hij liep door, zijn schouders en hoofd iets verder ineengedoken.

Toen hij iemand op de uitkijk zag staan, dook hij de Rue de Rhône in, een kleine overdekte passage, waar hij zijn achtervolger tussen de voetgangers bij de McDonald's afschudde.

Een paar minuten later was hij bij de garagebox, achter in een ondergrondse parkeergarage onder de Rue de la Confédération. Het was zaterdagmiddag, er was niemand in de buurt, en met behulp van de sleutel die Maurice hem had gegeven haalde hij de schuifdeur van het slot.

Die ging knarsend open, en de geur van stof die zijn neus binnendrong vermengde zich met de geur van motorolie. Hij betastte een halve minuut de muren op zoek naar een lichtschakelaar toen hij tegen iets groots midden in de ruimte aanliep. Erboven hing een kaal peertje aan een draad.

Court werd even duizelig van het licht dat het peertje verspreidde. Hij trok snel de garagedeur naar beneden om zichzelf van de buitenwereld af te zonderen en ontdekte toen hij zich omdraaide dat het voorwerp in het midden van de garage een auto was, bedekt door een doek.

Maurice had niets gezegd over een auto. Hij vroeg zich heel even af of hij wel de juiste garagebox had bereikt.

Hij trok het doek weg en liet het op de grond vallen.

Hij keek naar een grote zwarte sedan, een vierdeurs Mercedes s-klasse met een zwartleren interieur.

Court ging ervan uit dat het voertuig meer dan honderdduizend dollar had gekost.

'Dank je, Maurice,' mompelde hij.

Toen hij het niet afgesloten portier aan de bestuurderszijde openmaakte, zag hij dat de sleutel in het contact zat. Toen hij het dashboard aflas, zag hij dat de auto nog geen tienduizend kilometer had gereden. Hij was prachtig, en zou de acht uur durende rit naar Normandië zeker sneller en comfortabeler maken, maar er waren nog wel meer manieren om daar te komen. Nee, wat hij echt nodig had, waren wapens. Daar was in Europa veel moeilijker aan te komen dan aan een goed vervoersmiddel.

Vol verwachting ontsloot hij de achterklep van de Mercedes en liep naar de achterkant van de auto.

Daarin zag hij vier aluminium kisten naast elkaar staan. Court trok de eerste boven op de andere en maakte hem open.

Zijn mondhoeken krulden omhoog.

Zwaar geschut.

'Maurice, mijn held,' zei hij.

Een goed geoliede HK MP5, netjes in zijn schuimrubberen behuizing; ernaast vier magazijnen met elk dertig 9 millimeterkogels; en aan weerszijden van de MP5 twee handgranaten.

Hij laadde het machinepistool, deed een patroon in de kamer en gooide het wapen samen met de reservemagazijnen op de voorstoel van de Mercedes.

In de tweede kist zaten twee handgranaten en twee *flash-bang* verdovingsgranaten, twee explosieven om deuren mee open te blazen, en een klein stukje semtex met een op afstand bedienbare ontsteker. Court liet deze attributen voorlopig in de kofferbak liggen.

De derde kist van geborsteld aluminium bevatte een draagbaar gps-apparaat, twee met elkaar verbonden walkietalkies en een laptop. Deze spullen verplaatste hij naar de achterbank van de auto.

In de laatste kist trof Court twee Glock-19 9 millimeterpistolen en vier volle magazijnen aan.

In deze kist zaten ook een riem en twee op de dij te dragen holsters. Die voor op de rechter was bedoeld voor een Glock, en in de andere, die hij op zijn linkerheup zou bevestigen, zou hij de magazijnen voor het machinepistool en het pistool bewaren.

Instinctief tilde hij de mat in de kofferbak van de Mercedes op. Daaronder ontdekte hij nog een wapen, een AR-15 semiautomatisch geweer. Naast het reservewiel lag een plastic doos met drie geladen magazijnen voorzien van .223-munitie, bij elkaar negentig kogels.

Court was een paar minuten bezig om de satelliettelefoon aan de praat te krijgen en de bediening van de gps uit te vogelen. Ondertussen hoorde hij op pakweg vijfhonderd meter bij hem vandaan het geloei van de politie-, brandweer- en ambulancesirenes die op weg waren naar Maurice' huis.

Court trok op basis van deze aanzienlijke wapenvoorraad twee conclusies over zijn voormalige mentor. Ten eerste dat hij hoewel hij afscheid had genomen van de CIA en een gewoon burgerbestaan leidde, niettemin redenen had om aan te nemen dat hij zich nog eens met geweld uit een netelige situatie zou moeten zien te redden.

Ten tweede mocht hij er op basis van de luxeauto en de waanzinnige kwantiteit en kwaliteit van de spullen die hij had aangetroffen van uitgaan dat de geruchten over zijn mentor wel degelijk waar waren.

Dat hij waarschijnlijk had gesjoemeld met de rekeningen die hij namens de CIA beheerde.

Maurice had zeker geweten dat Court deze conclusie zou trekken, en had zijn jonge protegé toch zijn voorraad nagelaten. De stervende man had als laatste wens dat Court het zou gebruiken om te vluchten en zijn missie succesvol af te ronden, en niet te hard over hem zou oordelen.

Terwijl Court door de getinte ramen recht voor zich uit keek en de garage uit reed, zag hij alsmaar meer hulpdiensten langskomen die zich naar de plaats delict spoedden. Hij worstelde met tegenstrijdige gevoelens. Court had in zijn leven nog geen dubbeltje achterovergedrukt. Hij had nooit zijn dagtarief opgeschroefd als hij moorden en illegale klussen voor maffiatypes en drugsdealers moest uitvoeren. Nee, hij mocht dan een moordenaar zijn, maar geen dief. Dat Maurice de firma had bestolen was teleurstellend, maar uiteindelijk zou Court profiteren van een groot deel van dat gestolen geld. Hij was zowel idealistisch als pragmatisch. Hoewel Maurice' diefstal niet goed te praten viel, nam hij zich voor het zijn voormalige instructeur niet te zwaar aan te rekenen. Hij zou in plaats daarvan de eer van de oude man redden en elke kogel en elk wapen gebruiken om de drie onschuldigen in Normandië te redden en de personeelsdossiers van alle agenten van de Special Activities Division te bemachtigen.

Riegel stond achter de Techneut. Lloyd stond links van hem. De jongeman met de paardenstaart zat met zijn koptelefoon op achter zijn met computerschermen volgebouwde bureau.

Toen de twee mannen die de leiding over de operatie hadden het gezicht van de jonge Brit bekeken, wisten ze dat hij hun geen goed nieuws te melden had.

De Techneut zei: 'Onze bronnen ter plaatse bevestigen de dood van alle Zuid-Afrikanen. Er is op de locatie van het doelwit een grote ontploffing geweest. Alles wijst op een gaslek. Zonder twijfel ontstoken door geweervuur of een andere vorm van geschut. De brandweer doet nog onderzoek naar de explosie; ze hebben nog geen dodental, maar kunnen enkel bevestigen dat er geen overlevenden zijn. Meerdere slachtoffers.'

Lloyd zei: 'Gentry?'

De Techneut schudde zijn hoofd. 'Hij is een paar minuten voor de ontploffing gezien toen hij het pand verliet.'

'Door wie?'

'Een uitkijkpost die hem echter in de menigte is kwijtgeraakt.'

'Kom op zeg!' schreeuwde Lloyd. 'Moet ik hem dan zelf afmaken?'

Riegel haalde zijn telefoon uit zijn zak en pleegde een telefoontje. Wachtte even. 'Ja, met mij. Ik heb een helikopter nodig. Haal de volgende spullen op en breng ze voor het donker hierheen. Schrijf dit op. Infraroodcamera's, bewegingssensoren, remote sensing, beeldschermen en kabels. Heb je dat allemaal? Zoek ook Serge en Alain en zorg dat ze aan boord van die helikopter zitten. Zeg tegen ze dat ze alles moeten meenemen wat er voor nodig is om een elektronische beschermmuur rond Château Laurent op te trekken.' Hij verbrak de verbinding.

Lloyd keek hem aan. 'Waar ging dat allemaal over?'

'Elektronische beveiliging. Mannen om het aan te leggen en in de gaten te houden.'

'Waar is het voor?'

'Voor Gentry, voor vanavond.'

'Hij zit nog vijfhonderd kilometer bij ons vandaan, tussen hem en ons staan nog vijfendertig schutters. Je denkt toch niet echt dat hij het helemaal tot hier gaat redden?'

'Het is mijn verantwoordelijkheid ervoor te zorgen dat hij het niet overleeft. Of hij nu de dood vindt in Genève, op een weggetje in de Franse Alpen of hier voor op het gazon, het is mijn taak om jouw operatie te redden. Ik ga tussen zijn huidige locatie en zijn bestemming elk instrument, elk technologisch voordeel, elk levend lichaam en elk geweer inzetten dat ik tot mijn beschikking heb.'

De Techneut keek op naar de twee mannen achter hem. Voor de eerste keer gaf de jongeman blijk van enige emotie: angst. 'Niemand heeft me verteld dat hij daadwerkelijk hier kan opduiken. Ik ben geen man voor in het veld, verdomme.'

Riegel keek streng op hem neer. 'Je bent bij dezen gepromoveerd.'

De Techneut richtte zijn aandacht weer op zijn beeldscherm.

Hierna belde Riegel naar boven naar de toren en verordonneerde de Wit-Russische scherpschutter om samen met hem en Lloyd naar de achtertuin te komen. De scherpschutter trof hen bij de fontein, zijn grote Dragunov-geweer hing voor zijn borst. Gezamenlijk liepen ze langzaam langs het met bloed besmeurde gras, naar de boomgaard die aan het einde van de achtertuin begon en een paar honderd meter doorliep tot aan de hoge stenen muur die om het hele terrein liep. Riegel en de scherpschutter snoven de lucht op, knielden toen en lieten hun handen door het gras gaan. Ze namen hun omgeving zorgvuldig in zich op. Lloyd maakte enkel een verveelde en geïrriteerde indruk.

Riegel sprak de scherpschutter in het Russisch toe. Lloyd liet zijn blik over de boomgaard dwalen. 'Je weet wanneer je in actie moet komen?'

'Schiet op alles wat op het chateau afkomt.'

'Zo is het.'

'Makkelijk zat.'

Riegels wandelschoenen zakten weg in het goed onderhouden gazon. Hij snoof de lucht weer op. 'Was het vanochtend mistig?'

'Ja. Zicht hooguit tweehonderd meter. Tot tien uur 's ochtends kon je niet voorbij de appelbomen kijken.'

'Dat zou geen probleem moeten zijn. Als hij hier al opduikt, is het voor zonsopgang.' De Wit-Rus knikte terwijl hij door zijn vizier naar de boomgaard keek. Riegel zei: 'Je had de vader niet moeten doodschieten.'

De scherpschutter haalde slechts zijn schouders op terwijl hij de nabije omgeving bestudeerde. 'Als jij ter plaatse was geweest, had ik het niet gedaan. Maar op dat moment had ik niet de leiding. Ik heb de beslissing genomen om te schieten. Dat is wat ik doe, tenzij me iets anders wordt opgedragen.'

Riegel knikte. Hij bleef zijn scherpschutter even aankijken. 'Ik heb het lijk gezien. De kogelwond. Goede beslissing of niet... het was een prachtig schot.'

De Wit-Rus liet het vizier van de Dragunov zakken maar bleef de boomgaard doorzoeken. Hij toonde geen enkele emotie. '*Da*. Dat was het zeker.'

Lloyd vond dat hij lang genoeg genegeerd was. 'Luister, Riegel. Je verspilt je tijd. Zelfs als Gentry het tot hier haalt, wat niet zal gebeuren, denk je dan echt dat hij dwars door het midden van de tuin naar het chateau zal gaan?'

'Dat zou kunnen. Hij zal kiezen voor wat hij op dat moment als zijn beste optie beschouwt.'

'Dat is belachelijk. Hij zal echt niet in zijn eentje het kasteel bestormen.'

'Ik moet me voorbereiden alsof hij dat wel gaat doen. Zijn opties zullen beperkt zijn.'

'In dat geval, waarom leg je de tuin verdomme dan niet vol landmijnen?' Lloyd verpakte zijn sarcasme in niet mis te verstane hoon.

Riegel keek hem lang aan. 'Weet jij waar ik landmijnen vandaan zou kunnen halen?'

Op dat moment begon de telefoon in Lloyds zak te piepen.

'Ja?'

'Je spreekt met de Techneut. Gentry belt naar Sir Donalds toestel. Ik kan het gesprek naar je doorzetten.'

Lloyd zette zijn telefoon op speaker. 'Doe het.'

'Hallo, Lloyd.' Gentry's stem klonk vermoeid.

'Dus je bent weer door het oog van de naald gekropen. Ik hoopte me eigenlijk vanavond nog over je verkoolde resten te kunnen buigen.'

'Nee. In plaats daarvan hebben je huurlingen net een vijfenzeventigjarige Amerikaanse held vermoord.'

'Juist. Een terminaal zieke, uitgerangeerde en corrupte spion. Gun me even de tijd de tranen uit mijn ogen te vegen.'

'Fuck you, Lloyd.'

'Ben je in Genève?'

'Dat weet je best.'

'Moet ik je verdomme een landkaart faxen? Noord-Frankrijk ligt *in Noord-Frankrijk* godverdomme, niet in het zuiden van Zwitserland. Ik heb geen idee waar Maurice je bezoekje aan te danken had. Geld, documenten, wapens, een handlanger, het zal wel. Geen van die zaken zal op de lange termijn ook maar iets uitmaken. Het enige waar je je op dit moment zorgen over dient te maken is tijd, want als morgenochtend de kleine wijzer op de acht staat en de grote op de twaalf, is het jachtseizoen op kleine Engelse meisjes hier verdomme geopend!'

'Maak je geen zorgen, Lloyd. Ik kom gauw.'

'Waar bel je voor?'

'Ik zat me hier zorgen te maken dat je wellicht achterover zou leunen omdat je dacht dat ik bij de explosie om het leven was gekomen. Het vooruitzicht dat je mogelijk genoot van een ontspannen middag kon ik niet uitstaan, dus vandaar dat ik even bel, en je eraan herinner dat je vanavond even een lichtje voor me aan moet laten.'

Lloyd snoof in de telefoon. 'Je wilde gewoon even zeker weten dat ik de missie niet als verloren zou beschouwen. Dat ik niet naar beneden zou rennen om de Fitzroys af te maken omdat ik ze niet meer nodig heb.'

'Dat ook. Ik weet niet hoeveel moordcommando's er nog tussen jou en mij staan, maar alle zware jongens ter wereld kunnen mij er niet van weerhouden binnen een paar uur mijn handen om je nek te leggen.'

De Techneut rende naar de drie mannen in de achtertuin. Hij hield buiten adem een papier omhoog waar hij haastig de woorden 'Sat tel - ontraceerbaar' op had gekrabbeld.

Lloyd fronste zijn wenkbrauwen. Hij zei: 'Court, je dood is onvermijdelijk. Waarom bespaar je ons allemaal niet wat tijd door zelfmoord te plegen, en daarna je hoofd in een koelbox naar me toe te sturen.'

'Ik weet het goed gemaakt met je. Ik lever het hoofd. Jij zet vast de koelbox klaar. Het zal niet lang duren voordat je de kans krijgt ze samen te voegen.'

'Dat klinkt als een goed plan, kerel.'

'Morgenochtend zal Julius Abubaker een ander schoothondje moeten vinden om mee te onderhandelen, want als je het verkloot, en je gáát het verkloten, zal je worden vermoord, als ik dat al niet gedaan heb.'

Lloyd vertrok zijn gezicht van woede. 'Ik ben niemands schoothondje, jij primitieve klootzak. Ik heb in mijn tijd genoeg zelfvoldane koppensnellers zien komen en gaan. Jij bent geen haar beter. Het lijkt me verstandig van je om te onthouden dat je ondanks je reputatie en je angstaanjagende bijnaam niets meer bent dan een veredelde deurintrapper. Je bent binnen een paar uur dood, en voordat de maden hun werk hebben gedaan zal ik je alweer vergeten zijn.'

Het bleef even stil. 'Laat me eens raden, Lloyd. Jouw vader was een man van aanzien.'

'Sterker nog, mijn vader ís een man van aanzien.'

'Dat dacht ik wel. Tot gauw.' Gentry verbrak de verbinding.

Riegel verborg zijn glimlach voor Lloyd. De Techneut stond nog met zijn handen op zijn knieën uit te hijgen van het rennen. Hij zei: 'Gentry wekt de indruk dat hij werkelijk gelooft dat hij ons zal bereiken.' Er klonk tussen het gehijg hoorbaar angst door in zijn stem.

Lloyd viel naar hem uit. 'Weer aan het werk jij. Ik wil helikopters in de lucht, ik wil mannen in de treinen, en ik wil hem dood voordat hij Parijs bereikt!'

Een uur later stond Riegel op de vlakke borstwering aan de achterzijde van het dak van het chateau. Hij keek door de ter decoratie aangebrachte kantelen de koude maar zonnige middag in. Drie teams van Wit-Russen, elk bestaande uit twee mannen met automatische wapens en portofoons, liepen zigzaggend over het terrein. De scherpschutter en zijn spotter zaten links van Riegel hoog in de toren en hadden een vrijwel onbelemmerd uitzicht over zowel de gehele achter- als voortuin. De helikopter met de infraroodapparatuur had zich zojuist gemeld met de mededeling dat ze vanuit Parijs onderweg waren met alle spullen en de twee technici die het allemaal binnen een uur aan elkaar konden knopen.

De Techneut had in Genève een moordcommando aan boord laten gaan van de TGV, de hogesnelheidstrein naar Parijs. Ze hadden Gentry nog niet gezien. Nog eens drie teams en het merendeel van de beschikbare uitkijkposten hadden positie gekozen op de snelwegen door de Franse Alpen die The Gray Man zou moeten nemen als hij zich per auto of motorfiets verplaatste. Er waren nog eens drie moordcommando's in Parijs. Het was een logische pleisterplaats, een stad waar het wemelde van bekende contactpersonen, en een stad die hij wellicht zou aandoen om zich te verzekeren van voorraden of ondersteuning.

Er zat voor Kurt Riegel momenteel weinig anders op dan afwachten.

Maar iets zat hem niet lekker.

Hoewel hij zich ervan vergewiste dat hij op dit moment alle mogelijke eindjes van de operatie aan elkaar had geknoopt, werd de knagende irritatie die in zijn achterhoofd de kop op had gestoken met de minuut sterker. Maar zelfs toen hij geen enkele andere voorzorgsmaatregel meer kon verzinnen, ging het gevoel niet weg.

Uiteindelijk wist hij de bron van zijn ongemak te herleiden: een opmerking die The Gray Man tegen Lloyd had gemaakt. Natuurlijk had Gentry inmiddels wel uitgedokterd dat deze operatie tegen hem alles te maken had met de moord op Isaac Abubaker. Maar wat bedoelde hij met de opmerking dat Lloyd Abubakers schoothondje was? Hoe kon Gentry weten dat Lloyd niet gewoon een werknemer was van Abubaker of de CIA die gewoon zijn werk deed? Dat hij andere motieven voor zijn daden had? Een of andere afspraak. Riegel had het met de hand geschreven transcript gelezen van het telefoongesprek dat Gentry eerder met Lloyd had gevoerd, nog voor hij ter plaatse was. Noch Lloyd noch Fitzroy had iets losgelaten over de LaurentGroup of de werkelijke reden voor zijn onderneming. Waarom zou The Gray Man ervan uitgaan dat deze operatie te maken had met een deal tussen de partijen, iets wat met de term 'onderhandelen' duidelijk geïmpliceerd werd? Waarom ging The Gray Man ervan uit dat Lloyds leven afhankelijk was van het welslagen ervan?

Hij bleef nog een volle minuut speculeren, en toen Riegel de oplossing eenmaal had, kwam dat vanwege een aanwijzing die hem inviel alsof hij tijdens een safari jacht maakte op een dier. Een ervaren jager kan als hij een dier volgt aanwijzingen in diens sporen lezen, aanwijzingen dat het weet dat het wordt gevolgd. Dat het een geur had opgevangen. Een beweging had waargenomen. De tred van een prooi die gevaar bespeurt verandert, en enkel een bijzonder vaardige jager is in staat dat soort subtiele veranderingen in het spoor van zijn prooi waar te nemen.

Kurt Riegel was zo'n jager.

Gentry had meer dan alleen de geur van de achterliggende operatie opgevangen. Hij was op de hoogte van specifieke details die hij slechts op één manier te weten had kunnen komen.

Kurt Riegel draaide zich op de borstwering om en betrad het chateau. Hij liep langs Lloyd die net uit de wc kwam en liep met de tred van een soldaat de gang door.

Lloyd zag de vastberadenheid van de jager. 'Wat is er? Wat is er aan de hand?'

Riegel zweeg. Hij stiefelde de gang door en daalde de brede, met tapijt beklede trap naar de tweede etage af. Hij liep in hoog tempo ook deze gang door, langs de blakers en de schilderijen, langs de deur van Elise Fitzroys kamer, langs de slaapkamer waar de kinderen opgesloten zaten. Met Lloyd in zijn kielzog passeerde hij Leary, een van de zware jongens uit Noord-Ierland die Lloyd vanuit de Londense vestiging van de LaurentGroup had laten overkomen. De tweeënvijftigjarige Duitser zette zijn schouder tegen de zware deur die Leary bewaakte, die daarop met kracht openzwaaide. In de ruime kamer daarachter lag Sir Donald Fitzroy onder een witte deken op zijn rug in bed, met zijn gezicht naar de deur, en zag de mannen zijn kamer binnenkomen.

Riegel liep door de kamer naar Fitzroys bed. De beleefdheid die hij tijdens de vorige ontmoeting in acht had genomen was ver te zoeken. Hij trok een gezicht van een man die in de maling was genomen en nu uit was op bloed.

Op een gedempte toon die niet paste bij zijn gedrag, stelde Riegel een uit één woord bestaande vraag: 'Waar?'

Lloyd en Leary stonden achter hem in het midden van de kamer.

Ze keken elkaar vragend aan, nieuwsgierig naar wat er aan de hand kon zijn.

'Waar heb je het over?' vroeg Fitzroy.

Riegel trok zijn Steyr-pistool en drukte de loop met kracht tegen het kale voorhoofd van Fitzroy. 'Je allerlaatste kans.' Hij sprak nog altijd op fluistertoon. 'Waar ligt-ie?'

Na een korte pauze stak Fitzroy zijn armen langzaam onder de deken. Even later haalde hij een mobiele telefoon tevoorschijn. Hij overhandigde hem aan de grote Duitser.

Riegel keek er niet eens naar. Hij liet hem in zijn zak glijden. 'Wie?' vroeg hij, nog altijd op gedempte, boze toon.

Fitzroy zei niets.

'Het kost me niet meer dan een paar tellen om de eigenaar van deze telefoon te achterhalen. Je kunt jezelf de nodige ellende besparen door het me zelf te vertellen.'

Fitzroy wendde zijn blik af van Riegel, keek naar Lloyd die aan de andere kant van de kamer stond, en liet zijn ogen toen naar de Noord-Ierse bewaker dwalen.

'Padric Leary werkte vroeger voor me, in de goeie ouwe tijd in Belfast. Je was een van mijn beste tipgevers, Paddy.' Hij keek weer naar Kurt Riegel. 'Maar die eikel heeft me flink laten dokken om een paar telefoontjes te mogen plegen.'

Terwijl de woedende Riegel zijn aandacht van de Engelsman naar de Ier verlegde, riep Fitzroy naar de met stomheid geslagen bewaker: 'Sorry, ouwe jongen. Ik denk dat je alsnog naar die tienduizend pond kunt fluiten. Je zult je moeten troosten met het feit dat je je een trouwe dienaar van de kroon hebt betoond.'

Leary keek Riegel aan. 'Hij liegt, verdomme. Een typische streek voor een Brit. Hij liegt! Twee dagen geleden had ik die ouwe klootzak nog nooit van mijn leven gezien!'

'Is dit jouw telefoon?' Riegel haalde hem uit zijn zak en hield hem omhoog.

Leary keek er een paar tellen naar, en begon toen naar het bed te lopen waar Fitzroy in lag.

'Hoe heb je verdomme je kromme ouwe poten op mijn…'

Er weergalmde een pistoolschot in de kamer. Leary's hoofd kantelde naar voren, hij stortte met zijn gezicht voorover aan Riegels voeten neer. De Duitser liet zich op een knie vallen, hief zijn wapen in een flits toen hij zich liet zakken.

Lloyd stond midden in de kamer en hield aan het einde van zijn uitgestrekte arm een klein zilverkleurig automatisch wapen vast. Hij mikte nog altijd op de plek waar het achterhoofd van de Ier zich had bevonden voordat hij door de .380 met holle punt naar voren was geslingerd.

'*Nein!*' schreeuwde Riegel.

Terwijl Lloyd sprak, zwaaide hij wild met het pistool door de kamer, gebruikte het als een soort aanwijsstok. 'We hebben al genoeg problemen zonder ons zorgen te hoeven maken over vijanden in onze eigen gelederen.' Toen liep hij naar Riegel toe, die nog altijd gehurkt zat en met zijn ogen het pistool volgde dat aan het uiteinde van Lloyds arm door de kamer zweefde. 'Je wilde Donnie als een heer behandelen, en dit is zijn dank. Je bent te slap geweest, en dat heeft hij tegen je gebruikt. Hij manipuleerde al mensen toen ik nog niet eens geboren was. Dat is zijn werk! Zoek uit wie hij heeft gebeld en wat hij heeft gezegd. Nu meteen, anders bel ik Marc Laurent met de mededeling dat je mijn missie traineert!' Lloyd liet zijn wapen zakken en draaide zich om. Hij liep de kamer uit.

Nadat hij nog een paar seconden op zijn knie en met zijn wapen in de aanslag naar doelwitten had gezocht, stak Riegel zijn pistool weer in de holster, keek Fitzroy aan en zei: 'Ik ben teleurgesteld.'

Fitzroy klonk opmerkelijk krachtig. 'Ik zie de wanhoop, Riegel. Ik zie hem in je ogen, en in die van Lloyd. Dit gaat niet enkel over een contract voor het winnen en verschepen van aardgas. Abubaker heeft nog iets anders waarmee hij de LaurentGroup chanteert.

Iets smerigs over jouw verleden, je zaakjes. Iets wat je organisatie zal doen ontploffen als het ooit uitkomt.'

Riegel keek in een spiegel die boven een grote buffetkast hing. Hij streek met zijn vingertoppen door zijn grijzende haardos. 'Dat klopt, Sir Donald. We hebben onszelf in een allesbehalve benijdenswaardige positie gemanoeuvreerd. Zoals mijn vader placht te zeggen: wie naast de honden gaat liggen, wordt wakker met vlooien. Nou, we zijn vele, vele jaren naast heel veel honden gaan liggen. Abubaker is een van de ergste, en hij weet waartoe Marc Laurent allemaal bereid is om geld en macht te vergaren. Sinds de dekolonisatie van Afrika liggen de delfstoffen op het continent voor iedereen die bereid is met een despoot samen te werken voor het grijpen. Abubaker zit al jaren in onze achterzak... maar nu heeft hij ons in de tang. Hij dreigt een boekje open te doen over wat Marc Laurent er allemaal voor over heeft gehad om de Afrikaanse rijkdommen naar zich toe te trekken. Dat is geen fraai verhaal. Het zou ons heel wat waard zijn als de aftredende president dat voor zich houdt.'

Hierna begon Riegel naar de deur te lopen. Zonder achterom te kijken riep hij naar zijn gevangene: 'Ik zal iemand sturen om het lijk op te ruimen.'

'Doe geen moeite. Als Court hier is, zal het kasteel ermee bezaaid zijn.'

26

Vijf soldaten van de Saoedische Al Mukhabarat Al A'amah, oftewel de General Intelligence Directorate, vlogen in een gestolen Eurocopter EC145 in westelijke richting over de Alpen. De heli was eigendom van een plaatselijke ondernemer annex agent die zijn zakken had gevuld met het vervoeren van snowboarders en avontuurlijk ingestelde skiërs naar de anders onbereikbare toppen op de Mont Blanc en andere bergen in de regio.

Terwijl de Saoedi's nu in noordelijke richting boven de snelweg vlogen lag de eigenaar van de ranke zwarte Eurocopter, een afgezwaaide majoor uit het Franse leger, dood in zijn hangar, geveld door een enkel schot in zijn hart, afgevuurd met een pistool met geluiddemper. De weg onder hen steeg en daalde, slingerde en verdween in alpentunnels, en liep langs felgroene bossen en meren die zo blauw waren dat de heldere lucht die hen omringde daar maar flets tegen afstak.

Enkel de Saoedische piloot was het Engels machtig. Hij onderhield sporadisch contact met de Techneut via een open lijn tussen zijn headset en het commandocentrum waarvan de verbinding gelijke tred hield met de grillige pieken aan weerszijden van de heli. De Techneut onderhield tegelijkertijd contact met andere moordcommando's in de omgeving en gaf verslagen door van de uitkijkposten bij busstations en taxistandplaatsen. Sinds hij na het verlaten van het huis van de financier in Genève aan hun aandacht was ontsnapt, was The Gray Man nergens meer gesignaleerd.

Reizigers die van het Zwitserse Genève via het zuidwesten van Frankrijk naar het Franse binnenland willen, kunnen dit het makkelijkste doen via de snelweg A40. Als je eenmaal in het plaatsje Viriat bent aangekomen kun je op de A40 blijven en dan naar de A6, of via de A39 in noordoostelijke richting naar Dijon rijden. Het is, welke route je ook neemt, ongeveer vijf uur rijden naar Parijs, wat algauw oploopt tot zes uur of meer als je deze routes wilt vermijden.

De Saoedi's in de helikopter wisten waar ze hun doelwit moesten zoeken. Als hij over de weg kwam, wisten ze dat hij onder hen op de A40 moest rijden.

Ze wisten echter niet naar welk voertuig ze moesten uitkijken.

Dertig uitkijkposten posteerden zich op kruispunten, parkeerplaatsen, langs de kant van de snelweg met de motorkap open. Anderen mengden zich in het verkeer. Iedere straatartiest speurde de weg af, bekeek de inzittenden van zo veel mogelijk auto's op zoek naar elementaire herkenningspunten. Omdat zo'n grote operatie moeilijk verborgen te houden was voor de politie, was Riegel er om die reden, zij het niet enkel daarom, op tegen geweest. Toen het duidelijk was dat Gentry zich niet aan boord van een trein of bus bevond wilde Riegel dat alle uitkijkposten en alle moordcommando's zich inclusief alle apparatuur terugtrokken in Parijs. Hij wist zeker dat The Gray Man Parijs niet volledig zou mijden. Riegel ging ervan uit, en Lloyd sprak hem daarin niet tegen, dat de financier van de CIA die Court in Genève had bezocht hem waarschijnlijk had voorzien van wat spullen, wapens, een voertuig, medische verzorging en waarschijnlijk ook contant geld. Daarnaast schatte Riegel in dat als The Gray Man de tijd had om Sir Donald Fitzroy telefonisch te woord te staan hij ook de tijd had om andere contactpersonen uit het omvangrijke netwerk van de voormalige CIA-bankier te benaderen. Als Court afspraken had gemaakt over het oppikken van mannen of materieel, zou hij geen tijd hebben om dat op locaties te doen die niet op zijn route lagen.

In Parijs, de laatste grote stad op zijn route, wemelde het van de schutters, documentenvervalsers, handelaren in illegale wapens, oud-CIA-piloten, en allerlei andere schimmige types die The Gray Man kon inzetten om hem te helpen de Fitzroys te redden en de personeelsdossiers die Lloyd van de Amerikaanse inlichtingendienst had gestolen veilig te stellen.

Riegel wilde dat iedereen die met de operatie te maken had zich op Parijs zou concentreren, maar Lloyd stond erop om bij een knooppunt op de snelweg naar het noorden nog een laatste hinderlaag te leggen om te voorkomen dat Gentry het chateau nog dichter zou naderen.

Maar Court ging niet via de A40 naar de A6, en ook niet via de A40 naar de A39. Hoewel dat met voorsprong de handigste routes waren, redeneerde Court dat dat niet opging voor reizigers die door tientallen moordenaars langs deze routes opgewacht werden.

Nee, Court besloot dat hij zijn vermoeide en gehavende lichaam als gevolg van de tegen hem opgezette operatie nog aan een uur of twee extra reistijd diende te onderwerpen. Het zou niet fijn worden, zeven volle uren achter het stuur om in Parijs te komen, maar hij zag geen alternatief. Met alle spullen in de kofferbak die hij mee te zeulen had, was reizen per trein of bus uitgesloten. Hij moest wel met de auto.

Dat kon in elk geval in stijl. De Mercedes S550 was rank en solide, en het nagenoeg nieuwe interieur vulde zijn neus met de luxueuze geur van mooi afgewerkt leer. De 382 pk sterke motor was terwijl hij voortsnelde met een snelheid van ruim 135 kilometer per uur amper te horen, en Court had gezelschap van het geluidssysteem met satellietspeakers. Hij zette af en toe de radio aan en wist uit het Frans met moeite informatie te destilleren over vuurgevechten in Boedapest, Guarda en Lausanne, en nog iets over een ontploffing in een woning in het oude centrum van Genève.

Rond vijf uur 's middags dreigde Court door de vermoeidheid in de vangrail te belanden. Vlak voor het plaatsje Saint-Dizier zocht hij een parkeerplaats op. Hij tankte en kocht een grote maar eenvoudige baguette met ham en kaas. Hij werkte twee blikjes frisdrank weg en kocht na een toiletbezoek nog een grote fles water. Hij was binnen een kwartier weer onderweg. Volgens de gps die op zijn dashboard lag, zou hij op z'n vroegst om negen uur 's avonds Parijs bereiken. Op basis van wat hij allemaal nog moest doen voordat hij verder kon naar Normandië, berekende Court dat hij rond halfdrie 's nachts bij het chateau zou aankomen.

Dat lukte alleen, zo gaf hij aan zichzelf toe, als hij onderweg in Parijs nergens tegenaan zou lopen.

'Hoogste tijd om iedereen terug te roepen naar de hoofdstad,' zei Riegel. Hij stond achter Lloyd en de Techneut, die net terug waren gekeerd in het commandocentrum nadat ze twee uur lang met de twee Franse beveiligingsdeskundigen het elektronische cordon om het chateau hadden opgezet.

Lloyd knikte slechts, herhaalde de woorden van de Duitser tegen de Techneut die naast hem zat. Toen sprak hij weer tot de vp van Security Risk Management Operations. 'Waar hangt hij in godsnaam uit?'

'We wisten dat de kans bestond dat hij een andere weg zou nemen. Hij kan wel honderd verschillende routes hebben genomen. Via het platteland doet hij er langer over naar Parijs, maar hij zal er uiteindelijk wel komen.'

'Als hij onderweg is naar Parijs.'

'We gaan ervan uit dat hij niet in zijn eentje een versterkt kasteel vol schutters en gijzelaars zal aanvallen. Hij zal ergens hulp vandaan moeten halen voordat hij hier aankomt, en het merendeel van zijn handlangers zit voor zover bekend in Parijs. Als hij ergens een tussenstop maakt, dan in Parijs. Aangezien hij gewond is, heb ik in elk ziekenhuis in Parijs spionnen geposteerd.'

'Hij zal niet naar een ziekenhuis gaan.'

'Waarschijnlijk niet nee. Hij zal niet op zo'n eenvoudige manier in de kijker willen lopen.'

'Een arts uit Fitzroys Netwerk, misschien?' opperde Lloyd.

'Zou kunnen. Maar de straatartiesten zitten overal en houden alle contactpersonen die we kennen in de gaten.'

'Hij mag Parijs niet levend verlaten.'

'Zover was ik ook al, Lloyd.'

27

Iets na negen uur 's avonds bereikte Court de oostgrens van Parijs. De pijn in zijn voeten, knieën, dij, pols en ribben werd slechts overschaduwd door zijn extreme vermoeidheid, maar toch ging hij de stad in, waar hij een te dure parkeerplaats in een ondergrondse garage vlak bij station Gare Saint-Lazare vond. Hij legde alle wapens op de achterbank, sloot de auto af en ging naar boven de straat op.

Hij had onderweg tijd genoeg gehad om zijn plan van aanpak te bedenken als hij eenmaal in Parijs zou zijn en had met behulp van de gps een paar winkels in de buurt gevonden. Na een paar minuten door de koude en mistige avond gelopen te hebben, betrad hij een McDonald's, baande zich een weg door de horde kinderen van alle nationaliteiten en ging naar het toilet. Daar nam hij anderhalve minuut de tijd om zijn vermoeide gezicht te wassen, zijn verwarde haar te fatsoeneren, gebruik te maken van de wc en zijn kleding schoon te vegen met een luchtverfrissende gel.

Het was een halfslachtige poging, maar beter dan niets.

Vijf minuten later stapte hij op het moment dat de verkoper het bordje aan de deur naar FERMÉ omdraaide, een herenmodezaak aan de Rue de Rome binnen. Court greep een duur zwart confectiepak met een krijtstreepje van het rek, plus een wit overhemd, een ingetogen blauwe stropdas, een riem en schoenen. Hij rekende af aan de toonbank en ging toen met de kledingtas over zijn schouder naar een winkel die sportartikelen verkocht. Daar schafte hij een complete buitensportgarderobe in het bruin aan.

Vlak voordat de kledingwinkels hun deuren sloten ging hij weer de straat op, vond tegenover het station een drogisterij, waar hij zowel een elektrisch scheerapparaat als een scheermes kocht, een schaar, scheerschuim, en een paar snoeprepen. Hij pakte uit een rek een zwarte bril met vensterglazen en besloot die na hem opgezet te hebben ook te kopen. Toen hij naar de toonbank liep om af te rekenen, zag hij een chique lange zwarte paraplu aan zijn handvat aan een plank hangen. Het fraai gevormde attribuut trok zijn aandacht. Worstelend met zijn aankopen en zijn andere tassen pakte hij de paraplu en rekende alles af bij de verveelde Aziaat achter de kassa.

Iets na tienen keerde Court met zijn buit terug naar het station, liep dicht langs de muren en hield zijn hoofd gebogen en afgewend van de beveiligingscamera's die in de lange, open hal hingen. Hij negeerde een handvol bedelende Bosnische vrouwen en betrad een wc aan het einde van een gang naar een perron waar de laatste trein van de avond al was vertrokken. Hij stopte al zijn tassen in een wc-hokje en ging aan het werk.

Hij kleedde zich vlug uit tot aan zijn onderhemd en knipte zijn haar. Hij deed zijn best het meeste in de toiletpot te laten terechtkomen, en drapeerde de plastic zakken waarin zijn aankopen hadden gezeten eromheen om de rest op te vangen.

Hierna schoor hij met het elektrische scheerapparaat al zijn haar af tot zijn hoofd enkel nog met stoppels was bedekt. Met het scheermes en het schuim maakte hij het af. Hij stapte twee keer uit het hokje om in de spiegel het resultaat van zijn werk te bewonderen maar trok zich beide keren haastig weer terug om geen argwaan te wekken bij een toevallig binnenkomende passant.

Toen hij klaar was, stopte hij behoedzaam de tassen waarmee hij zijn haar had opgevangen in de vuilnisbak, en spoelde het haar in de wc-pot door. Hij waste zijn kersvers geschoren kop nog eens in de wasbak en trok toen snel het pak, het overhemd, de das en de schoenen aan. Hij zette de bril op, pakte de chic ogende paraplu en de rest van de tassen.

Achttien minuten nadat Court de wc was binnengegaan, liep hij er als een andere man weer uit.

Hij had uiteraard zijn haardracht en kleding veranderd, maar ook maakte hij zijn passen langer en ging rechter op lopen. Court vocht tegen de neiging te gaan hinken met zijn rechterbeen. De in het pak gestoken heer daalde de trap naar de parkeergarage af en legde zijn tassen weg, pakte een van de Glocks en ging weer de straat op, als een goedgeklede Parijzenaar die na een restaurantbezoek in zijn eentje naar huis liep. Terwijl hij tussen de overige voetgangers door de novembermist liep, deinde de paraplu langs zijn lichaam. Om halftwaalf stapte hij in de Rue Saint-Lazare in een taxi en gaf de chauffeur in gebroken Frans opdracht hem naar de Saint-Germain-des-Prés-buurt op de Linkeroever te brengen.

Song Park Kim had de Kazakken bij de Notre-Dame gezien. Het waren ongetwijfeld jagers die achter dezelfde prooi aan zaten als hij. Ze konden zich niet onttrekken aan zijn scherpe blik, en de Koreaan twijfelde er niet aan dat het The Gray Man net zo weinig moeite zou kosten om ze te ontmaskeren. Hij passeerde ook drie of vier stilstaande uitkijkposten; hoewel hij ze er dankzij zijn training direct uitpikte in de zaterdagavonddrukte, leken ze hem niettemin vakbekwaam.

Kim kende zijn doelwit. Als The Gray Man überhaupt een tussenstop in Parijs zou maken, zou hij er inmiddels al moeten zijn.

Zijn zintuigen die al op scherp stonden werden nog verder geprikkeld door het eenrichtingsverkeer van de Techneut in zijn oortje, en de Koreaan die ogenschijnlijk nonchalant van boulevard naar boulevard liep, zorgde ervoor dat hij niet te ver verwijderd raakte van de locaties van de hun bekende contactpersonen van Gentry.

Kim liep in volmaakte stilte door een uitgestorven straat. Het vanuit een Ierse pub afkomstige schijnsel verlichtte de kasseien voor hem; verder was het donker, en de Koreaan gebruikte de nacht als zijn bondgenoot, doorsneed hem met het gemak en de snelheid van een nachtelijke jager. Op de hoek van Boulevard Saint-Michel en de Rue du Sommerard dook hij een steeg in, vond de brandtrap die hij op een eerdere inspectietocht door de stad in zijn geheugen had opgeslagen en sprong op om hem te grijpen. De rugzak op zijn rug slingerde, het HK-machinepistool en de extra magazijnen zorgden ervoor dat de rugzak naar beneden schoof toen de Koreaanse huurmoordenaar zich aan de sporten optrok. Hij beklom geruisloos de metalen ladder en bereikte de zesde verdieping. Hij hees zich aan zijn sterke armen over de rand en stond toen op het dak. Hij had vanuit hier uitzicht op de Eiffeltoren die op twee kilometer afstand voor hem opdoemde; de Seine lag rechts van hem, en hij stond midden in het Quartier Latin, dat zich links van hem uitstrekte. De daken langs de Boulevard Saint-Michel die aan elkaar grensden vormden een hooggelegen doorgang boven de straat.

Dit zou Kims uitgangspunt worden deze avond. Als Gentry zich ergens op de Linkeroever liet zien, kon Kim er snel en ongemerkt over deze of een andere dakenrij naartoe. Als The Gray Man op de Rechteroever opdook, kon Kim binnen luttele minuten ter plaatse zijn door zich te laten afzakken en over een van de bruggen te rennen die ten noorden van hem over de koude, stromende rivier liepen die een glinsterende streep door de Lichtstad trok.

Bij een internetcafé aan Boulevard Saint-Germain klom Court Gentry uit zijn taxi. Hij bestelde aan de bar een dubbele espresso en een uur internettijd, rekende af en liep beleefd knikkend langs de studenten naar een vrije computer achterin. De bril stond op het puntje van zijn neus, hij hield de kop en schotel in zijn handen en had zijn dure paraplu aan zijn arm gehaakt.

Toen hij eenmaal online was, opende hij een zoekmachine en tikte 'LaurentGroup eigendommen in Frankrijk' in. Hij klikte op een website waar al het onroerend goed van het bedrijf werd opgesomd: havens, kantoorgebouwen, vrachtwagenstallingen, en een aparte webpagina met bijzondere vergaderlocaties. Daar stuitte hij op Château Laurent, een door het bedrijf gebruikt familiekasteel ten noordoosten van het gehucht Maisons in Zuid-Normandië. Toen hij de naam eenmaal wist en op internet meer informatie zocht, vond hij een site over Europese kastelen in privé-eigendom, waar hij stijlvolle foto's van het gedrongen zeventiende-eeuwse landhuis bekeek. Hij sloeg vele feitjes in zijn geheugen op, negeerde andere die onbelangrijk leken, zoals het feit dat Mitterrand er nog eens op konijnen had gejaagd, of dat een aantal hoge officieren die onder Rommel hadden gediend hun vrouwen daar hadden gestald toen ze in het dorp waren neergestreken om de laatste voorbereidingen voor de invasie te treffen.

Hij noteerde het adres met een pen die hij leende van de jongen met een donkere huid naast hem en ging toen naar de website van de LaurentGroup. Binnen een paar minuten vond hij het adres terug tussen de filialen van het bedrijf – het chateau stond geregistreerd als een bijkantoor en niet als een externe vergaderlocatie – en had hij het bijbehorende telefoonnummer getraceerd. Hij schreef dat op zijn onderarm, tot hilariteit van de jonge jongen die hem zijn pen had geleend en hem een stukje papier aanbood, dat Court echter afsloeg.

Hierna besteedde de Amerikaan een aantal minuten aan het bestuderen van satellietbeelden van de omgeving van het kasteel. De plattegrond van het bos, de beekjes die er in de buurt stroomden, de boomgaard achter het driehonderd jaar oude gebouw, en de onverharde wegen die buiten de muur liepen.

Hij bekeek nog een laatste keer de foto's van het bouwwerk. Het hoogste punt was een grote toren. Court wist dat daar een scherpschutter in zou zitten. Hij wist ook dat er een achtertuin van tweehonderd meter lengte tussen het Château Laurent en de appelboomgaard in lag. De voortuin was kleiner, maar de stenen muur was daar hoger en het licht beter. Hij stelde zich voor dat er mannen zouden patrouilleren met honden, dat er uitkijkposten in het dorp zaten en dat er wellicht zelfs een helikopter in de lucht hing.

Het was duidelijk dat Lloyd over voldoende middelen beschikte om het kasteel tegen één enkele, manke aanvaller te beschermen.

De fortificatie was niet ondoordringbaar; er waren maar zeer weinig plekken die voor Court ondoordringbaar waren. Maar als hij nu uit Parijs zou vertrekken, zou hij op z'n vroegst om twee uur 's ochtends in Bayeux zijn. Hij had tot acht uur, het moment waarop Lloyds deadline verstreek, om de Fitzroys te redden, maar dat was een schrale troost. Hij wist dat hij alleen in het holst van de nacht kans van slagen had, als de bewakers zouden slapen en trager reageerden.

Hoewel er dus wel degelijk mogelijkheden waren om Château Laurent binnen te dringen, wist Court dat het niet eenvoudig zou zijn dit te doen zonder eerst uren en uren op wacht te liggen en een idee te krijgen van alle veiligheidsmaatregelen.

Die uren en uren had hij niet. Hij kon voordat de zon opkwam hooguit een paar uur observeren.

En dat gold nogmaals alleen als hij Parijs nu zou verlaten, wat hij niet van plan was.

Om één uur ’s nachts zat Court in Café le Luxembourg aan de Rue Soufflot tussen het mooie en jonge volk aan zijn tweede dubbele espresso. Voor hem lag een klein, onaangeroerd broodje ham. Hoewel de koffie bitter was, wist hij dat hij de cafeïne nodig had om de komende uren wakker te blijven. Omdat hij ook wist hoe belangrijk het was voldoende vocht binnen te krijgen, werkte hij zijn tweede flesje mineraalwater à vijf euro weg terwijl hij deed alsof hij een dag oud exemplaar van *Le Monde* las. Zijn blik schoot heen en weer, maar keerde telkens terug naar een gebouw aan de overkant met huisnummer 23.

Court zou het liefst gewoon opstaan en vertrekken, de stad verlaten zonder zijn taken in Parijs uit te voeren. Hij wist dat hij een enorm risico nam door de man in het appartementencomplex aan de overkant van de straat te bezoeken, maar hij had hulp nodig, niet alleen voor zichzelf maar ook om de Fitzroys in veiligheid te krijgen. De man aan de overkant heette Van Zan; een voormalig oliemannetje van de CIA uit Nederland, en een zeer vaardig piloot van kleine propellervliegtuigjes. Court was van plan hem een verrassingsbezoekje te brengen, met wat contanten te wapperen en ondertussen de gevaren van een vlucht om vijf uur ’s ochtends, met als doel vier familieleden plus Court zelf in Bayeux op te pikken en daarna laag over het kanaal naar het Verenigd Koninkrijk te vliegen, schromelijk te bagatelliseren. Van Zan was een bekende contactpersoon, wat inhield dat Lloyd luttele minuten na het begin van deze operatie diens telefoon zou hebben afgetapt en een uitkijkpost voor zijn deur zou hebben gezet. Court wist dat hij Van Zan niet kon bellen, maar hij dacht wel ongezien langs één of twee uitkijkposten te kunnen glippen om hem met een persoonlijk bezoekje te vereren.

Ja, dat was een goed plan, hield Court zichzelf voor terwijl hij zijn bittere espresso achteroversloeg en zijn wazige blik over de krant voor hem liet gaan.

Maar het begon hem langzaam te dagen dat het niet uitgevoerd zou gaan worden.

Natuurlijk wist Court dat hij ongezien langs een paar uitkijkposten kon glippen om bij Van Zan te komen.

Een paar, ja.

Maar niet een half dozijn.

Terwijl hij aan zijn espresso nipte, had hij minstens vijf uitkijkposten geïdentificeerd, en in de menigte zag hij nog een zesde persoon die zich verdacht gedroeg.

Shit, dacht Court. Hij wist niet alleen dat hij onmogelijk bij Van Zan binnen kon komen om hem een aanbod te doen, maar ook begon hij zich door die zes paar loerende ogen uitermate opgesloten en kwetsbaar te voelen.

Daar zaten er twee, een jong stel in de Quality Burger aan de overkant. Ze monsterden iedere blanke man die langsliep en keken daarna weer vlug naar het portiek en de voordeur van Van Zans woning. Dan zat er nog een man in zijn eentje in een geparkeerde auto. Hij was afkomstig uit de Balkan en trommelde terwijl hij de passanten in de gaten hield met zijn vingers op het dashboard alsof hij mee tikte op de maat van de muziek. Nummer vier stond bij de bushalte voor de Jardin du Luxembourg, alsof hij op de bus stond te wachten, maar keek ondertussen niet één keer naar de voorkant van de bussen die er stopten om te zien welke bestemming ze hadden.

Nummer vijf stond op een balkon op de eerste verdieping, met een camera voorzien van een lens zo groot als een baguette waarmee hij zogenaamd foto's van het drukke kruispunt maakte, waar Court echter geen seconde intrapte. Hij nam 'foto's' van de stoep onder hem en van het portiek aan de overkant. Niet eentje van het goed verlichte Panthéon dat verderop links van hem lag. Niet eentje van de typisch Franse marktkramen en het prachtige smeedijzeren hek dat de Jardin du Luxembourg omzoomde.

En nummer zes was een vrouw die in haar eentje in het café slechts een paar tafels bij Court vandaan zat. Hij had er bewust voor gekozen aan een tafeltje achterin te gaan zitten, in de buurt van het raam aan de zijkant van de eetgelegenheid. Vanaf hier kon hij, terwijl hij zijn gezicht achter de krant hield, iedereen in het café in de gaten houden en met één blik naar rechts Van Zans huis zien, en iedereen die zich daar in de omgeving bevond. Zij had iets voor hem plaatsgenomen met hetzelfde idee.

Nummer zes speelde het goed. Ze keek tachtig procent van de tijd naar haar grote, schuimige mokkakoffie en keek niet bij elke beweging uit het raam. Maar haar kleding en houding verraadden haar. Ze was Frans – dat zag hij aan haar kleding en haar gelaatstrekken – maar ze was alleen en leek niemand in het café te kennen. Een knap Frans meisje van nog geen dertig dat de zaterdagavond in haar eentje doorbracht, zonder vrienden maar wel in een druk café dat ze niet leek te kennen, in een haar onbekend deel van de stad.

Nee, bedacht Court, ze was een straatartiest, een uitkijkpost, een volger, die werd betaald om daar te zitten en haar grote zachte ogen de kost te geven.

Nadat hij zijn kleine broodje had opgegeten en de koffie had opgedronken en besloten had af te zien van zijn geweldige plan om nadat hij de Fitzroys had gered een waterdichte ontsnappingsroute te plannen, besloot hij dat het tijd was om zich uit de voeten te maken, dat hij de stad uit moest en naar Bayeux moest reizen om daar ter plekke iets te verzinnen. Zijn energieniveau was sinds de vorige ochtend niet zo laag geweest – hij was nu zelfs moedelozer dan toen hij in de beschimmelde put in Laszlo's lab had gezeten – maar Court wist dat nu blijven zitten pruilen wel het allerslechtste was wat hij kon doen. Hij liet een paar eurobiljetten op zijn tafel achter en glipte via een gang aan de achterkant de wc in. Nadat hij zichzelf had herpakt, liep hij verder de gang door, dook de keuken in alsof hij daar thuishoorde, liep rechtstreeks op de achterdeur af en stapte daarna de Rue Monsieur-le-Prince in.

Niemand in de keuken had aandacht voor de man in het zwarte pak.

Dat was de gave van The Gray Man.

Vijf minuten later stond Riegel weer op de balustrade van het dak en keek tussen de kantelen door naar de in het maanlicht badende tuin. De geur van de appelboomgaard in de verte vermengde zich met de koele duisternis. Riegel hoopte daar even verlost te zijn van Lloyd, de Techneut, de Wit-Russen, de onophoudelijke updates van de uitkijkposten in Parijs die nog niemand hadden gezien en de moordcommando's die nog niemand hadden vermoord. De telefoon in zijn zak piepte. Zijn eerste reactie was het inkomende gesprek te negeren. Het was waarschijnlijk een chef van een van de buitenlandse veiligheidsdiensten die zich afvroeg waarom zijn team zich niet gemeld had of hoe het in godsnaam mogelijk was dat ze tijdens een commerciële klus allemaal het leven hadden gelaten. Riegel wist dat hij maanden of jaren kwijt zou zijn om deze catastrofe glad te strijken, en dan nog alleen als het Lagos-contract uiterlijk de volgende ochtend om acht uur getekend zou zijn. Als dat niet zou gebeuren, iets waar Riegel niet eens over wilde nadenken, zou hij waarschijnlijk zijn baan of minstens zijn functie kwijtraken. Er hing voor Laurent te veel van af om niet elk mogelijk drukmiddel in te zetten.

Riegel had het gevoel dat zijn hoofd net als dat van Lloyd op het hakblok lag. Riegel was ervan overtuigd dat Laurent hem uiteindelijk de opdracht zou geven Lloyd te vermoorden als de operatie mislukte. Riegel zou dit fiasco in tegenstelling tot de jonge Amerikaan niet met zijn leven hoeven bekopen, maar zijn carrière zou ten einde zijn als de excessen van zijn bedrijf door die schaamteloze klootzak Julius Abubaker werden onthuld.

De telefoon ging opnieuw over. Met een zucht die condens aan de avondlucht prijsgaf, diepte hij het toestel op uit zijn zak.

'Riegel.'

'Meneer, met de Techneut. Telefoon voor u op de vaste lijn. Ik kan hem doorzetten naar uw mobiel.'

'De vaste lijn? Je bedoelt het nummer van het chateau?'

'Ja meneer. De beller heeft zich niet bekendgemaakt. Hij spreekt Engels.'

'Dank je.' Een klik. Riegel vroeg: 'Met wie spreek ik?'

'Met de kerel die je maar niet weet te vermoorden.'

Er trok een rilling over Kurt Riegels rug. Hij wist niet dat Fitzroy zijn naam aan The Gray Man had doorgegeven.

Nadat hij even een moment had genomen om zichzelf te herpakken, zei hij: 'Gentry. Wat een eer om je aan de telefoon te hebben. Ik heb je carrière nauwlettend gevolgd en beschouw je zonder meer als een tegenstander van formaat.'

'Vleierij zal je niet helpen.'

'Ik heb je dossier bestudeerd.'

'Interessant?'

'Uitermate.'

'Nou, lees maar gauw verder, Kurt, want ik ben van plan mijn dossier uit jouw koude, dode handen te grissen.'

Kurt Riegel grinnikte hardop. 'Wat kan ik voor je betekenen?'

'Ik bel gewoon even om een praatje te maken.'

'Ik heb in mijn leven op van alles gejaagd, klein en groot, inclusief een aantal mensen. Dit is de eerste keer dat ik een gesprek voer met een prooi die ik op het punt sta af te maken.'

'Dat geldt voor mij ook.'

Het bleef even stil. Toen begon Riegel te lachen. Zijn lach weergalmde door de donkere nacht boven de achtertuin van het chateau. 'O, dus ineens ben ik jouw prooi?'

'Je weet dat ik je op de hielen zit.'

'Je gaat het niet redden, en als je er op een of andere manier toch in slaagt Normandië te bereiken, ben je nog lang niet bij mij.'

'We zullen zien.'

'We weten dat je in Parijs zit.'

'Parijs? Waar heb je het over? Ik sta pal achter je.'

'Je bent een grapjas. Dat had ik niet verwacht.' Riegel zei het grinnikend, maar blikte onwillekeurig toch over zijn schouder en over de verlaten balustrade die rond het dak van het chateau liep. 'Letterlijk tientallen uitkijkposten houden al je contactpersonen die we kennen in de gaten.'

'Echt waar? Ik heb geen idee.'

'Ja. Je gaat vast van de ene vriend naar de andere. Je hebt mijn spionageteams ontdekt omdat je goed bent, maar je bent niet zo goed dat je onzichtbaar kunt worden. Dus moet je je mogelijke handlangers links laten liggen. Water, overal water, maar geen druppel binnen handbereik.'

'Je bent vast heel trots op jezelf, of niet dan?'

'Zodra we je zien, gaan we los. Ik heb in Parijs bijna net zoveel wapens als ogen.'

'Dan bof ik maar dat ik niet in Parijs ben.'

Riegel zweeg eventjes. Toen hij weer het woord nam, was zijn toon veranderd. 'Ik wil dat je weet dat de dood van Phillip Fitzroy een betreurenswaardig ongeval was. Ik was op dat moment niet ter plaatse. Het had niet mogen gebeuren.'

'Doe geen moeite me met je pogingen tot professionaliteit te paaien. Dat gaat je niet helpen als ik voor je sta. Jij en Lloyd zijn beiden ten dode opgeschreven.'

'Dat blijf je maar herhalen. Je moet weten dat ik de telefoon heb gevonden die Sir Donald van de bewaker heeft afgepakt. Je hebt binnen het chateau geen informant meer.'

Court zweeg.

'Het ziet er niet goed voor je uit, mijn vriend.'

'Dat klopt. Misschien stop ik er wel gewoon mee. Geef ik het op.'

Riegel dacht hier even over na. 'Dat denk ik niet. Toen je naar het zuiden naar Genève ging, dacht ik even dat je de jacht zou staken. Maar nee. Je bent een jager, net als ik. Het zit in je bloed, of niet dan? Je kunt er niet mee stoppen. Je hebt je prooi, je doel, je raison d'être. Zonder mannen zoals Lloyd en mijzelf die je op de korrel kunt nemen, zou je maar een beklagenswaardig persoon zijn. Je zult morgenochtend niet zomaar weglopen. Je zult op ons afkomen, en je zult in het harnas sterven. Je zult dit zelf ook wel weten, maar toch laat je je liever door je prooi om het leven brengen dan dat je de jacht staakt.'

'Misschien kunnen we het op een andere manier oplossen.'

Riegel glimlachte. 'Ah. Nu zijn we bij de ware reden voor je telefoontje. Toch niet zomaar een praatje. Je hebt mijn onverdeelde aandacht, Gentry.'

'Je zult het contract verspelen. Als ik over zeven uur nog in leven ben, zal Abubaker de aardgasdeal aan je tegenstander gunnen en alles wat hij over de LaurentGroup weet tegen jullie gebruiken. Dat kun je niet tegenhouden. Maar als je de meisjes en hun moeder vrijlaat en ze ergens in veiligheid brengt, zal ik als ik morgen na de deadline kom, Lloyd vermoorden, jouw vuile werk opknappen, maar jou sparen.'

'Mij sparen?'

'Op mijn erewoord.'

'Ik heb je in gedachten altijd voor me gezien als een tweedimensionale jager. Een schutter, niets meer. Maar eigenlijk ben je een slimme gozer, niet dan? Jij en ik hadden onder andere omstandigheden vriendschap kunnen sluiten.'

'Ben je nou met me aan het flirten?'

'Je laat me glimlachen, Gentry. Maar mijn glimlach zal nog breder zijn als ik wijdbeens boven je dode lichaam sta, een nieuwe trofee voor mijn verzameling.'

'Ik zou je echt willen aanraden over mijn aanbod na te denken.'

'Je overschat je onderhandelingsruimte, Gentry. We hebben je binnen een uur te pakken.'

Het bleef even stil. 'Daar kun je maar beter op hopen. Slaap zacht, Riegel.'

'Het zou zomaar kunnen dat ik nog even wakker blijf. Ik verwacht goed nieuws van mijn handlangers in Parijs. *Bon soir*, Court.'

'*Á bientôt*, Kurt. Tot gauw.'

'Nog iets, Gentry. Noem het maar beroepsmatige interesse van mijn kant. Kiev… toch niet jouw werk?'

De verbinding werd verbroken, en Riegel huiverde in de kou die plots vanuit de vier kilometer noordelijker gelegen kust landinwaarts leek te zijn geblazen.

28

De uitkijkpost was verveeld, maar hij was gewend aan verveling. Hij had twaalf uur op dezelfde straathoek doorgebracht, in drie verschillende cafés espresso gedronken, de eerste twee aan tafels buiten in respectievelijk de heldere ochtend en de grauwe en kille middag, en de laatste binnen bij een tafel aan het raam terwijl buiten de mist opkwam en de laatste warmte van de dag uit de straat werd verdreven.

Om negen uur was hij naar zijn auto gegaan, een kleine Citroën die bij een parkeermeter stond die als een hongerig huisdier elk uur bijgevuld moest worden.

Maar de uitkijkpost was goed, en hij zorgde ervoor dat de verveling zijn werk niet beïnvloedde. Hij zat in de auto met stationair draaiende motor om de verwarming aan de praat te houden, maar speelde geen muziek af; hij wist dat de kans net zo groot was dat hij met zijn oren een teken van zijn prooi opving als met zijn ogen. De radio zou de scherpte van zijn zintuigen halen die hij nodig had om een man die hij nog nooit gezien had te herkennen in een duizenden zielen tellende menigte.

Hij was niet op de hoogte van de achtergrond van deze missie, kende enkel zijn eigen rol daarin. Hij was een statische uitkijkpost.

In tegenstelling tot andere uitkijkposten in deze zaak was hij niet aangesteld om de locatie van een handlanger in de gaten te houden. Hij moest enkel een druk knooppunt observeren. Hij beschikte over een foto van een man, en werd geacht de dag door te brengen met een poging de tweedimensionale, verouderde foto van negen bij dertien te vertalen naar een levend, ademend, bewegend doelwit dat zeer waarschijnlijk getraind was om zo min mogelijk op te vallen en zich ongetwijfeld in een menigte mengde om aan de aandacht van de uitkijkpost te ontsnappen.

Maar de uitkijkpost bleef optimistisch; dat was het enige wat hij kon doen. Hij wist dat zodra hij eraan ging twijfelen of hij de man ooit zou kunnen opmerken, dit zijn weerslag had op de zintuiglijke vermogens die hij nodig had om deze bescheiden operatie tot een goed einde te brengen.

De uitkijkpost was geen moordenaar maar beschikte enkel over een paar goedgetrainde ogen. Hij was lang geleden agent geweest in Nice, had daarna voor de Franse inlichtingendienst als straatartiest gewerkt en had Russen of wie er dan ook hun observatieposten wilden ontwijken in de gaten gehouden, de onderste tree van de spionnenladder. In een recenter verleden was hij privédetective in Léon geweest, maar nu hield hij zich hoofdzakelijk bezig met incidentele klussen voor Riegel in Parijs. In de praktijk was er op het continent altijd wel iemand die in de gaten gehouden moest worden, en hij was dan vaak van de partij. Hoewel hij ouder was dan de anderen, was hij geen leiderstype. Hij was beter dan wie ook als hij scherp was, maar hij was een voormalige en dus toekomstige alcoholist op wie je uiteindelijk niet kon vertrouwen, hoewel hij deze avond de wijn liet staan en zich volledig op de missie concentreerde.

De uitkijkpost keek, voor de duizendste keer, naar de foto die hij in zijn hand hield. Het boeide hem niet wat het gezicht op zijn geweten had of welk lot het te wachten stond als het eenmaal gezien zou zijn.

Het gezicht was niet van een man, maar van een doelwit.

Het gezicht leefde niet, ademde niet, had geen gedachten of gevoelens of behoeften, had geen liefde nodig.

Het gezicht hoorde bij een doelwit, niet bij een mens.

Het identificeren van een doelwit in het openbaar leverde je bij Riegel een bonus op. Het leverde de uitkijkpost geen flinter spijt of schuldgevoel op.

Iets na halftwee piste de uitkijkpost in een plastic fles, zonder ook maar een druppel te knoeien en zonder enige vorm van schaamte over zijn van elk gevoel van decorum gespeende daad tegenover al die mooie mensen die hem op amper een meter afstand over de Boulevard Saint-Germain passeerden. Hij schroefde de dop er stevig op, gooide de warme fles op de grond en keek weer op toen hij een man half onder het licht van een straatlantaarn door zag lopen. Hoewel hij meeliep met een stel andere voetgangers, viel hij de uitkijkpost op een of andere manier op. Hij was jonger dan de rest, liep in tegenstelling tot de anderen alleen, en zijn pak viel iets uit de toon ten opzichte van de informelere kledij die de rest droeg. De man liep op vijfentwintig meter afstand toen hij voor het eerst door de man in de Citroën werd opgemerkt. Toen hij dichterbij kwam kreeg hij de bril en het geschoren hoofd en de globale gelaatstrekken scherper in beeld.

De uitkijkpost vertrok geen spier, keek enkel naar beneden naar de vochtige en gekreukte foto in zijn hand, en toen weer naar de driedimensionale figuur die in de avondmist op hem afkwam.

Wie weet. Toen hij hem tot op vijftien meter genaderd was, kneep de uitkijkpost zijn ogen samen, meende de man lichtjes te zien trekkebenen. Ja, deze man ontzag zijn rechterbeen. De Frans sprekende Brit die hem gedurende de dag van updates had voorzien had gezegd dat het doelwit mogelijk een wond aan zijn dijbeen had.

Ja. Toen het doelwit de Citroën tot op een meter of vijf genaderd was, zag de uitkijkpost twee dingen in het gelaat van de man waardoor hij zeker wist dat de keuze voor dit knooppunt en zijn twaalf uur durende observatie zijn vruchten hadden afgeworpen. Bij elke stap trokken de wangen van de man zich heel licht samen als zijn rechtervoet de grond raakte.

Dat en zijn ogen. De uitkijkpost verstond zijn vak, was goed getraind; hij zag de ogen van de jongeman tijdens het lopen heen en weer schieten. Terwijl hij de lichaamstaal uitstraalde van een man die ogenschijnlijk zorgeloos over de Linkeroever wandelde, waren zijn ogen constant in beweging. Deze man keek of hij niet bekeken werd, en zodra de straatartiest in de Citroën dit in de gaten had, brak hij zijn observatie af en keek naar zijn handen tot de man hem volledig was gepasseerd. Met een plots omhooggeschoten hartslag wachtte hij enkele seconden voordat hij in zijn achteruitkijkspiegel keek, zonder zijn hoofd te draaien of zijn schouders op te tillen of zelfs maar zijn nek te bewegen. Enkel zijn ogen schoten omhoog en vingen de man in het pak die op het westelijk deel van de Boulevard Saint-Germain liep.

De uitkijkpost zette zijn auto in de versnelling terwijl hij het knopje op zijn oortje indrukte.

Na een piepje dat aangaf dat zijn gesprek was beantwoord, hoorde hij: 'Techneut hier, ga je gang.'

Hoewel de uitkijkpost zijn vak verstond en goedgetraind was, kon hij de opwinding in zijn stem niet verbergen. Dit was, meer nog dan het geld dat hij ermee verdiende, waar hij voor leefde.

Hij zei: 'Techneut, met 63.' Een heel korte pauze. 'Ik heb hem. Hij loopt in oostelijke richting.' Hij hoefde daar niets aan toe te voegen. De Techneut kon zijn locatie op de gps aflezen.

Dit soort momenten waren brandstof voor de uitkijkpost, hielden hem lang genoeg van de drank af om de missie tot een goed einde te brengen. Hij had het goed gedaan, dat wist hij, en nu ging hij naar huis om het te vieren met een sloot wijn. En hij zou het op dezelfde manier vieren als waarop hij werkte.

Alleen.

Het gesprek werd verzonden via een netwerk waardoor alle vijf de moordcommando's in Parijs het nieuws gelijktijdig hoorden. Dit was een foutje van de Techneut: het zorgde enkel voor strijd tussen de deelnemers met als gevolg dat er geen back-upteams klaarstonden en vluchtroutes niet in de gaten werden gehouden. Maar de jonge Brit had zichzelf niet kunnen inhouden; ze hadden al een halve dag hun doelwit niet gesignaleerd, en het feit dat hij naar Parijs ging was uiteindelijk niets meer dan een beredeneerde gok geweest, dus toen hij bleek te zijn geïdentificeerd, stuurde hij er gewoon iedereen met een wapen op af.

Hoewel hij het nooit tegenover Lloyd of Riegel zou toegeven, had de Techneut op het moment dat het doelwit in Genève van de radar verdween, gevochten tegen de aanzwellende paniek. Hij had allerlei soorten operaties op zijn naam staan, ook clandestiene en moordoperaties, had zich beziggehouden met logistiek voor zware jongens, maar was zelf altijd buiten de gevarenzone gebleven. Voor het eerst hadden zijn superieuren een scenario uiteengezet waarin de man op wie jacht gemaakt werd, een übermoordenaar, wel degelijk had geweten waar zich het commandocentrum bevond en hoe hij daar moest komen. The Gray Man had een met gouden letters bedrukte uitnodiging gekregen om naar de fysieke locatie te komen waar de Techneut zat, wat gewoon ontzettend dom was. Maar de man met de paardenstaart die zich door zoveel technologie omringd wist, moest toegeven dat het ervoor zorgde dat hij al zijn vaardigheden aansprak voor de taak die hij omhanden had.

De Techneut had er persoonlijk belang bij dat deze klootzak gepakt zou worden voordat hij het chateau bereikte, en om die reden had hij de coördinaten van het doelwit doorgegeven zodra hij die bevestigd had gekregen.

Net toen hij voor zichzelf toe moest geven dat hij een stomme fout had gemaakt, doemde Lloyd plots achter hem op. De nabijheid van zijn baas maakte hem nerveus. Deze hele operatie werkte hem op de zenuwen.

'Riegel hoorde het via de portofoon! Hebben we hem?'

'Hij is door een uitkijkpost, een eersteklas veteraan, gesignaleerd op een knooppunt aan Boulevard Saint-Germain. Het was om eerlijk te zijn een toevalstreffer. Ik kan op basis van de lijst met handlangers onmogelijk zeggen waar hij in godsnaam naartoe gaat.'

'We gaan hem nu niet meer uit het oog verliezen, toch?'

'Ik stuur er nog een paar extra uitkijkposten naartoe. Niet te veel. The Gray Man zal uitkijkposten die niet tot de allerbesten behoren er meteen uitpikken.'

'Begrepen. Welk moordcommando stuur je achter hem aan?'

De Techneut aarzelde, kromp ineen. Lloyd zou uit zijn vel springen als hij te horen kreeg dat ze allemaal al onderweg waren. Maar voordat de Techneut kans kreeg te antwoorden, zei Lloyd. 'Fuck it. Dit moet afgelopen zijn. Stuur iedereen met een vuurwapen achter die klootzak aan. Wie kan het iets schelen als het een bloedbad wordt? We moeten hem daar ter plekke afmaken.'

De Techneut blies met een zucht van opluchting de lucht uit zijn longen. 'Ja, meneer.'

De Botswanen en de Kazakken waren het dichtstbij; ze kwamen uit verschillende kanten vanuit het Quartier Latin aangerend, met hun armen langs hun lichaam om te voorkomen dat hun jassen tijdens het rennen openzwaaiden en hun wapens zouden onthullen, en hielden hun blik op mogelijke obstakels voor hen gericht en luisterden naar de headsets in hun oren. De Techneut gaf de laatst bekende locatie van het doelwit door. Hij was nu buiten het gezichtsveld van de uitkijkpost die hem als eerste had opgemerkt, maar de straatartiesten kwamen dichterbij, en hun informatie zou worden doorgegeven.

De Botswanen, vijf man sterk, hadden allemaal een relatief zwak .32 wapen, maar ze compenseerden hun geringe vuurkracht met hun tactiek. Deze mannen waren getraind om drie keer te schieten volgens een methodiek die de Mozambique Drill werd genoemd; twee snelle schoten in de borst en een derde in het voorhoofd om het af te maken. De term en de tactiek vonden hun oorsprong in een gevecht in Mozambique, waarbij een Rhodesische soldaat erachter kwam dat hij met zijn handvuurwapen van klein kaliber moeite had Afrikanen met louter schoten in de romp uit te schakelen en hun daarom nog een extra schot in het hoofd toediende.

De vier Kazakken droegen onder hun jassen kleine Ingram-machinepistolen met inklapbare kolf. Een politieagent kreeg hen in het oog toen ze begonnen te rennen, en hij riep hun na toen ze de straat over sprintten. Hij maakte de buitenlanders, die naar zijn inschatting weinig goeds in de zin hadden, met een paar handgebaren duidelijk dat ze moesten vertragen.

Een lid van elk moordcommando had een digitale videocamera bij zich die via bluetooth verbonden was met hun mobiele telefoons. Zo konden ze aan degenen in het commandocentrum bewijzen dat zij de eenheid waren die verantwoordelijk was voor de uitschakeling van het doelwit en zo als team de hoofdprijs opeisen.

Het bleef tenslotte een wedstrijd.

Elk team hoorde via hun oortjes dat de anderen vanuit tegenovergestelde richting de plek naderden waar het doelwit het laatste was gesignaleerd; dit zorgde voor evenveel haast als de noodzaak het doelwit te onderscheppen voordat hij uit het zicht zou verdwijnen. Dit was meer dan zomaar een jacht – het was een wedstrijd en voor deze teams was beroepseer net zo belangrijk als het binnenhalen van het prijzengeld.

'Alle contactpersonen, hier de Techneut. We hebben twee uitkijkposten op drie straten oostwaarts van de laatst bekende locatie van het doelwit. Geen van hen heeft hem tot nu toe gezien. Hij is misschien een hotel of een café in gestapt, of naar het zuiden het Quartier Latin in gegaan, of is over de Pont Neuf de rivier overgestoken naar het noorden.'

Beide teams, die uit tegenovergestelde richtingen kwamen, verminderden snelheid en voerden na deze laatste door de Techneut doorgegeven informatie overleg. Daarna gingen de twee teams weer verder. De Botswanen renden in oostelijke richting over de Saint-Germain, de Kazakken renden naar het westen. Ze verspreidden zich in groepen van twee of drie om beide kanten van de straat af te dekken en in kleine teams onderweg portieken, steegjes, cafés en hotels te doorzoeken.

Song Park Kim rende over de daken voorbij de plek waar zijn prooi het laatst gesignaleerd was. Zijn oortje kwam tot leven. Aan de specifieke piepjes hoorde hij dat de inkomende boodschap niet door andere teams en uitkijkposten kon worden opgevangen. Hij was alleen voor hem bestemd.

'Tech aan Banshee 1, hoor je mij?'

'Ik hoor je.'

'Ga naar beneden naar straatniveau, dan stuur ik je naar hem toe. Hij zal de andere teams en de uitkijkposten in de gaten krijgen en op de vlucht slaan. Ze zullen hem wegjagen, maar hij zal niet rekenen op een huurmoordenaar die in zijn eentje werkt. Ik zal je in de positie brengen om hem tegen te houden.'

'Ja.'

Kim stapte over de dakrand van een appartementengebouw van zes verdiepingen, vond moeiteloos steun op een raamkozijn, liet zichzelf zakken, strekte zich uit naar een regenpijp en sloeg zijn benen eromheen. Omdat de pijp niet goed tegen de muur bevestigd was, gebruikte hij hem enkel om een brandtrap te bereiken, daalde erlangs af en liet zich de laatste meter op de grond vallen. Zes verdiepingen in minder dan een minuut.

'Banshee 1 is op straatniveau, Tech. Breng me naar het doelwit.'

'Er zijn twee teams dichterbij dan jij, Banshee 1. We vermoeden dat hij de Rue de Buci is ingeslagen en voor de zekerheid de drukte heeft opgezocht. Je kunt twee blokken naar het noorden en positie kiezen om hem de pas af te snijden als ze hem niet zien.'

'Ja,' zei Kim, hoewel hij niet van plan was deze richting op te gaan. De Koreaan had het gevoel de gedachten van The Gray Man te kunnen lezen. Op Kim was vaak jacht gemaakt, en hij had dankzij deze ervaring het gevoel alle bewegingen van deze opgejaagde man te kunnen voorspellen. Als hij op een zaterdagavond zou worden achtervolgd door een team buitenlandse agenten, zou Kim dat merken, en The Gray Man ook. Als er tientallen statische uitkijkposten op zijn route zouden worden geposteerd, zou Kim dat direct zien, net als The Gray Man. Hij zou misschien niet iedere vijand weten te identificeren, maar de Techneut had zoveel manschappen voor deze operatie opgetrommeld, dat het voor een doorgewinterde huurling als The Gray Man zonneklaar was dat er een moordaanslag tegen hem beraamd werd waarbij alles geoorloofd was en alle standaardregels en voorbehouden niet meer golden. Een menigte zou geen bescherming bieden. De schutters die The Gray Man inmiddels ongetwijfeld opgemerkt had, zouden hun doelwit bij de eerste de beste gelegenheid vernietigen, en felle lichten en passanten zouden voor de opgejaagde eerder een handicap zijn dan beschutting geven.

Ja, Kim voelde wat The Gray Man op dit moment moest voelen en liet zich in plaats van door de aanwijzingen van de Techneut leiden door deze symbiose. De samensmelting van de geesten van Kim de jager en de opgejaagde Gray Man leidde de Koreaanse moordenaar drie straten oostwaarts door de mistige nacht, naar een verduisterde steeg op slechts een half huizenblok afstand van het rumoer en de lichten en de mensen op weg naar een restaurant of ander vertier. Hij wist dat de Seine slechts honderd meter ten noorden van hem liep, wat betekende dat als The Gray Man in de gaten kreeg dat hij massaal werd gevolgd, hij naar het zuiden moest om op te gaan in de nacht; verder noordwaarts wachtte hem niets anders dan één of twee bruggen, logische knelpunten die hij te allen tijde zou willen vermijden.

Song Park Kim vond het donkerste plekje in de kleine steeg, vijfentwintig meter ten noorden van Boulevard Saint-Germain en twintig meter zuidwaarts van Rue de Buci. Hij kon binnen enkele seconden beide kanten uit als de uitkijkposten in de buurt het doelwit zouden zien. Maar Kim had het gevoel dat deze kleine steeg het toneel zou worden van zijn laatste confrontatie met zijn tegenstrever. Op luttele meters afstand bevonden zich restaurants en nachtclubs waar het krioelde van de mensen. Aangevuld met de elkaar beconcurrerende moordcommando's in de buurt. Omdat hij niet met een vuurwapen de aandacht op zijn ophanden zijnde daad wilde vestigen, liet hij de MP7 in de rugzak die om zijn schouders hing. Hij pakte in plaats daarvan het zakmes uit zijn broekzak, klapte het matzwarte lemmet open en dook in afwachting van zijn prooi dieper weg in de steeg.

Terwijl hij in oostelijke richting over de Rue de Buci liep, voelde Court Gentry zijn zwarte pak vochtig worden van het zweet dat over zijn rug stroomde. Zijn paraplu in zijn rechterhand zwaaide bij elke stap heen en weer; hoewel zijn voeten pijn deden door de sneeën die hij een dag daarvoor in Boedapest had opgelopen, weerstond hij de neiging hem als een wandelstok te gebruiken.

Maar het was niet de wandeling waardoor hij zweette, maar het afspeuren van de straat voor hem. Dertig meter verder zag hij een jong stel op een bankje met elkaar praten terwijl ze de mannelijke passanten in de gaten hielden. Court had een kale man van ongeveer zijn leeftijd gespot waar hij achteraan was gaan lopen; hij bleef voor de man uit kijken om te zien of hij opvallend veel aandacht trok. Dit zou voor Court een aanwijzing zijn dat hij was gezien en dat zijn signalement aan andere observatieteams in de buurt was doorgegeven.

De jonge geliefden richtten hun blik meteen een paar tellen op de kale man waarbij de een tegen de ander over hem leek te praten, en toen dwaalden hun spiedende blikken verder, opgelucht dat hij niet het onderwerp van hun surveillance was. Court wist meteen dat hij gevaar liep. Hij had tot nu toe minstens tien uitkijkposten gezien en was er vrij zeker van dat hij ze allemaal ongemerkt had weten te passeren, maar het kon niet anders of hij had iemand over het hoofd gezien, achter een verduisterd raam of in een stilstaande auto of op een andere plek waar Court hem niet had kunnen zien, waarna diegene zijn locatie en looprichting aan iedere uitkijkpost en jager in de stad had doorgegeven.

Court wierp een vluchtige blik over zijn schouder. Drie mannen met een donkere huidskleur op nog geen twintig meter afstand kwamen snel dichterbij en wierpen ondertussen een blik op een winkeletalage. Aan de overkant liepen er nog twee. Deze mannen hoorden bij elkaar en doorzochten de noordkant van de straat, bekeken de gasten die aan de tafels zaten die op de stoep voor de cafés waren neergezet.

Shit. Court sloeg op de Rue de L'Ancienne-Comédie links af een kleine steeg in en liep in de duisternis verder. Aan het einde zag hij twintig meter voor zich het zwakke schijnsel van een verlaten steeg. Eenmaal uit de grootste drukte op de Linkeroever zouden de uitkijkposten schaarser worden, tenzij ze doorhadden dat hij besefte in de gaten te worden gehouden.

Court liep in het donker en keek naar de lichten voor zich, de punt van zijn paraplu schraapte over de natte kasseien. Het geluid weergalmde in de donkere, overkapte doorgang.

Hij moest een taxi zien te vinden die hem terug zou brengen naar het Gare Saint-Lazare, daar zijn Mercedes oppikken en doorrijden naar Bayeux. Deze tussenstop in Parijs was net als die gistermiddag in Boedapest en gisteravond in Guarda vrijwel nutteloos geweest. Hij was er dit keer in elk geval ongedeerd uit gekomen, en dat was tenminste iets, hoewel hij echt meer hulp nodig had voordat hij…

Dichtbij in het donker zag hij in een flits iets bewegen. Links van hem doemde vliegensvlug de gestalte van een man op. Voordat Court zijn bliksemsnelle reflexen kon inzetten, zag hij onder in zijn blikveld nog meer beweging, een arm die zijn richting op zwaaide. Hij bewoog zijn eigen arm om hem te blokkeren, maar hij was te laat.

Hij was nooit te laat.

Court Gentry voelde het mes zijn buik binnendringen en door het zachte vlees vlak boven zijn linkerheup klieven.

29

Om twee uur 's nachts drong een lichtbaan de verduisterde slaapkamer op de tweede verdieping binnen. Sir Donald Fitzroy was nog wakker. De rest van zijn familie was naar zijn kamer overgebracht zodat ze door slechts één bewaker in de gaten gehouden konden worden. Claire lag links van haar grootvader te woelen; Kate snurkte rechts van hem. Elise zat zo onder de medicatie dat het moeilijk viel vast te stellen of ze bij bewustzijn was of niet. Ze lag aan de andere kant van de kamer uitgestrekt op een stoel met voetenbank.

Fitzroy zag het silhouet van de Schotse bewaker die luisterde naar de naam McSpadden. Hij dacht dat hij in elkaar geslagen zou gaan worden en vroeg zich af hoeveel hij nog aankon.

McSpadden liep naar het bed, negeerde de meisjes en fluisterde tegen Fitzroy: 'Ik zal je matsen, ouwe. Hier is een telefoon. Uit een van de tassen van de Russen gejat. Ze zitten nu allemaal op hun gevechtsposten; ik ben de enige in het kasteel.'

'Pleur op. Ik probeer te slapen,' zei Fitzroy.

'Daar heb je tijd zat voor als je morgenochtend eenmaal dood bent.'

'Denk je dat ik een valstrik niet herken? Waarom zou ik van een klaploper zoals jij zomaar een verdomde telefoon krijgen?'

‘Omdat… Omdat ik ook gematst wil worden als dit achter de rug is.’

Fitzroy kantelde zijn corpulente hoofd en drukte het dieper in het kussen om de man die over hem heen gebogen stond beter te kunnen aankijken. ‘Hoe dan?’

‘The Gray Man… Ik heb gehoord dat Kiev zijn werk is. Als dat waar is, en als hij de helft van de operaties heeft gedaan waarvan men beweert dat hij erachter zit, als hij het team in Praag en in Boedapest en de teams in Zwitserland te grazen heeft genomen… Jezus, hij zou het best weleens tot hier kunnen redden. Als hij hier opduikt en als ik mijn geweer laat vallen dan smeer ik hem. Ik ga het gevecht met die ijskoude klootzak niet aan. Ik heb nog wel een paar dingen om voor te leven. Begrijp je? Ja, als hij hier opduikt, smeer ik hem, en ik wil niet dat jij of je doorgedraaide waakhond wraak op me komt nemen, snap je?’

De Schot stak Fitzroy de telefoon toe, die hem aanpakte.

‘Eerlijk?’ vroeg Fitzroy.

‘Je bent als de ochtend aanbreekt waarschijnlijk zo dood als een pier, Sir Donald. Zoveel risico loop ik dus niet. Maar als je het redt, onthou dan dat Ewan McSpadden je geholpen heeft.’

‘Dat zal ik doen, Ewan.’

‘Bel je waakhond, en zeg hem dat als hij het redt… Ik ben de kerel met het groene overhemd en de zwarte broek. Mijn geweer heb ik dan al weggegooid; daar hoeft hij zich geen zorgen om te maken.’

‘Je bent een goeie kerel, McSpadden.’

De Schot verdween weer in de duisternis; de lichtbaan verscheen weer, werd smaller en doofde toen achter hem.

Het mes drong dieper in Courts buik. Het deed afschuwelijk veel pijn. Knikkende knieën. Rommelende ingewanden. Omdat er iets aan de hand was wat Court niet begreep, keek hij naar beneden en zag dat de pols van zijn aanvaller op de een of andere manier in het handvat van de paraplu vastzat. Court trok de steel van de paraplu naar beneden en van zich af, ontbeerde de kracht om het mes uit zijn lichaam te krijgen, maar zijn inspanning zorgde er in elk geval voor dat het lemmet niet verder dan een paar centimeter zijn lichaam in drong. Pijnlijk, verschrikkelijk pijnlijk, maar altijd nog veel beter dan dat het mes er tot aan het heft in verdween of, nog erger, door zijn ingewanden sneed alsof hij een vis was die werd gefileerd.

Met zijn rechterhand duwde Court uit alle macht de paraplu naar beneden. Zijn linker stak hij uit naar zijn aanvaller. Hij stompte hem krachteloos tegen zijn borst, omdat hij na de uitschakeling van zijn rechterarm en de pijn diep in zijn buik nog maar weinig krachtreserves had. De moordenaar sloeg terug en probeerde hem een kopstoot te geven, maar Court deinsde tijdig achteruit.

Court reikte met zijn linkerhand langs zijn lichaam naar zijn broekband om de Glock te pakken, die hij niet stevig vasthad maar toch trok; op het moment dat het wapen achter zijn riem vandaan kwam, sloeg de moordenaar hem uit zijn hand.

Het wapen van staal en kunststof kletterde op de stenen en gleed ratelend in het donker verder.

Met hun vrije hand belaagden ze elkaar, de aanvaller weerde in het donker een aanval op zijn ogen af en Court blokte met de vlakke hand een uithaal naar zijn adamsappel die hem, afgezien van het stalen lemmet in zijn lichaam, zeker zou hebben gedood.

De aanvaller probeerde niet langer het mes dieper zijn lijf in te duwen of omhoog richting zijn borstbeen te trekken; het kromme handvat van de paraplu verhinderde beide bewegingen. In plaats daarvan sneed het mes naar beneden, kwam tot rust tegen zijn heupbot en kliefde erin.

Court onderdrukte een schreeuw. Hij was zowat buiten zinnen

van de pijn maar wist dat meer moordenaars zich op luttele meters afstand van hem bevonden. De kleine kans die hij had om het mes in zijn lichaam en de man die het vasthad te overleven, zou als sneeuw voor de zon verdwijnen zodra er nog meer mannen die hem dood wilden zijn geschreeuw zouden horen.

Court veranderde zelf van tactiek. Hij zette zich af met zijn benen en duwde zijn torso tegen de kleinere man, van wie hij nu duidelijk kon zien dat hij van Aziatische afkomst was. Hij ramde hem tegen de muur, met als enige resultaat dat het mes in zijn lichaam nog een fractie dieper in hem doordrong.

Court liet hier een kopstoot op volgen waardoor de voorhoofden van de twee mannen tegen elkaar aan knalden met een gekraak dat luider klonk dan alle andere geluiden in de steeg vanaf het moment dat het gevecht was uitgebroken. De rechterhand van de Aziaat werd nog altijd door de paraplu naar beneden gehouden. Court duwde zijn lichaam weer naar voren, waarna de Aziaat door de steeg naar achteren viel, helemaal tegen de muur aan de andere kant. Omdat het mes nog altijd in Courts lichaam zat, bewoog hij mee met zijn aanvaller. Hier was meer licht, en ondanks de pijn waardoor hij amper meer kon nadenken zag Court de banden van de rugzak en realiseerde zich dat de man met zijn vrije hand iets uit de tas achter op zijn rug probeerde te pakken.

Court pakte met zijn eigen vrije hand de pols van de Koreaan en ramde die tegen de stenen muur.

'Wat heb je daar?' vroeg Court, met een van pijn en inspanning onvaste stem. 'Wat zit er in de tas?' Er was aan deze kant van de overdekte steeg voldoende licht om oogcontact te maken, en ze bleven elkaar strak aankijken, hoewel de oogleden van beide mannen trilden van de geleverde inspanning. De een leunde naar voren, de ander duwde terug. 'Wat heb je in de tas?'

Court trok zijwaarts aan de paraplu waardoor de Aziaat zijn evenwicht verloor en gebruikte het moment om zijn arm achter de rug van de man naar de tegen de muur gedrukte rugzak te laten gaan. Hiervoor moest Court zijn buikspieren aanspannen, wat hem een met vervormde stem uitgestoten grom van pijn ontlokte.

De Aziaat draaide het mes, waardoor de vijf centimeter diepe wond opensprong en Court het bloed langs zijn kruis en beide benen voelde stromen.

'Ahhh.' Het was zachter dan een schreeuw, maar weergalmde niettemin door de steeg. Court had de tas nu vast en hield een hand op een rits. Kim beukte de hand met de zijkant van zijn hoofd weg. Court schakelde de moordenaar uit met nog een kopstoot, maakte snel de bovenkant van de rugzak open en liet zijn linkerhand erin verdwijnen.

'Wat is dit? Wat is dit?' vroeg hij terwijl de tranen over zijn wangen begonnen te stromen. De tranen vermengden zich met het slijm dat tijdens het spreken zijn mond verliet. Het belandde samen met zijn woorden in het gezicht van zijn belager. 'Wil je dit? Zoek je dit? Nou?' Hij haalde een klein zwart machinepistool uit de tas, keek in de met hernieuwde angst gevulde ogen van zijn tegenstander. Kim bewoog zijn hand naar achteren, wist die om de gedrongen geluiddemper van het wapen te krijgen en zette meer kracht op het heft van het mes. Court probeerde de hand van de Aziaat vergeefs tegen te houden, waarbij het mes nog een millimeter dieper zijn buik binnendrong.

Court wurmde zijn vinger door de trekkerbeschermer en vuurde met de MP7. Kim had de vuurstandschakelaar op semiautomatisch gezet, net zoals Court gedaan zou hebben. De loop was op de stenen muur achter Kim gericht, en toen de kogels in het metselwerk insloegen, vlogen de brokstukken fluitend langs hen heen. Court vuurde zo snel als hij kon. Elke kogel die het wapen verliet zorgde voor terugslag die Courts lichaam in beweging bracht, waardoor het mes in zijn buik steeds een nieuw stukje vlees en bot weghakte.

Drie kogels, vijf kogels, tien kogels, twintig kogels. Kim schreeuwde het uit van de pijn het liet de inmiddels dankzij het salvo witheet geworden geluiddemper los. Hij omklemde de hand waarmee hij het mes vasthad met zijn verbrande hand, en met het heft in zijn twee gebalde vuisten probeerde hij met een ultieme krachtsinspanning het lemmet richting de ruggengraat van The Gray Man te bewegen.

Het bloed van de Amerikaan stroomde over zijn zwartgeblakerde vingers.

Met een snelle beweging bracht Court de lege HK naar beneden en ramde de hete loop in Kims gezicht en brak daarbij diens neus.

Beide mannen, eindelijk van elkaar verlost, vielen op de kasseien. Kim lag op zijn rug met zijn hoofd tegen de met kogels doorzeefde muur, verbrande hand in zijn schoot, terwijl het bloed uit zijn neus stroomde. Zijn borst ging op en neer van de inspanning. Court lag eveneens hijgend midden in de steeg op zijn zij, het zwarte heft van het zwarte mes stak obsceen uit zijn onderbuik.

Court probeerde het mes los te trekken en schreeuwde het uit toen hij dit deed. De vermoeide en door de klap versufte Aziaat ging op zijn knieën zitten en deed zijn uiterste best om op zijn handen en knieën de afstand tussen hen te overbruggen.

Op anderhalve meter afstand sprong hij op, in een wanhoopspoging het mes te pakken te krijgen voordat The Gray Man het uit zijn buik zou weten te trekken.

Vlak voordat hij op zijn doelwit landde, was het volledige lemmet in de schemering te zien, druipend van het bloed. Op het moment dat de Aziaat met wijd opengesperde ogen neerkwam, maaide Court het mes met een backhandzwaai over diens keel. Het bloed uit zijn slagaders spoot er als een fontein uit.

Song Park Kim stortte in de steeg ter aarde en stierf binnen een paar tellen terwijl hij met zijn onderlijf dwars over het lichaam van The Gray Man lag.

Court liet het mes op de kasseien vallen en duwde de nog altijd spastisch bewegende benen van de dode van zich af. Het lichaam rolde door op zijn rug en bleef toen doodstil liggen. Court maakte met één hand zijn stropdas los en maakte er een prop van. Hij haalde een paar keer diep adem om zichzelf te herpakken en duwde de prop in het gat in zijn buik. Het bloed liep door zijn witte overhemd de straat op.

'Jezus!' schreeuwde hij, terwijl zijn van pijn vertrokken gezicht werd bedekt door tranen en slijm en snot. Hij voelde de door de pijn veroorzaakte misselijkheid opkomen, maar onderdrukte die door zich op zijn werk te concentreren.

Hij lette doorgaans altijd goed op om geen DNA-sporen achter te laten, maar dat kon hem nu niet schelen. Vijf man zouden een volle dag en een badkuip vol bleek nodig hebben om deze plaats delict weer schoon te krijgen, iets waarover Court duidelijk niet beschikte.

De druk die hij met de opgepropte stropdas uitoefende, verzachtte de pijn als hij zijn buikspieren aanspande; zonder zou hij niet in staat zijn geweest rechtop te staan. Maar hij stond wel degelijk, struikelde, zocht steun tegen de muur van de steeg en liep schuifelend verder. Hij hoorde voetstappen achter hem. Voorbijgangers waren door het geluid van het handgemeen gealarmeerd. De politie en moordenaars konden elk moment ter plaatse verschijnen. Hij strompelde de hoek om naar een winkelpassage. De winkels waren gesloten en er waren geen mensen die de etalages bekeken. Ineengedoken en met een wit weggetrokken gezicht schuifelde hij bij de orgie van bloed achter hem vandaan.

Hij liep door de koude nacht naar het noorden, terwijl het bloed langs zijn been de stoeptegels op stroomde.

Dertig seconden later wurmde een van de Botswanen zich door de in paniek geraakte menigte en trof het lichaam van de Koreaan aan. De gruwelen die zich in de steeg moesten hebben afgespeeld werden door de straal van de zaklamp van de Afrikaanse moordenaar verlicht. Hij waarschuwde de Techneut.

'Er ligt hier een dode man. Een Aziaat. Zowat onthoofd.'

Lloyd en Riegel stonden achter de Techneut toen het met een accent uitgesproken Engels van de Botswaan door de speaker schalde.

Meneer Felix betrad de ruimte en bleef achter in de schaduw aandachtig toekijken.

De Techneut haalde op de batterij elektronica voor zijn neus een schakelaar om. 'Banshee 1, hoor je mij? Banshee 1, kun je me horen?'

Er klonk wat gerommel door de speaker. Lloyd en Riegel keken hoopvol omhoog.

'Hij kan even niet opnemen, doe geen moeite om een bericht achter te laten,' zei een Afrikaanse stem spottend. De Botswaan had duidelijk de portofoon van de dode Koreaan opgepakt en sprak erin.

Riegel zei: 'De Koreaan was waarschijnlijk de beste die we op deze klus hadden gezet. Zijn organisatie zal woedend zijn dat hij tijdens deze operatie om het leven is gekomen.'

'Ze kunnen de klere krijgen,' bitste Lloyd. 'Dan hadden ze maar iemand moeten sturen die de klus wel had kunnen klaren. Ik wist wel dat ze niet echt in deze operatie geloofden toen ze ons maar één man stuurden.'

'Je bent een idioot, Lloyd. Heb je enig idee wat die moordenaar in zijn carrière allemaal al heeft gepresteerd?'

'Jazeker. Hij heeft in een steeg in Parijs een grote vlek achtergelaten. De rest interesseert me geen reet.'

Op dat moment klonk de stem van de Botswaan weer door de speaker. 'Er loopt een bloedspoor naar het noorden. We gaan erachteraan; we vinden hem wel.'

'Zie je wel,' zei Riegel. 'Banshee 1 heeft zijn nut bewezen.'

Drie minuten later meldde een uitkijkpost zich. '54 voor de Techneut.'

'Zeg het maar, 54.'

'Ik zit op de vierde etage achter een raam in de buurt van het Place Saint-Michel. Volgens mij heb ik het doelwit in beeld met mijn camera. Ik kan de beelden ter verificatie naar je doorsturen.'

Het tot stand brengen van de verbinding duurde tien seconden. Toen het plasmascherm in het commandocentrum tot leven kwam, zagen ze de felle lampen van de Franse hoofdstad en het silhouet van de Notre-Dame. De Seine was een glinsterend lint dat de stad in tweeën deelde. De camera leek nergens in het bijzonder op gericht.

'Waar is hij?' brulde Riegel, opgelaten door de jacht en als een bezetene speurend naar zijn prooi. '54, dichter bij het doelwit!'

'*Oui, monsieur.*' Het beeld zoomde in op de Pont Neuf die over de rivier naar de kathedraal liep. Een eenzame gestalte in een donker pak waggelde, struikelde, stopte en klapte midden op de brug voorover. De man was duidelijk gewond, op de vlucht, probeerde vanaf de Linkeroever het Île de la Cité te bereiken, het kleine eilandje midden in de Seine waar de Notre- Dame op staat.

'Kijk hem nou. Hij is er geweest!' riep Lloyd uitgelaten. 'Wie hebben we in de...'

De Techneut antwoordde nog voordat Lloyd zijn vraag had afgemaakt. 'De Kazakken bevinden zich op dertig seconden. Je zult ze zo vanuit het zuiden de brug op zien komen. De Botswanen zitten daar kort achter, en de Bolivianen zitten ten noorden van de Seine. De mannen uit Sri Lanka bevinden zich nog tien minuten westelijker.'

Het videobeeld zoomde voldoende uit om de gebouwen langs de Quai des Grands Augustins te kunnen onderscheiden, de weg tussen de Linkeroever en de Seine. Een aantal mannen sprintte over de weg en sloeg rechts af de brug op. Een van hen gleed uit over de natte kasseien en viel, maar de anderen bleven overeind en renden op hoge snelheid de schuine Pont Neuf op.

'Dit is het einde!' riep Riegel zegevierend. 'Geef ze de opdracht hem af te maken, het lichaam in een auto te gooien en naar de helihaven te brengen. We zullen het hiernaartoe brengen zodat meneer Felix het van nabij kan aanschouwen.'

'Dat zou fijn zijn, meneer Riegel, dank u,' zei Felix, die als een standbeeld achter de geanimeerde mannen stond voor de batterij monitoren.

De camera van de uitkijkpost richtte zich weer op Gentry. Hij had zich omgedraaid en stond oog in oog met de Kazakken, die nu op nog geen veertig meter afstand van hem stonden. De gewonde Amerikaan ging staan, hoewel hem dat duidelijk moeite kostte. Hij keek over zijn schouder naar het andere eind van de brug.

Lloyd zei: 'Je gaat het niet redden, Court. Je kunt niet meer vluchten. Je bent zo ongelofelijk de lul.' Er klonk vrolijkheid door in zijn stem.

Maar Riegel mompelde: 'Shit.'

'Wat is er?' vroeg Lloyd.

'Scheisse,' herhaalde Riegel in het Duits.

'Wat is er aan de hand met jou? We hebben hem!'

Op dat moment stapte The Gray Man de betonnen reling op. Hij keek opnieuw naar de mannen die hem nu tot op vijfentwintig meter genaderd waren.

'Nee!' zei Lloyd, die begreep waar Riegel zich zorgen over maakte. 'Nee, nee, nee, nee...'

Kurt Riegel griste de microfoon van de tafel van de Techneut, ramde op de knop en schreeuwde: '*Schiest ihn sofort!*' Hij merkte dat hij van pure opwinding overgeschakeld was naar het Duits. Hij schreeuwde: 'Schiet hem neer!'

Maar het was te laat. Court Gentry liet zichzelf over de reling vallen, in het glinsterende water tien meter onder hem, waarvan het kristalheldere oppervlak ontplofte toen zijn lichaam erdoorheen viel en zijn donkere gestalte aan het zicht onttrok voordat het zich weer sloot tot een verstilde watermassa.

Lloyd maakte zich los van het beeldscherm. Geschokt bracht hij zijn handen naar zijn hoofd. Toen draaide hij zich om naar Felix, die nog altijd zwijgend op de achtergrond stond. 'Je hebt het gezien! Je hebt hem gezien! Hij is dood!'

'Van een val in het water ga je doorgaans niet dood, mijn vriend. Het spijt me. Ik heb voor mijn president meer bevestiging nodig.'

Lloyd wendde zich weer tot de Techneut en schreeuwde zo hard dat iedereen in het chateau het kon horen. 'Godverdomme! Stuur die mannen het water in! We moeten zijn lichaam vinden!'

Op het plasmascherm was te zien dat de Kazakken zich verzamelden op de plek die vijf seconden geleden nog door hun doelwit werd bezet. Ze keken allemaal over de rand. Er stonden vijf mannen op de brug. Twee sprongen over de reling het koude zwarte water in, terwijl drie terug begonnen te rennen naar de Linkeroever.

Riegel beet de Techneut nieuwe instructies toe. 'Hij is zwaargewond, en die val heeft hem geen goed gedaan. Stuur de Botswanen ernaartoe, en de Bolivianen en de Sri Lankanen. Zet iemand in een boot voor het geval zijn lichaam niet meteen opduikt. Instrueer iedereen om beide oevers af te zoeken. Laat alle uitkijkposten stroomafwaarts naar zijn lichaam zoeken. We moeten zijn lijk vinden, nu!'

30

Om halfdrie begon het te motregenen. Op de Linkeroever van de Seine lag op vijfhonderd meter ten zuidoosten van de Notre-Dame de in het duister gehulde Jardin Tino Rossi. Op vijftien meter afstand van de met kasseien geplaveide kade liep een strook gras parallel aan een lage stenen muur langs het water. Daar, tussen een boom en de muur, lag een gestalte op zijn rug, met licht geheven knieën en armen schuin naast zich. Iedereen die op het doorweekte lichaam af zou stappen, zou duidelijk zien dat het in de rivier had gelegen. Wellicht had hij zich met zijn laatste krachten in zijn zwakke armen uit de rivier en in het zachte natte gras gehesen; misschien had hij zelfs even steun gevonden met zijn voeten, maar daarna hadden die armen en benen het wel moeten begeven, waarna het lichaam op de koude grond was gestort.

Het lichaam bewoog niet, produceerde geen geluid, totdat er een elektronische, door doorweekte kleding gedempte piep weerklonk.

Het lichaam kwam niet direct in beweging. Eindelijk schokten de schouders en draaide het hoofd om de onbekende omgeving in zich op te nemen. Na nog een piep reikte de gestalte langzaam naar een jaszak, haalde er een plastic koker uit die hij met één hand openmaakte. Toen dit was gelukt, viel de satelliettelefoon op het gras. Hij hield zijn ogen op de hemel gericht.

Court was na zijn sprong van de brug met een harde smak op het water terechtgekomen. De kou had het laatste beetje lucht dat hij na de klap nog in zijn longen had verdreven. Hij was diep gezonken. Toen hij weer aan de oppervlakte kwam was hij al stroomafwaarts onder de Pont Neuf door naar het westen afgedreven. Hij kreeg lucht en water binnen en had ongeveer een minuut in het water gelegen toen hij een kleine woonark langzaam stroomopwaarts zijn kant op zag komen. Hoewel Court zich zwak voelde, en zelfs elk moment het bewustzijn kon verliezen, haakte hij zijn arm om de onderste sport van een ladder die aan de zijkant van de traag langsvarende zwarte boot hing. Hij hield zich met een hand vast, hield zijn hoofd laag in de schuimende hekgolven en liet zich door de boot onder de brug door terugslepen naar de plek waar hij er zojuist van afgesprongen was. Hij hoorde het geschreeuw van de mannen om hem heen die op zoek naar een lichaam onder water doken of de omgeving van de brug met hun zaklampen afzochten.

Tien minuten later was het gevaar op directe ontdekking geweken. Met zijn laatste krachten probeerde hij via de ladder aan boord van de boot te klimmen, maar hij viel. Zijn slappe benen, de pijn in zijn buik, zijn natte schoenen, de verdovende kou werkten alle in zijn nadeel, en hij viel weer achterover in het ijskoude water. Hij stak zijn hand uit om de boot te grijpen, voelde niets dan een handvol water terwijl het zwarte schip stroomopwaarts uit het zicht verdween.

Court had het geluk dat hij niet ver van de wal verwijderd was. Hij wist de Linkeroever te bereiken, worstelde zich op het droge, probeerde op te staan maar viel weer naast een boom in het natte gras in de Jardin Tino Rossi.

En daar was hij twintig minuten blijven liggen, starend in het niets, terwijl de zacht neervallende regendruppels zijn pupillen geselden, deden exploderen.

De telefoon ging weer over, en hij pakte hem uit het gras, nog altijd kijkend naar de onmogelijk laaghangende regenwolken die door de stadsverlichting om hem heen werden uitgelicht.

Zijn stem klonk zwak en afwezig. 'Ja?'

'Goedenavond. U spreekt met Claire Fitzroy. Kan ik met meneer Jim spreken, alstublieft?'

Court knipperde de regen weg. In plaats daarvan vulden zijn ogen zich met tranen. Hij probeerde zijn stem zo goed mogelijk te beheersen, deed alles wat hij kon om de pijn en de uitputting en de wanhoop en het intense gevoel te hebben gefaald te maskeren. 'Je had al in bed moeten liggen.'

'Ja, meneer. Maar van opa Donald mocht ik u bellen.'

'Je weet nog wie ik ben?'

'O, zeker, meneer. Ik weet nog dat u ons altijd naar school bracht. Dat u op het veldbed in de gang sliep, hoewel mama zei dat u niet echt sliep maar de hele nacht de wacht hield bij ons. U dronk koffie, en vond de eieren lekker die mijn moeder klaarmaakte.'

'Dat klopt. Met extra veel kaas.' Courts heupbot was doorboord, net als zijn maagwand. Hij dacht niet dat het mes diep genoeg was binnengedrongen om schade aan zijn ingewanden te kunnen hebben toegebracht, maar niettemin was de pijn die hij midden in zijn lichaam voelde onbeschrijfelijk. Hij ging ervan uit dat hij nog altijd bloedde. Hij had sinds hij zich bijna een uur geleden in het water had laten vallen niets gedaan om het bloeden te stelpen.

Court hoorde rechts van hem de loeiende sirenes van de hulpdiensten op hoge snelheid voorbij gieren. Hij werd door de stenen muur en de duisternis aan hun zicht onttrokken.

'Meneer Jim, opa Donald zegt dat u ons komt redden.'

De tranen stroomden over het gezicht van de Amerikaan. Hoewel hij niet dood was, voelde het wel zo. Hij wist dat hij Bayeux niet kon bereiken, en zelfs als hem dat wel zou lukken, wat kon hij dan nog behalve daar voor de deur doodbloeden?

‘Waar is je grootvader?’

‘Hij is in de slaapkamer. Hij kan op dit moment niet lopen. Hij zei dat hij van de trap is gevallen, maar dat is niet waar. De mannen hier hebben hem pijn gedaan. Hij heeft me de telefoon gegeven en gezegd dat ik me in de kast in de badkamer moest opsluiten en u moest bellen.’ Ze zweeg eventjes. ‘Daarom moet ik fluisteren. U komt toch wel, hè? Zeg alstublieft dat u komt. Als u niet komt... U bent onze enige hoop, aangezien papa naar Londen is gegaan. Meneer Jim... bent u er nog?’

Typisch Fitzroy. Als die hem zelf had gebeld, zou Court hem hebben laten weten dat de situatie uitzichtloos was. Maar die slinkse klootzak had wel begrepen dat Court rond deze tijd in de problemen zou zitten, en wie kon hem beter overhalen om door te gaan dan een van de tweeling?

‘Ik zal mijn best doen.’

‘Belooft u dat?’

Court lag in het donker, het ijskoude, doorweekte pak scheef over zijn lichaam, de koude modder drukte in zijn nek en op zijn geschoren hoofd. Met een krachteloze, slepende stem zei hij: ‘Ik kom er zo snel mogelijk aan.’

‘Belooft u dat?’

Court keek naar beneden naar de wond in zijn buik. Hij drukte er inmiddels hard op. ‘Dat beloof ik,’ zei hij, en hij leek zowaar weer enige kracht in zijn stem te kunnen leggen. ‘En jij moet me ook iets beloven als ik er eenmaal ben.’

‘Ja, meneer?’

‘Zodra je een hoop lawaai hoort, wil ik dat je naar je kamer gaat, onder het bed kruipt en daar blijft zitten. Gaat dat lukken denk je?’

‘Lawaai? Wat voor lawaai? Bedoelt u van pistolen?’

‘Dat bedoel ik inderdaad.’

‘Oké.’

‘Blijf zitten tot ik je kom halen. Zorg dat je zus hetzelfde doet, oké?’

‘Dank u wel, Jim. Ik wist wel dat u zou komen.’

‘Claire.’ Er klonk nu een sprankje hernieuwde kracht door in Courts stem. ‘Je moet de telefoon weer stiekem teruggeven aan je grootvader. Ik moet hem iets heel belangrijks vragen.’

‘Oké, Jim.’

‘En, Claire? Bedankt voor het bellen. Het was heel fijn even met je te praten.’

Zestien minuten later strompelde Court over de Rue du Cardinal-Lemoine. Het was harder gaan regenen, en er was niemand te bekennen, wat hem heel goed uitkwam aangezien hij tijdens het lopen zijn beide handen tegen de linkerhelft van zijn buik drukte en hij zijn linkerbeen elke keer dat hij het naar voren bewoog kaarsrecht moest houden. Hij stopte pakweg elke 25 meter om dubbelgeklapt van de pijn steun te zoeken tegen een muur of een auto of een lantaarnpaal, om zich na een paar seconden rust weer af te zetten en een paar stappen voorwaarts te doen, voordat hij weer verlichting moest zoeken voor de door het bloedverlies veroorzaakte uitputting.

Hij vond het adres dat Fitzroy hem had doorgegeven. Omdat de deur zoals verwacht afgesloten en vergrendeld was, zocht hij een paar deuren verder een portiek, ging als een zwerver op een stuk karton zitten en legde zijn hoofd op de stoep te ruste. De tweetonige politiesirenes loeiden in de verte, op misschien wel twee kilometer afstand inmiddels. De politie en de schutters en de uitkijkposten waren nu ongetwijfeld de gehele Seine naar hem aan het afzoeken, hoewel hun zoektocht zich hopelijk zou concentreren op het gebied stroomafwaarts in plaats van stroomopwaarts, en Court ook hoopte dat ze vanwege hun massale aanwezigheid vooral elkaar voor de voeten zouden lopen.

Hij dreigde net met zijn vuisten tegen zijn bebloede buik gedrukt weg te dommelen toen hij op het door Fitzroy doorgegeven adres iets hoorde. Hij gluurde voorbij de rand van het portiek en zag de afgesloten deur langzaam opengaan. Hij had verwacht dat er iemand per auto zou arriveren, maar kennelijk woonde degene die op die locatie werkte, wie het ook was, in het erboven gelegen appartement.

Er stapte een vrouw de stoep op die door de straatlantaarn op ongeveer twintig meter afstand werd verlicht en daardoor nauwelijks te zien was. Court stond op en waggelde naar voren.

'*Allez!*' riep ze fluisterend. 'Opschieten.'

Hij liep zwalkend langs haar heen en bereikte een lange gang. Toen hij de muren van de gang gebruikte om zijn zwakke en wiegende lichaam in evenwicht te houden, zag hij direct de bloedvegen die hij overal met zijn handen achterliet. De vrouw stak vlug haar hoofd onder zijn arm door om hem te ondersteunen. Ze was lang en slank maar sterk. Met elke stap ging hij meer op haar steunen.

Ze liepen door de gang naar een verduisterde kamer. Voordat ze gehinderd door de vijfentachtig kilo zware man het licht aan kon doen, schrok Court van het geblaf van een hond, dichtbij. Toen hoorde hij er nog een, en even later was hij omringd door minstens tien blaffende honden.

Toen het felle licht boven hun hoofd aansprong, realiseerde hij zich direct dat de eerstehulpkliniek waar Fitzroy hem heen gestuurd had in werkelijkheid een dierenarts was. Zijn knieën begaven het, waardoor hij met zijn volle gewicht op het meisje aan zijn zijde leunde. Met een jongensachtige kreun duwde ze hem naar voren en zette hem in een kleine stoel.

'*Parlez-vous français?*' vroeg ze, op hem neerkijkend. Toen hij omhoogkeek, deed hij de volstrekt nutteloze constatering dat ze best mooi was.

'*Parlez-vous anglais?*' vroeg hij.

‘Ja, een beetje. U bent Engelsman?’

‘Ja,’ loog hij, maar hij had geen zin om te proberen een accent na te bootsen.

‘*Monsieur.* Ik heb dit al aan monsieur Fitzroy proberen uit te leggen. De dokter is de stad uit, maar ik heb hem gebeld; hij is onderweg hierheen. Hij zal er over een paar uur wel zijn. Het spijt me, maar ik wist niet dat u zo zwaargewond was. Ik kan u niet helpen. Ik zal een ambulance bellen. U moet naar het ziekenhuis.’

‘Nee. Je zit in Fitzroys Netwerk. Je hebt op z’n minst medicijnen en bloed en verband.’

‘Niet hier, vrees ik. Dr. LePen heeft toegang tot een nabijgelegen kliniek, maar ik niet. Ik werk hier slechts met dieren. U moet naar het ziekenhuis. U moet naar de eerste hulp. *Mon Dieu,* wat bent u koud. Ik ga een deken halen.’

Ze draaide zich om en verliet de kamer, kwam terug met een dik wollen plaid dat stonk naar kattenpis.

‘Hoe heet je?’ vroeg Court, met een stem die nog nooit zo verzwakt had geklonken.

‘Justine.’

‘Luister, Justine. Je bent dierenarts. Dat is goed genoeg. Het enige wat ik nodig heb is wat bloed en…’

‘Ik ben dierenartsassisténte.’

‘Nou, dat is alsnog goed genoeg. We kunnen dit voor elkaar krijgen. Help me alsjeblieft.’

‘Ik doe ze in bad! Ik hou de honden in bedwang voor de dokter! Ik kan u niet helpen. De dokter is onderweg, maar u kunt niet op hem wachten. U bent helemaal wit. U hebt bloed nodig. Vloeistoffen.’

‘Ik heb geen tijd om te wachten. Luister, ik heb ervaring met medische handelingen in oorlogssituaties. Ik kan je precies vertellen wat ik nodig heb. We moeten ergens wat bloed vandaan halen, gewoon een paar zakken O positief, wat antibiotica, en jouw handen.

Als de zwakte en de pijn te veel wordt, zal ik niet kunnen doen wat nodig is.'

'Medische handelingen in oorlogssituaties? Dit is geen slagveld. We zitten in Parijs!'

Court kreunde. 'Zeg dat maar tegen de kerel die dit op zijn geweten heeft.' Hij sloeg de deken open en haalde zijn hand van de steekwond. Zijn bloeddruk was inmiddels dermate gezakt dat het bloed niet langer uit zijn middel gutste, maar het in het harde licht van de behandelkamer als een glinsterend stroompje naar buiten kwam.

Justine hapte naar adem. 'Dat ziet er slecht uit.'

'Kon erger. Alleen de spieren zijn geraakt. Veel bloed, maar ik overleef het wel als ik aan wat O positief kan komen. Als je me kunt helpen, kan ik snel weer weg. Fitzroy zal jou en de dokter schadeloos stellen voor de moeite.'

'Monsieur. Hebt u niet gehoord wat ik zei? Ik werk met honden!'

Hij sloot zijn ogen, leek even weg te zakken, maar zei toen: 'Doe dan net alsof ik een vacht heb.'

'Hoe kunt u op dit moment grapjes maken? U bloedt dood.'

'Dat komt alleen omdat we hier aan het kibbelen zijn. Waar is die kliniek? We kunnen daar vinden wat ik nodig heb. Ik kan niet naar het ziekenhuis. We moeten het op deze manier doen.'

Ze slaakte een diepe zucht, knikte, en bond haar bruine haar achter haar hoofd in een paardenstaart. 'Ik zal daar eerst maar eens een verband omheen doen zodat u niet nog meer bloed verliest.'

Het geblaf van de honden zwakte af.

De kleine operatiekamer van de dierenkliniek was smerig. Het was na de laatste handelingen van vrijdag jongstleden niet goed schoongemaakt.

'Het spijt me monsieur. Als ik had geweten dat u zou komen…'

‘Al goed.’ Toen Court aanstalten maakte zichzelf op het metalen gevaarte in het midden van de kamer te hijsen, hield Justine hem tegen, pakte een plantenspuit en begon terwijl haar patiënt tegen een schap met verbandrollen leunde het aluminium oppervlak te bevochtigen en schoon te maken. Ze rende de deur door en kwam terug met een kussen van de bank in de wachtkamer.

‘U moet uw benen er maar langs laten bungelen. Hij is niet voor mensen gemaakt.’

‘Oké.’

Hij wendde zijn laatste beetje kracht aan om zijn overhemd open te scheuren. De knoopjes vlogen in het rond en stuiterden over de grond. Justine trok zijn doorregende schoenen uit en knipte met een schaar zijn broek open, zodat hij in zijn onderbroek zat.

‘Ik... Ik heb niet zoveel ervaring met mensen,’ zei ze.

‘Je doet het geweldig.’

Ze vocht tegen haar verlegenheid en bekeek Court van top tot teen. ‘Wat is er met u gebeurd?’

‘Ik ben in mijn been geschoten. Een paar dagen geleden.’

‘Met een pistool?’ Ze keek naar beneden naar de open, drie dagen oude wond in zijn dij, en toen weer naar zijn bloederige heup. Met een snelle beweging trok ze rubberen handschoenen over haar kleine handen. ‘Mon Dieu.’

‘En ik heb mijn benen en voeten opengehaald aan glasscherven.’

‘Dat zie ik.’

‘Toen ik in Zwitserland van een berg afrolde heb ik een rib gebroken.’

‘Een berg?’

‘Ja. Daarna heb ik in een poging me uit de handboeien te bevrijden mijn pols bezeerd.’

Justine zweeg. Haar mond was ietsjes opengevallen. ‘En uw buik?’

‘Steekwond.’

‘Waar?’

'Hier in Parijs. Een uurtje geleden denk ik. En toen viel ik in de Seine.'

Ze schudde haar hoofd. 'Monsieur, ik weet niet wat u doet voor de kost, en ik wil het ook niet weten. Maar wat het ook is, het lijkt me raadzaam uit te kijken naar ander werk.'

Court lachte voorzichtig, waardoor de steekwond weer begon te branden. 'Mijn vaardigheden zijn niet geschikt voor een deugdzaam beroep.'

'Het spijt me. Ik begrijp niet wat dat betekent.'

'Laat maar. Justine, we kunnen de steekwond zo'n beetje stelpen met dit verband, maar als ik geen bloed toegediend krijg, ga ik van mijn stokje.'

'De kliniek is dichtbij, maar gesloten.'

'Dan gaan we hem openmaken,' zei Court. 'Laten we gaan. Ik moet in minder dan een uur weer verder.'

Justine was bezig Courts middel strak in te pakken met een compressieverband dat de dikke prop verbandgaas die ze over de steekwond had aangebracht op zijn plek moest houden. 'Verder? U moet helemaal nergens heen! Dagen rust nemen. Begrijpt u niet hoe zwaargewond u bent?'

'Jíj begrijpt het niet. Ik moet ergens naartoe! Ik moet gewoon even opgelapt worden zodat ik weer verder kan!'

Ze beet op haar tanden en sperde haar ogen open. 'Monsieur, hoewel ik geen arts ben, kan ik u verzekeren dat er op dit moment maar één plek is waar u moet zijn, en dat is het ziekenhuis. U kunt binnen een uur dood zijn.'

'Het komt wel goed. Dat moet wel.'

Justine knielde, maakte een laag kastje open en begon er spullen uit te halen. 'Dat is onmogelijk! Als we u een transfusie geven, loopt het bloed gewoon uit uw buik zodra u beweegt. U moet gehecht worden. Als u na het hechten te veel beweegt, zullen de hechtingen gewoon knappen.'

Court dacht hierover na. Toen hij zijn horloge raadpleegde zag hij dat het drie uur 's ochtends was. 'Ik... Ik moet naar Bayeux, in Normandië.'

'Vannacht nog? Bent u gek geworden?'

'Het is een zaak van leven of dood, Justine.'

'Ja, úw dood, monsieur.'

Court haalde de envelop met geld uit zijn zak die Maurice hem gegeven had. Hij was doorweekt, maar het was een wonder dat hij hem na de val in de rivier nog had, net als zijn autosleutels. Hij gaf Justine de natte envelop. 'Hoeveel zit erin?' vroeg hij toen ze de inhoud begon te inspecteren.

Haar ogen keerden terug naar de zijne. 'Veel, in elk geval.'

'Het is allemaal voor jou. Als je me maar helpt om voor acht uur Bayeux te bereiken.'

'Wat denkt u daar te kunnen uitrichten als u niet eens auto kunt rijden?'

'Ik kan wel autorijden, maar jij moet me onderweg tijdens het rijden hechten en verbinden. We kunnen de transfusie onderweg doen.'

Ze kwam langzaam overeind. Benadrukte elk woord. 'Hechtingen? In, de, auto?'

Court knikte.

'Terwijl u rijdt?'

'Ja.'

Ze mompelde iets in het Frans dat Court niet verstond. Hij ving het woord voor honden op, waardoor hij vermoedde dat haar voorkeur voor het behandelen van viervoeters terug te voeren was op dit soort situaties.

Ze verbond zijn middel en hielp hem zijn natte overhemd over zijn schouders te trekken. Ze keek hem tijdens het werk niet aan. 'Wat is er zondagochtend in alle vroegte in Bayeux te doen wat u absoluut niet mag missen?'

'Zou je me geloven als ik zeg dat ik daar voor het kerkkoor word verwacht?'

Ze schudde zonder te glimlachen haar hoofd.

'Oké. In dat geval zal ik de waarheid vertellen.' En dat deed hij. Hij vertelde wat er gebeurd was en wat hij die ochtend voor acht uur voor elkaar moest zien te krijgen, waarbij hij gaten liet vallen waar een jumbojet doorheen kon vliegen. Hij vertelde haar over de buitenlandse moordcommando's die achter hem aan zaten, en omdat zijn brein als gevolg van het bloedverlies en de vermoeidheid verward was, vertelde hij haar een tweede keer over het telefoontje van Claire en de kleine kinderen die hij ten koste van alles wilde beschermen.

Ze reageerde geschokt op zijn relaas van de moordenaars en de moorden, het levensgevaar waarin de twee kleine meisjes verkeerden omdat een of ander inhalig bedrijf zijn imago wilde beschermen. Ja, Justine werkte voor een dierenarts die af en toe op de raarste tijdstippen moest werken en soms met uitermate verdachte patiënten te maken had, en haar werkgever had haar genoeg over Fitzroy en het Netwerk verteld om te weten dat ze maar beter niet kon doorvragen, maar ze had in geen miljoen jaar kunnen bedenken dat er mannen rondliepen die zo gewelddadig en meedogenloos waren als ze uit het verhaal van de vreemdeling kon opmaken.

'Dus... wat denk je ervan?' vroeg Court.

'Waarom vertrouwt u mij?'

'Wanhoop. Drie kwartier geleden lag ik voor dood op de rivieroever. Jij bent vanaf dat moment mijn enige hoop. Als je mij verraadt, kan het me niet slechter vergaan dan toen ik daar lag.'

'En de politie dan?'

'Lloyd zegt dat hij de gijzelaars om het leven zal brengen als er iemand anders dan ik op de stoep zal staan straks. Ik ken dit soort mannen. Die zullen hun dreigementen tot en met de laatste letter uitvoeren. Ik moet daar alleen naartoe, met jouw hulp. Ik zal je in

Bayeux laten gaan. Mijn bestemming bevindt zich een paar kilometer ten noorden van het dorp. Je kunt met de eerste trein terug naar Parijs. Je zult ver bij het gevaar vandaan blijven, dat beloof ik je.'

'Hoe zal ik u noemen?' vroeg ze.

'Jim.'

'Oké, Jim. We gaan, op één voorwaarde.'

'En die is?'

'Laat me je een pijnstiller geven, gewoon voor de vorm. Er is in de kliniek vast wel iets te vinden wat we je kunnen toedienen als je bloeddruk na de transfusie weer hersteld is. We nemen mijn auto. Ik rij naar Gare Saint-Lazare zodat we jouw auto kunnen halen. Dan kunnen we gaan. Als we de stad verlaten zal er geen verkeer op de weg zijn. Ik zal je verwondingen onderweg behandelen.'

Court dacht even na. Hij was tot aan zijn laatste vezel in zijn lijf gekant tegen het innemen van medicatie die zijn gedachten zou vertroebelen en zijn zintuigen zou afstompen, waardoor hij zijn taak niet in opperste concentratie zou kunnen uitvoeren. Hij had het gevoel dat hij de pijn wel aankon.

Nee, Justines plan stond hem niet aan, maar om een of andere reden vertrouwde hij haar wel. En terwijl hij naar het mooie, slungelige meisje keek dat over hem heen gebogen stond, ondanks het slordige in een paardenstaart bijeengebonden haar waarmee ze net uit bed gestapt was, haar van make-up verstoken gezicht en het zweet dat op haar lip parelde vanwege de inspanning die ze leverde om een of andere enge vreemde man in leven te houden, trok hij de conclusie dat hij absoluut niet in de positie verkeerde om haar tegen te spreken.

Justine hielp Court overeind, en samen liepen ze langzaam waggelend de operatiekamer uit en door de gang naar de achterzijde van de kliniek. Court huiverde bij elke stap. Eén keer liet hij zijn hoofd hangen alsof hij flauw ging vallen.

Justine zette hem tegen de muur in de tuin terwijl ze met haar sleutels rommelde.

‘Wat is dit in hemelsnaam?’ vroeg Court toen hij de Fiat Uno zag.

‘Mijn auto.’

‘Noem je dat een auto?’

‘Wat is er mis mee?’

‘Hij is klein.’

‘Toen ik hem kocht, wist ik niet dat ik patiënten in de bijrijdersstoel zou gaan vervoeren.’

‘Klinkt logisch. Oké dan. Hij is in elk geval niet bepaald opzichtig.’

Ze glimlachten beiden flauwtjes, al verdwenen die glimlachen weer snel toen ze hem in de bijrijdersstoel hielp plaatsnemen. Court schreeuwde het uit van de pijn, een schreeuw die overging in oppervlakkig gehijg.

Het kostte haar bijna een minuut voordat ze de motor had gestart. Tegen die tijd was Court al in slaap gevallen. Ze had de rugleuning van zijn stoel platgelegd zodat hij bijna horizontaal lag. Het kostte haar de nodige moeite zijn benen op het dashboard te leggen om te voorkomen dat hij in shock zou raken. Terwijl ze op de Rue Monge naar het noorden reed, zag ze in de verte helikopters in de lucht boven de rivier hangen.

Justine zette de auto een paar deuren voorbij de kliniek vlak bij de Rue des Ecoles neer. Er was om halfvier niemand op straat. Court werd wakker, keek even om zich heen en vroeg toen om pen en papier. Ze grasduinde even in haar handtas en haalde er een pen en een envelop uit.

‘Er is nog een medicijn dat je moet zoeken. Moet bij de kindergeneesmiddelen staan.’

‘Heeft een van de tweeling medicijnen nodig?’

‘Nee, het is voor mij.’ Hij schreef iets op de envelop en gaf hem terug aan Justine.

Ze las wat hij had geschreven. ‘DextroStat? Waar is dat goed voor?’

‘Het helpt. Het is heel belangrijk. Zorg dat je het vindt.’

Ze haalde haar schouders op en beloofde ernaar op zoek te zullen gaan. Zonder nog iets tegen Court te zeggen, stapte ze uit haar kleine Uno en liep naar de kofferbak. Court kon zich niet omdraaien om te zien wat ze daar deed. Een paar tellen later liep ze naar de glazen deur van het gebouw en keek haastig naar links en naar rechts. Met de dopsleutel in haar rechterhand sloeg ze het glas in en stak haar hand langs de scherpe scherven naar binnen om de deur open te maken. Terwijl een volstrekt hulpeloze Court niets anders kon doen dan toekijken, verdween ze onder begeleiding van een snerpend alarm dat door de straat weergalmde de kliniek in.

Ondanks de dreiging viel Court opnieuw in de auto in slaap. Hij werd gewekt door de schok waarmee de kleine tweedeursauto in beweging kwam. Terwijl ze van de alarmbellen wegreden, ving hij in het licht van de straatlantaarns boven hen een glimp op van het gezicht van de vrouw: spanning en vastberadenheid.

‘Wat heb je meegenomen?’ vroeg hij.

‘Drie zakken O positief, twee zakken dextrose, morfine, Vicodin, spullen om een transfusie mee uit te voeren, ontsmettingsmiddel en een hechtset.’

‘En?’

‘En het medicijn waar je om gevraagd hebt.’

‘Goed gedaan.’

‘Ja,’ zei ze met een steelse glimlach. ‘Dat was leuk.’

In de parkeergarage onder het Gare Saint-Lazare stapten Justine en Court in de grote Mercedes. Court kroop achter het stuur en bleef daar versuft en grimassend van de pijn zitten. Terwijl ze samen in de donkere en verlaten garage zaten, begon Justine met het toedienen van een zak bloed en een zak voedingsstoffen. Ze haakte de zakken aan de binnenspiegel boven hen, en het soepele zwartleren interieur gaf mee met de bewegingen van het Franse meisje toen ze zich over Court heen boog en zijn middel overdadig met ontsmettingsmiddel besprenkelde zodat het in zijn verband en zijn wonden kon trekken.

Justine gaf Court de opdracht rustig te blijven zitten en te ontspannen, waarna ze uit de auto stapte. Ze verdween uit het zicht terwijl hij in zijn eentje probeerde na te denken over de taak die hem nog altijd te wachten stond. Hij wist dat hij dankzij deze vertraging niet voor zes uur 's ochtends bij het chateau zou aankomen. Hij zou vrijwel geen tijd hebben om zich voor te bereiden en zijn omgeving te verkennen. Nee, zoals het er nu voor stond had hij enkel de tijd om tot bij de voordeur te rijden en beschermd door de duisternis ten aanval te trekken. Shit. Court realiseerde zich dat de kans op succes al nooit groot was geweest, maar dat die na de steekpartij tot vrijwel nul gereduceerd was.

Op dat moment kwam Justine terug met een broodzak en twee grote bekers koffie. Court trok een van de piepschuimen bekers uit haar hand en dronk totdat hij zijn mond verbrandde.

'*Arrêt!* Stop,' eiste ze. 'Rustig drinken.'

Court pakte een croissant die hij met overgave te lijf ging. Ze probeerde hem met boter te besmeren terwijl hij hem vasthield, maar hij trok het kleine klontje boter uit haar handen en stak het zo in zijn mond.

Justine las hem de les. 'Hier zou je moeder niet trots op zijn. Rustig aan. Je krijgt via het infuus de noodzakelijke vloeistoffen en voedingsstoffen binnen. Als je te veel eet in combinatie met de morfine ga je overgeven. Drink rustig je koffie op. Kun je rijden?'

'Daar zullen we snel achter komen,' zei Court met een grimmige maar vastberaden blik, terwijl hij de Mercedes achterwaarts uit het parkeervak manoeuvreerde, rustig de garage verliet en de nacht tegemoet reed.

Ze reden over de A15 in noordelijke richting de stad uit, en zoals Justine al had voorzien was er op zondagochtend vier uur amper verkeer. Ze vloekte luid toen ze zag dat de bloedzak al een paar minuten nadat ze de stad uit waren leeg was; ze wisselde hem om voor een volle literzak en verwisselde ook de zak met dextrose om de vloeistof zo snel mogelijk door het infuus te laten gaan.

De eenvoudigste route naar Bayeux liep via de A13, maar Court vermeed die snelweg. Hij wist dat het een koud kunstje was om spionnen langs de belangrijkste verkeersader naar het chateau te posteren. In plaats daarvan koos Court voor een reeks achterafweggetjes die alles bij elkaar voor ongeveer een halfuur extra reistijd zouden zorgen.

Ze wisten het onvermijdelijke een uur uit te stellen. Justine sprak over haar familie en vrienden en haar zes katten. Op grond van haar willekeurige conversatie merkte Court hoe zenuwachtig ze was. Op minder dan een uur rijden van het chateau viel Justine stil, en spoot behoedzaam een heel kleine dosis morfine in Courts infuus. Als zijn bloeddruk te laag was, zoals het geval was geweest in de dierenkliniek, zou de morfine een hartstilstand kunnen veroorzaken. Maar met het oog op datgene wat hij nog voor de boeg had achtte ze een kleine dosis van de sterke pijnstiller na tweeënhalve zak bloed wel verantwoord.

Terwijl ze door het donker reden, begon Court zich beter te voelen, de pijnstillers en het bloed en het suikerwater hadden een positieve uitwerking op zijn kracht en zijn stemming. Ze spraken de procedure door, en Justine nam een paar minuten de tijd om haar hechtgereedschap en verband op het dashboard voor haar uit te stallen. Ze kromp ineen toen ze de vlijmscherpe kromme naald tevoorschijn haalde, hem in een fles met ontsmettingsmiddel doopte en hem op steriele watten neerlegde. Ze maakte zijn overhemd open, sneed zijn verband los en goot de helft van de inhoud van de fles over zijn buik, wat zo erg prikte dat hij terugdeinsde.

Ze maakten beiden hun veiligheidsgordels los, en zij ging op haar knieën in de bijrijdersstoel zitten. Court legde zijn handen hoog op het stuurwiel zodat ze bij zijn buik kon. Hij dronk het laatste beetje koude koffie op en gooide het bekertje over zijn schouder naar achteren. Justine bevestigde daarna met tape Courts kleine zaklamp onder aan het stuurwiel waardoor het gebied waar ze zijn moest perfect werd uitgelicht, zolang ze er maar voor zorgde de wond niet met haar handen te overschaduwen.

'Ik heb dit nog nooit gedaan bij een mens, ook niet onder normale omstandigheden, maar ik heb wel katten gehecht.'

'Het gaat vast goed,' zei Court. Hij realiseerde zich dat ze allebei probeerden elkaar gerust te stellen.

Maar Justine was de eerste die zich bedacht. Ze keek op naar de Amerikaan en zei: 'Weet je het zeker? Ik moet heel diep door dc spier om de wond te hechten. Als ik alleen de huid gebruik scheurt hij bij de kleinste beweging weer los.'

Court knikte, zijn ogen waren in afwachting van de aankomende pijn al vochtig. 'Justine,' zei hij zacht. 'Wat ik ook zeg of doe… niet ophouden.'

Ze knikte, zette zich schrap. 'Ben je er klaar voor?'

Hij knikte kort, trok zijn riem van zijn borst en bracht hem naar zijn mond. Hij beet er hard op.

De weg was plat en recht, en de koplampen wezen de weg.

Justine drong op een centimeter afstand van de bloedige steekwond in de huid van haar patiënt. De kromme naald vond zijn weg diep door zijn buikspieren. Hij gleed door de snee en in de straal van de zaklamp verscheen vers bloed. Door de kromming in de scherpe naald verliet die een centimeter aan de andere kant van de snijwond weer zijn lichaam.

Court brulde tegen de riem die hij in zijn mond hield.

Justine pakte met haar gehandschoende hand de draad, trok het instrument in tegengestelde richting terug en deed de draad opnieuw in de naald. Zelfs met een kwart dosis morfine in het lijf van haar patiënt voelde ze zijn tranen op haar arm toen ze dicht bij de eerste de tweede hechting aanbracht.

Zo werkte ze gedurende tien kilometer door. Ze keek tijdens het hechten niet op van haar werk, en sprak hem al die tijd geruststellend in het Frans toe, zoals ze dat ook bij een gewonde hond zou doen. Haar patiënt huiverde en kreunde boven haar. Tot haar verbazing bleef hij doorrijden, stuurde af en toe licht bij waar nodig, en trapte zelfs een keer zachtjes op de rem. Justine ging ervan uit dat de weg voor hem en de behoefte zich daarop te concentreren het enige was wat hem bij de les hield.

Met verbandgaas veegde ze tijdens het werk het bloed weg, spoelde het weg met ontsmettingsmiddel uit de fles die ze tussen zijn benen had geklemd om beter zicht te krijgen op de wond.

Eindelijk zei ze: 'Bijna klaar. Ik moet het alleen nog even straktrekken en afhechten. Nog een paar tellen.' Ze kon hem boven haar horen hijgen en snotteren. Het ritme van zijn geluiden verontrustte haar: ze wist dat hij elk moment in shock kon raken. 'Hier komt-ie… Ik zal zo voorzichtig mogelijk doen.' Ze trok aan de draad, waarop de wond zich perfect sloot en het bloeden direct ophield. 'Ja, perfect. Nu nog een knoop en…'

De banden onder haar reden over een reeks hobbels. De vering van de Mercedes was fantastisch; ze voelde de ruwe ondergrond amper. Maar toen de hobbels na een paar seconden niet weg waren, keek ze omhoog om de staat van haar patiënt te controleren.

Tot haar afgrijzen zag ze vlak boven haar zijn hoofd met gesloten ogen naar beneden bungelen.

Jim was van zijn stokje gegaan.

Om halfzes 's ochtends schoot de zwarte Mercedes van de weg en verongelukte.

31

De Wit-Russen bemanden alle tien hun post op het terrein: zes buiten, twee bij ramen op de begane grond, en twee boven in de toren. Serge en Alain, de twee technici die zich ontfermden over de elektronische beveiliging, zaten in de bibliotheek op de begane grond en lieten hun rood doorlopen ogen over de schermen gaan en bekeken de infraroodbeelden van het gebied rond het gebouw. Elke vijf minuten zochten ze via hun walkietalkies contact met de patrouillerende mannen.

De Libiërs waren als enige moordcommando nog in de buurt. Terwijl ze in hun bus Bayeux en omgeving verkenden vochten ze tegen de vermoeidheid. Ze wisten inmiddels zeker dat ze geen kans meer maakten op het grote geld. De andere teams die in de buurt gestationeerd waren geweest, waren naar Parijs gestuurd om te helpen zoeken naar het doelwit, net als alle straatartiesten in een straal van vijfhonderd kilometer. De Libiërs hadden op de berghelling in Zwitserland hun kans gekregen en die verprutst, daarom kregen ze nu de opdracht op hun post te blijven en af te wachten tot de minieme kans zich voordeed om The Gray Man nog eens onder vuur te nemen.

Inmiddels rekende niemand er meer op dat hij Bayeux zou halen.

Riegel, Lloyd, de Techneut en Felix zaten in de schemering in het commandocentrum koffie te drinken en keken naar de monitoren waarop de schommelende en dansende beelden van de uitkijkposten en de moordcommando's in Parijs werden weergegeven. De Techneut leidde nog altijd de zoektocht in de omgeving van de Seine. Zowel Riegel als Lloyd was inmiddels tot de conclusie gekomen dat Gentry stroomafwaarts uit het water moest zijn geklommen en er vandoor was gestrompeld, dus werd het zoekgebied verruimd, en daarna verspreid over twee oevers nog een keer.

Om halfzes kwam er nieuws uit Parijs dat de nodige beroering rond het chateau teweegbracht. Een uitkijkpost die de politieportofoons afluisterde had een melding opgevangen van een inbraak in een kleine eerstehulppost in het vijfde arrondissement. Die bevond zich stroomopwaarts ten opzichte van het punt waar het doelwit te water was geraakt, maar de Techneut had er toch een uitkijkpost op afgestuurd om poolshoogte te nemen. De eigenaren van de kliniek die ter plaatse waren verschenen, verklaarden dat er bloed, medicijnen en instrumenten waren ontvreemd waarmee wonden konden worden verzorgd.

Riegel stond achter de Techneut. 'We moeten de zoekteams opsplitsen. Hou de Bolivianen en Sri Lankanen in Parijs. Zeg tegen de Botswanen dat ze hier over de snelweg heen moeten komen en onderweg naar hem moeten uitkijken. Stuur een helikopter om de Kazakken op te pikken. Zij zijn de best getrainde schutters; die moeten hierheen. Ze moeten de achterafstraatjes rond het gebouw in de gaten houden. En waarschuw de Libiërs in Bayeux! Ze moeten daar het treinstation in de gaten blijven houden en de doorgaande routes die door het dorp leiden. Als The Gray Man op een of andere manier nog niet uitgeschakeld is, zal hij hier voor zonsopgang zijn.'

De Techneut mompelde in zichzelf. 'We hebben hem met eigen ogen gezien verdomme. We hebben zelf gezien hoe hij eraan toe was. We hebben hem in het water zien vallen.'

Lloyd gaf hem een tik op zijn achterhoofd en stormde de kamer uit, ging naar beneden om de mannen die de infraroodcamera's in de gaten hielden te waarschuwen dat hun doelwit wellicht onderweg was.

'Alsjeblieft! Alsjeblieft, Jim! Wakker worden!'

Court Gentry deed zijn ogen open. Hij zag in het donker een gestalte vlak over hem heen gebogen. Instinctief stak hij zijn arm uit en sloeg zijn hand om de nek van de gestalte en drukte die tegen de grond terwijl hij probeerde erbovenop te rollen.

Court viel in het lange, natte gras op Justine.

'Sorry,' was het enige wat hij kon uitbrengen toen hij het Franse meisje losliet. Hij bewoog traag, zijn lichaam was duidelijk onder de invloed van de medicijnen.

Ook zij ging langzaam staan. Het was donker, en het enige wat hij goed kon zien waren haar wijd opengesperde ogen. Ze ging eindelijk naast hem zitten, en hij keek ongemakkelijk van haar weg. Hij monsterde zijn omgeving.

Hij zat in het natte gras, ze leunden beiden met hun rug tegen de Mercedes. Ze bevonden zich in een weiland, de zwarte sedan was bijna geheel in de struiken verdwenen. Court ging ervan uit dat de weg zich aan de andere kant bevond. Het maanlicht werd getemperd door de mist boven hun hoofd, maar in de buurt van de auto zag hij loom bewegende koeien in het modderige weiland.

De lucht was koud.

'Wat... Wat is... Waar zijn we?'

'Ik kreeg je niet wakker. We zijn ten westen van Caen, nog een halfuur van Bayeux.'

'Shit. Hoe laat is het?' Langzaam herinnerde Court zich zijn missie weer, alsof die vanuit de mist voor zijn door de medicijnen benevelde geestesoog opdoemde.

'Het is bijna zeven uur. Over minder dan een uur komt de zon op.'

'We hebben een ongeluk gehad, toch?'

'Nee, *wij* hebben geen ongeluk gehad, *jij* hebt een ongeluk gehad.'

Het kwam allemaal terug, zij het langzaam. Hij legde zijn hand op zijn gewonde buik, hoewel die op dit moment nauwelijks pijn deed. Hij droeg een schoon, bruin overhemd. Hij kon het strakke verband erdoorheen voelen.

Hij keek naar beneden en zag dat hij een nieuwe broek droeg. 'Heb je me aangekleed?'

Justine wendde haar blik af, keek het donkere weiland in. 'Ik heb de kleding gevonden in een tas in de auto. Na het ongeluk.'

'Ben je gewond?' vroeg hij.

'Niet ernstig. Een paar blauwe plekken. We hebben geluk gehad. Toen je van de weg raakte, ben je op een geitenpad tussen de struiken terechtgekomen. We zijn langs deze bomen geschoten. De auto zit vast. Ik heb je na de botsing wat medicatie gegeven, je verbonden en je schone kleren aangetrokken. Er vloog zonet een helikopter over. Ik was bang. Ik dacht dat ze ons misschien zoeken.'

Court werd met de seconde helderder; hij was nu weer helemaal bij. 'Ik haal het nooit meer op tijd.'

'Je zei acht uur. Dat kunnen we nog wel redden.'

'Ik had voor zonsopgang in positie moeten zitten.' Court zuchtte, liet het los. Hij stond langzaam op, vond het eenvoudiger dan hij had verwacht. 'Wat heb je me gegeven?'

'Wat pijnstillers, en ik heb je heel strak verbonden tegen de pijn.'

Terwijl ze dit zei, keek Court onder zijn overhemd naar het resultaat. 'Prima. Ik voel me best oké.'

'Het zal van korte duur zijn. De pijn zal snel terugkomen. Ik heb je dat andere medicijn niet gegeven. De DextroStat. Ik heb het etiket gelezen. Het is een heel sterke amfetamine. Als je zo'n pil zou nemen, zou je bloeddruk stijgen. Als mijn hechtingen niet perfect blijken, zul je hevig gaan bloeden. Ook inwendig. Je zou wel gek zijn om zo'n pil te slikken.'

'Ik ga hem niet slikken. Ik ga er drie openbreken, de inhoud in een kop hete koffie strooien. Daardoor breekt het tijdvertragende laagje af en voel ik het effect meteen.'

'Dat is zelfmoord!' zei ze. 'Ik mag dan geen arts zijn, maar ik weet wel wat dat met je lichaam zal doen.'

'Het helpt me om een halfuur of zo scherp te blijven. Als ik daarna doodbloed, nou ja, dat zij dan maar zo. Ik moet eerst mijn taak uitvoeren.'

Ze wilde tegensputteren, maar hij onderbrak haar. 'We hebben een nieuw vervoersmiddel nodig. Iets uit de buurt, iets wat geen aandacht trekt.'

Justine schudde gefrustreerd haar hoofd. 'Er staat daar een boerderij. Misschien kun je daar een voertuig lenen.'

Court keek langs de heg naar de boerderij die zo'n tachtig meter bij hen vandaan stond. Achter een raam zag hij al licht branden. In het schijnsel van het licht stond een oude, witte sedan, waarvan de onderste helft onder de modder en mest zat. 'Ja, ik zal die auto even "lenen".' Hij stak langzaam zijn hand in de kofferbak van de Mercedes en pakte de tweede Glock. De eerste was hij in de steeg in Parijs kwijtgeraakt. Zonder te kijken trok hij de slede twee centimeter naar achteren en controleerde met zijn vingertop of het wapen geladen was. 'Ik ben zo terug.'

In het laatste uur voor zonsopgang had Riegel al zijn manschappen in het chateau in staat van paraatheid gebracht, omdat hij ervan uitging dat áls The Gray Man zou opduiken, hij dat nu zou doen. Van de tien schutters uit Minsk patrouilleerden er drie groepjes van twee door de tuin en de oprit naar de hoofdingang. Twee mannen met AK-47's bewaakten de eerste verdieping van het chateau; eentje keek uit over een raam met uitzicht op de oprit, en de ander bewaakte een raam met uitzicht op de achtertuin.

De laatste twee zaten hoog in de toren van het chateau: een scherpschutter met een met een telescoopvizier uitgeruste Dragunov, de man die met dat wapen een einde had gemaakt aan het leven van Phillip Fitzroy, en een spotter met een AR-15 op zijn rug die met zijn verrekijker de nacht in alle richtingen afspeurde.

De tien Wit-Russen werden nog ondersteund door de drie mannen die Lloyd uit Londen had ingevlogen, de Noord-Ier en de twee Schotten. Twee van hen bevonden zich in de keuken, met hun oortjes in en hun machinepistolen op schoot, klaar om door Riegel naar de plek gestuurd te worden waar The Gray Man zou opduiken. De derde, McSpadden, stond in de gang voor de slaapkamer op de tweede etage waarin de Fitzroys werden vastgehouden. Het lijk van de andere Noord-Ier lag in de kelder naast dat van Phillip.

En dan zaten er in de bibliotheek op de eerste verdieping nog twee Franse technici die de monitoren van de infraroodcamera's in de gaten hielden die op verschillende plekken in de tuin waren neergezet. Het waren beiden oud-infanteristen van in de veertig; ze droegen een pistool op hun heup en wisten hoe ze daarmee om moesten gaan.

En als laatsten zaten de Techneut, Lloyd, Riegel en Felix in het commandocentrum. Van die vier kon enkel Riegel voor een echte soldaat doorgaan. Hij droeg zijn wapen in een schouderholster onder zijn suède jas. Lloyd, of hij nu voor anderen een gevaar vormde of niet, was gewapend met een klein automatisch wapen, en op het bureau van de Techneut lag een geladen uzi, hoewel de Brit met de paardenstaart van zijn leven nog niet zo dicht in de buurt van een doorgeladen wapen was geweest.

Dat bracht de verhouding op negentien verdedigers versus één aanvaller, al gold die enkel voor de binnenste ring rond het chateau. De vier Libische agenten van de Jamahiriya Security Organisation stonden, tien kilometer verderop in Bayeux, voortdurend in verbinding met de Techneut. Ze hielden de weg tussen het dorp en het chateau in de gaten, en die naar het elk moment opengaande treinstation, eindpunt van de enige logische route vanuit Parijs. De ranke, zwarte Eurocopter met de vijf Saoedi's aan boord beschreef lome achtjes boven hun hoofd. De heli hield een oogje op de route vanuit Caen naar het oosten en zelfs langs de noordkust voor het geval The Gray Man als bij toverslag op een Normandisch strand zou opduiken om in zijn eentje de invasie van D-Day nog eens dunnetjes over te doen.

En de vier zojuist uit Parijs aangekomen Kazakken maakten hun rondjes in een kleine blauwe Citroën met hun kalasjnikovs op schoot waarvan ze de kolven hadden ingeklapt. Ze reden door het platteland achter vroege vogels aan van wie ze de nummerplaten controleerden en bij wie ze met felle lichten naar binnen schenen om te zien met wie ze te maken hadden.

De Kazakken gebruikten hun portofoons niet. Ze luisterden wel degelijk mee met de communicatie tussen de Techneut en de andere teams, maar ze gaven nooit een teken van leven en negeerden de verzoeken van de Techneut om zich te melden. Ze waren hier om The Gray Man te vermoorden en het geld te incasseren om daarna weer naar huis te gaan. Ze zouden pas met de mannen in het chateau communiceren als ze Gentry's lichaam bij het hek zouden dumpen en hun geld zouden opeisen.

Riegel hield alles in de gaten vanuit het op de derde verdieping gelegen commandocentrum. Hij was de eerste om toe te geven dat de strijd tussen meer dan dertig gewapende mannen en een zwaargewonde tegenstander die over beperkte middelen en dito nachtrust beschikte, allesbehalve eerlijk was.

Maar Riegel was een jager voor wie eerlijkheid niet telde.

32

Het ochtendgloren weerspiegelde in het kanaal, de eerste zonnestralen aaiden de achterkant van Justines schouders terwijl ze de vieze witte sedan in westelijke richting langs de kust stuurde. Ze hield zich aan de snelheidslimiet, las zorgvuldig de borden.

De bijrijdersstoel en de achterbank waren leeg, op een paar aluminium kisten na.

Ze reed in haar eentje, sloeg in het kustplaatsje Longues-sur-Mer links af, versnelde of vertraagde niet toen ze honderd meter boven haar hoofd een zwarte helikopter zag. Hij vloog een tweede keer langs en toen nog een derde keer voordat hij in zuidwestelijke richting uit haar blikveld verdween.

Ze had de weg een tijdlang geheel voor haarzelf, maar niet lang nadat de helikopter was weggevlogen, dook er achter haar een blauwe Citroën op die achtervolgd door een pluim stof en rook vanaf een onverharde parallelweg de snelweg op reed. Toen ze een korte blik in haar achteruitkijkspiegel wierp, zag ze niets dan felle koplampen. Ze bleven een paar honderd meter kort achter haar rijden, en toen verscheen de auto naast haar. Op het moment dat ze werd verlicht door een felle zaklamp, die zich daarna richtte op de zitplaatsen achter haar, greep Justine het dunne stuur zo stevig vast dat ze dacht dat het elk moment zou kunnen breken. Toen het licht doofde en de Citroën voor haar ging rijden, was ze ervan overtuigd dat ze elk moment de remlichten zou kunnen zien opgloeien die haar tot stoppen zouden dwingen. Maar de auto reed op hoge snelheid bij haar vandaan. Na nog een minuut waren de achterlichten in de mist uit het zicht verdwenen.

Nadat ze nog een aantal kilometer naar het zuiden was gereden, keek ze naar de map op haar schoot en las de aantekeningen die Jim daar met potlood voor haar had achtergelaten. Ze stevende af op een bocht naar links, en nam die na haar koplampen uitgedaan te hebben. De smalle weg was recht; aan weerszijden stonden dikke, hoge hagen. Na drie minuten door het donker te hebben gereden, boog de weg af naar het zuiden, maar ze remde af, stuurde de auto van de weg af en gaf net voldoende gas om hem een dikke haag in te rijden.

Aan de andere kant van de haag stond een drie meter hoge stenen muur. Als ze door de voorruit keek, vulde die haar hele blikveld en leek tot in het oneindige door te lopen. Ze liet de sedan er met de voorbumper tegen tot stilstand komen en zette de motor uit.

Het was dankzij de hoge bomen die langs de smalle weg groeiden erg donker. Ze stapte snel uit. Ze waakte ervoor de deur te hard dicht te slaan. Ze klopte vier keer op de kofferbak van de Fiat, een van tevoren afgesproken signaal dat de kust veilig was.

Even later ging de kofferbakdeksel omhoog. Jim keek haar aan vanaf zijn opgekrulde positie, met naast hem een leeg koffiekopje en een zwart wapen in zijn armen.

'Geen moeilijkheden?' vroeg hij terwijl hij er langzaam uit kroop. Ze zag zijn van pijn vertrokken gezicht als gevolg van de uitwerking die de bewegingen op zijn verwondingen had. Hij liet het wapen in de kofferbak achter, liep naar de zijkant en rekte zich uit na zijn verblijf in de krappe ruimte.

‘Er zijn mannen in de buurt. In een auto en een helikopter. Ik weet zeker dat er in het gebouw nog meer zitten. Te oordelen naar het aantal mannen dat je opwacht, vinden ze je vast erg gevaarlijk,’ zei Justine terwijl ze achter de auto op straat ging staan.

De Amerikaan had door de dichte bosjes aan de passagierskant het achterportier geopend. ‘Mijn reputatie is overdreven.’

‘Wat?’

‘Laat maar. Ik wil je bedanken voor alles wat je hebt gedaan. Je hebt elke cent van dat geld verdiend. Ik had dit zonder jou niet gered.’

Justine glimlachte in de schemering. ‘Maar je hebt feitelijk nog helemaal niets gedaan, Jim.’

‘Daar zeg je iets.’

‘Hoe voel je je?’ vroeg ze.

‘Alsof ik net een driedubbele dosis speed met een dubbele espresso naar binnen heb gewerkt. Je hechtingen houden het goed.’

Plots werd Justines lichaam door de koplampen van een auto beschenen. Ze draaide zich naar de lichtbron om, en toen snel weer naar Jim in de hoop van hem te horen wat ze moest doen, maar ze zag hem nergens.

Een paar tellen later stopte de blauwe Citroën achter haar, waar haastig vier mannen uitklommen.

Justine stond in het felle schijnsel en tilde haar hand op om haar ogen af te schermen. Ze werd overspoeld door het licht, en voelde zich naakt in de felle gloed. De vier mannen gingen voor de koplampen staan en veranderden in silhouetten. Ze zag in hun armen de contouren van grote wapens. Iemand riep haar iets toe wat ze niet begreep, en ze kon geen woord uitbrengen. Ze keek in plaats daarvan in de haar omringende ochtendschemering naar links en naar rechts.

Ze wist dat Jim was gevlucht voor de mannen die voor haar stonden en zich ergens veilig buiten bereik van de lichtstralen bevond.

Ze dacht dat het hem op een of andere manier gelukt was over de stenen muur te klimmen. Hij had haar hier achtergelaten om een smoes te verzinnen voor de kisten met apparatuur in de auto, en een plausibele reden voor haar aanwezigheid te geven.

Haar hart knalde zowat uit elkaar van angst.

'Bonjour,' zei ze tegen de vier silhouetten, met een iel stemmetje dat het niveau van gefluister amper oversteeg.

Als één man stapten de gestalten met hun wapens nog altijd in de aanslag op haar af.

Vijftien meter, tien, hun schaduwen versmolten naarmate ze dichterbij kwamen.

Toen stokte de gestage opmars van de silhouetten plotseling, een snel bewegende schaduw van links, een profiel dat zich richting de beweging draaide, de langgerekte vorm van een geweer dat omhoog begon te komen en dan een verraste schrik van de geestverschijningen voor haar op het moment dat een van de grote gestalten ineendook.

Ze deinsde snel achteruit, botste tegen de kofferbak van de auto, keek naar de dansende beweging van licht en schaduw voor haar. In de commotie op de weg onderscheidde ze de contouren van armen en benen die stompen en schoppen uitdeelden waardoor wapens door de lucht vlogen en, te midden van het geschreeuw en het gekraak van vuisten tegen vlees en botten tegen botten, kletterend op de stoffige stenen landden.

Een tweede gestalte viel en bleef direct onder de stralen van de koplampen liggen. Ze zag dat het niet Jim was. In de opstijgende stofwolken smolten meer schaduwen samen, en de contouren van een man drapeerde zijn donkere ledematen rond het hoofd en de nek van een ander silhouet en draaide het rond waardoor het silhouet van de weg werd getild en Justine het breken van de nek hoorde toen de nekwervels met brute kracht werden verbrijzeld.

Justine kende gevechten enkel uit tv-shows. Dit was er onmogelijk mee te vergelijken. De bewegingen waren sneller, heftiger, gemener. Er was geen sprake van ballet of poëzie in de relatie tussen de vechters, geen choreografie. Nee, het was onbuigzaam oppervlak tegen onbuigzaam oppervlak, plotse bewegingen en gegrom en geschreeuw van wilde beesten, gehijg van uitputting en paniek. Het krakende geluid van doeltreffende slagen en de commotie van een zo meedogenloos gevecht dat ze ervan overtuigd was dat alle mannen die ze op straat voor zich zag in stukjes zouden worden gereten.

Er waren nu drie mannen buiten gevecht gesteld, en een vierde rende bij de lichtbundels vandaan om een gevallen wapen op te pakken dat buiten zijn bereik was gegleden. Justine zag Jim die nu op de stoffige weg de achtervolging inzette en de andere man van achteren vloerde. Er ontstond een gevecht, en Jim belandde plat op zijn rug op de koude weg. De Française draaide zich snel om naar de kofferbak om het geweer te pakken dat de Amerikaan had laten liggen, hoewel ze geen idee had hoe ze dit moest gebruiken. Terwijl ze wegkeek van het gevecht, hoorde ze een misselijkmakende schreeuw van pijn. Ze tilde het grote wapen op, draaide zich om en zag Jim op zijn knieën zitten terwijl de vierde man met zijn handen over zijn ogen geslagen bij hem vandaan rolde. Jim ging weer staan met een groot geweer dat hij boven zijn hoofd hield. Onder het toeziend oog van Justine sloeg Jim de kronkelende man met de kolf van het geweer. De ene na de andere klap daalde op diens rug neer, als een kloofbijl op hout. Hij stak defensief zijn handen omhoog, maar de kolf baande zich een weg naar zijn doodsbange blik. Het bloed spoot uit zijn ogen en zijn kaak brak af en bleef misselijkmakend aan zijn gezicht bungelen. Er waren minstens tien genadeloze klappen op zijn ingeslagen hoofd voor nodig om de man levenloos op zijn rug op de koude grond achter te laten, en het lukte Justine niet om weg te kijken.

Toen alles achter de rug was, liet de Française zich langs de bumper naar de grond glijden. Ze legde het geweer voor zich neer, en met haar lege trillende handen bedekte ze haar gezicht en begon te huilen.

Terwijl hij de vier lichamen van de weg af sleepte, vocht Court tegen de hyperventilatie. Hij hoorde boven zich in het steeds feller wordende ochtendlicht een helikopter. Geflankeerd door de heggen en de hoge muur die om het chateau liep, zou de heli recht boven hem moeten vliegen om hem te zien, maar Court wist dat elke seconde op de stoffige weg een risico vormde.

Hij inspecteerde haastig de inhoud van de kofferbak om te zien of er iets bruikbaars tussen zat. Hij stuitte direct op vier level 3A kogelwerende vesten. Zo goed als waardeloos tegen geweervuur, maar zeer effectief tegen pistoolschoten. Hij stak vlug zijn hoofd door een van de vesten en maakte het klittenband strak om zijn middel vast. Ook vond hij in de kofferbak knie- en elleboogbeschermers van hard plastic. Hij trok deze ook aan, bedacht dat een geschaafde elleboog de eerstkomende paar minuten wel het minste was waar hij zich zorgen over diende te maken, maar hij zag niet in waarom hij niet elk beetje beschermende kledij dat hij vond zou gebruiken.

Hierna ging hij achter het stuur van de Citroën zitten, zette hem in zijn versnelling en probeerde hem in de dikke heg te rijden om te voorkomen dat hij vanuit de lucht te zien zou zijn. Toen hij naar beneden keek, zag hij dat er een paar en wie weet alle hechtingen waren geknapt die Justine had aangebracht om zijn buik te fatsoeneren. Zijn steekwond was weer gaan bloeden waardoor het verband en zijn overhemd onder het kogelwerende vest nat waren geworden. Het bloed uit zijn buik liep langs zijn broek op de bekleding van de stoel. 'Shit,' zei hij hardop. De tijd begon niet voor het eerst te dringen.

Nadat hij de lichamen en de auto had verborgen en de AK's in de bosjes had gegooid, ging hij naar Justine die nog altijd geknield bij de auto zat. Ze veegde tranen en haarlokken uit haar ogen. Ze stond langzaam op.

Ze keek naar de halfslachtig in de bosjes verborgen lichamen. Afgedankt. Armen en benen in onnatuurlijke houdingen. 'Dat waren slechte mannen, toch?'

'Zeer slecht. Ik had geen keuze, en nu moet ik over die muur zien te komen om er nog meer uit te schakelen.'

Justine reageerde niet.

Court begon de aluminium kisten open te maken, bond een riem strak om zijn middel en haakte de pistoolholster aan zijn rechterheup en de magazijnvoorraad voor het machinepistool aan zijn linker. 'Ik heb geen tijd meer. Ik moet gaan.' Hij sloeg het M4-aanvalsgeweer over zijn nek en haakte het kleine HK MP5-machinepistool met de loop naar beneden aan het harnas van het kogelwerende vest dat hij in de blauwe Citroën had gevonden. Hij stak de Glock 19 in de holster en bevestigde met klittenband de twee handgranaten op zijn vest. Hij pakte de satelliettelefoon van de voorste autostoel en stak hem in de zak op zijn heup.

Hij was binnen drie minuten klaar met zijn voorbereiding. Hij draaide zich weer om naar Justine, die nog altijd zwijgend achter hem stond en naar de uit de struiken stekende benen van de vier gehavende lijken keek. 'Ik moet via de motorkap over de muur klimmen. Als ik over de muur ben, wil ik dat je achteruitrijdt, omdraait en terugrijdt naar de kust. Ga naar het westen, niet naar het oosten. Parkeer deze auto bij het eerste het beste treinstation dat je tegenkomt, pak de eerste ochtendtrein naar Parijs en ga naar huis. Nogmaals bedankt voor alles wat je voor me hebt gedaan.'

Justine keek afwezig voor zich uit. Court wist dat ze zwaar aangeslagen was door de viervoudige moord die hij met zijn blote handen voor haar neus had uitgevoerd. Dat zou bij iedereen het geval zijn, dacht hij, in elk geval bij ieder normaal persoon die er geen leven zoals het zijne op nahield.

'Gaat het wel?' vroeg hij zachtjes.

'Ben je ook een slechte man, Jim?' vroeg ze, met wijd opengesperde ogen als gevolg van het gevecht.

Hij legde zijn hand op haar arm, hield hem liefdevol maar onhandig vast. 'Ik denk het niet. Ik heb een paar gemene dingen geleerd. Ik doe ook... wel slechte dingen. Maar alleen tegen slechte mensen.'

'Ja,' zei ze. Ze leek ietwat opgelucht. 'Ja.' Ze keek hem aan. 'Ik wens je succes.'

'Als dit achter de rug is kunnen we er misschien over praten...'

'Nee,' onderbrak ze hem. Ze wendde haar blik af. 'Nee. Het is beter als ik alles probeer te vergeten.'

'Ik begrijp het.'

Ze omhelsde hem kort, maar Court kreeg het idee dat ze was afgeleid, alsof ze hem na zijn geweldsexplosie nu als een soort wild dier beschouwde. Ze wilde duidelijk zo snel mogelijk weg van hem en deze krankzinnige toestand. Zonder nog iets te zeggen ging ze achter het stuur zitten en klom hij op de motorkap. De pijnstillers die ze hem in zijn slaap had gegeven, boden enige verlichting. Maar nog altijd was de beklimming van de muur voor iemand met een dergelijke wond in zijn buik, om nog maar te zwijgen van zijn pols, been en ribbenkast, een regelrechte kwelling.

Court gleed over het hoogste punt van de muur, liet zijn voeten naar beneden bungelen, viel in het zachte gras en hoorde hoe de kleine sedan achteruitreed en op straat keerde. Court keek op zijn horloge. Het was tien over halfacht 's ochtends.

Het chateau ging geheel schuil in de dichte mist. Het enige wat hij kon zien waren de eerste bomen van de appelboomgaard. Onder rijen en rijen kleine bomen met smalle stammen lag felrood fruit.

Court controleerde zijn wapentuig voor de laatste keer, haalde nog eens diep adem om de pijn te onderdrukken en begon in de richting van de boomgaard door de donkere, grijze mist te rennen.

33

'Zet maar uit,' zei Riegel.

De twee Fransmannen die twaalf uur onafgebroken naar de batterij monitoren in de bibliotheek hadden getuurd gehoorzaamden. Ze begonnen van links naar rechts schakelaars om te zetten waarna de beeldschermen van de infraroodcamera's op het terrein op zwart gingen.

Lloyd verscheen achter hun ruggen in de bibliotheek en vroeg: 'Wat doe je?'

Riegel antwoordde: 'Infraroodcamera's werken 's nachts, Lloyd. Het is inmiddels geen nacht meer.'

'Je zei dat hij 's nachts zou komen.'

'Dat klopt inderdaad.'

'Maar hij komt, toch?'

'Daar lijkt het niet op,' antwoordde Riegel de jager, met een stem waar zowel verwarring als neerslachtigheid in doorklonk.

'We hebben nog een kwartier om Felix een lijk te bezorgen. Wat moeten we godverdomme doen?'

Riegel richtte zich tot de jonge Amerikaan. 'We hebben een helikopter in de lucht en ruim honderd mannen en vrouwen die hem zoeken. We hebben hier op het chateau dertig gewapende mannen die hem opwachten. We hebben hem neergeschoten. We hebben hem neergestoken. We hebben hem van een berg afgegooid, van een brug. We hebben zijn vrienden vermoord, we hebben hem leeg laten bloeden. Wat kunnen we nog meer doen?'

Op dat moment klonk de stem van de Techneut door de walkie-talkiefunctie die de beide mannen op hun telefoon hadden. 'We zitten met een paar problemen.'

'Wat dan?' vroeg Riegel.

'De Bolivianen zijn uit de wedstrijd gestapt. Ze hebben ons net vanuit Parijs laten weten dat ze het voor gezien houden.'

'Opgeruimd staat netjes,' bitste Lloyd.

'En de Kazakken melden zich niet.'

Riegel maakte zijn telefoon los van zijn riem. 'Die melden zich nooit.'

'De Saoedi's in de heli zien ze nergens meer rijden.'

Nu sprak Lloyd in zijn toestel. 'We zouden wel geweervuur hebben gehoord als ze het aan de stok hadden gekregen met The Gray Man. Maak je geen zorgen. Die klootzakken zijn 'm waarschijnlijk gesmeerd, net als de Bolivianen.'

Lloyd en Riegel bestegen de twee trappen naar de derde verdieping. Hoewel de mannen allebei afgepeigerd waren, wilde geen van beiden de ander een teken van zwakte tonen. In plaats daarvan maakten ze ruzie over wat er anders had gekund en welke lastminuteacties ze nog altijd konden ondernemen.

Toen ze het commandocentrum betraden stuitten ze direct op Felix die bij het raam stond te bellen. Na een paar seconden beëindigde de dunne zwarte man in pak zijn gesprek, draaide zich om en keek de kamer in. Hij had al urenlang gezwegen. 'Heren, het spijt me te moeten melden dat jullie tijd is verstreken.'

Lloyd rende met een verwilderde blik op hem af. 'Nee! We hebben nog tien minuten. U moet ons nog wat meer tijd gunnen. U hebt hem in het water zien vallen. We hebben hem godverdomme vermoord. We hebben enkel nog wat tijd nodig om de goot te vinden waar zijn lijk in ligt. Zeg tegen Abubaker dat u hem van de brug hebt zien vallen...'

'U hebt de opdracht gekregen ons zijn lijk te bezorgen. Daar bent u niet in geslaagd. Ik heb dit doorgegeven aan mijn president. Het spijt me. Dat was mijn plicht. Dat zult u begrijpen.'

Riegel liet zijn brede schouders hangen en keek weg. Hij kon niet geloven dat The Gray Man, mits hij nog leefde, geen poging had gedaan de kinderen te redden.

Lloyd zei: 'Hij kan hier elk moment zijn. Abubaker hoeft het contract pas te tekenen als hij over een uur afstand doet van zijn functie.'

'Het is een onopgeloste kwestie. Ik heb de president op de hoogte gebracht van uw vorderingen... of het gebrek daaraan, moet ik zeggen. Hij heeft tijdens ons telefoongesprek het contract met uw concurrent ondertekend. Ik heb de opdracht gekregen terug te gaan naar Parijs en daar te wachten op nadere instructies.'

Riegel knikte bedachtzaam. Hij zei tegen Felix: 'U kunt met de Franse technici mee terugvliegen. Zij vertrekken binnen een uur naar Parijs.'

Felix bedankte hem met een beleefde hoofdknik. 'Het spijt me dat deze onderneming voor u geen succes is geworden. Ik heb respect voor uw professionalisme en hoop dat onze wegen zich op een dag weer zullen kruisen.' De Duitser en de Nigeriaan bogen naar elkaar. Felix negeerde de Amerikaan en verliet de kamer om zich op zijn vertrek voor te bereiden.

Riegel keek de Techneut aan. 'Breng de teams op de hoogte. Het is voorbij. Ze hebben gefaald. Ik zal vanmiddag met de directeuren van hun inlichtingendiensten overleg voeren over een of andere vorm van... compensatie.'

De Techneut deed wat hem was opgedragen. Toen zette hij de monitoren voor zijn neus uit. Hij deed zijn koptelefoon af en legde die behoedzaam op de tafel. Hij liet zijn handen door zijn lange haar gaan.

De drie mannen bleven ieder in hun eigen gedachten verzonken nog een paar minuten in het commandocentrum zitten. Het ochtendlicht dat door het raam naar binnen viel leek over de vloer naar hen toe te kruipen, de spot te drijven met hun mislukking. Het was de bedoeling dat ze hun mannetje uiterlijk tegen zonsopgang hadden uitgeschakeld, en nu was het die zonsopgang die hen belachelijk maakte.

Lloyd keek op zijn horloge. 'Vijf voor acht. Het heeft geen zin het nog verder uit te stellen.'

Riegel keek naar de bodem van zijn koffiekopje. Hij was uitgeput. Plichtmatig vroeg hij: 'Wat uitstellen?'

'De plichtplegingen op de tweede verdieping.'

'Sir Donald, bedoel je?' Riegel ging rechtop zitten. 'Dat regel ik wel. Jij zou er een hele dag over doen.'

Lloyd schudde zijn hoofd. 'Niet alleen Don. Allemaal. Alle vier.'

Riegel keek vanaf zijn stoel naar hem op. 'Waar heb je het over? Wil je de vrouw ombrengen? De kinderen?'

'Ik heb Gentry laten weten dat ze zouden sterven als hij niet kwam opdagen. Hij is niet komen opdagen. Doe verdomme niet alsof dit als een verrassing komt.'

'Hij is niet komen opdagen. Omdat hij dood is. Waarom zou je een dode straffen, idioot?'

'Hij had beter zijn best moeten doen.' Lloyd trok zijn zilverkleurige automatische pistool uit zijn heupholster en hield het langs zijn lichaam in zijn hand. 'Aan de kant, Riegel. Dit is nog altijd mijn operatie.'

'Niet lang meer.' Er klonk venijn door in de stem van de grote Duitser.

'Dat mag dan zo zijn,' zei Lloyd, 'maar ik heb nog altijd een klus te klaren, en ik zie niet hoe je mij daarvan kunt afhouden. Je kunt nog zo schijnheilig doen over die familie, maar je weet dat ze ons kunnen identificeren. En deze plek. Ze moeten dood.' Hij liep langs Riegel de gang op.

Sir Donald Fitzroys telefoon die op het bureau van de Techneut lag ging over. Lloyd keerde direct op zijn schreden terug. De jonge technicus ging vlug weer zitten en zette zijn koptelefoon weer op. Felix stapte uit nieuwsgierigheid de kamer binnen, met een attachékoffer in zijn hand en een karamelkleurige regenjas over zijn arm gedrapeerd.

De Techneut zette het gesprek door naar de speakers. Lloyd zei: 'Ja?'

'Goedemorgen, Lloyd. Hoe gaat het met je?'

'Je bent te laat, Court. We hebben het contract verspeeld, wat betekent dat je hebt gefaald. Ik heb de Fitzroys niet meer nodig. Ik was net onderweg om ze een paar extra knoopsgaten te geven. Wil je meeluisteren?'

'Je hebt ze nu meer dan ooit levend nodig.'

Lloyd glimlachte. 'O ja joh, waarom dan?'

'Levensverzekering.'

'Echt waar, Court? Ik heb je gisternacht van die brug zien vallen. Ik heb geen flauw idee waar je uithangt, maar je bent niet in de positie om…'

'Vergeet het contract met Abubaker. Maak je niet langer zorgen of je baas je misschien ontslaat. Ban de gedachte aan de zware jongens van Riegel die op een nacht voor je deur zullen staan uit je hoofd. Je kunt al je toekomstige problemen vergeten. De enige die op dit moment je leven bedreigt ben ik.'

'Hoe kan het dat je…'

'Omdat ik tot aan de tanden gewapend, heel erg boos en heel dichtbij ben.'

In het commandocentrum brak geluidloze paniek uit. Riegel liep snel naar het raam en trok met een vingertop de vitrage opzij. Hij tuurde door de dichte mist die in de achtertuin hing. De Techneut reikte over het bureau naar zijn portofoon en begon het nieuws fluisterend aan de bewakers van het terrein door te geven. Felix pakte zijn mobiel en stoof de gang op, ondertussen op allerlei toetsen drukkend.

Alleen Lloyd vertrok geen spier. Hij bleef als aan de grond genageld staan. 'Je bluft. Denk je dat ik de Fitzroys laat gaan, alleen omdat jij beweert op de stoep te staan? Denk je nou echt dat ik zo stom ben?'

'Je bent niet alleen stom, maar ook is je houdbaarheidsdatum verstreken. En ik ga ervan uit dat de man met de zeis in dienst van de LaurentGroup meeluistert. Hetzelfde geldt voor jou, Riegel. Als je die kinderen of mevrouw Fitzroy ook maar een haar krenkt, verlaat je dat huis niet levend.'

Riegel gaf antwoord. 'Goedemorgen, Gentry. Als je buiten staat, waarom kom je dan niet naar de voordeur? Het Lagos-contract zijn we kwijt; het heeft voor ons dus geen zin meer je om het leven te brengen. We hebben net alle moordcommando's naar huis gestuurd. Het spel is voorbij. Als je echt in de buurt bent, waarom kom je dan niet even een kop koffie drinken?'

'Als je eraan twijfelt of ik echt in de buurt ben, zou je eens kunnen proberen dit na te vragen bij die vier onwelriekende types in de blauwe Citroën.'

Die opmerking moest even bezinken. Riegel wist niet in wat voor auto ze rondreden, maar de Techneut begon ze haastig weer op te roepen. Terwijl hij tevergeefs op een teken van leven wachtte, keek hij zijn superieuren angstig aan.

Eindelijk zei Riegel: 'Ik ben diep onder de indruk. Een man die in jouw staat nog steeds zonder een schot te lossen vier eersteklas agenten weet uit te schakelen. Zoals ik al zei, je hebt van ons niets meer te vrezen. Kom gewoon hiernaartoe en dan...'

'Laat de Fitzroys gaan en geef me de SAD-dossiers, of ik zweer je bij alles wat heilig is dat ik iedereen in dat huis uitroei!'

Lloyd, die met zijn handen op zijn heupen stond en de mouwen van zijn met zweetvlekken doordrenkte overhemd had opgerold, had er tot nu toe het zwijgen toe gedaan. Maar hij kwam in beweging. Hij stormde de kamer door naar het bureau van de Techneut en boog zich naar de mobiele telefoon toe. 'Kom dan, godverdomme, jij manke klootzak! Ik ga ondertussen met een scheermes naar die twee stomme trutten beneden...'

Riegel trok de Amerikaanse jurist weg van het toestel en drukte hem met kracht tegen de stenen muur. Hij drukte zich tegen hem aan, schraapte zijn keel. 'Ja, Court? Wil je ons even de tijd gunnen om je voorstel te bespreken? Je weet hoe het er in het bedrijfsleven aan toegaat; over elke scheet moet vergaderd worden.'

'Tuurlijk, Riegel. Ik bel zo meteen wel terug. Neem je tijd, we hebben geen haast.' De verbinding werd verbroken.

Lloyd schreeuwde tegen de Techneut: 'Haal alle teams hierheen, nu!'

Riegel stak zijn hand uit om de Techneut tegen te houden. Hij sprak hem bedachtzaam toe. 'Waarvoor, Lloyd? Er staat geen contract meer op het spel. Het spel is uit.'

'Maar The Gray Man loopt nog altijd rond!'

'Dat is ons probleem, niet van de LaurentGroup. Marc Laurent zal geen stuiver uittrekken om ons door de buitenlandse moordcommando's te laten beschermen. Die bonus van twintig miljoen dollar is van de baan.'

Het was duidelijk dat Lloyd daar nog niet over had nagedacht. Hij haalde zijn schouders op. 'Dat hoeven de schutters niet te weten.'

Riegel schudde zijn hoofd. 'Dus in plaats van een gewonde man te grazen te nemen, wil je nu Marc Laurent en de inlichtingendiensten van een handvol landen tegen je in het harnas jagen, de strijd aanbinden met ons bedrijf en daarna met zes landen? Ik weet dat je gek bent, Lloyd; dat is inmiddels wel bewezen. Maar ben je ook levensmoe?'

De Techneut keek in afwachting van verdere instructies zijn twee bazen aan. Toen kantelde hij zijn hoofd en bracht zijn hand naar zijn koptelefoon. 'Wacht! Alle teams komen sowieso hiernaartoe!'

'Uitstekend,' zei Lloyd, blij dat dit opgelost was.

'Waarom?' vroeg Riegel.

'Felix heeft ze een bericht gestuurd. Hij biedt het team dat The Gray Man weet om te brengen twintig miljoen dollar, ter beschikking gesteld door Abubaker.'

'Perfect!' riep Lloyd. 'Hoelang duurt het voordat...'

'Allesbehalve perfect!' zei de Techneut. 'Hij heeft ze opdracht gegeven iedereen uit de weg te ruimen die hen voor de voeten loopt. Inclusief de andere teams! Inclusief ons. Ze gaan de strijd om Gentry hier op het chateau uitvechten!'

Kurt Riegel aarzelde geen seconde. 'Geef alle bewakers uit Minsk opdracht naar binnen te komen. Waarschuw Serge en Alain en de drie Britten. We moeten deze muren tegen alle gevaren verdedigen! Tegen The Gray Man of de moordcommando's.'

De Techneut keek op naar Riegel. 'De Libiërs kunnen hier elk moment zijn! De Saoedi's hangen boven ons!'

Riegel wierp een laatste blik uit het raam. 'Bel het hoofdkantoor van de LaurentGroup in Parijs. Zorg dat ze een helikopter hierheen sturen om ons op te halen! Neem daarna contact op met de moordcommando's, maak ze duidelijk dat we nog altijd kunnen samenwerken. Zeg dat Court buiten rondloopt. Zeg ze dat we niemand het kasteel binnenlaten. Ze moeten hem afmaken voordat hij binnenkomt.'

De Techneut draaide zich om in zijn draaistoel en pleegde een telefoontje met het hoofdkwartier.

Court was niet van plan Riegel terug te bellen. Elke seconde uitstel van zijn aanval op het chateau betekende een seconde extra waarin de verdedigers zich konden voorbereiden, op het terrein naar hem konden zoeken, meer versterkingen konden oproepen. En meer tijd die ze konden benutten om de meisjes om te brengen.

Nee, het was zaak nu in actie te komen. Het terrein baadde in het ochtendlicht toen hij achter het kasteel in de appelboomgaard lag. Hij kon in de grijze mist vaag de contouren van het grote gebouw onderscheiden dat voor hem op de heuvel opdoemde. Hij had na zijn klim over het hek dik een halve kilometer afgelegd, en nog altijd was hij ruim tweehonderd meter van Château Laurent verwijderd.

De open vlakte voor hem baarde hem het meeste zorgen. Als hij eenmaal de dekking van de bomenrij en de dikke mist achter zich had gelaten, zou hij geen bescherming meer hebben. En bovendien cirkelde er een helikopter hoog boven hem in de lucht. Hoewel hij die niet kon zien, verried het dreunende geluid van de wieken diens aanwezigheid boven het chateau.

Dit zou ook zonder zijn waslijst aan blessures al moeilijk genoeg worden, maar hij wist dat hij ondanks zijn slechte persoonlijke omstandigheden geen tijd te verliezen had. Hij voelde bloed langs zijn linkerbeen stromen waarvan hij wist dat het weer vrijelijk uit de steekwond liep. De zware dosis speed die hij door zijn bloedbaan had gejaagd zou het bloedverlies aanzienlijk versnellen.

'Fuck it,' zei hij hardop. Hij haalde de M4 van zijn rug en hield hem voor zich uit.

Hij ging staan.

En begon te rennen met alle kracht die hij nog in zich had.

Zodra de Techneut de bewakers rond het chateau had gewaarschuwd dat The Gray Man in de buurt moest zijn, spoedde Serge zich vanuit de keuken naar de bibliotheek en zette alle monitoren weer aan. Hij wist dat iemand die zich in de mist verschool door de infraroodcamera's opgepikt zou worden. Aandachtig bekeek hij het ene beeldscherm na het andere. Hij scande ze van voor naar achteren en weer terug. Al snel bleef zijn blik ergens aan haken. Hij stak zijn hand uit naar de portofoon op zijn bureau. Hij verzond een bericht aan alle in het chateau aanwezige individuen.

'Beweging in de achtertuin! Beweging in de achtertuin! Een man die snel dichterbij komt!'

Lloyd meldde zich. 'Waar? Waar zit hij verdomme?'

'In de boomgaard! Mon Dieu wat rent hij hard!'

'Waar in de boomgaard?' brulde Lloyd door de portofoon.

'Hij rent dwars door het midden!'

De spotter in de toren meldde zich op hetzelfde kanaal. Met een vet Wit-Russisch accent zei hij kalm, geheel in tegenstelling tot de hysterische Lloyd: 'Ik zie het doelwit niet. We zien niemand... Wacht. Ja. Eén man, die snel dichterbij komt! We schakelen hem uit!'

Maurice had Court een indrukwekkende hoeveelheid spullen nagelaten, maar Maurice was ontegenzeggelijk van de oude stempel geweest en de uitrusting waarmee Court noodgedwongen moest werken was niet volledig op zijn behoeften toegesneden. De Colt in zijn handen was voorzien van een ijzeren korrel; het had geen telescoop- of holografisch vizier zoals de met hightechsnufjes uitgeruste wapens die Court bij voorkeur hanteerde. Terwijl hij door de mist rende en het chateau voor hem na elke uitgekiende voetstap van zijn sprint duidelijker zichtbaar werd, zag hij de top van de toren boven hem uittorenen. Hij wist dat daar een scherpschutter in zou zitten, en hij wist ook dat de tot in de puntjes getrainde man het beste vizier op het beste wapen zou hebben waarmee hij de beste kans had Courts hopeloze eenmansaanval te pareren.

Dus zette hij, nog steeds in volle vaart rennend, zijn wapen tegen zijn schouder. Het was onmogelijk om tijdens het rennen gericht te schieten met een ijzeren korrel; het was eenvoudigweg zijn doel om zo veel mogelijk kogels op de toren af te vuren zodat zijn vijanden zouden moeten bukken tot hij de muur van het gebouw had bereikt. Court wist dat niemand in het huis zoveel training en ervaring had met gevechtshandelingen in kleine ruimtes als hij. Als hij überhaupt enige hoop op succes mocht koesteren, moest hij in elk geval zien te overleven tot hij die kleine ruimtes had bereikt.

De scherpschutter zag dat de schutter zijn wapen in de mist voor zich uit hield en hij vuurde. Mistflarden tolden tijdens het rennen als draaikolken achter hem aan. De dertigjarige Wit-Rus mikte met zijn draadkruis op de borst van de rennende man. Hij bracht zijn vinger naar de trekker om een snel schot in de borststreek te kunnen lossen. Toen hij het kogelwerende vest onder het gevechtsvest zag, liet hij de kolf van de Dragunov een millimeter zakken om het draadkruis over het hoofd van de man te laten zweven. Terwijl hij met zijn vinger druk begon uit te oefenen op de strak afgestelde trekker, zag hij niet zozeer maar voelde dat zijn tegenstander zijn primaire wapen naar hem hief. Lichtflitsen uit de loop van het wapen, knallen van geweervuur. De scherpschutter hoorde de inslagen en explosies in het hout en steen van de toren, en toen de kogels met hoge snelheid tegen het honderden jaren oude metselwerk ketsten, vulde de lucht zich met rokerig stof. De spotter links van hem schreeuwde van schrik, maar de scherpschutter was gedisciplineerd. Hij maakte zijn wang niet los van zijn wapen, bleef onverstoorbaar door zijn telescoopvizier kijken.

Vol vertrouwen haalde hij de trekker van het op de naar hem toe stormende man gerichte wapen over.

34

Terwijl Court zo snel als hij kon op de toren afrende die boven hem uittorende, schoot hij bijna zijn dertig kogels tellende magazijn leeg. Omdat hij wilde eindigen met een paar nauwkeuriger op de toren gemikte schoten, bracht hij het geweer omhoog zodat hij met zijn oog door de ronde ring van de draagband van het geweer kon mikken. Terwijl hij dit deed, klapte het geweer tegen zijn gezicht, schoot uit zijn handen en vloog door de lucht.

Court rende met lege handen verder.

Na nog vier of vijf stappen door het natte gras, met een nagloeiend gezicht vanwege de kolf die onder zijn oog tegen zijn wang was geklapt, realiseerde hij zich dat zijn M4 geraakt moest zijn door een kogel uit een krachtig wapen. Hoewel hij zijn belangrijkste wapen kwijt was, begreep hij dat het geweer zijn leven had gered door de kogel af te weren die de scherpschutter op zijn hoofd had afgevuurd. Zonder vaart te minderen tastte hij naar beneden en hief de compacte MP5 die tegen zijn borst rustte. Hij nam de toren, waar hij nu hooguit honderd meter van verwijderd was, opnieuw onder vuur. De MP5 was in de handen van een man die al sprintend door het open terrein zonder goed te kunnen mikken een klein raam in de verte onder vuur nam even effectief als een vliegenmepper, maar hij hoopte dat het er in elk geval voor zorgde dat zijn vijanden zouden wegduiken.

Toen de scherpschutter de rennende man na de impact van zijn schot had zien wankelen, maakte hij zijn blik los van de telescoop om aandacht aan zijn partner te kunnen schenken. De spotter had een stuk steen in zijn gezicht gekregen. Zijn bril was gebroken, en zijn voorhoofd bloedde, maar hij was niet verward en niet ernstig gewond. Op dat moment klonk er opnieuw geweervuur vanuit de achtertuin. De Wit-Rus keek weer naar beneden en zag tot zijn verbazing de man rennen die hij zojuist met een kogel geveld meende te hebben. Aan de knallen van het wapen in zijn hand te horen, wist de man in de toren dat The Gray Man nu een 9 millimetermachinepistool afvuurde. Hij nam snel weer achter de tafel plaats waar de Dragunov op rustte. Had binnen twee tellen zijn positie achter het vizier weer ingenomen. Plotseling hoorde hij nieuwe geweerschoten, dit keer achter hem vanaf de andere kant van het chateau. Eventjes begreep hij niet wat er aan de hand was, totdat de stem van een van zijn landgenoten door de portofoon op tafel schalde.

'Het zijn de Libiërs! Ze staan voor bij het hek! Toren, schakel ze uit!'

Met tegenzin tilde de scherpschutter de grote Dragunov op van de tafel en liep ermee naar de voorste toegangsdeur van de toren. The Gray Man was nu iemand anders' probleem; het was zijn taak doelwitten op afstand onder vuur te nemen, in dit geval de Libiërs.

The Gray Man was niet ver weg meer. Maar dichtbij.

Vlak bij de toren waar de scherpschutter zich bevond, hing de zwarte Eurocopter laag boven de loopbrug over het dak. Er kwamen vier zwaarbewapende Saoedi's in gevechtstenue uit die zich op het twee meter lager gelegen, platte dak naar het oosten lieten vallen. Ze negeerden het vuurgevecht dat nu aan de voorzijde van het gebouw woedde. Ze verschansten zich echter allemaal achter de decoratieve kantelen vanwaar ze uitkeken over de achtertuin en de eenzame man die over het open terrein hun kant op rende.

Terwijl Court zijn doel naderde, vuurde hij niet langer op de toren van het chateau maar richtte zijn wapen op een raam op de eerste verdieping waarachter hij lichtflitsen van geweerschoten zag. Court schoot zijn eerste magazijn leeg op het raam voor hem. De kogels sloegen in de muren rond het raam, brokken steen en stofwolken vlogen in het rond, glas versplinterde, en de kanten gordijnen wapperden door de kogels uit Courts wapen die bij toeval de kamer binnendrongen heen en weer. Het was moeilijk om in volle vaart te vuren, onmogelijk om nauwkeurig te richten. Court zag geen geweervuur meer achter het raam oplichten, maar zag wel de ranke zwarte Eurocopter boven en voor hem, en de eruit springende mannen.

'Kut!' Hij was nog zeventig meter van enige vorm van beschutting verwijderd. Hij probeerde nog harder te rennen om het chateau zo dicht mogelijk te naderen voordat de mannen die nu uit de zwarte helikopter kwamen de kans zouden krijgen hem onder vuur te nemen. Hij zou hier op het vlakke gazon een eenvoudig doelwit zijn.

Court pakte rennend een granaat uit zijn vest, trok met zijn tanden de pin eruit en drukte de hefboom in. Een grote gestalte met blond haar doemde voor het raam op de derde verdieping recht voor hem op, hief zijn wapen en schoot dwars door het glas. Court dook voorover het natte groene gras in, landde op zijn rechterschouder en maakte een koprol. Aan het einde van de koprol ging hij rechtop staan. Zijn lichaam had als gevolg van het rennen en de koprol heel veel vaart, die hij benutte om de granaat zo hard en zo ver mogelijk van hem af te gooien. Het explosief met het formaat van een aardappel vloog in een boog een kleine vijftig meter door de lucht over de rand van de borstwering en ontplofte vlak naast de Eurocopter die opsteeg en zo snel mogelijk de gevechtszone verliet. Eén man werd door de ontploffing boven de hoofden van de Saoedi's ter plekke gedood, en eentje liep verwondingen in zijn nek en rug op. De twee anderen hadden tijdig dekking weten te vinden, maar hadden geen kans gezien het doelwit op het gazon onder vuur te nemen.

Aan de voorzijde van het huis waren al twee Wit-Russen en twee Libiërs gesneuveld. De dode bewakers uit Minsk lagen dicht bij het hek. Ze waren naar het chateau gerend om daar te schuilen toen de bestelbus met de agenten uit Tripoli door het hek was gereden, waarbij de mannen uit het Midden-Oosten al rijdend hun Skorpion-machinepistolen hadden afgevuurd. De twee Libiërs waren al gedood toen de bus met piepende remmen op het grind van de oprit tot stilstand kwam. De scherpschutter in de toren velde de man in de bijrijdersstoel met een schot in het gezicht, en de eerste man die uit de schuifdeur stapte incasseerde drie kogels van de enige twee Wit-Russen die nog buiten waren.

De twee overgebleven Libiërs doodden de mannen op de oprit en naderden de voorkant van het kasteel. Ze doorzeefden de ramen aan weerskanten met kogels uit hun automatische Skorpions, hielden gedisciplineerd afstand tot elkaar en riepen elkaar toe dekking te zoeken als ze herlaadden of nieuwe posities innamen.

Nummer Twee vuurde een half magazijn af op de twee scharnieren van de zware eikenhouten deur en trapte hem in. Terwijl hij herlaadde viel de deur het gebouw voor hem in, waarna de Libiër twee keer werd beschoten door een Noord-Ierse bewaker in de foyer en dood neerviel. De laatste levende Libiër diende de man uit Ulster van repliek met zijn Skorpion; bloed en weefsel vloog achter de man door de witte hal toen hij neerging.

Riegel had nog nooit zoiets gezien. Hij had The Gray Man in het vizier; hij droeg een donkerbruin overhemd met bloedvlekken rond zijn middel, een holster op zijn rechterheup en reservemagazijnen voor zijn machinepistool op de linker. Over zijn borst een zwart vest en een machinepistool. Zijn hoofd was kaalgeschoren en Riegel meende zelfs op vijftig meter afstand de verbetenheid in zijn ogen te kunnen zien.

Toen Riegel zijn pistool trok en de rennende man ermee onder vuur nam, wist hij dat de afstand eigenlijk te groot was, maar een getrainde schutter zoals de Duitser had zijn doelwit niet mogen missen. Maar de rennende man was precies op tijd onder zijn kogels door gedoken, had een koprol gemaakt, was weer opgestaan en had een granaat weggegooid. Riegel liet zich instinctief naast het bureau van de Techneut op de grond vallen, ervan uitgaande dat de granaat voor hem was bestemd. Die ontplofte vlak boven hem op het dak. Hij hoorde nu door het raam geschreeuw en gegil, en koos snel weer positie om de naderende Gentry nog een paar keer onder vuur te nemen.

Maar toen hij weer uit het raam keek, was The Gray Man verdwenen en was de kans om te voorkomen dat hij het gebouw zou betreden verkeken.

Ongelooflijk.

De opgejaagde was de jager geworden, precies zoals Gentry het de vorige avond aan de telefoon had voorspeld.

Court botste hard met zijn rug tegen de muur van het chateau en herlaadde zijn wapen met een vers magazijn uit de voorraad in zijn heuptas. De grote blonde man met het pistool stond twee verdiepingen boven hem. Daar weer boven bevonden zich de schutters uit de helikopter. Hij was er vrij zeker van dat hij er een aantal had uitgeschakeld, maar hij wist zeker dat de dreiging op het dak niet was geweken.

Links en rechts van hem bevonden zich heuphoge ramen. Court schoot ze met zijn HK kapot zodat het niet zonder risico was erdoorheen te kruipen zonder eerst de scherven te verwijderen. Links van hem bevond zich de trap naar de grootste achterdeur, links om de hoek was de oprit waar een of ander vuurgevecht aan de gang was, en rechts van hem liep de lange rechte muur met ramen en een klapdeur. Hij bukte en liep haastig langs de muur, drukte zijn schouder ertegenaan om uit het zicht van de schutters boven hem te blijven.

Hij bevond zich vlak bij de deur toen die naar buiten toe openging. Terwijl hij openzwaaide, hief hij zijn wapen om een salvo door het hout te jagen maar bedacht zich op het laatste moment. Wat als het een van de Fitzroys was? Court realiseerde zich dat hij niet de meest aangewezen persoon was om een reddingsoperatie uit te voeren. Hij had de neiging om in een gevechtssituatie te schieten op alles wat bewoog; het was nu zaak de tijd te nemen om zijn doelwit te identificeren.

Een hoofd kwam voorbij de deur tevoorschijn en keek zijn kant op. Het was groot en Slavisch, en toen hij ook een geweerloop tevoorschijn zag komen, wist Court genoeg. Terwijl hij op de deur afrende joeg hij er acht kogels doorheen. Die zou in het slot zijn gevallen, ware het niet dat het lichaam van de zojuist neergeschoten schurk dat voorkwam, zodat Court de donkere gang kon betreden.

Zodra Kate en Claire Fitzroy de eerste geweerschoten in de achtertuin hoorden, renden ze naar hun slapende moeder en schudden en schreeuwden haar wakker. Toen ze eenmaal stond, struikelde ze; de meisjes hielden haar met beide handen overeind en leidden haar naar de andere kant van de kamer waar opa Donald rechtop in het hemelbed zat. Claire vertelde dat Jim haar had opgedragen onder het bed te gaan zitten, waar opa Donald mee instemde. Mama viel met haar gezicht naar beneden weer in slaap onder het hardhout. Claire en Kate kropen van angst bij elkaar en piepten, terwijl opa Donald boven hen lag, onder de beddensprei door naar de gangdeur.

Na een luide knal op het dak, twee verdiepingen boven hen, riep opa Donald de bewaker. 'McSpadden! McSpadden!'

Claire zag de schoenen van de Schotse bewaker de kamer in stappen. Ze hoorde het gesprek dat boven haar werd gevoerd, hoewel ze niet alles kon verstaan.

'Kerel, dit lijkt me een goed moment om te vluchten, maar wees een brave jongen en laat een wapen voor ons achter.'

'Fuck you, Fitzroy. Het is nu te laat om te vluchten. Ik heb mijn wapens nodig om tegen die waakhond van jou te vechten. Ze zeiden op de portofoon dat hij al binnen is.'

'McSpadden, zodra je mijn waakhond ziet, is dat verdomde pistool in je knuist wel het laatste wat je uit de brand zal helpen. Je kunt nog beter je witte onderbroek uittrekken en ermee zwaaien om je over te geven, als je die tenminste nog niet vol gescheten hebt. Kom op, kerel. Je begrijpt inmiddels met wie je te maken hebt. De enige manier om jezelf te redden is door ons te helpen.'

Claire zag de man met zijn voeten schuifelen alsof hij ervandoor wilde, maar in plaats daarvan ging hij terug naar haar opa. Ze zag een hand naar beneden komen die een van zijn broekspijpen optilde en er een glimmend zilverkleurig pistool onder vandaan haalde.

Claire bedekte met haar hand Kates mond om een schreeuw te smoren.

'Ik geef je mijn reserve wel. Gewoon een eenvoudige zesklapper.'

'Niks mis mee, kerel. Oké, en er nu vandoor, terug door die deur voor het geval Riegel of die psycho van een Lloyd je komen controleren. Als je The Gray Man ziet, zeg dan dat je bij mij hoort.'

'Tuurlijk, een heel goed idee aangezien hij vast met me wil bijkletsen. Ik ben de lul, Fitzroy.'

De voeten van de bewaker draaiden om en hij verliet de kamer. Een paar tellen later liet opa Donald zich uit bed glijden en kroop erbij, met het glimmende wapen in zijn potige hand.

'Alles komt goed, dames. Het zal nu niet lang meer duren. Jimmy is onderweg.'

Riegel, Lloyd en de Techneut bleven in het commandocentrum op de derde etage. Lloyd stond vlak bij de openstaande deur naar de gang, met zijn pistool in zijn langs zijn lichaam hangende rechterhand, de boord van zijn donkerblauwe overhemd open, en de knoop van zijn stropdas er losjes onder.

Riegel en de Techneut stonden bij de computers in de buurt van het verbrijzelde raam en halverwege de twee uitgangen die de kamer telde. Ze communiceerden via hun portofoons met de overgebleven Wit-Russen in het gebouw en de twee Franse technici op de eerste verdieping. Een van de Schotten was vermist, maar de andere Schot en een Ier waren nog altijd op hun post.

Plots klonken er schoten vanaf het dak. De lijvige Duitser ging ervan uit dat het afkomstig was van de Saoedi's uit de Eurocopter die het scherpschutterssteam op de toren onder vuur namen. Hij belde de Schotse bewaker en gaf hem de opdracht naar de derde etage te gaan om de hal bij de hoofduitgang van de kamer in de gaten te houden.

Op dat moment kondigde een van de Wit-Russen aan dat de Sri

Lankanen over de oprit aan de voorzijde hun kant op kwamen. Het scherpschuttersteam op het dak werd opgeroepen, maar die oproep werd niet beantwoord.

En niemand wist waar The Gray Man uithing.

Riegel wist dat overleven het enige was wat hem nu nog te doen stond. The Gray Man hoefde niet meer dood; dat was een gepasseerd station. Maar dan nog, als Gentry door de deur in de hal rechts van hem zou stappen, of door de deur bij de wenteltrap links van hem, zodra er ook maar iemand ergens opdook, zou hij hem eerst drie kogels uit zijn grote Steyr door zijn kop jagen voordat hij de moeite zou nemen te kijken wie het was.

Hij hoefde alleen nog maar vol te houden totdat de redding vanuit het hoofdkantoor zou aankomen.

Court wilde gehurkt door het huis lopen, maar de pijn in zijn buik verhinderde dat. Als puntje bij paaltje kwam, en dat zou zeker gebeuren, kon hij zich laten vallen, rollen, kruipen, alles wat er maar nodig was. Maar hij vreesde dat als hij diep door zijn hurken moest of op de grond moest duiken, hij niet meer overeind zou komen. Dus liep hij rechtop en sleepte hij zijn gevoelloze linkerbeen achter zich aan.

Toen hij in de enorme keuken was aanbeland, hoorde hij boven zich geweerschoten, vanaf de derde verdieping of misschien zelfs het dak. Het klonk voor het geoefende gehoor van The Gray Man op de eerste verdieping vlak bij de foyer alsof er zojuist een vuurgevecht tussen een eenling en meerdere tegenstanders was afgelopen en er nu een nieuwe dreigende situatie was ontstaan, vier tegen vier misschien. Hij herkende het specifieke geluid van AK-47's en shotguns, en geschreeuw vanaf één kant van het gevecht, zo te horen in het Russisch.

Court liep de keuken door. Hij was bijna bij een achterdeur van het chateau, ver weg van de schietpartij, toen er voor hem een zwarte man in een bruin pak in de deuropening verscheen.

Court richtte zijn MP5 op de man die hem met wijd opengesperde ogen aankeek. 'Wie ben jij?'

'Enkel de butler, meneer. Ik heb hier niets mee te maken.'

Court duwde de man met zijn buik tegen de muur, drukte de warme loop van zijn wapen tegen diens iele nek, fouilleerde zijn gevangene haastig, en vond niets. Court gooide de mobiele telefoon van de man in een pot met water die op het fornuis naast hem stond. Hij trof geen identificatie aan.

'Hoe heet je?'

'Felix.'

'Laat me raden. Felix de butler uit Nigeria?'

'Nee, meneer. Ik kom uit Kameroen.'

'Ja ja, dat zal wel, makker.'

Court duwde de man naar de achterdeur van de keuken. De zwarte man stak tijdens de wandeling zijn armen in de lucht, Gentry liep een meter achter hem. Ze liepen door een weelderige eetzaal met een vergulde open haard, langs de enorme eikenhouten tafel. Aan de muren hingen tapijten en portretten. Toen ze een kleine gang betraden met direct links van hen een deur, sprak Court de man voor hem weer fluisterend toe: 'Wat is daarachter?'

Een aarzeling. 'Een... Een slaapkamer.'

'Weet je dat niet? Een butler die de kamers in huis niet kent?'

'Een slaapkamer... dat zei ik toch. Ik werk hier nog maar net. Ik ben bang.'

'Openmaken. Eens kijken of je gelijk hebt.' Court trok met zijn linkerhand zijn Glock en richtte hem op de gang achter hem, en hield de MP5 in zijn rechterhand op het hoofd van Felix gericht.

De man in pak opende de deur en liep weer terug naar The Gray Man. Court keek opzij de kamer in. Hij zag schappen die de hele muur in beslag namen waar dekens en lakens op lagen. Het was geen slaapkamer, maar een grote linnenkast.

'Als je echt een butler bent, versta je je vak niet.'

Felix antwoordde niet. Vanuit de voorzijde van het huis klonk onophoudelijk geweervuur.

Court stak de Glock weer in zijn holster en maakte zijn laatste handgranaat los van zijn vest. Hij trok de pin eruit die hij in zijn zak stak, drukte de hefboom in en duwde de granaat in Felix' bezwete hand. Toen hij zeker wist dat zijn gevangene hem stevig vasthad, zei hij: 'Niet laten vallen. En denk niet dat je hem tegen me kunt gebruiken. Het duurt zes seconden voor hij ontploft. Meer dan genoeg tijd om je dood te schieten en een kamer in te duiken om te schuilen voor de ontploffing.'

Felix stem brak. 'Wat moet ik met die...'

'Blijf gewoon voor me uit lopen. Als ik mijn doel heb bereikt neem ik hem weer van je over en ben je vrij om te gaan. Maak je geen zorgen, voor je het weet ben je weer terug in Kameroen.'

De gang boog af naar links en kwam uit op een grote dubbele deur. Court duwde de verwarde man naar voren. De man probeerde twee keer met zijn sterke Afrikaanse accent iets te zeggen, en beide keren legde Court hem het zwijgen op. 'Doe die deuren open,' eiste Court, die nog altijd achter hem stond in de bocht van de gang.

'Maar ik...'

Court mikte met zijn machinepistool op het hoofd van zijn gevangene.

Felix draaide zich langzaam weer om, opende de rechterdeur en verborg de granaat in zijn linkerhand achter zijn rug.

Vrijwel direct klonk het geluid van handvuurwapens uit de kamer voor hen, en de splinters vlogen van de eikenhouten deur. Felix tolde om zijn as en viel met zijn gezicht naar beneden in de deuropening.

Court rende weg van de vuurlinie, liet zich kreunend op zijn kniebeschermers vallen en telde tot zes.

Serge en Alain schuifelden met hun Beretta's in de aanslag die ze in hun uitgestrekte armen voor zich uit hielden naar de deur van de bibliotheek. Alain herkende de man die ze zojuist hadden neergeschoten. 'Het is de Nigeriaan.'

'*Merde*,' zei Serge, en hij drukte op de knop van zijn walkietalkie op het moment dat de granaat bij het levenloze lichaam van de man ontplofte.

Zowel Lloyd als de Techneut sprong op van het geluid van de ontploffende handgranaat twee verdiepingen onder hen. Het geluid kwam niet uit de foyer waar een vuurgevecht woedde, maar steeg in plaats daarvan op uit de achterkant van het gebouw. Het geluid bereikte hen ook door de speakers van hun portofoons. Kurt Riegel wierp weer een vluchtige blik uit het raam. Hij zag de zwarte Eurocopter door de mistflarden koers zetten naar het zuiden. Onder hem zag hij in de buurt van de marmeren fontein in de tuin twee mannen sluipen. Ze waren zwart, klein, gewapend met machinepistolen en droegen zwarte ski-jassen.

'Het moordcommando uit Botswana is ter plaatse, of misschien zijn het de Libiërs,' zei Riegel emotieloos in de richting van de kamer.

'Het lijkt hier wel een Verenigde Naties van klootzakken,' zei Lloyd achter hem.

De Duitser keek hoe de twee Afrikanen het gazon overstaken richting de trap naar de achterdeur. Hij schoot niet op ze. Nu The

Gray Man zich in het gebouw bevond, had Riegel het vermoeden dat de kans dat de Botswanen hem zouden kunnen helpen groter was dan dat ze hem in de weg liepen.

Riegel zei: 'Laten we deze kamer barricaderen. We moeten met z'n drieën iedereen buiten de deur houden totdat de helikopter uit Parijs is gearriveerd.'

'Als ik dit overleef, zul je me alsnog afmaken, of niet dan?'

Riegel antwoordde terwijl hij zijn pistool terug in de holster onder zijn jasje stopte. 'Gentry had gelijk; je zou op dit moment voor andere dingen bang moeten zijn dan voor mij. Kom eens meehelpen.' Hij pakte een stoel die hij tegen de deur naar de wenteltrap wilde zetten.

'Dat zal best,' zei Lloyd. 'Maar ik pak altijd de kansen die ik krijg.'

Riegel stond met zijn rug naar Lloyd, die bij de andere deur stond. Hij stopte, zette de stoel neer, rechtte zijn schouders en draaide zich langzaam om. Zijn zilverkleurige automatische wapen hield hij op Riegels borst gericht. Ze stonden op ruim vijf meter afstand van elkaar.

'Doe dat pistool weg verdomme. Kom op man! Hier hebben we geen tijd voor. Als we hier eenmaal weg zijn, hebben we genoeg tijd voor de nasleep van deze operatie.'

De Techneut die aan zijn bureau zat keek de mannen gespannen aan. Hij zei geen woord.

Lloyd zei: 'Ik had die klootzak kunnen pakken. Ik had het contract kunnen redden. Jóúw operatie is mislukt, niet de mijne.'

'Als jij het zegt, Lloyd.'

'Nee... Ik wil het van jou horen. Pak rustig je telefoon. Bel meneer Laurent en zeg dat jouw plan niet deugde. Je moet hier je verantwoordelijkheid voor nemen.'

'En daarna knal je me zeker neer? Denk na, Lloyd! Hij zal weten dat ik onder druk ben gezet om dat te zeggen.' Voor het eerst hoorden ze geweerschoten op de derde verdieping, aan het eind van de gang, ver bij hen vandaan. 'We moeten nu de kamer afsluiten! We bewaren het gesprek voor later.'

'Pak je telefoon en bel hem. Geen geintjes.'

Riegel zuchtte en liet zijn rechterhand langzaam onder zijn jas glijden. Hij keek Lloyd met samengeknepen ogen aan. Riegel pakte niet zijn telefoon maar het handvat van zijn Steyr. Terwijl hij het wapen uit de holster begon te halen, klaar om weg te duiken om de schoten te ontwijken die de advocaat ongetwijfeld ging lossen, zag hij dat Lloyd niet meer naar hem keek maar naar iets achter hem. Riegel nam de gelegenheid te baat om de Steyr te trekken, en hield hem richting de borst van de Amerikaan. Net op het moment dat hij de afgeleide Lloyd onder vuur wilde nemen, hoorde hij achter zich een stem.

'Stoor ik?'

35

'Je bloedt flink, Court,' zei Lloyd. Hij hield zijn pistool op Riegel gericht, hij bleef met zijn rug naar de openstaande deur naar de gang op de derde verdieping staan, maar richtte zijn ogen op de bebloede man in de gevechtsuitrusting. The Gray Man had in alle stilte via de wenteltrap de deur bereikt, en op het moment dat Lloyd zich had geconcentreerd op Riegels hand die onder zijn jas verdween, had Gentry hem onder schot kunnen nemen. Op ooghoogte hield hij een compact, gevaarlijk uitziend machinepistool vast, waarvan hij de loop op Lloyds borst richtte.

'Laat je wapen zakken,' zei Gentry.

'Tegen wie heb je het?' vroeg Riegel, die met zijn rug naar The Gray Man toe stond. Om Gentry te kunnen zien moest hij zijn ogen losmaken van Lloyd, wat hij niet van plan was.

Gentry antwoordde: 'Als je een wapen vasthebt, klootzak, mag je je aangesproken voelen.'

Lloyd zei: 'Je hebt niet lang meer te leven, ouwe makker. Je bent bleek. Zwak. Je bloedt op de grond.'

'Ik hou het lang genoeg vol om je op je sodemieter te geven. Wapens weg, allebei. Jij daar, bij die tafel. Langzaam opstaan.'

De Techneut wist niet hoe snel hij moest gehoorzamen. Hij ging met zijn handen hoog boven zijn hoofd en trillend van angst staan.

Lloyd liet zijn wapen zakken. Kurt Riegel volgde zijn voorbeeld. De Duitser keek even weg van Lloyd om de Techneut te kunnen aankijken.

En dat was het moment dat Lloyd Riegel een kogel door zijn borst joeg.

De grote Duitser klauwde naar de wond en viel op zijn zij. De Steyr stuiterde over de hardhouten vloer buiten zijn bereik.

De Techneut slaakte een angstkreet.

The Gray Man loste een salvo op Lloyd, die door de deur de gang op schoot.

Court vocht tegen de duizeligheid, een onvermijdelijk gevolg van zijn dalende bloeddruk. Hij wankelde op zijn benen, en zijn blik werd glazig. Zijn hersenen leken wel opnieuw op te starten, en toen hij weer bij was, realiseerde hij zich dat de MP5 langs zijn lichaam hing. Snel nam hij de man met de paardenstaart en de koptelefoon die bij het met computers gevulde bureau stond weer onder schot. Op zijn trillende handen na die hij boven zijn hoofd hield, had hij zich niet verroerd. Court besefte dat hij gedurende een aantal tellen met een veertje had kunnen worden gevloerd. Hij mocht van geluk spreken dat de man met de paardenstaart te bang was om iets te proberen.

'Wie ben je?'

'Gewoon... ik ben maar een technicus, meneer. Ik doe de communicatie en zo. Ik heb niets tegen u.'

'Je hebt me in elk geval niet geprobeerd wijs te maken dat je de butler bent.'

'Meneer?'

Court stak de kamer door en liep op de man af. Hij hield onderweg zijn wapen op de openstaande deur naar de gang gericht, en schopte in het voorbijgaan de Steyr verder bij Riegels lichaam vandaan. Op het bureau van de Techneut vond hij de vertrouwelijke personeelsdossiers. 'Is dit alles?'

'Voor zover ik weet wel, meneer.'

'Geen back-ups? Geen kopieën?'

'Volgens mij niet.'

Court raapte ze op en gooide ze in de open haard. Hij gaf de Techneut de opdracht ze te verbranden.

Toen het vuur eenmaal aan was, duwde Court de Techneut weer in zijn stoel en draaide hem met zijn gezicht naar de beeldschermen. 'Jij onderhoudt het contact met de mannen die achter me aan zitten?'

'O nee, meneer, ik niet! Ik ben enkel verantwoordelijk voor de elek...'

'In dat geval heb ik niet veel aan je, of wel soms?'

De Techneut begon driftig te knikken. Tapte plots uit een heel ander vaatje. 'Zeker, meneer! Ik sta in contact en coördineer de bewegingen van alle straatartiesten en overheidsagenten.'

'Goed zo. Roep ze allemaal op. Zeg dat ik zojuist uit het raam ben gesprongen en dat ik via de boomgaard aan de achterkant ontsnap.'

'Ga ik direct doen, meneer.' Met zwaar trillende handen zette de Techneut de schakelaars op zijn zendapparatuur om zodat hij iedereen tegelijk kon bereiken. 'Alle contactpersonen, dit is de Techneut. Doelwit heeft het chateau verlaten. Hij is te voet en beweegt in noordelijke richting.'

'Goed gedaan. Doe nu je riem af.'

De Techneut deed wat hem was opgedragen en gaf de riem aan Court.

'Bijt erop zo hard als je kunt.'

'Meneer?'

'Doe het!'

Met wijd opengesperde ogen stak de Techneut de riem in zijn mond.

'Bijt je erop?'

De Techneut knikte.

'Goed zo.' Court ramde zijn geweerkolf tegen de slaap van de man. De Techneut viel langzaam uit de stoel, maar Court ving zijn bewusteloze hoofd op en legde het met het gezicht naar beneden op tafel. Toen leegde hij een heel magazijn in de computers en de zenderapparatuur op het bureau.

Court werd opnieuw overvallen door duizeligheid, maar toen die wegtrok herlaadde hij zijn wapen. Toen controleerde hij of alle documenten in de open haard waren verbrand. Tevreden dat dit onderdeel van de operatie was geslaagd stapte hij met zijn kleine geweer voor zich uit de gang van de derde verdieping op.

Claire Fitzroy hoorde als eerste de voetstappen buiten de deur. Er was dichtbij geschoten, een paar minuten geleden zelfs vlak voor de deur, maar sindsdien was het stil gebleven. Maar nu hoorde ze iemand naderen. Ze kneep van angst stevig in opa Donalds schouder. Ze knipperde vaak van de stress, maar haar ogen bleven op de onderkant van de deur gericht.

Ze hoorde het geluid van metaal op hout, meer geschuifel, en daarna het gerammel van een grendel. De deur ging langzaam open, en Claire voelde aan de dikke arm van haar opa dat hij zijn greep op het pistool verstevigde en dat hij richtte op twee paar voeten dat de kamer betrad.

De linkerschoen van de man in de achtergrond was nat en rood.

'Het is Ewan, Sir Donald. Niet schieten.'

Claire begon tegelijk met opa Donald onder het bed vandaan te kruipen, maar hij duwde haar terug. Hij was nog niet opgestaan of ze hoorde gepraat.

Opa zei: 'Verdomd goed je te zien, mijn jongen!'
'Waar zijn de meisjes?'
Toen Claire de stem van meneer Jim herkende, kon niets haar nog onder het bed houden. Nadat ze was gaan staan, rende ze naar hem toe, liet zich tegen zijn benen en middel vallen en omhelsde hem steviger dan alles wat ze ooit omhelsd had. Na een paar seconden deinsde ze achteruit en keek hem aan. Hij droeg een zwart vest en wapens en tassen die aan een riem en langs zijn benen hingen. Hij had een geweer in zijn hand. Zijn gezicht en kale knikker waren krijtwit en zijn bruine broek zat onder het bloed.
Zijn ogen waren rood en nat.
Het zweet gutste als regenwater van zijn gezicht.
Ook opa Donald zag de bloedvlekken in Jims kleding.
'Is dat jouw bloed, kerel?'
'Nee, dat is het niet. Maar ik heb het flink voor mijn kiezen gekregen.'
'Jezus christus, man. Je hebt medische verzorging nodig.'
'Ik red me wel.' Court gebaarde naar de Schotse bewaker die naast hem stond. 'Deze gast beweert dat hij bij jou hoort.'
'Ewan heeft me goed geholpen.'
'Vertrouw je hem voldoende om hem een wapen te geven?'
Een lichte aarzeling. 'Ja.' En daarna. 'Haal je maar niets in je hoofd, McSpadden.'
'Begrepen, meneer.'
Court haalde de MP5 van zijn nek en gaf hem aan McSpadden. Court trok zijn Glock uit zijn heupholster en liet hem langs zijn lichaam hangen. 'Waar is Lloyd? Volgens mij heb ik hem geraakt, maar hij is gevlucht. Ik had eigenlijk verwacht dat hij hier beneden bij de gijzelaars zou zijn.'
'Ik heb die klootzak niet gezien,' zei opa Donald, waarna Gentry naar beneden keek naar Claire en Kate.
'Don. Let op je woorden.'

'Sorry.'

Court keek om zich heen. 'En Elise?'

McSpadden en Sir Donald Fitzroy trokken mevrouw Fitzroy aan haar armen onder het bed vandaan. McSpadden hees haar over zijn schouder en hield tijdens het lopen zijn Heckler & Koch voor zich uit. Hij liep voorop, Fitzroy liep er trekkebenend vanwege zijn verwondingen achteraan, met de roestvrijstalen revolver in de aanslag. De twee meisjes volgden in de voetsporen van hun grootvader, en Court sloot de rij, strompelde er traag achteraan en zocht steun tegen de muren en de trapreling. Eén keer deed Claire een poging hem overeind te houden, maar toen liet hij haar glimlachend weten dat hij zich prima voelde en dat ze in de buurt van haar opa moest blijven.

De uit kinderen, gewonden en een volledig bewusteloze bestaande colonne ging traag vooruit. Na enige tijd waren ze de trap naar de foyer op de eerste verdieping afgedaald. Court riep vanaf de achterste positie: 'Meisjes! Blijf achter je opa's rug. Recht erachter, oké? Niet de kamer in kijken.' Achter de enorme hardhouten en natuurstenen ingang was het een compleet bloedbad. Vier lichamen in de weggeblazen deuropening, twee bebloede lijken midden in de kamer, en nog eens twee op de trap die ze tijdens de afdaling passeerden. Beide meisjes begonnen te huilen. Kate kreeg een hoestbui van de stank van cordiet, steenstof en verbrand hout. Onderaan de trap lag een figuur kronkelend op de grond. Het was een uit het Midden-Oosten afkomstige man met een baard. Hij leefde nog, lag op zijn zij. McSpadden liep hem net als de rest voorbij. Court was de laatste die de gewonde man passeerde. Ze keken elkaar even aan, maar Court vertraagde niet om hem te helpen.

The Gray Man had geen medelijden met zijn vijanden.

Ze liepen door de foyer en betraden een grote zitkamer waar niet gevochten was. Er hingen grote familiefoto's aan de muren.

McSpadden hield even in om zijn greep op mevrouw Fitzroy te verstevigen, en Court leunde even tegen de muur om uit te rusten. Op dat moment kwam er een man met ontblote torso door de achterste deur. Het was een van de Wit-Russische bewakers. Hij had een blessure in zijn nek waar hij een handdoek omheen had geslagen en hield met zijn rechterhand zijn kalasjnikov vast. Verrast door het gezelschap dat voor hem stond, hief hij snel zijn wapen. Fitzroy nam hem met zijn revolver onder vuur, waardoor de man met het ontblote bovenlijf door de deuropening vloog en op zijn rug viel.

De meisjes sloegen schreeuwend hun handen voor hun ogen.

Toen het allemaal voorbij was hief Court langzaam zijn hoofd. Hij was zich niet eens van de dreiging bewust geweest. Hij keek snel achterom, ervan overtuigd dat Lloyd achter hem zou staan, maar daar was niemand te zien.

Zijn knieën knikten en hij viel achterover tegen en over een smalle tafel, die tegen de vloer aan gruzelementen ging. Fitzroy en de twee meisjes renden op hem af en hesen hem overeind. Ze hielden hem vast terwijl hij zijn evenwicht hervond.

'Het gaat wel weer. Blijf doorlopen.'

Met z'n zessen bereikten ze een zijdeur naar een pad dat naar de onverharde ronde parkeerplaats aan de achterkant liep. De Schot liep nog altijd voorop met de bewusteloze vrouw over zijn schouder. Vanuit de in de mist gehulde appelboomgaard in de verte hoorden ze schoten. De moordcommando's bestookten kennelijk elkaar in de mist. Fitzroy vond een grote zwarte BMW sedan, zag dat de sleutels in het contactslot zaten en gaf iedereen de opdracht er zo snel mogelijk in te klimmen. Court was achterop geraakt; Claire draaide zich om en rende naar hem toe, hielp hem overeind, waartegen hij dit keer niet protesteerde. Court keek tot twee keer toe over zijn schouder of hij Lloyd kon zien. Beide keren bracht de hoofdbeweging hem aan het duizelen. Hij strompelde in een slakkentempo, hiertoe enkel in staat gesteld door de minieme ondersteuning van een achtjarig meisje.

Claire deed haar uiterste best om Jim overeind te houden. Het leek wel alsof hij bij elke stap zwaarder op haar schouders drukte. Hij gromde en verkrampte terwijl ze over het grind naar de grote zwarte auto liepen. De bewaker uit Schotland gaf zijn wapen aan opa Donald en zette mama op de achterbank. Kate ging naast haar zitten. De bewaker nam plaats achter het stuur, en opa ging in de bijrijdersstoel zitten. Toen de motor werd gestart, duwde Jim Claire voor zich uit en spoorde haar aan zo snel mogelijk naar de auto te lopen. Ze gehoorzaamde, nam plaats op de achterbank en draaide zich om om haar redder naar binnen te trekken. Jim was nog maar een paar passen van haar verwijderd. Toen hun blikken elkaar kruisten glimlachte hij flauwtjes.

Vanuit het chateau klonk een enkel geweerschot. Claire keek naar Jim en zag zijn ogen groot worden en zijn lichaam voorovervallen tot bijna naast de auto. Hij viel op zijn kniebeschermers in het grind, keek naar de Schot achter het stuur en riep: 'Rijden!'

De grote auto vloog naar voren. Claires portier werd door de voorwaartse beweging dichtgeslagen. Ze gilde, draaide zich om en keek door de achterruit. Ze sloeg met haar kleine vuisten tegen het glas.

Op het grind achter hen wankelde Jim op zijn knieën en viel toen plat op zijn gezicht.

De achtergelaten man werd door de stofwolk die de banden van de auto in het grind opwierpen aan Claires zicht onttrokken.

36

Court sleepte zich als een zielig hoopje voort over de onverharde parkeerplaats. Zijn benen bewogen amper, en de kiezels bleven kleven aan het bloed op zijn armen en voorhoofd en het zweet op zijn hoofd. Hij lag vijf meter van het natte gras. Vanaf daar was het nog tweehonderd meter naar de rand van de appelboomgaard. Gezien het tempo waarin hij kroop, zou het nachtwerk worden voordat hij een of andere vorm van dekking had bereikt.

De situatie was hopeloos, maar hij bewoog zonder na te denken, puur op instinct. *Ontvlucht de gevarenzone. Maakt niet uit waarheen.*

'Yo! Stoere bink! Waar denk jij naartoe te gaan?' riep Lloyd vanuit de achtergrond. Het werd gevolgd door knerpende voetstappen in het grind. De voetstappen kwamen snel dichterbij. 'Ik moet toegeven… je hebt je reputatie eer aan gedaan. Je hebt de dossiers verbrand én de Fitzroys gered. Het ziet ernaar uit dat je erin geslaagd bent iedereen te redden behalve jezelf.'

Court bleef over het koude natte gazon op zijn bebloede onderarmen doortijgeren. Lloyd plantte uiteindelijk zijn voet op zijn rug om hem tegen te houden. Court keek met een vertrokken gezicht over zijn schouder. De advocaat hield hem met een kleine Beretta onder schot. Zijn linkerarm hing af en was net als zijn schouder bebloed. Het leek Lloyd niet te deren.

'Ik heb je in je rug geschoten. Niet erg nobel, geloof ik. Ik wist niet dat je een kogelwerend vest droeg. Maar ik durf te wedden dat het pijn doet, of niet soms?'

Court rolde langzaam op zijn rug. De lucht was vanaf het moment dat hij het chateau was binnengegaan, ongeveer een kwartier geleden, aanzienlijk blauwer geworden. Lloyd stond over hem heen en keek op hem neer. Court wist dat zijn Glock was weggegleden op de plek waar hij gevallen was. Hij ontbeerde de kracht om zijn hoofd op te tillen en ernaar op zoek te gaan.

'Ik kan me je nog steeds niet herinneren, Lloyd.'

'Nou, je zult in de hel vast wel aan me denken, toch? Mijn gezicht zal het laatste zijn wat je ziet.'

Lloyd richtte het pistool op Courts gezicht, en er klonk een schot.

Lloyds hoofd klapte naar voren, de verwarring was aan zijn gezicht af te lezen. De jonge raadsman zette een halve wankele stap naar voren. Er verscheen bloed op zijn lippen en in zijn neusgaten. Hoewel zijn ogen zich samenknepen, bleef hij Court aankijken. Hij hervond zijn evenwicht en nam Court opnieuw onder schot.

Achter hem klonk een tweede schot, en toen nog één. Lloyd verkrampte na elke knal. Hij vuurde zijn Beretta af, die nu echter laag langs zijn lichaam hing. Terwijl Court niets anders kon doen dan op zijn rug liggend toekijken, liet de kogel een fontein van witte stenen tussen zijn benen opspatten.

Lloyd liet zijn wapen in het grind vallen en viel er toen bovenop, dood.

Court staarde een paar tellen in de lucht. Eindelijk richtte hij zijn hoofd op en keek naar het chateau. Riegel stond in een raam op de derde etage, glasscherven aan zijn voeten, en hield zijn pistool nu op Court gericht.

De man liet langzaam zijn wapen zakken.

De mannen bleven elkaar een paar seconden aankijken. Ze waren beiden te verzwakt om iets te zeggen, stonden te ver bij elkaar vandaan om echt oogcontact te maken. Maar er sprak een vorm van wederzijds respect uit het langgerekte gebaar: twee krijgers die waardering hadden voor elkaars inspanningen.

Kurt Riegel viel achterover en verdween uit het zicht.

Court liet zijn hoofd weer in het gras vallen. Ondanks de piep in zijn oren onderscheidde hij het herkenbare geluid van een helikopter. Het was niet de zwarte Eurocopter maar een groter exemplaar dat in een rechte lijn vanuit het oosten kwam aanvliegen.

Hij tilde zijn hoofd niet op van het gras, maar rolde het net op tijd zijwaarts om op tachtig meter afstand de grote Sikorsky te zien landen. Op de zijkant stond in blauwe letters LAURENTGROUP. Er stapten ongeveer zes gewapende mannen uit. Ze begonnen behoedzaam naar het chateau te lopen. Daarna spuwde de heli nog drie mannen in oranje jassen met rugtassen uit: artsen of eerstehulpverleners of andersoortig medisch personeel. Ten slotte verschenen er nog drie mannen in pak die gebukt onder de draaiende rotorbladen door liepen. Eentje had een of andere schrijfmap bij zich, de andere torste twee attachékoffers, en een derde, die beduidend ouder was, had zijn colbertjasje als een cape om zich heen geslagen.

Als een Fransman.

Court kon zijn aandacht niet meer bij het tafereel houden en genoot weer van de prachtige lucht. Een minuut later, of misschien wel tien, verscheen er een man met een wapen boven hem, die echter meer oog leek te hebben voor het lichaam van Lloyd dat naast hem lag. De Fransman begon in een portofoon te schreeuwen.

Kort hierna verschenen de drie mannen in pak. Toen ze dichterbij kwamen, ging Court op zijn ellebogen rechter op zitten.

De oudere man die zijn jasje voor een cape aanzag kwam Court onbekend voor, maar hij maakte uit zijn houding en zijn bazige gedrag ten opzichte van de andere twee op dat dit niemand anders dan Marc Laurent moest zijn.

'Meneer Gentry, naar ik aanneem?'

Court zweeg. De kleine man met het notitieblok die rechts van Laurent stond, stapte op hem af en gaf hem een trap met zijn duur ogende schoen. Court voelde de schop niet; zijn hele lichaam was verdoofd. 'Als meneer Laurent je een vraag stelt, geef je antwoord!'

'Het is goed, Pierre. Hij is er slecht aan toe.' Laurent keek om zich heen naar de lichamen en het gebroken glas en de rook die vanaf het dak van het chateau omhoogkringelde. 'Pierre? Noteer dit even. We moeten dit jaar een andere locatie zoeken voor het kerstuitje van de directie. Ik denk niet dat we alles op tijd hebben hersteld.'

'Zeker, meneer Laurent.'

'Meneer Gentry. Ik zie de jonge heer Lloyd daar liggen. Hij oogt even nuttig als altijd. Weet u misschien waar ik Herr Riegel zou kunnen vinden?'

Court antwoordde zachtjes en lijzig. 'Lloyd heeft hem gedood. Hij heeft Lloyd vermoord. Kort voor uw komst is er enige interdepartementaire rivaliteit in uw bedrijf ontstaan.'

'Ik snap het.' Laurent haalde zijn schouders op, alsof zijn mensen om de haverklap doodgingen en hij zich daar niet druk over kon maken.

'Ik heb geen idee wat er zich hier heeft afgespeeld,' zei Laurent, waarop Court zweeg. De bewering werd gedaan op de toon waarop een machtig iemand een pertinente leugen te berde brengt. Het kon hem niet schelen of The Gray Man hem geloofde of niet, het enige wat telde was dat hij het gezegd had, alsof hij dat van rechtswege verplicht was geweest.

Het onwaarschijnlijke kon altijd ontkend worden.

De woorden die Laurent daarna uitsprak, verbaasden Court. 'Ik heb een man nodig.' Hij keek de heldere ochtendlucht in. 'Er is een probleem, zie je. Ik kan niet langer door een deur met een kerel met wie ik een lange zakelijke relatie deel. En of dat nog niet erg genoeg is, beschikt hij ook over informatie die belasterend zou kunnen zijn voor mij, en voor mijn doelen. Niemand heeft er baat bij dat hij doorgaat met waar hij op dit moment mee bezig is.'

Marc Laurent maakte haast een verveelde indruk. Hij keek naar zijn zojuist gemanicuurde vingernagels. 'En toevallig heb ik begrepen dat u iemand bent die dat soort problemen kan oplossen. Bent u wellicht beschikbaar?'

Court leunde op zijn ellebogen in het natte gras. Hij zwenkte zijn hoofd naar links en naar rechts en nam even de tijd Lloyds lijk te bestuderen.

Court zei: 'Ik ben op dit moment eigenlijk al ergens mee bezig.'

Laurent maakte een wegwerpgebaar. 'O, dat regel ik wel.'

'Dat zou fijn zijn,' antwoordde Court, bij wijze van extreem understatement.

'En naar ik begrepen heb, zou het overlijden van de voormalige president en thans gewone burger Julius Abubaker u niet slecht uitkomen. Het gerucht gaat dat u zijn broer uit de weg hebt geruimd, en dat de voormalige president het op uw leven heeft voorzien.'

Court knipperde twee keer voordat hij antwoord gaf. 'Ik heb dat gerucht ook opgevangen, meneer Laurent.'

Laurent knikte. 'Abubaker heeft een aantal dingen over mij beweerd. Allemaal leugens, natuurlijk. In mijn bedrijf zijn integriteit en eerlijkheid onwrikbare pijlers.'

Courts gelaatsuitdrukking veranderde niet. 'Ongetwijfeld.'

'Maar het komt weleens voor dat spectaculaire geruchten een eigen leven gaan leiden en zorgen voor overbodige hoofdbrekens, aanleiding geven tot ongemakkelijke kritische blikken. Ik wil dat zo veel mogelijk voorkomen.'

'Dus u wilt dat ik hem vermoord.'

Laurent knikte. 'Ik zal u rijkelijk belonen voor uw diensten.'

Court aarzelde. 'Ik zie slechts een klein probleempje in verband met uw aanbod.'

De Fransman fronste zijn wenkbrauwen. 'En dat is?'

'Dat ik hier lig dood te bloeden.'

Laurent grinnikte, knipte met zijn vingers, waarop het drietal in oranje jassen met een brancard ten tonele verscheen.

'Geen probleem, jongeman,' zei Laurent, terwijl Court achteroverviel en het bewustzijn verloor. Hij deed het gesprek in een droom nog eens dunnetjes over, die hij later als een van de vreemdste en fantasierijkste dromen beschouwde die hij ooit had gehad.

EPILOOG

Omdat over vier dagen de kerstvakantie al begon, had mama tegen de meiden gezegd dat ze pas weer in het nieuwe jaar naar school hoefden. Kate had het aanbod van haar moeder aanvaard, maar Claire niet. Routine is belangrijk voor een kind; ze wilde zo snel mogelijk weer haar oude ritme oppakken.

Wellicht zou dat helpen om alles te vergeten.

Ze wilde dolgraag papa's begrafenis vergeten, het chateau in Frankrijk, de herrie en haar angst en de geweren en het bloed. Ze wilde dolgraag het moment vergeten waarop ze meneer Jim hadden achtergelaten. Opa Donald had haar verzekerd dat Jim ontsnapt zou zijn, maar ze geloofde geen woord meer van wat opa Donald haar vertelde.

Ze wist dat Jim dood was, net als haar vader.

Ze betrad Hyde Park. Ze liep daar altijd doorheen op weg naar school, liep doelbewust over North Carriage Drive naar het oosten, sloeg een wandelpad in naar North Row, waarna het nog maar een klein stukje was naar haar school in Audrey Street. Haar moeder had met haar mee willen lopen naar school, maar Claire had dat afgeslagen. Ze wilde dat alles precies zo was als toen haar vader nog leefde. Ze zou in haar eentje naar school lopen, en weer in haar eentje terug naar huis.

Een man zat op een bankje langs het pad. Ze sloeg geen acht op hem totdat hij haar naam noemde toen ze voorbijliep.

'Hallo, Claire.'

Ze bleef staan en toen ze zich naar de man omdraaide zag ze dat het Jim was. Haar knieën werden week van de schrik, en ze liet haar schoolboeken op het pad vallen.

'Ik wilde je niet laten schrikken. Je opa vertelde me dat je niet geloofde dat ik er heelhuids van afgekomen ben. Ik wilde je alleen maar even laten zien dat mij niets mankeert.'

Ze omhelsde hem, kon er met haar gedachten nog altijd niet bij dat hij echt voor haar stond.

'Je… was heel erg gewond. Gaat het nu weer goed?' vroeg ze met een glimlach tussen haar snikken door.

'Ik ben weer helemaal beter.' Hij stond op, liep een paar passen bij haar vandaan en toen weer terug. 'Kijk maar, je hoeft me zelfs tijdens het lopen niet meer te ondersteunen.'

Claire lachte en omhelsde hem opnieuw. Haar ogen vulden zich met tranen. 'Je moet meteen mee naar huis komen. Mama zou het heel fijn vinden om je weer te zien. Ze herinnert zich niet eens dat je er in Frankrijk bij was.'

Jim schudde zijn hoofd. 'Het spijt me. Ik moet weer gaan. Ik heb maar een paar minuten.'

Ze fronste haar wenkbrauwen. 'Werk je nog steeds voor mijn opa?'

Jim staarde in het niets. 'Ik werk op dit moment voor iemand anders. Misschien dat Don en ik het op een dag ooit wel bijleggen.'

'Jim?' Ze ging op het bankje zitten, waarna hij hetzelfde deed. 'De mannen die mijn vader hebben vermoord. Die heb jij doodgemaakt, toch?'

'Die zullen niemand meer kwaad doen, Claire. Dat beloof ik je.'

'Dat vroeg ik niet. Heb je ze doodgemaakt?'

'Er zijn genoeg mensen doodgegaan. Goede en slechte. Maar dat is nu allemaal achter de rug. Meer kan ik er echt niet over zeggen. Ik kan je niet helpen het te begrijpen. Misschien dat iemand anders dat kan. Dat hoop ik. Maar ik niet. Het spijt me.'

Claire liet haar blik door het park gaan. 'Ik ben blij dat opa Donald niet over je gelogen heeft.'

'Ik ook.'

Het bleef even stil. Jim bewoog onrustig op de bank.

Claire zei: 'Dit is het moment waarop je moet gaan, toch?'

'Het spijt me. Ik moet een vliegtuig halen.'

'Dat geeft niet. Ik moet naar school. Routine is belangrijk.'

'Ja.' Hij zweeg even. 'Dat wil ik best geloven.'

Toen ze beiden weer opstonden, omhelsden ze elkaar. 'Let goed op je moeder en je zusje, Claire. Je bent een sterk meisje. Met jou komt het wel goed.'

'Dat weet ik, Jim. Fijne kerstdagen,' zei ze tegen hem, waarna ze afscheid namen.

Court liep rustig het park uit en betrad Upper Grosvenor Square. Zijn manke tred die hij voor Claire verborgen had weten te houden was weer terug, waardoor hij bij elke stap trekkebeende. Een zwarte Peugeot sedan stond met draaiende motor bij de ingang. Hij kroop op de achterbank zonder een woord met de overige inzittenden te wisselen.

Twee Fransmannen draaiden zich in de voorstoelen naar hem toe. Terwijl de auto oploste in het verkeer, overhandigde een van hen hem een tas. Court opende hem stilzwijgend, bekeek de inhoud en ritste hem weer dicht.

De Fransman van middelbare leeftijd in de bestuurdersstoel zei: 'Het vliegtuig staat op Stansted. Een vlucht van drie uur. U zult aan het begin van de middag in Madrid aankomen.'

Court zei niets; hij keek enkel uit het raampje.

'Abubaker komt om zes uur in zijn hotel aan. Weet je zeker dat jullie genoeg tijd hebben voor de voorbereiding?'

Court volhardde in zijn zwijgen.

'We hebben een kamer direct onder zijn suite geregeld.'

Court zag het park aan zich voorbijtrekken. Kinderen met hun ouders. Gearmde geliefden.

De Fransman in de bijrijdersstoel knipte brutaal met zijn vingers vlak voor Courts gezicht, alsof hij een ongehoorzame bediende terechtwees. 'Meneer, luistert u wel?'

The Gray Man wendde zich langzaam tot de man. Zijn blik was inmiddels helder. 'Begrepen. Geen probleem. Tijd genoeg.'

De oudere Fransman zei: 'U kunt dit maar beter niet verkloten.'

'En je kunt mij maar beter niet vertellen wat ik moet doen. We doen het zoals ik het wil. Ik bepaal de tijd en de locatie.'

'U bent mijn eigendom, meneer. We hebben veel geld betaald om u op te lappen. U doet gewoon wat u gezegd wordt.'

Court wilde tegensputteren, had de neiging om zijn handen naar de voorstoel te brengen om de nek van de passagier te breken, maar wist zich te beheersen. De opvolger van Kurt Riegel was een nog grotere klootzak, maar ook Courts baas.

Voorlopig, in elk geval.

'Ja, meneer,' zei hij, hoewel de man eigenlijk nog niet uitgepraat was. Hij keek weer uit het raam, ving een laatste glimp op van het zuidelijkste stukje park, met de geliefden en de kinderen en de gezinnen en de levens die zo ontzettend contrasteerden met dat van hem.

De Peugeot sloeg links af op Piccadilly, liet het park achter zich en verdween in de dichte Londense ochtendspits.

DANKWOORD

Ik wil graag James Yeager en zijn teams geweldige trainers van Tactical Response Inc. in Camden, Tennessee bedanken omdat ze me alles hebben geleerd over geweren, pistolen, eerste hulp in gevechtssituaties en teamtactieken, en vooral omdat ze zo netjes zijn geweest me te blussen toen ik door hun eigen toedoen in brand stond. God zegene jullie: Amerika is dankzij jullie en jullie leerlingen een stuk veiliger. En nu eropuit, en spaar je kogels niet.

Veel dank ook voor James Rollins, Devin Greaney, Karen Ott Mayer, John en Carrie Echols, Mike Cowan, Greg Jones, April Adams, Nichole Geer-Roberts, Stephanie en Abbie Stovall en Jenny Kraft. Schrijvers hebben waardering voor lezers, en ik waardeer jullie allemaal.

Ook mijn diepe en eeuwige dank voor mijn agent, Scott Miller van Trident Media Group, en mijn redacteur, Tom Colgan van Berkley. Dit was leuk, mannen. Waarom doen we het niet nog een keertje?